AMITAV GHOSH

DIE INSELN

AMITAV GHOSH

DIE INSELN

Roman

Aus dem Englischen
von Barbara Heller und Rudolf Hermstein

Blessing

Originaltitel: *Gun Island*
Originalverlag: John Murray, London

MIX
Papier aus verantwortungsvollen Quellen
FSC® C014496

Verlagsgruppe Random House FSC® N001967

1. Auflage, 2019

Umschlaggestaltung: Geviert, Grafik & Typografie
nach einem Entwurf von Ahlawat Gunjan;
Umschlagillustration: Nirupa Rao
Satz: Leingärtner, Nabburg
Druck und Einband: GGP Media GmbH, Pößneck
Printed in Germany

ISBN: 978-3-89667-646-7

www.blessing-verlag.de

Für
Anna Nadotti
und
Irene Bignardi

Erster Teil

Der Gewehrhändler

Kalkutta

Das Seltsamste an dieser seltsamen Reise war, dass ein Wort den Anstoß dazu gab – und nicht einmal ein besonders klangvolles, sondern ein ganz normales, alltägliches, von Kairo bis Kalkutta weitverbreitetes Wort: *bundook*. In vielen Sprachen, einschließlich meiner eigenen, des Bengali oder Bangla, bedeutet *bundook* »Gewehr«. Auch im Englischen ist das Wort bekannt. Wie in der Kolonialzeit üblich, fand es Eingang ins *Oxford English Dictionary*, wo es mit *rifle* übersetzt wird.

Doch an dem Tag, als die Reise begann, war weit und breit kein Gewehr zu sehen. Das Wort bezog sich auch gar nicht auf eine Waffe, und genau deshalb weckte es mein Interesse: Das Gewehr war Teil eines Namens – Bonduki Sadagar –, den man mit »Gewehrhändler« übersetzen könnte.

Der Gewehrhändler trat nicht in Brooklyn, wo ich wohne und arbeite, in mein Leben, sondern in der Stadt, in der ich geboren und aufgewachsen bin: in Kalkutta (oder Kolkata, wie es heute offiziell heißt). In jenem Jahr, wie in vielen anderen, verbrachte ich dort einen großen Teil des Winters, vordergründig zu geschäftlichen Zwecken. Meine Arbeit – ich handle mit seltenen Büchern und asiatischen Antiquitäten – erfordert es, dass ich mich häufig vor Ort umsehe, und da ich in dem Haus, das meine Geschwister und ich von unseren

Eltern geerbt haben, eine kleine Wohnung besitze, ist die Stadt zu einer zweiten Operationsbasis für mich geworden.

Doch nicht nur die Arbeit führte mich Jahr für Jahr wieder dorthin. Kolkata war mitunter auch ein Refugium für mich, die Stadt bot mir Zuflucht vor der Eiseskälte des Winters in Brooklyn und auch vor der Einsamkeit eines trotz wachsenden beruflichen Erfolgs immer desolateren Privatlebens. Und es war nie so desolat gewesen wie in jenem Jahr, als eine vielversprechende Beziehung ein jähes Ende fand: Eine Frau, mit der ich lange zusammen gewesen war, hatte ohne Angabe von Gründen Schluss gemacht und sämtliche Wege der Kommunikation mit mir blockiert. Dieses »Ghosting« erlebte ich zum ersten Mal, eine ebenso demütigende wie schmerzhafte Erfahrung.

Plötzlich – ich ging bereits auf die sechzig zu – war ich so allein wie nie zuvor. Ich flog deshalb früher als sonst nach Kalkutta, schloss mich der alljährlichen Wanderungsbewegung an, wenn es in nördlichen Breiten kalt wird und Scharen von »Auslands-Kalkuttanern« sich aufmachen, um in der Stadt zu überwintern. Ich wusste, dass ich dort viele Freunde und Verwandte treffen würde und dass die Wochen in einem Wirbel von Essenseinladungen, Dinnerpartys und Hochzeitsfeiern nur so vorüberfliegen würden. Dabei lag mir der Gedanke wohl nicht ganz fern, dass ich vielleicht eine Frau kennenlernen würde, mit der ich mein Leben teilen konnte (bei vielen Männern meines Alters war es tatsächlich so gekommen).

Aber natürlich ergab sich nichts dergleichen, obwohl ich keine Gelegenheit ausließ, unter die Leute zu gehen, und nicht wenigen geschiedenen Frauen, Witwen oder anderweitig alleinstehenden Frauen passenden Alters vorgestellt wurde. Einige Male glomm sogar ein Hoffnungsfunke in mir auf … doch alsbald musste ich wie schon so oft feststellen, dass kaum eine Berufsbezeichnung weniger anziehend auf Frauen wirkt als »Antiquar«.

So verstrichen die Monate in einer einzigen Folge von Enttäuschungen, und meine Rückkehr stand bereits kurz bevor, als ich den für mich letzten der gesellschaftlichen Anlässe in dieser Saison wahrnahm: die Hochzeit der Tochter eines Cousins.

Ich war gerade eingetroffen – die Feier fand in einem verstaubten Klub aus der Kolonialzeit statt –, als mich Kanai Dutt ansprach, ein entfernter Verwandter.

Ich hatte Kanai Jahre nicht gesehen, was ich jedoch nicht unbedingt bedauerte. Er war schon immer ein aalglatter, eitler Besserwisser gewesen, der mit seiner Zungenfertigkeit und seinem guten Aussehen Frauen umgarnte und es zu etwas brachte. Er lebte vorwiegend in Delhi und hatte sich in der Treibhausatmosphäre dieser Stadt einen Platz als Liebling der Medien erobert. Es war keineswegs ungewöhnlich, dass man ihn, kaum hatte man den Fernseher eingeschaltet, in einer Talkrunde sitzen und über irgendetwas schwadronieren sah. Er kannte Gott und die Welt, wie man so schön sagt, und war häufig Thema in Zeitungen, Zeitschriften und sogar Büchern.

Am meisten ärgerte mich an Kanai, dass es ihm immer irgendwie gelang, mich aus dem Konzept zu bringen. So auch jetzt, als er mich Dinu nannte (diesen Spitznamen meiner Kindheit hatte ich zugunsten des amerikanischer klingenden »Deen« längst abgelegt).

»Sag mal, Dinu«, begann er nach einem flüchtigen Händedruck, »stimmt es, dass du dich als Experte für bengalisches Volkstum etabliert hast?«

Der offenkundige Sarkasmus dieser Frage irritierte mich. »Na ja«, stotterte ich, »vor langer Zeit habe ich mal auf dem

Gebiet geforscht. Das habe ich aber aufgegeben, als ich die akademische Welt verlassen habe und Buchhändler geworden bin.«

»Aber du hast promoviert, oder?«, fragte er mit kaum verhohlenem Spott. »Genau genommen bist du also ein Experte.«

»So würde ich es nicht gerade nennen …«

Er unterbrach mich ohne ein Wort der Entschuldigung. »Dann sag mir, du Experte: Hast du irgendwann mal von einer Figur namens Bonduki Sadagar gehört?«

Er hatte mich offenbar überrumpeln wollen, und das war ihm auch gelungen. Der Name Bonduki Sadagar sagte mir gar nichts, und ich war versucht anzunehmen, Kanai hätte ihn erfunden.

»Was meinst du mit ›einer Figur‹?«, fragte ich. »Irgendeinen Volkshelden?«

»Ja, wie Dokkhin Rai oder Chand Sadagar …«

Er nannte noch weitere bekannte Gestalten aus der bengalischen Folklore: Satya Pir, Lakhindar und andere. Sie sind nicht wirklich Götter, aber auch keine sterblichen Heiligen. Wie die wandernden Schlickflächen des Bengal-Deltas treten sie dort auf, wo Flüsse sich in viele Mündungsarme verzweigen. Bisweilen erinnern Schreine an sie, und fast immer ranken sich Legenden um ihre Namen. Und da Bengalen ein maritimes Land ist, spielt die Seefahrt darin oft eine große Rolle. Die berühmteste dieser Legenden ist die eines Kaufmanns namens Chand – Chand Sadagar –, von dem es heißt, er sei übers Meer geflohen, um der Verfolgung durch Manasa Devi zu entgehen, der Göttin, die über die Schlangen und alle anderen giftigen Tiere gebietet.

Es gab in meiner Kindheit eine Zeit, in der dieser Kaufmann Chand und seine Erzfeindin Manasa Devi ebenso Teil meiner Traumwelt waren wie später Batman und Superman, nachdem ich Englisch gelernt und angefangen hatte, Comics zu lesen. Damals gab es in Indien noch kein Fernsehen, und wer Kinder unterhalten wollte, musste ihnen Geschichten erzählen. Waren die Erzähler Bengalen, kamen sie früher oder später unweigerlich auf die Legende vom Kaufmann und der Göttin zurück, die von ihm angebetet werden wollte.

Der Reiz der Geschichte liegt, ähnlich wie bei der Odyssee, wohl darin, dass ein listenreicher menschlicher Protagonist es mit Mächten aufnimmt, irdischen und göttlichen, die ihm haushoch überlegen sind. Im Gegensatz zu dem griechischen Epos endet die Legende vom Kaufmann Chand jedoch nicht damit, dass er zu Heim und Herd zurückkehrt: Sein Sohn Lakhindar wird in der Hochzeitsnacht von einer Kobra getötet, dessen tugendhafte Braut Behula fordert seine Seele von der Unterwelt zurück und führt den Kampf zwischen dem Kaufmann und Manasa Devi einer halbherzigen Lösung zu.

Ich weiß nicht mehr, wann ich die Geschichte zum ersten Mal hörte und wer sie mir erzählt hat, aber durch die ständige Wiederholung sank sie so tief in mein Unterbewusstsein, dass sie mir gar nicht mehr präsent war. Manchen Geschichten wohnt jedoch ebenso wie bestimmten Lebensformen eine besondere Lebenskraft inne, durch die sie andere, ähnlich geartete überdauern, und da die Legende von dem Kaufmann und Manasa Devi sehr alt ist, besitzt sie, so vermute ich, genug von dieser Kraft, um lange Ruheperioden zu überstehen. Wie auch immer – als ich, ein Student von Anfang zwanzig und noch neu in Amerika, nach einem Thema für eine wissenschaftliche Arbeit suchte, taute sie im Permafrost meines Gedächtnisses wieder auf und beanspruchte von Neuem meine ganze Aufmerksamkeit.

Ich las dann einige der bengalischen Versepen über den

Kaufmann (es gibt deren viele) und merkte dabei, dass der Rang der Legende in der Kultur Ostindiens eine seltsame Ähnlichkeit mit dem aufwies, was ich darüber im Kopf hatte. Die Geschichte lässt sich bis zu den Wurzeln des kollektiven Gedächtnisses Bengalens zurückverfolgen. Wahrscheinlich entstand sie unter den autochthonen Völkern der Region und geht auf reale historische Figuren und Ereignisse zurück (bis heute gibt es in Assam, Westbengalen und Bangladesch zahlreiche archäologische Stätten, die in der volkstümlichen Überlieferung mit dem Kaufmann und seiner Familie verknüpft sind). Und auch im kollektiven Gedächtnis scheint die Legende Lebenszyklen zu durchlaufen: Manchmal versinkt sie in einem Jahrhunderte währenden Schlaf, um dann plötzlich in Form einer Welle erneuten Erzählens wieder zum Leben zu erwachen. Dabei tauchen die bekannten Figuren zum Teil unter neuen Namen auf, und auch die Handlung kann leicht verändert sein.

Einige dieser Epen gelten als Klassiker der bengalischen Literatur, und eines davon machte ich zum Thema meiner Arbeit: ein sechshundertseitiges Gedicht in frühem Bengali. Die Entstehung des Textes war üblicherweise auf das 14. Jahrhundert datiert worden, aber natürlich reizt einen aufstrebenden Wissenschaftler nichts so sehr wie eine weithin akzeptierte Theorie, und so argumentierte ich aufgrund interner Evidenzen (etwa der Erwähnung von Kartoffeln), dass das Gedicht erst viel später seine endgültige Form erhalten haben müsse. Vermutlich sei es von anderen Autoren vollendet worden, im 17. Jahrhundert, so meine These, lange nachdem die Portugiesen Pflanzen aus der Neuen Welt in Asien eingeführt hatten.

Davon ausgehend postulierte ich, dass die Lebenszyklen der Geschichte – ihr regelmäßiges Wiedererwachen nach langen Ruheperioden – mit Zeiten des Umbruchs und der Zerrüttung einhergingen wie etwa dem 17. Jahrhundert in jenen Teilen Indiens, in denen die Europäer ihre ersten Kolonien gründeten.

Dieser letzte Teil meiner Arbeit war es wohl, der meine Prüfer am meisten beeindruckte (und erst recht die Redaktion der Zeitschrift, die den Artikel, in dem ich meine Thesen zusammenfasste, später veröffentlichte). Rückblickend erstaunt mich nicht so sehr die jugendliche Anmaßung, der diese Thesen entsprangen, als vielmehr meine Betriebsblindheit, die mich nicht erkennen ließ, dass meine Schlussfolgerungen hinsichtlich der Legende genauso auf ihre Entwicklung in meiner eigenen Erinnerung zutreffen konnten. Ich kam gar nicht auf die Idee, mich zu fragen, ob die Geschichte nicht vielleicht deshalb wieder in meinem Kopf aufgetaucht war, weil ich selbst damals die bewegtesten Jahre meines Lebens durchmachte, eine Zeit, in der ich mich von einem zweifachen Schock erholen musste: dem Tod der Frau, in die ich verliebt gewesen war, und meiner anschließenden Übersiedlung – dank eines Stipendiums, das genau im richtigen Moment kam – aus dem konfliktgeschüttelten Kalkutta meiner Jugend in eine beschauliche kleine Universitätsstadt im Mittleren Westen der USA. Als ich diese Phase endlich hinter mir hatte, war ich entschlossen, mich nie wieder solchen Turbulenzen auszusetzen. Ich scheute keine Mühen, um ein unauffälliges, ereignisloses Dasein zu führen, und das gelang mir so gut, dass ich an jenem Tag auf der Hochzeitsfeier in Kolkata, als der Sadagar in Gestalt des Gewehrhändlers wieder in mein Leben trat, gar nicht auf den Gedanken kam, dass die sorgfältig geplante ruhige Gelassenheit meines Lebens erneut ein Ende finden könnte.

»Bist du sicher, dass das der richtige Name ist?«, fragte ich Kanai abweisend. »Vielleicht hast du dich ja verhört.«

Doch er blieb dabei: Er habe den Begriff »Gewehrhändler« *(bonduki sadagar)* bewusst gebraucht. »Du weißt doch sicher«, sagte er in seiner aufreizend überheblichen Art, »dass die Figur eines Kaufmanns immer wieder in unserer Folklore auftaucht, unter vielen verschiedenen Namen. Manchmal sind die Geschichten mit bestimmten Orten verknüpft, und das gilt meiner Meinung nach auch für die Legende vom Bonduki Sadagar. Es ist eine lokale Sage.«

»Wieso?«

»Weil sie«, sagte Kanai, »mit einem Schrein – einem *dhaam* – in den Sundarbans verbunden ist.«

»In den Sundarbans!« Der Gedanke, dass sich in einem von Tigern heimgesuchten Mangrovenwald ein Schrein verbergen könnte, war so abwegig, dass ich laut auflachte. »Wieso sollte man in einem Sumpf einen *dhaam* bauen?«

»Vielleicht«, erwiderte Kanai kühl, »weil jeder Kaufmann, der Bengalen jemals per Schiff verlassen hat, durch die Sundarbans musste, anders kommt man nicht ans Meer. Die Sundarbans bilden die Grenze, an der Handel und Wildnis einander direkt ins Auge blicken; genau dort wird der Krieg zwischen Profit und Natur geführt. Kann es einen besseren Ort für einen Schrein geben, der Manasa Devi geweiht ist, als einen von Schlangen wimmelnden Wald?«

»Hat überhaupt mal jemand diesen Schrein gesehen?«, fragte ich.

»Ich selbst war nicht dort«, antwortete Kanai, »aber meine Tante Nilima.«

»Deine Tante? Du meinst Nilima Bose?«

»Genau. Sie war es, die mir vom Bonduki Sadagar und dem *dhaam* erzählt hat. Sie hat gehört, dass du in Kolkata bist – ich soll dir ausrichten, dass sie sich über einen Besuch von dir freuen würde. Sie ist inzwischen Ende achtzig und bettlägerig, aber geistig so frisch wie eh und je. Sie möchte mit dir über den Schrein sprechen, er wird dich interessieren, meint sie.«

Ich zögerte. »Ich weiß nicht, ob ich noch dazu komme. Ich fliege demnächst nach New York zurück.«

Er zuckte mit den Schultern. »Deine Entscheidung.« Er holte einen Kugelschreiber hervor, kritzelte einen Namen und eine Telefonnummer auf eine Karte und gab sie mir.

Ich warf einen Blick darauf, doch da stand nicht, wie ich erwartet hatte, der Name seiner Tante.

»Piya Roy?«, fragte ich. »Wer ist das?«

»Eine Freundin, eine Amerikanerin aus Bengalen. Sie arbeitet an einer Uni irgendwo in Oregon. Im Winter ist sie immer hier, wie du, dann wohnt sie meistens bei meiner Tante. Da ist sie jetzt auch, und wenn du dich entschließt hinzufahren, arrangiert sie alles Nötige. Ruf sie an, es könnte sich lohnen. Piya ist eine interessante Frau.«

Der Name von Kanais Tante verlieh dem, was bisher ziemlich abenteuerlich geklungen hatte, mehr Gewicht. Was von Nilima Bose kam, konnte man nicht spöttisch abtun. Von Politikern umworben, von Gutmenschen verehrt, gern gesehen bei Spendern und Sponsoren und von der Presse gefeiert, war sie ein Mensch, dessen Glaubwürdigkeit über jeden Zweifel erhaben war.

In eine reiche Juristendynastie in Kalkutta hineingeboren, hatte Nilima Anfang der Fünfzigerjahre gegen den Widerstand ihrer Familie einen armen Schullehrer geheiratet. Nach der Hochzeit war sie mit ihm in eine Kleinstadt am Rand der Sundarbans gezogen. Einige Jahre später hatte sie eine Frauengruppe gegründet, aus der dann der Badabon Trust hervorgegangen war, eine von Indiens angesehensten

Wohltätigkeitsorganisationen. Der Trust betrieb mittlerweile ein ausgedehntes Netz kostenloser Krankenhäuser, Schulen, Beratungsstellen und Werkstätten.

In den letzten Jahren hatte ich Nilimas Aktivitäten hauptsächlich über eine Chatgruppe für Mitglieder der erweiterten Familie verfolgt. Meine persönliche Bekanntschaft mit ihr ging auf meine Teenagerzeit zurück, als sich unsere Wege auf einigen Familientreffen gekreuzt hatten. Das letzte lag sehr lange zurück, und so war ich überrascht – und nicht wenig geschmeichelt –, dass Nilima sich an mich erinnerte. Es wäre also unhöflich gewesen, sagte ich mir, nicht wenigstens die Nummer anzurufen, die Kanai mir gegeben hatte.

Das tat ich am nächsten Morgen, und es meldete sich eine unverkennbar amerikanisch klingende Stimme. Piya hatte meinen Anruf offensichtlich erwartet, denn ihre ersten Worte waren: »Hallo, ist dort Mr. Datta?«

»Ja, aber nennen Sie mich bitte Deen, von Dinanath.«

»Und ich bin Piya, von Piyali.« Es klang energisch, aber auch freundlich. »Kanai hat mir gesagt, dass Sie vielleicht anrufen. Nilima-di hat nach Ihnen gefragt. Meinen Sie denn, Sie könnten sie besuchen?«

Etwas in ihrer Stimme – eine Direktheit, gepaart mit einem gewissen Ernst – faszinierte mich. Ich musste an Kanais Worte denken – »Piya ist eine interessante Frau« – und war plötzlich sehr neugierig auf sie. Ich vergaß die Ausreden, die ich mir zurechtgelegt hatte, und sagte: »Ja, ich komme sehr gern. Es müsste allerdings bald sein, ich fliege in ein paar Tagen in die USA zurück.«

»Bleiben Sie dran, ich rede kurz mit Nilima-di.«

Es dauerte ein paar Minuten, bis sie sich wieder meldete. »Ginge es gleich heute Vormittag?«

Ich hatte schon allerhand Pläne für den Vormittag gemacht, die mir aber mit einem Mal nicht mehr wichtig erschienen.

»Ja«, sagte ich, »in einer Stunde kann ich da sein, wenn das okay ist.«

Piya gab mir die Adresse von Nilimas Familiensitz in Ballygunge Place, einem der vornehmsten Viertel Kolkatas. Ich war viele Jahre nicht mehr dort gewesen, erinnerte mich aber gut daran, weil meine Eltern mich als Kind öfter dorthin mitgenommen hatten.

Als ich aus dem Ola Cab, das mich nach Ballygunge Place gebracht hatte, ausstieg, sah ich, dass der alte Bau verschwunden war. Wie so viele der herrschaftlichen Villen in Kalkutta war er abgerissen und durch ein modernes Apartmenthaus ersetzt worden, groß genug, um alle zu beherbergen, die einen Anspruch auf den Stammsitz der Familie hatten.

Das neue Gebäude war ungewöhnlich elegant, der Aufzug, in dem ich nach oben fuhr, mit schicken »Designer«-Elementen versehen, ebenso die Wohnungstüren, an denen ich vorbeikam. Mit einer Ausnahme: An Nilimas Tür gab es nur ein Schild mit der Aufschrift »NILIMA BOSE, BADABON TRUST«.

Auf mein Klingeln öffnete eine schlanke kleine Frau mit kurz geschnittenen, an Stirn und Schläfen bereits leicht ergrauten Haaren. Ihre Kleidung – Jeans und T-Shirt – betonte das Knabenhafte ihrer Figur. Alles an ihr war knapp und nüchtern, nur ihre Augen waren groß, was durch den Kontrast zwischen dem Weiß und dem seidig dunklen Teint der Frau noch hervorgehoben wurde. Sie war weder geschminkt, noch trug sie irgendwelchen Schmuck, nur ein kleiner Einstich verriet, dass sie einmal ein Nasenpiercing gehabt hatte.

»Hallo, Deen«, sagte sie, als wir uns die Hand gaben. »Ich bin Piya. Kommen Sie rein, Nilima erwartet Sie schon.«

Beim Eintreten sah ich, dass die Wohnung in zwei Bereiche aufgeteilt war. Im Vorderen, dem Büro des Trusts, saßen ein Dutzend ernst wirkende junge Männer und Frauen in ihre Arbeit vertieft vor hellen Bildschirmen und blickten kaum auf, als wir nach hinten zu Nilimas Wohnbereich durchgingen.

Piya öffnete eine Tür und führte mich in ein aufgeräumtes, sonniges Zimmer. Nilima lag an mehrere Kissen gelehnt und mit einem Laken halb zugedeckt auf einem behaglich aussehenden Bett. Sie war schon immer klein gewesen, schien aber, seit ich sie zuletzt gesehen hatte, noch weiter geschrumpft zu sein. Doch ihr rundes Gesicht mit den Grübchen und den blitzenden Augen hinter der Stahlbrille hatte ich noch genau so in Erinnerung.

Piya rückte einen Stuhl für mich an das Bett. »Ich lasse euch jetzt allein«, sagte sie und drückte liebevoll Nilimas Hand. »Übernimm dich nicht, Nilima-di.«

»Nein, Liebes«, antwortete Nilima auf Englisch, »versprochen.«

Ein zärtliches Lächeln erschien auf ihrem Gesicht. Sie wechselte ins Bengali. »So ein liebes Mädchen«, sagte sie. »Und so stark. Ich wüsste gar nicht, was ich ohne Piya täte.«

Nilimas Bengali hatte den robusten Klang eines ländlichen Dialekts angenommen, desjenigen der Sundarbans vermutlich. Ihr Englisch dagegen wies noch die glatten Silben ihrer aristokratischen Erziehung auf.

»Piya leitet den Trust jetzt«, fuhr sie fort. »Es war ein Glückstag für uns, als sie in die Sundarbans kam.«

»Ist sie oft dort?«, fragte ich.

»O ja, wenn sie in Indien ist, hält sie sich überwiegend in den Sundarbans auf.«

Ihre meeresbiologischen Forschungen, erklärte Nilima, hätten Piya vor über zwanzig Jahren in die Sundarbans geführt. Nilima hatte ihr eine Bleibe verschafft und sie bei ihrer Arbeit unterstützt, und in den folgenden Jahren hatte sie sich immer stärker für den Trust engagiert.

»Sie verbringt jeden Urlaub bei uns«, sagte Nilima. »Ob im Sommer oder im Winter, sie kommt, wann immer sie kann.«

»Ja?« Ich bemühte mich, nicht über Gebühr neugierig zu erscheinen. »Sie hat keine Familie?«

Nilima warf mir einen verschmitzten Blick zu. »Sie ist nicht verheiratet, wenn du das meinst«, sagte sie, worauf ich die Augen niederschlug und eine unbeteiligte Miene aufsetzte.

»Aber sie hat so etwas Ähnliches wie eine Familie. Sie hat Frau und Sohn eines Fischers in den Sundarbans adoptiert, der für sie gearbeitet hat und dabei ums Leben gekommen ist. Piya hat seiner Frau Moyna in jeder Weise geholfen, den Jungen großzuziehen.« Sie stockte. »Sie hat es jedenfalls versucht ...«

Nilima seufzte und schüttelte dann den Kopf, wie um sich in Erinnerung zu rufen, weshalb sie mich hergebeten hatte. »Aber ich rede und rede hier«, sagte sie, »dabei hast du so wenig Zeit.«

Ich war so begierig darauf, mehr über Piya zu erfahren, dass es mich offen gestanden überhaupt nicht gestört hätte, wenn sie weitererzählt hätte. Da ich ihr das aber nicht gut sagen konnte, nahm ich das kleine Aufnahmegerät aus meiner Jackentasche, das ich meist bei mir habe, wenn ich auf Antiquitätensuche bin.

»Willst du unser Gespräch aufnehmen?«, fragte Nilima überrascht.

»Das ist so eine Angewohnheit von mir«, antwortete ich. »Ich bin ein zwanghafter Notizenmacher und Archivar. Bitte beachte das Gerät nicht, es ist nicht wichtig.«

Nilima wusste noch genau, wann sie zum ersten Mal von dem Gewehrhändler gehört hatte. Sie hatte das Datum damals in einem Kontobuch mit der Aufschrift »Katastrophenhilfe Zyklon 1970« vermerkt. Vor Kurzem hatte man das Buch für sie aus dem Archiv des Badabon Trusts geholt. Sie schlug es auf und zeigte mir den Eintrag. »Bonduki Sadagar *dhaam* – der Schrein des Gewehrhändlers« stand in bengalischer Schrift oben auf der Seite und darunter das Datum: 20. November 1970.

Acht Tage zuvor, am 12. November 1970, um genau zu sein, war ein Zyklon der Kategorie 4 durch das Bengal-Delta gefegt und auf den indischen Bundesstaat Westbengalen wie auch auf das frühere Ostpakistan getroffen (das ein Jahr später unter dem Namen Bangladesch zu einem unabhängigen Staat wurde). Wirbelstürme hatten damals in dieser Region noch keine Namen, der von 1970 wurde erst später »Bhola-Zyklon« genannt.

Nach der Zahl der Opfer war er die größte Naturkatastrophe des 20. Jahrhunderts. Konservativen Schätzungen zufolge verloren dreihunderttausend Menschen ihr Leben, die tatsächliche Zahl könnte sich auf eine halbe Million belaufen. Die meisten Opfer gab es in Ostpakistan, wo seit Langem politische Spannungen schwelten. Die unzureichende Reaktion Westpakistans auf die Katastrophe trug entscheidend zum Ausbruch des Unabhängigkeitskrieges bei, der zur Gründung Bangladeschs führte.

In Westbengalen fingen die Sundarbans die Wucht des Wirbelsturms ab. Die Insel Lusibari, auf der Nilima und ihr

Mann lebten, wurde schwer in Mitleidenschaft gezogen: Die Sturmflut riss ein großes Stück der Insel samt den Häusern und allem anderen fort.

Doch die Schäden dort waren noch harmlos im Vergleich zu den Verheerungen auf den Inseln und in den Ansiedlungen weiter südlich. Nilima erfuhr erst Tage später durch Horen Naskar davon, einen jungen Fischer, den sie kannte. In seinem Boot draußen auf dem Meer hatte er die Verwüstungen mit eigenen Augen beobachtet.

Auf Horens Bericht hin hatte Nilima eine Gruppe von Freiwilligen zusammengestellt, um Hilfsgüter zu sammeln und zu verteilen. Mit Horen am Steuer eines gecharterten Bootes hatten sie und ihr Team die Sachen in einige der küstennahen Dörfer gebracht.

Bei jeder ihrer Fahrten boten sich ihnen grauenvolle Bilder: von der Sturmflut ausgelöschte Ortschaften, Inseln, auf denen kein Baum mehr belaubt war, im Wasser schwimmende, von Tieren angefressene Leichen, Dörfer, deren Einwohner fast alle umgekommen waren. Ein nicht abreißender Strom von Flüchtlingen aus Ostpakistan verschlimmerte die Lage noch. Schon in den Monaten zuvor waren Menschen vor den politischen Unruhen dort über die Grenze nach Indien geflohen. Jetzt schwoll der Strom zu einer Sintflut an und spülte noch mehr hungrige Menschen in eine Region, in der bereits hoffnungslose Nahrungsknappheit herrschte.

Eines Morgens steuerte Horen das Boot in einen Teil der Sundarbans, in dem der mächtige Raimangal River entlang der Grenze zwischen den beiden Ländern verlief. Normalerweise mied Nilima diesen Flussabschnitt, denn er war berüchtigt für die Schmuggler, die sich häufig dort aufhielten, und die Strömung war so stark, dass immer wieder Boote über die Grenze abgetrieben wurden.

Mit einiger Mühe gelang es Horen, das Boot dicht am indischen Ufer zu halten, und nach einer Weile sahen sie einen Sandstrand, auf dem einmal ein Dorf gestanden hatte. Jetzt war bis auf ein paar schiefe Pfähle nichts mehr davon übrig; die Sturmflut im Gefolge des Zyklons hatte auch noch die letzte Behausung fortgeschwemmt.

Nilima entdeckte einige Menschen am Ufer und bat Horen anzulegen. Dem Augenschein nach mussten viele der Dorfbewohner getötet oder verletzt worden sein, doch als sie nachfragte, erhielt sie eine unerwartete Antwort: Niemand war zu Schaden gekommen, die Bewohner hatten sogar ihre Habseligkeiten und Lebensmittelvorräte retten können.

Nilima fragte, welchem Umstand das Dorf sein Glück verdanke, und wieder überraschte sie die Antwort: Das Wunder sei Manasa Devi zuzuschreiben, der Schlangengöttin, Hüterin eines nahe gelegenen Schreins.

Als sich kurz vor dem Sturm der Himmel verdunkelte, hatte die Glocke in dem Schrein zu läuten begonnen. Die Dorfbewohner hatten zusammengerafft, was sie an Nahrung und Besitztümern nur tragen konnten, und sich dorthin geflüchtet. Und der Schrein hatte sie nicht nur mit seinen Mauern vor dem Wirbelsturm geschützt, er hatte ihnen auch weiterhin Zuflucht gewährt und sie aus seiner Quelle mit frischem Wasser versorgt – eine Seltenheit in den Sundarbans.

Nilima hatte gebeten, man möge ihr den Schrein zeigen, und die Dorfbewohner hatten sie hingeführt. Er lag ein gutes Stück vom Strand entfernt auf einer leichten Anhöhe, inmitten einer sandigen Lichtung in dichtem Mangrovenwald.

An den Bau selbst entsann sich Nilima nur noch dunkel – Hunderte von Menschen waren dort umhergelaufen und hatten überall ihr Hab und Gut aufgetürmt. Sie hatte nur noch hohe Mauern und ein gewölbtes Dach in Form eines umgedrehten Bootes in Erinnerung, das sie an die berühmten Tempel von Bishnupur denken ließ.

Sie hatte sich erkundigt, ob es so etwas wie einen Wächter des Schreins gebe, mit dem sie sprechen könne. Nach einer Weile trat ein Muslim mittleren Alters mit angegrautem Bart und einer Kappe auf dem Kopf aus dem Inneren des Baus. Nilima erfuhr, dass er ein *majhi* war, ein Flussschiffer, und dass er vom anderen Ufer des Raimangal River stammte. In seiner Jugend hatte er gelegentlich für die Leute gearbeitet, die den Schrein betreuten, eine Familie hinduistischer *gayans* oder Balladensänger, die das Epos, das die Legende des Schreins erzählte, lebendig erhalten und über viele Generationen mündlich weitergegeben hatte. Doch mit den Jahren war sie auf ein einziges Mitglied geschrumpft, und dieser Letzte hatte den Schiffer gebeten, sich nach seinem Tod um den Schrein zu kümmern. Das war vor langer Zeit gewesen, ein Jahrzehnt vor der Teilung des Indischen Subkontinents im Jahr 1947. Seitdem lebte der Schiffer dort mit seiner Frau und seinem Sohn.

Nilima fragte ihn, ob es nicht seltsam für ihn sei, als Muslim einen Schrein für eine Hindu-Gottheit zu hüten. Der *dhaam* werde von allen verehrt, antwortete er, unabhängig von ihrer Religion. Die Hindus glaubten, Manasa Devi wache über den Schrein, die Muslime dagegen hielten ihn für einen Aufenthaltsort von Dschinns, den ein muslimischer *pir* oder Heiliger namens Ilyas hüte.

Wer den Schrein gebaut habe und wann?

Der Schiffer zögerte. Er kenne die Legende nicht genau, sagte er, und könne sich nur bruchstückhaft daran erinnern.

»Gibt es das Epos nicht in schriftlicher Form?«, fragte Nilima. Nein, erwiderte der Schiffer, der Gewehrhändler habe ausdrücklich gewünscht, dass es niemals niedergeschrieben und nur von Mund zu Mund weitergegeben werde. Leider hatte der Mann es nie auswendig gelernt; nur an wenige Verse erinnerte er sich noch.

Nilima ließ nicht locker, der Mann trug ein paar Zeilen vor, und die Worte prägten sich Nilima ein, vielleicht weil sie ihr wie ein Nonsensgedicht vorkamen (ein Genre, das sie sehr mochte).

Kolkataey tokhon na chhilo lok na makan
Banglar patani tokhon nagar-e-jahan

Kalkutta hatte damals weder Menschen noch Häuser
Bengalens großer Hafen war eine Weltstadt.

Nilima warf mir einen Blick zu und lachte, ein wenig verlegen, als sei es ihr peinlich, mir etwas so Albernes vorzutragen.

»Das ergibt keinen Sinn, nicht wahr?«, sagte sie.

»Auf Anhieb nicht«, erwiderte ich. »Aber erzähl weiter.«

Nilima hatte dem Schiffer noch mehr Fragen gestellt, doch er war immer wortkarger geworden. Er hatte sich einerseits auf seine Unkenntnis berufen, andererseits aber nachdrücklich erklärt, kaum jemand sei imstande, den Sinn der Legende zu erfassen. Doch Nilima war hartnäckig geblieben und hatte schließlich erreicht, dass er die Geschichte in groben Zügen preisgab. Wie sich zeigte, war sie der Legende vom Kaufmann Chand sehr ähnlich.

Wie von Chand hieß es auch von dem Gewehrhändler, er sei ein reicher Kaufmann gewesen, der Manasa Devi erzürnt habe, weil er sich weigerte, sie anzubeten. Von Schlangen drangsaliert und von Dürren, Hungersnöten, Stürmen und anderem Unheil heimgesucht, war er vor dem Zorn der Göttin übers Meer geflohen, um schließlich in einem Land Zuflucht zu suchen, in dem es keine Schlangen gab: auf der »Gewehrinsel« – Bonduk dwip.

Nilima hielt inne und fragte mich, ob ich einmal von einem Ort dieses Namens gehört hätte.

»Nein.« Ich schüttelte den Kopf. »Das muss ein Märchenland sein, wie in den Volkssagen.«

Nilima nickte. Es gebe noch mehr solche Orte in der Geschichte, sagte sie, aber die Namen habe sie vergessen.

Doch selbst auf der Gewehrinsel war der Kaufmann nicht vor Manasa Devi sicher. Eines Tages trat sie ihm aus den Seiten eines Buches entgegen und warnte ihn: Sie habe ihre Augen überall. In jener Nacht suchte er Schutz in einem Raum mit Wänden aus Eisen, doch auch dort stellte sie ihm nach: Ein winziges giftiges Tier kroch durch einen Spalt herein und biss ihn. Der Kaufmann überlebte knapp und floh mit dem Schiff von der Gewehrinsel, wurde jedoch erneut von Piraten gefangen genommen und in ein Verlies geworfen. Auf der Fahrt zu einem Ort namens Ketteninsel *(Shikol-dwip)*, wo ihn die Seeräuber verkaufen wollten, erschien ihm Manasa Devi von Neuem. Wenn er sie anbete und in Bengalen einen Schrein für sie errichte, so versprach sie ihm, werde sie ihn freigeben und ihn reich machen.

Endlich fügte sich der Kaufmann und schwor, er werde einen Tempel für die Göttin bauen, wenn sie ihm helfe, in seine Heimat zurückzufinden. Und so gab sie ihn frei und wirkte ein Wunder: Allerlei Kreaturen des Meeres und der Luft bedrängten das Schiff, und während die Piraten sie abwehrten, brachten die Gefangenen es in ihre Gewalt und nahmen die Reichtümer der Freibeuter an sich. Der Anteil des Kaufmanns erlaubte es ihm, nach Bengalen zurückzukehren, nicht ohne unterwegs einträgliche Geschäfte zu machen. Er brachte ein so riesiges Vermögen und eine so erstaunliche Geschichte mit nach Hause, dass er den Beinamen Bonduki Sadagar – Gewehrhändler – erhielt. So kam der Schrein zu seinem Namen.

»Mehr habe ich nicht erfahren«, sagte Nilima achselzuckend. »Als ich sagte, dass die Zeilen aus dem Gedicht keinerlei Sinn ergaben, schien der Schiffer nicht weiter überrascht. ›Habe ich es Ihnen nicht gesagt? Die Legende ist voller Geheimnisse, und wenn man ihre Bedeutung nicht kennt, versteht man sie nicht.‹ Dann sagte er noch: ›Aber irgendwann, wenn die Zeit reif ist, wird einer sie verstehen, und wer weiß? Vielleicht tut sich für ihn eine Welt auf, die wir anderen nicht sehen können.‹«

Nilima lächelte mich selbstironisch an. »Irgendetwas an der Geschichte – was, weiß ich nicht – ging mir nicht mehr aus dem Kopf. Sie ließ mich nicht los, und ich wollte mehr darüber wissen. Aber es gab immer so viel zu tun, und schließlich dachte ich nicht mehr daran – bis vor Kurzem, als ich etwas über den großen Zyklon von 1970 las. Da war plötzlich alles wieder da.«

»Du warst aber nur dieses eine Mal bei dem Tempel?«, fragte ich.

»Ja, das war das einzige Mal. Einmal habe ich ihn noch von Weitem gesehen, aber da hatte ich keine Zeit, dort Station zu machen. Das ist ungefähr zehn Jahre her. Der *dhaam* ist wohl noch da, aber wie lange noch? Immer mehr Inseln in den Sundarbans werden vom Meer verschluckt, sie verschwinden vor unseren Augen. Deshalb sollte man den Tempel dokumentieren, finde ich. Möglicherweise ist er ein bedeutendes Kulturdenkmal.«

»Hast du dich an die archäologische Abteilung des Kultusministeriums gewandt?«, fragte ich, um mich hilfsbereit zu zeigen.

»Ich habe dorthin geschrieben, aber sie haben keinerlei Interesse gezeigt.«

Sie warf mir einen kurzen Blick zu, dann lächelte sie, und ihre Grübchen vertieften sich. »Da habe ich an dich gedacht.«

»An mich?«, fragte ich verblüfft. »Wieso an mich?«

»Du hast doch eine Leidenschaft für Antikes.«

»Ja, aber nicht für so etwas. Ich handle hauptsächlich mit alten Büchern und Handschriften. Ich bin oft in Bibliotheken, Museen, alten Palästen und so weiter, aber mit etwas so Entlegenem habe ich mich nie befasst.«

»Möchtest du dir den Schrein nicht wenigstens einmal ansehen?«

Ich wollte nicht unhöflich erscheinen, nur deshalb sagte ich nicht gleich Nein. Jetzt dorthin zu fahren war unmöglich: Ich musste Ende der Woche nach New York zurück, mein Terminkalender für die nächsten Tage war voll mit Verabredungen, und vor allem hatte ich für Sümpfe und Mangroven nicht viel übrig.

Ich versuchte mich mit einer Ausrede aus der Affäre zu ziehen: »Ich weiß nicht, ob ich Zeit habe«, murmelte ich. »Mein Flug geht demnächst …«

Doch Nilima war eine Frau, die nicht so schnell aufgab.

»Es dauert nicht lange«, beharrte sie. »Du könntest an einem Tag hin und zurück. Ich kann das gern für dich arrangieren.«

Ich überlegte noch, wie ich höflich ablehnen konnte, als keine andere als Piya wieder ins Zimmer trat.

Sofort spannte Nilima sie für ihren Plan ein. »Es dauert nicht lange, den Schrein zu besichtigen, sag ihm das, Piya. Er hat Angst, er verpasst seinen Rückflug nach Amerika.«

Piya fragte mich, wann mein Flug gehe. Ich sagte es ihr, und sie beruhigte mich. »Keine Sorge, Sie werden rechtzeitig zurück sein.«

»Sind Sie sicher?«

»So sicher, wie man nur sein kann.« Entschuldigend fügte sie hinzu: »Ich würde Sie ja gern begleiten, aber das geht leider nicht, ich muss zu einer Tagung nach Bhubaneswar und komme erst nächste Woche zurück. Aber wenn Sie sich entschließen hinzufahren, sorge ich dafür, dass Sie in guten Händen sind.«

Ihr Lächeln brachte mich dazu, den Vorschlag noch einmal zu überdenken. »Ich überleg's mir«, sagte ich.

Ich nahm meine Sachen und verabschiedete mich von Nilima. Piya führte mich nach nebenan und stellte mich einer matronenhaft wirkenden Frau mit einer markanten Stirn vor. Sie trug Schwesterntracht, einen blau-weißen Sari.

»Das ist Moyna Mondal«, sagte Piya, »Nilimas Lieblingspflegerin.« Sie legte ihr den Arm um die Schultern und drückte sie an sich. »Moyna und ich sind im Lauf der Jahre so etwas wie Schwestern geworden. Wenn Sie sich entschließen zu fahren, wird sie alles arrangieren. Sie brauchen sich um nichts zu kümmern, es wird schnell und einfach gehen.«

Es klang so aufmunternd, dass ich versucht war, Ja zu sagen. Aber irgendetwas hielt mich zurück.

»Ich habe noch einiges zu regeln«, sagte ich. »Ist es okay, wenn ich Ihnen morgen Bescheid gebe?«

»Natürlich, lassen Sie sich Zeit.«

Cinta

Ich war ziemlich durcheinander, als ich Nilimas Wohnung verließ. Alles Vernünftige, Praktische und Vorsichtige in mir war strikt dagegen, zu dem Schrein zu fahren. Ich war schon immer ein nervöser Reisender gewesen, und vor dem Gedanken, meinen Flug zu verpassen, graute mir. Ich konnte mir auch nicht vorstellen, dort etwas vorzufinden, was von besonderem beruflichem Interesse für mich sein konnte. Sofern der Schrein je etwas von Wert beherbergt hatte, war es mit Sicherheit längst nicht mehr da.

Aber dann dachte ich an Piya – irgendetwas an ihr erinnerte mich an Durga, meine erste Liebe. Es war weniger ihr Äußeres als vielmehr ihr Auftreten, ihr Blick. Auch der Idealismus und die Zielstrebigkeit, die ich an ihr wahrnahm, erinnerten mich an Durga.

Mir war bewusst, dass ich, hätte Piya mich begleiten können, gern gefahren wäre. Das erschreckte mich und steigerte meine Verwirrung noch. Einige Monate zuvor hatte meine Therapeutin in Brooklyn gemeint, ich befände mich in einer besonders sensiblen Phase und neigte dazu, mir in aussichtslosen Beziehungen etwas vorzumachen. Sie hatte mich besonders davor gewarnt, mich auf Frauen zu fixieren, die unerreichbar waren oder angesichts meiner Situation nicht zu mir passten. »Sie sollten nicht das nächste Scheitern programmieren.«

Noch auf dem ganzen Heimweg klangen mir ihre Worte in den Ohren.

Bis zum Abend hatte ich mich mehr oder weniger entschlossen, nicht zu fahren. Doch dann lud mich eine meiner Schwestern zum Essen ein, und als ich ihre Wohnung betrat, fand ich dort ihre gesamte Großfamilie vor dem Fernseher versammelt. Und was schauten sie so gebannt? Eine (absurd modernisierte) Version der Legende von Manasa Devi und dem Kaufmann! Das sei im Moment die beliebteste Sendung im Regionalfernsehen, erfuhr ich. Offenbar befand sich die Legende in einer ihrer wiederkehrenden Phasen der Neubelebung, nicht nur in meinem Kopf, sondern in der Kultur überhaupt.

Dieser Gedanke beunruhigte mich.

Als ich später in meiner Wohnung meine Sachen verstaute, fiel mein Blick auf das Aufnahmegerät. Ich wollte das Gespräch mit Nilima löschen, drückte aber die falsche Taste, und die Aufnahme wurde abgespielt. Ich hörte nur mit halbem Ohr zu, bis Nilima sagte:

> Kalkutta hatte damals weder Menschen noch Häuser
> Bengalens großer Hafen war eine Weltstadt

Da horchte ich auf. Ich drückte die Pausentaste und hörte mir die Passage mehrmals an.

Die Zeilen ergaben zunächst keinen Sinn, doch dann merkte ich, dass sie in Versmaß und Rhythmus einem bestimmten Genre bengalischer Volksdichtung entsprachen, das bekanntermaßen wertvolle historische Erkenntnisse vermittelt. Interessant erschien mir auch, dass dieser Vers die Antwort des Schiffers auf Nilimas Frage gewesen war, wann der Schrein errichtet worden sei. Konnte er ein Hinweis auf einen bestimmten Zeitpunkt oder einen Zeitraum gewesen sein?

Natürlich sind Gedichte dieser Art oft bewusst kryptisch formuliert. Hier aber gab die erste Zeile weiter keine Rätsel auf. Gemeint war vermutlich, dass der Schrein des Kaufmanns zu einer Zeit errichtet wurde, als es Kalkutta noch nicht gab, also vor Gründung der Stadt im Jahr 1690.

Doch was bedeutete die zweite, rätselhaftere Zeile?

Die Worte »Bengalens großer Hafen« bezogen sich zweifellos auf Kalkuttas Vorgängerin als wichtigstes städtisches Zentrum Bengalens. Und welches das war, stand außer Frage: Dhaka (die heutige Hauptstadt von Bangladesch).

Andererseits ergab der Ausdruck »Weltstadt« in diesem Zusammenhang keinen Sinn. Das persische oder Urdu *nagar-e-jahan* war mir noch nie im Zusammenhang mit Dhaka begegnet. Wie war es in den Vers gelangt?

Der Gedanke kam mir, dass die zweite Zeile womöglich wie die erste ein versteckter Hinweis auf einen bestimmten Zeitpunkt war.

Wie es sich trifft, hat meine Familie ihre Wurzeln in jenem Teil des Bengal-Deltas, der heute zu Bangladesch gehört. Nach der Teilung des Subkontinents kamen meine Eltern und Großeltern nach Indien. Davor aber hatten sie lange in Dhaka gelebt, und als ich mir jetzt in Erinnerung zu rufen versuchte, was meine älteren Verwandten von Dhaka erzählt hatten, schoss mir etwas durch den Kopf. Ich klappte meinen Laptop auf und begann zu recherchieren.

In Sekundenschnelle hatte ich ein Ergebnis.

Ich erfuhr Folgendes: Dhaka war die Hauptstadt Bengalens, als die Region eine Provinz des Mogulreichs war. Unter der Herrschaft von Kaiser Jahangir (dem »Eroberer der Welt«), dem vierten Mogulherrscher, und noch Jahre später hieß die Stadt ihm zu Ehren Jahangir-nagar.

Konnte es sein, dass *nagar-e-jahan* ein Wortspiel war, eine versteckte Anspielung auf das Dhaka des 17. Jahrhunderts?

Wenn dem so war, dann folgte daraus, dass der Schrein irgendwann zwischen 1605, dem Jahr der Thronbesteigung Jahangirs, und 1690, dem Jahr der Gründung Kalkuttas durch die Briten, errichtet worden war.

Nachdem mir dieser Gedanke gekommen war, fügten sich nach und nach auch andere Aspekte ins Bild. So etwa der offenkundig persische Einfluss in dem Vers: Das 17. Jahrhundert war eine Epoche, in der das Bengalische viele Wörter und Ausdrücke aus dem Persischen, dem Arabischen und im Übrigen auch aus dem Niederländischen und dem Portugiesischen übernahm.

Für eine Datierung zwischen 1605 und 1690 sprach auch ein anderes Detail in Nilimas Geschichte: Der Schrein hatte sie an die Tempel von Bishnupur erinnert, und genau in dieser Periode erlebte die Architektur Bishnupurs (die islamische und hinduistische Elemente aufs Schönste vereint) in ganz Bengalen eine Blüte.

Nicht weniger spannend war das wiederkehrende Thema des Gewehrs (oder *bundook*, ein Wort, das über das Persische und das Arabische ins Bengali gelangte). Die Moguln waren ja Herrscher eines berühmten »Schießpulverimperiums«. Wie bei ihren Zeitgenossen, den türkischen Osmanen und den persischen Safawiden, gründete sich auch ihre Macht großenteils auf den Einsatz von Feuerwaffen. War der Schrein des Gewehrhändlers womöglich eine volkstümliche Reminiszenz an diese Epoche?

Das war eine interessante Möglichkeit, für die sich aber, so fand ich, die Umstände und Risiken einer Fahrt in die Sundarbans nicht lohnten.

Nachdem ich mir das klargemacht hatte, richteten sich meine Gedanken wieder auf mein Leben in Brooklyn. Nicht ganz zufällig stellte sich mir die Frage, ob der Akku meines amerikanischen Handys inzwischen nicht fast leer war. In Indien benutzte ich ein anderes Mobiltelefon mit einer indischen SIM-Karte, sodass mein Brooklyner Handy seit mehreren Wochen unbenutzt auf meinem Schreibtisch gelegen hatte.

Ich schaltete es ein – der Akku war tatsächlich fast leer. Nach einigem Herumkramen fand ich das Ladegerät und schloss es an. Ich sah meine Apps durch: Keine Menschenseele, zumindest kein fühlendes Wesen (nur Bots), hatte mich, seit ich in Indien war, zu erreichen versucht.

Während ich mir noch mit einem leisen Gefühl der Kränkung, das eine solche Feststellung mit sich bringen muss, Gedanken darüber machte, leuchtete das Display plötzlich auf, wie fast erloschene Glut, die wieder aufflammt. Gleich darauf ertönte ein so durchdringendes Trillern, dass eine streunende Katze, die unter meinem Fenster kläglich miaut hatte, die Flucht ergriff.

Vor Schreck ließ ich es ein paarmal klingeln und schaute nur wie erstarrt auf das Display. Und noch verblüffter war ich, als ich die italienische Nummer und den Namen einer alten Freundin – oder besser Mentorin – sah, der Professoressa Giacinta Schiavon. Ich wusste, dass Cinta, wie sie von ihren Freunden genannt wurde, im vergangenen Jahr krank gewesen war, hatte aber seitdem nichts mehr von ihr gehört. Ob ihr Zustand sich verschlechtert hatte?

Doch Cintas volltönende Stimme klang so frisch und munter wie eh und je. »*Caro! Come stai?*«

»Gut, Cinta«, antwortete ich überrascht. »Und dir? Was macht die Gesundheit?«

»Oh, alles bestens, *tutto a posto.*«

»Das freut mich. Wo bist du?«

»In Venedig, am Flughafen.«

»Wohin unterwegs?«, fragte ich.

»Nach Heidelberg, zu einem Kongress«, sagte sie und fügte noch hinzu: »Ich halte den Hauptvortrag.«

Eine überflüssige Erklärung: Cinta war der Star jeder Tagung, die das Glück hatte, sie als Rednerin zu gewinnen. Auf ihrem Fachgebiet, der Geschichte Venedigs, war sie unerreicht. Sie hatte bei Koryphäen wie Fernand Braudel und S.D. Goitein studiert und sprach fließend alle wichtigen Sprachen des Mittelmeerraums. Nur wenige Wissenschaftler konnten ihr an Wissen und Renommee das Wasser reichen, und so war es anrührend und auch ein wenig amüsant, dass der Ruhm diesem etwas absurden Anflug von Eitelkeit, einer ihrer liebenswertesten Eigenschaften, keinen Abbruch tat.

»Und du?«, fragte sie. *»Dove sei?«*

»In Kalkutta«, antwortete ich. »In meinem Zimmer. Erinnerst du dich daran?«

»Certo, caro!«, sagte sie, leiser jetzt. »Wie könnte ich das vergessen? Hast du noch diese – wie hieß das noch mal – ›Holländerin‹?«

»Holländische Ehefrau.«

Ich erinnerte mich, wie sie gelächelt hatte, als ich ihr diese Bezeichnung für die unter Bengalen so geschätzten Seitenschläferkissen nannte. »Ich musste sie entsorgen, es waren Motten drin. Jetzt bin ich ganz allein.«

»Aber es geht dir gut?«

Der besorgte Unterton in ihrer Frage machte mich stutzig. »Ja, warum fragst du?«

»Ich weiß nicht, *caro* – ich hatte gerade so einen Traum.«

»Im Flughafen?«, fragte ich ungläubig.

»*Beh!* Aber so seltsam ist das gar nicht. Mein Flug hat Verspätung wegen irgendeiner Überschwemmung, und ich sitze hier in einer schönen Lounge, in einem tiefen Sessel. Gut aussehende junge *camerieri* bringen mir Gläser mit Prosecco, während ich warte. Du verstehst?«

»Ja.«

Ich konnte mir sehr gut vorstellen, wie Cinta hereinrauschte und alle Blicke auf sich zog – eine hochgewachsene, breitschultrige Frau mit blitzenden schwarzen Augen und einer wallenden weißen Lockenmähne, einer Frisur, die die Filmstars ihrer Jugend berühmt gemacht hatten. Wer Cinta kannte, der wusste, dass sogleich sämtliche *camerieri* herbeieilen würden, um ihr einen Prosecco anzubieten, sobald sie sich in einem Sessel niederließ.

»Ich bin eingedöst, *caro*, und da ist ein Bild vor mir aufgetaucht – ich weiß nicht, ob es ein Traum war oder eine Erinnerung. So ist das, wenn man älter wird, man kann Träume nicht mehr von Erinnerungen unterscheiden.«

»Was hast du denn in deinem Traum gesehen?«

»Dich – du standest vor einem Zelt, einem großen, einer Art Zirkuszelt. Drinnen waren viele Leute, die sich irgendein *spettacolo* angeschaut haben, was genau, weiß ich nicht. Hast du eine Idee, was das gewesen sein kann?«

Ich kratzte mich am Kopf. »Ja, ich glaube, ich erinnere mich da an etwas, von damals vielleicht, als du das erste Mal in Kalkutta warst. Wie lange ist das her?«

»Zwanzig Jahre? Fünfundzwanzig?«

»Sehr lange jedenfalls«, sagte ich. »Wir waren im Indian Museum in der Chowringhee Road, und danach wolltest du im Maidan spazieren gehen. Weißt du noch? Diese große Parkanlage im Stadtzentrum. Da stand ein riesiges Zelt, in dem ein Jatra aufgeführt wurde, eine Art Tanztheater. Du wolltest dir das ansehen, und wir sind am Eingang stehen geblieben, damit du reinschauen konntest.«

»Ah, *sì!* Ich erinnere mich.«

Ich fand es seltsam, dass sie sich im Flughafen von Venedig an einen so flüchtigen, banalen Moment erinnerte. »Wir haben nur ein paar Minuten da gestanden«, sagte ich. »Wie kommt es, dass dir nach all den Jahren ausgerechnet das wieder einfällt?«

»È vero.« Sie schien sich selbst zu wundern. »Ich weiß auch nicht, warum das wichtig war. Wie auch immer – ich habe dich hoffentlich nicht geweckt?«

»Nein, nein. Ich freue mich wirklich, deine Stimme zu hören.«

»Ja, ganz meinerseits«, sagte sie hastig. Der Traum schien sie so stark zu beschäftigen, dass sie es eilig hatte aufzulegen. »*Ciao caro, ciao!* Bis bald. *Tanti baci!*«

Dieser unerwartete Anruf hatte mich ein wenig aus der Fassung gebracht. Ich legte mich aufs Bett und dachte daran zurück, wie Cinta und ich vor Jahrzehnten im Maidan spazieren gegangen waren. Doch sosehr ich mich auch anstrengte – ich erinnerte mich an nichts, was von Interesse gewesen, nichts, was irgendwie denkwürdig für sie gewesen wäre.

Da kam mir eine Idee. Als passionierter Notizenmacher und Tagebuchschreiber musste ich mir an jenem Tag einen Vermerk gemacht haben, und der würde nicht schwer zu finden sein, denn das betreffende Tagebuch lag griffbereit in einer rostigen Blechkiste, in der ich Unterlagen, Aufzeichnungen, Kalender und anderes mehr aufbewahrte.

In einer Staubwolke zog ich die Kiste unter dem Bett hervor. Die Scharniere quietschten, und winzige Käfer huschten über den Boden, als ich den Deckel aufklappte. Der Inhalt lag unter einer feinen Staubschicht, so wohlgeordnet und beschriftet, wie ich ihn zurückgelassen hatte.

Und da war es! Auf der Seite für den Tag, an dem Cinta in Kalkutta eingetroffen war, fanden sich ihre Flugdaten (ich hatte sie vom Flughafen abgeholt), und auf der nächsten Seite stand: »Rundgang durch die Altstadt, dann Indian Museum. Dachte, sie will die lichterglänzende Park Street sehen, aber die interessierte sie nicht. Wollte in den Maidan. Ein Jatra wurde dort aufgeführt, und das große Plakat weckte Cintas Interesse: eine Frauenfigur, um deren Körper sich Schlangen wanden – Manasa Devi.«

Da kam die Erinnerung zurück.

Ich hatte Cinta im Jahr zuvor in den USA kennengelernt. Ich war damals Ende zwanzig, Cinta ungefähr zehn Jahre älter. Ich hatte gerade eine Anstellung in der Bibliothek der Midwestern University gefunden, an der ich promoviert hatte. (Ich hatte mich natürlich auf alle möglichen akademischen Posten beworben, jedoch erfolglos; in Amerika schien es keine große Nachfrage nach Experten für bengalische Volkskunst der frühen Neuzeit zu geben.)

Schon damals war Cinta eine in vieler Hinsicht bemerkenswerte Frau gewesen. Ebenso attraktiv wie brillant, war sie bereits eine angesehene Historikerin, die eine richtungweisende Arbeit über die Inquisition in Venedig veröffentlicht hatte. Doch nicht ihr Buch hatte sie weithin bekannt gemacht, vielmehr verdankte sie ihren Ruhm (oder ihre traurige Berühmtheit) einer privaten Tragödie, die sich im vollen Licht der Öffentlichkeit zugetragen hatte.

Mit Mitte zwanzig hatte Cinta eine Affäre mit einem sehr viel älteren Mann gehabt, dem Herausgeber einer bedeutenden italienischen Zeitung. Ihretwegen verließ er seine Frau, und sie bekamen ein Kind. Die Beziehung war nach allem, was man hörte, sehr glücklich, und während Cinta ihre Tochter Lucia großzog, schrieb sie ihr erstes Buch.

Es erschien, als Lucia zwölf war, und wenig später wurde Cinta zu einer Tagung nach Salzburg eingeladen. Sie und ihr Mann wollten den Anlass zu einem Familienurlaub nutzen, und Cinta reiste per Flugzeug voraus. Ihr Mann, ein Liebhaber schneller Autos, folgte einige Tage später mit der gemeinsamen Tochter. Doch auf der Fahrt durch die Dolomiten versagten die Bremsen seines Maserati, und die beiden stürzten einen steilen Abhang hinab.

Der Unfallhergang und der Umstand, dass ein berühmter Journalist dabei den Tod gefunden hatte, hätten schon allein genügt, um in Italien Aufsehen zu erregen. Das darauffolgende Rätselraten aber und der Verdacht eines Verbrechens brachten die Geschichte weltweit in die Schlagzeilen.

Cintas Mann hatte in dem Jahr eine Serie von Enthüllungsberichten über die Mafia veröffentlicht. Nach seinem Tod machten Gerüchte die Runde, er könnte einem Mordanschlag zum Opfer gefallen sein. Die Angelegenheit beschäftigte schließlich auch das italienische Parlament, und es wurde eine Untersuchung des Falls angeordnet. Cinta geriet in einen Strudel unerwünschter Publicity, und um den Paparazzi zu entgehen, reiste sie zu einem Sabbatjahr nach Amerika.

In der Bibliothek hatten viele die Geschichte in Boulevardblättern und Klatschzeitschriften verfolgt. Die wenigsten wussten jedoch, wo Cinta Zuflucht gefunden hatte, und so war die Überraschung groß, als wir erfuhren, dass sie sich irgendwo nicht weit von uns im Mittleren Westen aufhielt und sich mit der Bitte, unsere Sammlung seltener Bücher einsehen zu dürfen, an den Leiter unserer Bibliothek gewandt hatte. (Die Sammlung enthielt unter anderem bedeutende historische Dokumente, die ein kurz vor dem Krieg eingewanderter italienischer Wissenschaftler der Universität vermacht hatte.)

Die Erlaubnis wurde bereitwillig erteilt, und an dem Tag, als Cinta zum ersten Mal in der Bibliothek erschien, gab es wohl keinen Mitarbeiter, der nicht irgendeinen Grund gefunden hätte, einen Blick in den Raum mit der Sammlung seltener Bücher zu werfen, um sie hinter ihrem wuchtigen Lesepult thronen zu sehen. Und sie bot in der Tat einen sehenswerten Anblick mit ihrer dunklen, aber eleganten Kleidung und der unbestimmbaren Melancholie, die sie umgab.

Der Raum, in dem sich die seltenen Bücher und die Sondersammlungen befanden, wurde oft mit der Leichenhalle eines Krankenhauses verglichen (dass man in beiden Handschuhe tragen musste, gab Anlass zu allerhand plumpen Witzeleien). Es herrschte Grabesstille dort, und nur gelegentlich traf man den einen oder anderen ungepflegten Doktoranden an. Unter den Angestellten war keine Tätigkeit unbeliebter als das Herbeischaffen von Büchern oder Dokumenten für die Benutzer, und da ich ganz unten in der Hierarchie rangierte, fiel diese Aufgabe mir zu.

So kam es, dass ich in den zwei Wochen, die Cinta in der Bibliothek verbrachte, der Laufbursche war, der ihr das angeforderte Material brachte, und ich tat es mit Feuereifer, schon allein um des Vergnügens willen, sie mit ihrer klangvollen, rauchigen Stimme »*Grazie mille*« sagen zu hören. Sie war ganz und gar unkompliziert im Umgang, und bereits nach wenigen Tagen hatte sie einen Spitznamen für mich: Dino (»Dean auf Italienisch«). Da wir jedoch in dem Raum nie mehr als ein paar Worte wechselten, verdanke ich meine Bekanntschaft mit ihr eher dem Umstand, dass ich damals noch rauchte.

Es war bitterkalt in jenem Frühjahr, und wir Raucher mussten uns in einer künstlichen Grotte neben dem Haupteingang der Bibliothek zusammendrängen. Einmal waren nur Cinta und ich dort, und um Konversation zu machen, fragte ich sie, ob ihr das raue Klima im Mittleren Westen nicht zusetze.

»Überhaupt nicht!«, sagte sie entschieden und blies eine Rauchwolke aus. »Ich bin selbst halb Midwesterner, meine Mutter stammt aus Lexington.«

»Lexington, Kentucky?«, fragte ich.

Sie nickte lächelnd. Ihre Mutter Alice entstammte einer Whiskybrennerfamilie in Kentucky, deren Name mir wohlbekannt war, weil ihr Bourbon zu meinen bevorzugten Marken gehörte. Als junge Frau hatte Alice von einer Europareise geträumt. Vor allem Italien hatte sie interessiert, doch dann war der Zweite Weltkrieg ausgebrochen, und sie hatte die Verwirklichung ihres Traums aufschieben müssen. Kurz nach dem Krieg war sie nach Italien gereist, und in Venedig hatte sie sich verliebt.

Damals war man in Italien schon ein Star, wenn man nur Amerikaner war, und die Italiener wollten unbedingt ihr Englisch ausprobieren. Eines Tages, als Alice in einem Vaporetto durch den Canal Grande fuhr, merkte der *conducente* – ein ausgesprochen gut aussehender junger Mann –, dass sie Amerikanerin war, und fragte sie: »Ob Sie mir wohl helfen könnten? Mit meinem Englisch? Ich versuche es zu lernen …«

»Si«, antwortete sie, *»certo!«* Daraufhin nahm er ein Buch aus seiner ledernen Umhängetasche und bat sie, ihm einen Satz zu erklären, den er unterstrichen hatte. Alice, eine passionierte Leserin, sah erfreut, dass es sich um Henry James' Venedig-Roman *The Aspern Papers* handelte. Von da an fuhr sie nur noch mit diesem Vaporetto und diesem *conducente.* Wenige Monate später waren sie verheiratet.

»Sie ist eine große Romantikerin, meine Mutter«, sagte Cinta. »Das muss man auch sein, wenn man seine Tochter Giacinta nennt, oder?«

»Und Ihr Vater?«

Sie lachte. »Der ist Venezianer, durch und durch. Er kauft und verkauft gern Sachen, und er ist sehr gut darin. Die beiden sind sehr glücklich miteinander.«

»Leben sie in Venedig?«

»Ja, schon immer. Ich bin dort geboren und aufgewachsen. Ich bin Venezianerin, eine der letzten.« Sie lächelte und blies eine Rauchwolke aus. »*Basta*, genug von mir. Und Sie? Was hat Sie hierhergeführt, in diesen Teil des Mittleren Westens?«

»Ein Stipendium«, sagte ich. »Ein Promotionsstipendium.«

»Ah, dann sind Sie also Wissenschaftler? Und nur zum Studium hierhergekommen?«

Ich weiß nicht, was mich in dem Moment ritt, denn ich sprach kaum jemals über die Gründe, warum ich Kalkutta verlassen hatte. Doch Cinta hatte so bereitwillig von sich erzählt, dass ich fast mechanisch herausplatzte: »Nein, nicht nur.«

»Es gab noch einen anderen Grund?«

Ich nickte.

Sie richtete ihre schwarzen Augen auf mich, und es war, als blickte sie direkt in meine Seele.

»Eine Frau?«

»Ja.«

»Haben Sie sich auf die Suche nach ihr gemacht? Oder sind Sie vor ihr geflohen?«

»Weder, noch«, sagte ich. »Sie ist gestorben, ganz plötzlich, und ich musste weg.« Ich atmete tief ein. »Das ist eine lange Geschichte.«

Ihre Augen verengten sich, doch sie drang nicht weiter in mich. »Und wo sind Sie aufgewachsen?«

»In Kalkutta. In Indien.«

»*Kalkuuta?«,* sagte sie auf ihre unnachahmliche Art. »Da ist die Indische Nationalbibliothek, *giusto?*«

Ich erfuhr, dass Cinta nach ihrem Sabbatjahr über Asien nach Italien zurückwollte und vorhatte, eine Woche in der Indischen Nationalbibliothek zu verbringen. Warum? Weil es bei ihrem derzeitigen Forschungsprojekt um die Stellung Venedigs im Gewürzhandel des Mittelalters ging.

Dass Venedig einmal eine Rolle im Gewürzhandel gespielt hatte, war mir neu. Doch Cinta versicherte mir, dass es tatsächlich so sei. »Gewürze waren ein wichtiger Teil der venezianischen Wirtschaft; Venedig hatte jahrhundertelang ein europaweites Monopol auf den Gewürzhandel.« Sie warf den Kopf zurück, und aus ihrem Mund kräuselte sich der Rauch ihrer Zigarette. »Die Gewinne waren so groß, dass alle neidisch wurden. Das war der Grund für die Entdeckungsreisen der Portugiesen und Spanier: Sie wollten das venezianische Gewürzmonopol brechen.«

Ich weiß nicht, ob es daran lag, was sie sagte, oder daran, wie sie es sagte – jedenfalls war ich fasziniert. Ich fand es herrlich originell, nach Indien zu reisen, um die Geschichte Venedigs zu studieren. Und so, wie ich Cinta einschätzte, würde sie in großem Stil reisen und hatte bereits alles organisiert. Dass sie mich, einen kleinen Bibliotheksassistenten, nach Übernachtungsmöglichkeiten in Kalkutta fragen würde, war das Letzte, was ich erwartet hätte. Aber sie tat es, und nach einigem Überlegen sagte ich: »Vielleicht möchten Sie es im Grand Hotel probieren?«

»Ist das sehr ›grand‹?«

»Zumindest ist es das größte Hotel in Kalkutta.« (Das war es damals noch.)

Sie schüttelte den Kopf. »Dann ist es nichts für mich. Ich

hätte gern etwas Ruhiges, einfach, aber sauber, eine Unterkunft für seriöse Wissenschaftler.«

Sie blies einen Rauchring und wedelte ihn fort. »Wissen Sie«, sagte sie und senkte den Blick, »ich möchte inkognito reisen, wenn Sie verstehen, was ich meine. Ich möchte in Ruhe arbeiten und mir auch die Stadt ansehen. Ich will nicht, dass mein Aufenthalt groß bekannt wird, schon gar nicht bei den Zeitungen.«

Das war in den beiden Wochen ihre einzige Anspielung auf ihren Verlust und den darauffolgenden Medienrummel.

»Ja, natürlich, ich verstehe«, sagte ich. »Dann weiß ich etwas für Sie: ein ruhiges, sauberes Gästehaus, nicht weit von meiner Wohnung. Ich bin im Winter auch in Kalkutta und würde mich freuen, Ihnen die Stadt zu zeigen, wenn Sie möchten.«

Sie schenkte mir ihr atemberaubendes Lächeln. »Ja, das wäre schön ... *grazie!*«

An Cintas zweitem Tag in Kalkutta gingen wir im Maidan spazieren. Der Maidan ist die größte offene Fläche der Stadt, und oft schlugen damals Zirkusunternehmen und Schausteller ihre Zelte dort auf. Ein solches Zelt zog an jenem Tag besonders viele Besucher an; von allen Seiten strömten sie herbei.

Am Eingang zeigte ein großes (und, wie ich fand, abscheuliches) Plakat eine Frauengestalt, um die sich Schlangen wanden. Dass es Cinta ins Auge fiel, war wohl unvermeidlich. Auf ihre Frage erklärte ich ihr, dass in dem Zelt ein Tanztheaterstück aufgeführt werde, das auf einer Volkslegende von der Göttin der Schlangen beruhe.

Ich sagte das nüchtern und ohne Enthusiasmus, in der Hoffnung, sie würde sich nicht weiter dafür interessieren, doch meine Erklärung fachte nur ihre Neugier an.

»*Posso?*« Sie zeigte auf das Zelt. »Kann ich mal reinschauen?«

Mir wurde mulmig. Für Jatra-Aufführungen, bei denen absurd kostümierte Figuren oft stundenlang in den höchsten Tönen kreischen, hatte ich nichts übrig. Das Schlimmste war für mich, dass dabei klassische Texte zu dümmlichen Parodien verkamen.

Das alles zu erklären hätte jedoch zu lange gedauert, und so ließ ich mich von Cinta zu dem Zelt mitziehen, konnte mir aber ein bisschen Sarkasmus nicht verkneifen. »Ich nehme an«, sagte ich, »das ist das Indien, das Sie erwartet haben?«

Sie sah mich erstaunt an. »Warum sagen Sie das?«

»Es ist so exotisch«, erwiderte ich. »Besonders wenn man sich, wie so viele Ausländer, Indien als ein Land der Schlangenbeschwörer vorstellt.«

Sie zog eine Augenbraue hoch. »Und die Leute da drin?« Sie zeigte auf das Zelt. »Sind das Ausländer? Meinen Sie, für die ist das auch exotisch?«

Ich zuckte mit den Schultern. »Das sind einfache Leute, die vertreiben sich dort die Zeit.«

Sie lächelte. »Ich glaube, ich habe auch ein bisschen Zeit zu vertreiben. Es macht Ihnen doch nichts aus, wenn ich eine Weile zuschaue?«

»Aber nein. Und Ihnen macht es hoffentlich nichts aus, wenn ich inzwischen einen kleinen Spaziergang mache? In – sagen wir – einer Viertelstunde könnte ich wieder hier sein.«

»Wunderbar.«

Als ich zurückkam, stand sie schon am Eingang.

»Hat es Ihnen gefallen?«

Sie nickte nachdrücklich. »Ja, sehr. Ich habe zwar kein Wort verstanden, aber es war schön, die Zuschauer zu beobachten. Ein so hingerissenes Publikum habe ich noch nie gesehen. Sie waren wie verhext.«

»Das waren sie bestimmt auch«, sagte ich. »Solche Leute glauben ja alles.«

Sie sah mich überrascht an. »Sie mögen die Geschichte nicht? Ist sie Ihnen zu trivial, zu volkstümlich?«

Das kam der Wahrheit so nahe, dass es mich ärgerte. »Ich glaube, Sie haben mich missverstanden«, protestierte ich. »Ich bin mit der Geschichte aufgewachsen. Ich habe meine Doktorarbeit darüber geschrieben und sogar einen Artikel über eines der Versepen veröffentlicht, auf denen diese Aufführung basiert.«

Plötzlich kam mir der Gedanke, dass es einen Karrieresprung für mich bedeuten konnte, wenn die große Giacinta Schiavon meinen Artikel las (und besser noch, ihn kommentierte).

»Ich kann Ihnen den Artikel zeigen, wenn Sie möchten«, sagte ich. »Er ist nicht sehr lang, nur etwa zehn Seiten.«

»Natürlich«, erwiderte sie, »tun Sie das. Ich lese ihn gern.«

Ich kam dieser Aufforderung mit einem Übereifer nach, der mir rückblickend ein wenig peinlich ist (zu meiner Verteidigung könnte man anführen, dass ich das Gefühl hatte, in Cintas Wertschätzung gesunken zu sein, weil ich wie ein übermäßig verwestlichter Snob wirken musste, und dass ich diesen Eindruck unbedingt tilgen wollte). Gleich am nächsten Morgen ging ich zum Gästehaus der Ramakrishna-Mission, in dem sie wohnte, und gab dort eine Kopie meines Artikels für sie ab: »Anmerkungen zur Datierung eines bengalischen Volksepos«.

Zum Abendessen wollten wir in ein Restaurant, das zwanzig Gehminuten von Cintas Gästehaus entfernt lag. Ich holte sie ab, und nach kurzer Zeit, als wir die ruhigen Bürgersteige der Southern Avenue erreichten, sagte sie: »Ich habe Ihren Artikel gelesen, gerade eben, bevor Sie kamen.«

»Oh – und wie fanden Sie ihn?«

»*Bravo!* Sehr interessant. Ich bin sicher, das mit den Kartoffeln stimmt!«

Ihr etwas spöttischer Unterton sagte mir, dass sie noch nicht fertig war. Ich wartete.

»Ich finde die Art und Weise interessant, wie Sie über dieses Versepos schreiben. Wie ein Archäologe, der eine Tonscherbe untersucht. So sachlich, so präzise!«

»Danke«, sagte ich. »Das ist ein großes Lob für mich.«

Sie warf mir einen verwunderten Seitenblick zu, während wir eine Straßenlaterne passierten.

»Mehr ist es nicht für Sie, dieses Gedicht? Ein lebloses Fragment, das nur deshalb von Interesse ist, weil es karbondatiert werden kann?«

»Ja, schon«, sagte ich. »Ich bin ja kein Literaturkritiker.«

»*Però* ... diese Leute gestern in der Vorstellung, das waren auch keine Kritiker. Und wie die zugehört haben! Man konnte ihnen ansehen, dass die Geschichte für sie nicht tot ist.«

»Wie meinen Sie das?«

»Sie hätten sehen sollen, wie versunken die Zuschauer waren!«, sagte sie. »Und so viele! In Europa fände eine solche Aufführung heutzutage nie ein so großes Publikum. Würde zum Beispiel jemand den *Rasenden Roland* auf die Bühne bringen, kämen allenfalls fachkundige Kritiker und Professoren, aber niemals Leute wie hier – einfache Menschen, junge und alte, Männer und Frauen. Nur zum *calcio*, zum Fußball, strömen so viele zusammen. Aber das ist nicht das Gleiche, bei einem Fußballspiel würde man nicht so viele Frauen sehen. Nein, für die Zuschauer gestern war das Epos lebendig! Es dreht sich um das Hier und Jetzt! Es ist realer als das reale Leben.«

»Was kann man auch anderes erwarten?«, gab ich zurück. »Das sind, wie man so sagt, schlichte, ungebildete Menschen. Hat nicht Marx gesagt, die Bauern seien wie Säcke Kartoffeln? Kein Wunder, dass es in ihrem Leben nur so wimmelt von Göttern, Göttinnen und Dämonen.«

Wieder warf sie mir einen Blick zu. »Für einfache Leute haben Sie nichts übrig, oder?«

Gegen diese Unterstellung elitären Denkens musste ich mich wehren. »Da irren Sie sich!«, sagte ich. »Ich rechne mich der Linken zu. Als Student stand ich den Maoisten nahe. Ich war immer solidarisch mit den Arbeitern und Bauern.«

»Oh, natürlich, *certo!*« Sie musste sich das Lachen verbeißen. »Ich habe in Italien viele Maoisten und Sympathisanten gekannt. Die interessieren sich brennend für das, was die Armen im Bauch haben, aber nicht für das, was sie im Kopf haben.«

»Nicht, wenn es der Vernunft zuwiderläuft«, erwiderte ich. »Ich halte mich für einen rationalen, säkularen, wissenschaftlich denkenden Menschen. Es tut mir leid, wenn das nicht dem Stereotyp des Inders entspricht, aber ich bin nicht religiös, ich glaube nicht an Übernatürliches. Irgendwelchen abergläubischen Humbug lehne ich strikt ab.«

Sie schwieg einen Moment. »Wenn das so ist«, sagte sie schließlich leise, »warum verwenden Sie dann all diese religiösen Wörter?«

»Welche religiösen Wörter?«

»›Abergläubisch‹ und ›übernatürlich‹.« Sie malte mit den

Zeigefingern Anführungsstriche in die Luft. »Wissen Sie nicht, dass es die katholische Inquisition war, die diese Begriffe verbreitet hat? Aufgabe des Inquisitors war es, das Wort ›Aberglaube‹ auszumerzen und durch wahre Religion zu ersetzen. Und der Inquisitor hat auch bestimmt, was ›natürlich‹ und was ›übernatürlich‹ war. Wenn Sie sagen, Sie glauben nicht an das ›Übernatürliche‹, ist das sozusagen ein Widerspruch in sich, denn dann glauben Sie auch nicht an das ›Natürliche‹. Das eine kann nicht ohne das andere existieren.«

»Ich bitte Sie«, sagte ich ungeduldig, »das ist doch reine Semantik.«

»Ja, stimmt. Aber die ganze Welt besteht aus Semantik, und Ihre ist die des 17. Jahrhunderts. Obwohl Sie sich für so modern halten.«

Das traf mich an einem besonders empfindlichen Punkt, und ich konterte schroff: »In Ihren Augen kann wohl kein Inder modern oder rational sein. Wir glauben ja alle an Göttinnen und Hexen und Dämonen.«

»*Madonna!*« Sie blieb abrupt stehen und warf ungläubig die Hände hoch. »Wieso? Meinen Sie, anderswo glaubt man nicht an so etwas? Da irren Sie sich gewaltig! Besessenheit und Hexen sind für viele Menschen in Frankreich und Italien heute noch simple Tatsachen.«

»Unmöglich!«

Es rutschte mir so heraus. Cintas Worte standen im Widerspruch zu meinem Bild von Europa, das für mich immer ein Quell wissenschaftlicher Rationalität gewesen war.

»Das glaube ich Ihnen nicht.«

»Es stimmt aber!«, beharrte sie. »Haben Sie zum Beispiel noch nie etwas vom Tarantismus gehört?«

»Nein. Was ist das?«

»Das Wort kommt von *tarantola*, der Tarantel, einer Giftspinnenart im südlichen Italien. Ihr Biss kann eigenartige Wirkungen hervorrufen. In manchen Gegenden Süditaliens glauben die Menschen, dass dadurch Geister in den Körper gelangen. Die müssen dann mit Musik ausgetrieben werden und vor allem mit einem Tanz – daher der Name Tarantella.«

»Aber Cinta«, sagte ich, »die Tarantella ist doch nur eine Musikform, oder nicht? Eine sehr alte, wenn ich mich recht erinnere, die bis ins 17. Jahrhundert zurückreicht. Solche Vorstellungen sind doch sicher längst ausgestorben.«

»Von wegen! Den Tarantismus gibt es heute noch. Jemand, den ich kannte, hat vor nicht allzu langer Zeit eine brillante Studie darüber veröffentlicht – Ernesto de Martino. Haben Sie mal von ihm gehört?«

»Nein«, erwiderte ich, »der Name sagt mir nichts.«

»Das wundert mich nicht. De Martino ist außerhalb Italiens kaum bekannt, dabei war er meiner Meinung nach einer der bedeutendsten Intellektuellen des 20. Jahrhunderts. Er war Historiker, Volkskundler und Ethnograf, außerdem Kommunist und Schüler von Gramsci. Aber berühmt gemacht haben ihn seine Studien über den Tarantismus in den 1960er-Jahren, als man dachte, solche Praktiken seien längst ausgestorben. Das macht sein Werk so interessant: Er hat aufgezeigt, dass der Tarantismus in einigen Teilen Italiens – der Geburtsstätte des Rationalismus der Renaissance! – noch höchst lebendig war. Und im Gegensatz zu allen anderen, die sich mit dem Thema befassten, ging er unvoreingenommen an die Sache heran. Er unterstellte diesen armen Bauersfrauen – es waren überwiegend Frauen – nicht, dass sie sich alles nur einbildeten. Er schloss die Möglichkeit nicht aus, dass sie etwas erlebten, was sich unseren gängigen Erklärungsmustern entzieht.«

»Sie meinen«, fragte ich ungläubig, »er hielt Geister und

Dämonen für real? Er glaubte, dass sie durch Spinnenbisse mit den Menschen kommunizieren können?«

»Nein!«, rief Cinta. »Aber er war der Meinung, dass wir etwas nicht von vornherein als ›übernatürlich‹ abstempeln dürfen, wie es die Rationalisten ausnahmslos tun. Sie gehen davon aus, dass unerklärbare Kausalitäten grundsätzlich nicht existieren. De Martino zeigt aber, dass es zahlreiche gut dokumentierte Phänomene gibt, die mit sogenannten ›natürlichen‹ Ursachen nicht zu erklären sind.«

»Zum Beispiel?«

»Hmm …« Sie überlegte. »Vorauswissen zum Beispiel, das, was man heute Präkognition nennt. Man weiß, was geschehen wird, bevor es tatsächlich geschieht.«

»Wie im Fall von Wahrsagern und Orakeln?«, spottete ich. »Sie wollen doch nicht im Ernst sagen, dass Sie an so etwas glauben?«

»Nein? Wie erklären Sie dann, was man von den Azteken weiß?«

»Tut mir leid, aber ich kann Ihnen nicht ganz folgen.«

»Sie haben doch bestimmt von den Prophezeiungen der Azteken gehört. Lange bevor die Spanier da waren, wussten die Azteken schon, dass Eroberer übers Meer kommen würden. Sie wussten, dass die Männer ›Feuerstöcke‹ mitführen würden, und sie kannten sogar die Form ihrer Helme. Und weil sie all das wussten, waren sie machtlos, als die Invasion tatsächlich stattfand. Man meint immer, wenn man die Zukunft kennt, kann man sich besser darauf vorbereiten, aber oft macht es einen nur hilflos.«

Ich hätte beinahe aufgelacht, aber zum Glück hatten wir in diesem Augenblick unser Ziel erreicht, ein China-Restaurant in der Lansdowne Road. Als ich die große rote Mondtür öffnete, sagte ich, leichthin, wie ich hoffte: »Wenn ich von einer

Sache ein sicheres Vorauswissen habe, dann davon, dass das Essen hier mehr indisch als chinesisch ist.«

Unser Streit hatte mich zugegebenermaßen ein wenig aus der Fassung gebracht, nicht weil Cinta etwas besonders Seltsames gesagt hätte – viele Menschen sagen seltsame Dinge –, sondern weil sie versucht hatte, es auch noch zu verteidigen. Das fand ich unangebracht, fehl am Platz, ja sogar unhöflich. Es ist schließlich eine Sache, einem Kind ein Märchen zu erzählen, aber eine ganze andere, dieselbe Geschichte allen Ernstes einem Erwachsenen zu erzählen.

Doch da ich Cinta mochte und sie als Freundin nicht verlieren wollte, beschloss ich, das Thema fallen zu lassen. Cinta war offenbar zu einer ähnlichen Entscheidung gelangt, und so verlief unser Essen recht angenehm. Unsere Meinungsverschiedenheit war jedoch weder beigelegt noch vergessen, und die entstandene Spannung lag noch in der Luft, als wir zum Gästehaus zurückgingen. Ich verabschiedete mich ein wenig steif, gab ihr aber meine Telefonnummer und bat sie anzurufen, wenn sie etwas brauche.

Ich glaubte allerdings nicht, dass sie mich so bald wiedersehen wollte, und wunderte mich daher auch nicht, als ich in den folgenden Tagen nichts von ihr hörte. Ich wusste, dass sie bis Ende der Woche in Kalkutta sein würde, und wollte noch ein, zwei Tage verstreichen lassen, ehe ich sie aufsuchte, vielleicht in der Nationalbibliothek.

Doch es war Cinta, die mich aufsuchte. Eines Abends – ich war noch nicht ganz mit dem Essen fertig – klingelte mein Telefon (so ein altmodisches, mit Wählscheibe). Zu meiner Überraschung war es Cinta. »*Ciao, caro!*«

Ihre Stimme klang gepresst. »Wie geht es Ihnen, Cinta?«, fragte ich. »Ist alles in Ordnung?«

»Nicht ganz. Ich habe Neuigkeiten. Ich muss sofort nach Italien zurück. Ich fliege morgen.«

Ich wollte nicht neugierig sein, aber auch nicht gleichgültig erscheinen. »Doch hoffentlich nichts Schlimmes?«

Sie zögerte und fuhr dann widerstrebend fort: »Sie wissen vielleicht, was ... mit meinem Mann und meiner Tochter passiert ist?«

»Ja, natürlich.«

Ich spürte, dass sie mit sich kämpfte, dass sie reden wollte, aber nicht am Telefon.

»Hören Sie, Cinta«, sagte ich, »soll ich zu Ihnen rüberkommen?«

»Ja, bitte.«

»Ich bin in zehn Minuten da.«

Sie erwartete mich am Eingang des Gästehauses. »Können wir irgendwohin? Vielleicht einen Spaziergang machen?«

Die Luft war an dem Abend nicht sehr angenehm. Wie so oft im Januar waren Kalkuttas Straßen in einen dichten, übel riechenden Nebel gehüllt.

»Ein Spaziergang ist heute wohl keine so gute Idee«, sagte ich. »Wir könnten zu mir, das ist nicht weit.«

»*Va bene.* Gehen wir.«

Die sonst so belebten Straßen waren still, wie ausgestorben. Keiner von uns sagte etwas, bis wir bei mir ankamen.

Meine Wohnung ist nicht groß, hat aber ein recht behagliches Wohnzimmer. Cinta nahm auf dem Sofa Platz, und ich schenkte uns beiden einen Brandy ein, den ich im Duty-free-Shop gekauft hatte.

Sie nahm einen Schluck und blickte in ihr Glas. Dann erzählte sie unaufgefordert von dem Anruf, den sie erhalten hatte. Der italienische Botschafter in Delhi hatte eine Bitte – de facto eine Aufforderung – des Richters an sie weitergeleitet, der mit den Ermittlungen zu dem Unfall befasst war, bei dem ihr Mann und ihre Tochter Lucia ums Leben gekommen waren.

Ein neues Beweisstück war aufgetaucht, ein Polizeibericht, und der Richter wollte Cinta dazu befragen.

»Haben Sie eine Idee«, fragte ich, »worum es da geht?«

Sie nickte. »Ja.« Nach einem Moment fügte sie hinzu: »Es geht um eine Sache, die in Salzburg passiert ist, kurz vor dem Unfall, als ich in einem Hotel auf meinen Mann und meine Tochter gewartet habe. Sie wollten mit dem Auto aus Mailand kommen. Giacomo war ein passionierter Autofahrer, wissen Sie ...«

Cinta war nach Mitternacht mit einem quälenden Gefühl der Unruhe aufgewacht. Das war nichts Neues für sie, denn seit einiger Zeit erhielt ihr Mann Drohungen von Unbekannten. Jetzt aber hatte sie so starke Vorahnungen, dass sie sich mehrmals übergeben musste.

Sie wartete bis Tagesanbruch, dann rief sie Giacomo in Mailand an und flehte ihn an, nicht zu fahren.

»Warum?«, fragte er verwundert.

»Es ist nur so ein Gefühl ... du bekommst doch diese Drohungen ...«, konnte sie nur sagen.

Doch Giacomo tat ihre Worte ungeduldig ab. Er war ein selbstbewusster, willensstarker Mann, der Drohungen gewöhnt war. Er sagte, sie solle sich keine Sorgen machen, er werde sich von irgendwelchen zwielichtigen *malavitosi* nicht ins Bockshorn jagen lassen. Lucia freue sich schon so auf den Urlaub und wäre bitter enttäuscht, wenn er ins Wasser fiele.

Und dann hatte er eine Überraschung für sie: Seine Zeitung habe ihm ein Satellitentelefon gegeben, sagte er, Cinta könne ihn also auf der Fahrt von Mailand nach Salzburg jederzeit anrufen. Er nannte ihr die Nummer, und sie notierte sie.

Daraufhin begann Cinta, ihre Vorahnungen anzuzweifeln. Sie drang nicht weiter in ihn, weil sie wusste, dass er ohnehin nicht auf sie hören würde, aber auch, weil sie nicht wie eine abergläubische Närrin erscheinen wollte. Zudem hatten Giacomos Zuversicht und seine Selbstgewissheit sie beruhigt und ihre Ängste halbwegs zerstreut. Zum Schluss war sie wieder ganz die Alte. Sie sagte Giacomo und Lucia, sie vermisse sie und könne es kaum erwarten, sie wiederzusehen.

Doch später, auf dem Kongress, kehrten ihre Befürchtungen zurück, und sie konnte sich nicht mehr konzentrieren. Aus einer Telefonzelle rief sie die Nummer an, die Giacomo ihr gegeben hatte. Es läutete ein paarmal, dann meldete er sich. Er lachte: »*Ecco!* Das Satellitentelefon funktioniert! Wir sind auf der *autostrada*, und ich spreche mit dir!«

»Wo seid ihr?«

»Irgendwo zwischen Bressanone und Innsbruck. In ein paar Stunden sind wir da.«

Er gab Lucia den Hörer.

»*Mamma!*«, rief ihre Tochter. »Hier ist es so schön! Schade, dass du nicht da bist.«

»Ja, schade, *tesoro!*«

Sie plauderten noch eine Weile, dann legten sie auf. Doch obwohl es schien, als sei alles in Ordnung, war Cinta nicht beruhigt. Statt weiter an der Tagung teilzunehmen, kehrte sie in ihr Hotel zurück. Sie ließ sich in ihrer Suite in einem Sessel nieder und sah mit leerem Blick zum Fenster, als sie plötzlich Lucias Stimme hörte: »*Mamma! Mamma! Ti voglio bene*, ich hab dich lieb!«

Die Worte waren so deutlich, dass sie herumfuhr, weil sie glaubte, Giacomo und Lucia seien früher angekommen und irgendwie ins Zimmer gelangt. Da sie niemanden sah, glaubte sie, Lucia mache einen Scherz. Sie suchte die ganze Suite ab, schaute in die Wandschränke und unter die Betten. Als feststand, dass niemand da war, griff sie zum Telefon und wählte die Nummer von Giacomos Satellitentelefon.

Es war nur ein Rauschen zu hören, und sie versuchte es mit zitternden Fingern noch einmal. Wieder meldete sich niemand. Sie glaubte, die Ländervorwahl oder etwas anderes falsch eingegeben zu haben, und bat die Telefonzentrale des Hotels, ihren Mann anzurufen. Dann wartete sie und starrte auf den Apparat. Mehrere Minuten vergingen, ihre Panik wuchs, und als sie das Warten nicht mehr aushielt, rief sie an der Rezeption an und verlangte, dass man in der Zentrale nachfrage. Sie erwartete einen schnellen Rückruf, und als er ausblieb, verließ sie ihre Suite und lief die Treppe hinunter zur Rezeption.

Der Portier und die Telefonistin steckten in einem Büro die Köpfe zusammen. Cinta ging geradewegs hinein und verlangte zu wissen, was los sei. Die beiden sagten, sie hätten es mehrmals mit der Nummer des Satellitentelefons versucht, aber keine Verbindung bekommen.

Der Portier wollte wissen, wann ihr Mann sich zuletzt gemeldet habe und wo er zu dem Zeitpunkt gewesen sei. »Zwischen Bressanone und Innsbruck«, antwortete sie. Er notierte es sich und bat sie, sich zu beruhigen und wieder hinaufzugehen, er werde in Erfahrung bringen, wer den Streckenabschnitt überwache, und Kontakt mit der zuständigen Stelle aufnehmen.

Cinta kehrte in ihre Suite zurück, und wenig später klingelte das Telefon. Hastig hob sie ab. Ein *poliziotto* war am Apparat, ein italienischer Streifenpolizist. Sie gab ihm das Kennzeichen von Giacomos Auto und sagte, sie fürchte, es sei etwas passiert, denn er gehe nicht an sein Satellitentelefon. Der Polizist bat sie, sich keine Sorgen zu machen, die Strecke werde nicht lückenlos von Satelliten abgedeckt, er werde jedoch sicherheitshalber eine Suchmeldung herausgeben.

Eine Stunde später klingelte Cintas Telefon erneut. Es war der Streifenpolizist: Er rufe an, um ihr zu sagen, dass man Giacomos Wagen aus einem Hubschrauber in einer tiefen Schlucht gesichtet habe; es gebe keine Überlebenden.

»Ich wusste«, sagte Cinta, »dass mein Anruf und der Zeitpunkt irgendwo registriert worden waren, verstehen Sie? Ich wusste, wenn man die Berichte genau überprüfte, würde man sehen, dass ich über eine Stunde, bevor der Unfall bekannt wurde, bei der Polizei angerufen hatte. Und man würde sich fragen, wie ich wissen konnte, dass etwas passiert war, bevor die Polizei es wusste. Ich glaube, so war es.«

»Und was werden Sie sagen?«

»Ganz einfach: Ich werde sagen, ich hätte Giacomo auf dem Satellitentelefon angerufen und mir Sorgen gemacht, als er sich nicht gemeldet hat.«

»Und weiter? Was ist mit der Stimme Ihrer Tochter?«

Sie warf mir einen verächtlichen Blick zu. »Davon werde ich natürlich nichts sagen. Sie wissen doch, dass man so etwas nicht sagen kann. Man würde mich ja für *pazza* halten, für verrückt …«

Während der ganzen Zeit hatte Cinta in eiserner Ruhe aufrecht dagesessen. Doch nun zuckten ihre Schultern, und sie schlug die Hände vors Gesicht.

Ihr trockenes, keuchendes Schluchzen war schrecklich anzuhören. Nach einer Weile ging ich zu ihr und legte den Arm um sie. Sie lehnte sich an meine Schulter, und ihr Schluchzen ging in ein verzweifeltes leises Weinen über, wie ich es noch nie gehört hatte. Einen solch heftigen Schmerz mit anzusehen war immer schwer, besonders aber bei der sonst so beherrschten Cinta. Sie sagte es nicht, aber ich wusste, dass sie bis dahin noch nie über ihr Erlebnis in dem Salzburger Hotel gesprochen hatte.

Ich weiß nicht mehr, wie lange wir dort saßen, aber ich erinnere mich, dass ich nach einiger Zeit sagte, so könne sie nicht in das Gästehaus zurück, ich würde das Bett in meinem Zimmer für sie herrichten und selbst im Wohnzimmer schlafen.

Sie nickte, und als alles bereit war, ging sie hinaus. Ich streckte mich auf dem Sofa aus.

Ich schlief unruhig, und als ich bei Tagesanbruch erwachte, stand Cinta auf der anderen Seite des Wohnzimmers rauchend am Fenster und schaute auf die Straße hinunter.

Als sie sah, dass ich wach war, setzte sie sich zu mir. Sie legte mir den Arm um die Schultern und gab mir einen Kuss auf die Wange.

»*Grazie, grazie!*«

»Nichts zu danken, Cinta, wirklich nicht.«

»Doch! Sie haben mir so teilnahmsvoll zugehört. Und das, obwohl Sie so ein großer Rationalist sind! Dafür bin ich Ihnen sehr dankbar.«

»Aber ich bitte Sie.«

Sie lächelte und hielt mich auf Armeslänge von sich. »Jetzt wissen Sie so viel von mir, und ich weiß so gut wie nichts von Ihnen.«

»Da gibt es nicht viel zu erzählen«, sagte ich. »Wissen Sie nicht, was man von den indischen Männern sagt? Sie haben kein Innenleben, sie interessieren sich im Grunde nur für ihre Verdauung.«

»Wirklich?« Sie schien ernsthaft darüber nachzudenken.

»Nein, das glaube ich nicht, Dino. Sie haben mir doch mal etwas sehr Interessantes erzählt. Warum Sie nach Amerika gegangen sind …«

»Ach, das. Möchten Sie es wirklich hören?«

Sie nickte. »Ja, sagen Sie's mir.«

Ich erhob mich und setzte Wasser auf.

»Ich hatte Ihnen, glaube ich, gesagt, dass ich während meiner Studentenzeit mit den Maoisten sympathisiert habe. Diese Gruppen waren hier sehr stark und übten eine große Anziehungskraft auf alle besonders intelligenten und idealistischen Studenten aus.«

Sie nickte. »Ja, in Italien war es genauso, als ich studiert habe.«

»Waren Sie …?«

Sie schüttelte den Kopf. »Nein, mir waren diese Ideen immer zu simpel. Aber Sie haben es vielleicht anders empfunden.«

»Dass ich nach Amerika gegangen bin, hatte, glaube ich, nicht viel mit Ideen zu tun.«

»Dann mit einer Frau?«

»Ja. Sie hieß Durga, nach der Kriegergöttin, und so etwas war sie auch für mich. Ich war ein Bücherwurm, ich hatte den Kopf in den Wolken, ich träumte davon, die Orte zu besuchen, die ich aus Büchern kannte. Und dann brach Durga in mein Leben ein. Mit ihrem Mut und ihrer Verwegenheit war sie damals schon eine Legende. Sie ging unfassbare Risiken ein, überbrachte Botschaften an bewaffnete Rebellen auf dem Land. Ich hatte gewaltigen Respekt vor ihr und kam mir neben ihr wertlos, egoistisch und kleinbürgerlich vor.«

»Und Sie haben sich in sie verliebt?«

»Ja.«

»Und sie? Hat sie Sie auch geliebt?«

»Ich glaube schon. Ich war ihr wohl ebenso ein Rätsel wie sie mir. Jedenfalls hatten wir eine Affäre, und das war nicht ungefährlich für sie, weil ich ja nicht einer ihrer maoistischen Genossen war, sondern nur eine Art Mitläufer. Die Partei und die Genossen, das war wie ein Kult, wer da nicht ›drin‹ war, der war verdächtig. Ich wahrscheinlich besonders, denn sie wussten, dass ein Onkel von mir ein hohes Tier bei der Polizei war. Vielleicht dachten sie, ich wollte Durga Geheimnisse entlocken oder so. Eines Tages verließ sie die Stadt, ohne mir zu sagen, wohin sie fuhr. Das war nichts Ungewöhnliches, nur kam sie diesmal nicht zurück. Ein paar Tage später erfuhr ich, dass sie bei einem ›Zusammenstoß‹ mit der Polizei erschossen worden war.«

»Von wem haben Sie das erfahren?«

»Von meinem Polizeionkel – angeblich hatten ihre eigenen Genossen sie verraten.«

»Wieso?«

»Wahrscheinlich wegen ihrer Beziehung zu mir. Vielleicht auch, weil ihre Genossen meinen Onkel in Schwierigkeiten bringen wollten. Jedenfalls hatte jemand dafür gesorgt, dass man meinen Namen und meine Adresse bei ihr fand.

»*Incredibile!*«

»Ja. Mein Onkel sagte, er wolle die Sache vertuschen, ich müsse aber sofort weg aus Kalkutta. Ich wurde zu Verwandten nach Neu-Delhi geschickt und bewarb mich dann an amerikanischen Universitäten. Und ich hatte Glück …«

Cinta stand auf und trat neben mich. »Es war nicht Ihre Schuld. Sie dürfen sich keine Vorwürfe machen.«

Ich hatte lange nicht mehr an diese Ereignisse gedacht und merkte jetzt, wie meine Selbstbeherrschung ins Wanken geriet. Um nicht die Fassung zu verlieren, schon gar nicht jetzt, schaute ich auf die Uhr.

»Wir müssen los, Cinta. Sonst verpassen Sie noch Ihren Flug nach Neu-Delhi.«

Im Taxi zum Flughafen fragte mich Cinta, ob ich mich im Mittleren Westen wohlfühlte und mit meiner Arbeit in der Bibliothek zufrieden sei. Ich sagte, mir liege nicht viel an dem Job, ich wisse aber nicht, was ich sonst machen solle.

»Da müssen wir etwas tun«, sagte sie. »Wir müssen etwas Passenderes für Sie finden.«

Und tatsächlich bekam ich ein halbes Jahr später, als ich längst wieder in den USA war, ein Schreiben von einer New Yorker Firma, die mit seltenen Büchern und Antiquitäten handelte: Man suche jemanden für die Asien-Abteilung und wende sich an mich, weil Professoressa Giacinta Schiavon, eine enge Freundin eines der Direktoren, mich wärmstens empfohlen habe.

Es war ein verlockendes Angebot, doch ich zögerte. Ein Umzug nach New York war eine erschreckende, ja geradezu beängstigende Vorstellung für mich. Alle meinten, die Stadt werde mich förmlich erdrücken.

Ich schwankte noch, da rief Cinta an, aus heiterem Himmel, was, soweit ich mich entsinnen konnte, noch nie vorgekommen war: Ich solle mich nicht von meinen Befürchtungen leiten lassen, sagte sie, es sei immer ein Fehler, aus reiner Gewohnheit den Weg des geringsten Widerstandes zu gehen.

Das gab den Ausschlag. Ich nahm die Stelle an, und siehe da: Sie war genau das, was ich brauchte. Ich schlug mich in meinem Job so gut, dass ich mich nach fünfzehn Jahren in Brooklyn selbstständig machen konnte.

Im selben Zeitraum wurde Cinta in der Welt der Wissenschaft zum Star. Sie war immer häufiger unterwegs, und wenn sie nach New York kam, trafen wir uns oft, meist zu einem ruhigen gemeinsamen Essen. Bisweilen kreuzten sich unsere Wege auch bei Kongressen, Tagungen oder Auktionen. So kam es, dass wir uns, obwohl wir auf verschiedenen Kontinenten lebten, mehrmals im Jahr sahen. Häufig schickte sie mir auch Kunden, darunter viele Italiener, sodass ich im Lauf der Zeit ganz passable Italienischkenntnisse erwarb.

Was Cinta in mir sah, war mir offen gestanden ein Rätsel, aber umso dankbarer war ich für ihre Freundschaft. Ich vergaß nie, dass ich ohne sie vielleicht in dieser düsteren Bibliothek im Mittleren Westen versauert wäre. Ich nahm jeden ihrer Anrufe ernst, auch wenn es schien, als hätte er, wie an jenem Tag, nichts weiter zu bedeuten. Fast war es, als wollte sie mich erneut auffordern, nicht aus lauter Gewohnheit den leichtesten Weg zu gehen.

Ein Blick auf die Uhr sagte mir, dass es noch nicht zu spät war, um Piya anzurufen. Ich wählte ihre Nummer, und nachdem es ein paarmal geläutet hatte, meldete sie sich.

»Hallo, Piya«, sagte ich. »Hören Sie zu, ich habe mich jetzt doch entschlossen, zu dem Tempel zu fahren.«

»Sehr gut.«

»Ginge es morgen noch? Oder kommt mein Anruf zu spät?«

»Nein, das geht. Moyna fährt morgen früh mit einem der Minibusse des Trusts los und bringt Sie nach Basonti, das ist der größte Flusshafen der Sundarbans. Dort erwartet Sie ein Mann namens Horen Naskar, der fährt Sie mit seinem Boot zu dem Schrein und vor Einbruch der Dunkelheit wieder nach Basonti. Von dort kommen Sie mit einem Taxi, das wir für Sie bestellen, nach Kolkata zurück. Mit etwas Glück sind Sie zum Abendessen wieder zu Hause.«

»Klingt gut.«

»Können Sie um fünf Uhr früh am Gol-Park-Kreisverkehr sein? Dort holt Sie der Bus ab.«

»Ja, kein Problem.«

»Und noch etwas«, sagte Piya. »Es ist windig und kühl auf dem Boot so früh am Morgen, stellen Sie sich also darauf ein. Und Sie sollten auch Sachen zum Wechseln mitnehmen.«

»Wieso das?«

Sie lachte. »Sagen wir mal so: Es gibt eine Menge Schlamm in den Sundarbans. Und auch eine Menge Wasser.«

»Verstehe. Und Sie? Wann fahren Sie nach Bhubaneswar?«

»Morgen früh. Wenn ich zurückkomme, sind Sie wohl nicht mehr da?«

»Nein, aber vielleicht«, sagte ich hoffnungsvoll, »sehen wir uns ja nächstes Jahr wieder?«

»Bestimmt. Bis dann also. Alles Gute.«

»Für Sie auch alles Gute.«

Tipu

Am nächsten Tag war ich, eingepackt in Pullover und Anorak, um kurz vor fünf am Gol-Park-Kreisverkehr. Über der Schulter trug ich einen Segeltuchrucksack. Ich hatte Piyas Warnung beherzigt und nicht nur eine, sondern gleich zwei Garnituren zum Wechseln mitgenommen, außerdem eine Kamera, ein Aufnahmegerät und einen E-Reader.

Der Himmel war noch dunkel, der Kreisel wie immer im Winter in übel riechenden, von den Straßenlampen gespenstisch erleuchteten Smog gehüllt. Ein paar Minuten nach fünf hörte ich von fern wütende Stimmen. Sie wurden immer lauter, und dann tauchten im Dunst zwei trübe Scheinwerfer auf. Gleich darauf hielt ein gelber Kleinbus mit dem Logo des Badabon Trusts vor mir, und aus dem Innern drang ein hitziger Streit nach draußen.

Als ich einstieg, verstummten die Stimmen. Moyna saß vorn, den Platz neben sich hatte sie für mich frei gehalten.

Die Stille währte nur so lange, bis ich mich gesetzt hatte. Kaum fuhr der Bus wieder an, flammte der Streit von Neuem auf.

Ein Blick nach hinten sagte mir, dass ich der einzige männliche Erwachsene im Wagen war, alle anderen waren Frauen und Kinder. In den vorderen Reihen saßen Angestellte des Trusts, alle wie Moyna in strenge gestärkte Baumwollsaris gekleidet. Die Frauen hinten bildeten eine bunte Truppe in grellem, glitzerndem Synthetik. Manche hatten Kinder bei sich, und einige stillten unter dem Schutz des Saris ihre Babys.

Während der Streit weitertobte, flüsterte Moyna mir ins Ohr, dass die Frauen hinten »sex workers« seien (sie gebrauchte den englischen Ausdruck), die man in verschiedenen Rotlichtvierteln Kolkatas und anderswo aufgegriffen habe. Da alle aus den Sundarbans stammten, habe die Polizei sich an den Trust gewandt, weil er mit seinen Werkstätten und Beschäftigungsmaßnahmen zu ihrer Resozialisierung beitragen konnte.

An Geld hatte der Trust jedoch nicht viel zu bieten, und darum ging es bei der Auseinandersetzung. Die Frauen hinten beschwerten sich, dass sie von den in Aussicht gestellten Löhnen nicht würden leben können, die Angestellten des Trusts wiesen das verärgert zurück.

Leider, sagte Moyna, kämpfe der Trust hier auf verlorenem Posten. Die Erfahrung zeige, dass viele, wenn nicht gar die meisten dieser Frauen bald wieder in ihr altes Leben zurückkehrten.

»Wie können Sie da so sicher sein?«, fragte ich.

Moyna seufzte müde.

»Wir kennen das Problem seit vielen Jahren«, antwortete sie. »Seit Aila.«

So machte ich Bekanntschaft mit dem Zyklon Aila, der die Sundarbans 2009 heimsuchte.

Die Katastrophe, so Moyna, hatte sich ganz anders abgespielt als bei den Wirbelstürmen der Vergangenheit. Ende der 1990er-Jahre waren überall in der Region Frühwarnsysteme eingerichtet worden, sodass reichlich Zeit blieb, sich auf den Zyklon vorzubereiten. Im Zuge der Massenevakuierungen waren Millionen von Menschen in Indien und Bangladesch in Sicherheit gebracht worden. Die Zahl der Opfer war daher erstaunlich gering geblieben, zumindest im Vergleich zu dem Zyklon von 1970.

Doch Ailas Langzeitfolgen waren noch verheerender als die früherer Zyklone. Auf Hunderten von Kilometern waren Uferdämme fortgespült worden, und das Meer hatte Gebiete überschwemmt, in die es bis dahin noch nie vorgedrungen war. Weite Flächen einst fruchtbaren Landes waren von Salzwasser überflutet, sodass dort auf Generationen hinaus, wenn nicht für immer, keine Landwirtschaft mehr möglich war.

Auch die Evakuierungen hatten Auswirkungen, die niemand hatte vorhersehen können. Einmal entwurzelt, wollten viele der Evakuierten nicht mehr in ihre Dörfer zurück, weil sie wussten, dass sie dort ein noch härteres Leben erwartete als zuvor. Gemeinschaften waren auseinandergebrochen, Familien in alle Winde zerstreut worden. Die Jungen waren in die Städte abgewandert, sodass die ohnehin schon überquellenden Slums noch weiter anschwollen, und von den Älteren versuchten viele gar nicht mehr, sich mit irgendeiner Arbeit mühselig ihren Lebensunterhalt zu verdienen, sondern verlegten sich aufs Betteln.

Die Sundarbans hatten wegen der Armut, die dort herrschte, schon immer Menschenhändler angezogen, nie aber so viele wie nach Aila. Scharenweise fielen sie über die Region her, lockten Frauen in weit entlegene Bordelle und kräftige Männer auf Baustellen in fernen Städten, ja sogar im Ausland. Von vielen hörte man nie wieder etwas.

Manchmal schien es, sagte Moyna, als hätten sich Land und Wasser gegen die Menschen in den Sundarbans verschworen. Versuchten sie, Brunnen zu graben, schoss eine arsenhaltige Brühe aus dem Boden, versuchten sie, Uferböschungen zu befestigen, stieg die Flut höher und riss alles wieder fort. Selbst Fischer kamen kaum noch über die Runden. Waren sie einst mit vollen Netzen heimgekehrt, konnten sie sich jetzt glücklich schätzen, wenn sie eine Handvoll Fische fingen.

Was sollten die jungen Menschen tun?

Es gab kaum noch Verdienstmöglichkeiten, und jedes Jahr wanderten mehr Menschen aus den Sundarbans ab. Junge Erwachsene beiderlei Geschlechts liehen sich Geld oder stahlen es, um die Dienste von Vermittlern in Anspruch nehmen zu können, die ihnen anderswo Arbeit verschafften. Manche gingen über die Grenze nach Bangladesch und schlossen sich Arbeitertrupps für die Golfstaaten an. Gelang das nicht, ließen sie sich von Menschenhändlern gegen Bezahlung per Schiff nach Malaysia oder Indonesien schmuggeln.

Die einzige Möglichkeit, einem solchen Schicksal zu entgehen, war Bildung. Aber wie sollten Jungen und Mädchen, die im Mangrovenland bei Kerzenlicht gelernt und sich alte Schulbücher geteilt hatten, mit Städtern konkurrieren, denen Nachhilfeschulen und ein leichter Zugang zum Internet zur Verfügung standen?

Moynas Stimme zitterte jetzt, und sie tupfte sich mit dem Saum ihres Saris die Augen.

Nicht lange, und ihr Redestrom setzte wieder ein.

Als ihr Sohn geboren wurde, sagte sie, habe sie große Träume gehabt: Er sollte als Erster in der Familie aufs College gehen und dann Medizin oder Ingenieurwissenschaften studieren. Doch es sei anders gekommen, von klein auf sei er vom Pech verfolgt gewesen, angefangen mit dem Tod seines Vaters, der für Piya gearbeitet hatte und dabei ums Leben gekommen war.

Natürlich seien alle sehr lieb gewesen, sagte Moyna – Nilima, der Trust, ihre Nachbarn und vor allem Piya. Sie habe Piya nie um etwas bitten müssen; der Unfall habe sie so stark belastet, dass sie ihnen mehr gegeben habe, als sie sich je hätten träumen lassen. In Lusibari hatte sie für Moyna und ihren Sohn ein kleines Haus gekauft und zwei Bankkonten eröffnet, eines für den täglichen Bedarf und eines für die Ausbildung des Jungen. In unzähligen Stunden hatte sie ihm Englisch beigebracht, und wenn sie in Amerika war, hatte sie ihn per Telefon oder Internet unterrichtet. Sie hatte ihm Laptops, Tablets, die neuesten Handys, Spielekonsolen und Musikanlagen geschenkt, und als er sich beklagte, dass er die Geräte wegen der Stromausfälle oft nicht benutzen könne, hatte sie eine Solaranlage für das Haus installieren lassen.

»Können Sie sich vorstellen«, sagte Moyna, »wie das für uns war, all die Sachen zu besitzen, in den Sundarbans, wo niemand sonst so etwas hat …«

Ich begriff, dass die Liste der Geschenke, die Moyna aufgezählt hatte, eine Metapher für das Dilemma war, in das sie und ihr Sohn durch Piyas Großzügigkeit geraten waren, denn sie lebten inmitten der zunehmenden Armut ringsum in einer Blase des Wohlstandes.

Das alles sei natürlich gut gemeint gewesen, sagte Moyna, aber das Ende vom Lied war, dass es ihrem Sohn immer schwerer fiel, sich einzufügen. Schon sehr früh hatte er den Wunsch geäußert, in die USA zu gehen. Mit dreizehn, als er alt genug für die Highschool war, hatte Piya ihn mit nach Oregon genommen, in die Kleinstadt, in der sie lebte. Doch das Experiment war gescheitert, zwangsläufig, denn Piya wohnte allein in einem kleinen Apartment, sie ernährte sich von Fast Food und war häufig beruflich unterwegs. Sie hatte keine Verwandten und keine Ahnung, wie man ein Kind großzieht. Der

Junge war oft sich selbst überlassen, er geriet in schlechte Gesellschaft und kam sogar mehrmals mit der Polizei in Konflikt. Nach einigen Jahren brachte Piya ihn nach Indien zurück, um zu verhindern, dass er in einem amerikanischen Jugendgefängnis landete.

Moyna hatte gestaunt, wie sehr ihr Sohn sich verändert hatte. Seine Kleidung, sein Verhalten, seine Frisur – nichts war mehr wie früher. Nicht einmal sein Name: Tutul war für die Amerikaner schwer auszusprechen, deshalb hatte er sich in Tipu umbenannt. Er verlangte, dass alle sich an den neuen Namen gewöhnten, und reagierte auf keinen anderen mehr.

Da Tipu unmöglich wieder in Lusibari zur Schule gehen konnte, hatte Piya ihn auf ein teures Internat in Kolkata geschickt. Aber auch das nahm kein gutes Ende. Die Verhaltensweisen, die er aus Amerika mitgebracht hatte, stießen bei Mitschülern und Lehrern auf Ablehnung. Noch schlimmer wurde es, als seine Klassenkameraden herausfanden, dass er ein Unberührbarer aus den Sundarbans war. Eines Tages sagte ein Junge zu ihm, aus den Sundarbans kämen nur Dienstboten und Prostituierte. Tipu rastete aus und verpasste dem Jungen die verdiente Prügel. Doch der andere stammte aus einer einflussreichen Familie, die dafür sorgte, dass Tipu der Schule verwiesen wurde.

Nach seiner Rückkehr in die Sundarbans weigerte er sich strikt, weiter zur Schule zu gehen, und weder Moyna noch Piya noch irgendjemand sonst konnte ihn umstimmen. Bedrängten sie ihn, sagte er: »Ich kann im Netz mehr lernen als von jedem Lehrer.«

Tatsächlich kannte er sich mit Computern bestens aus, wobei ihm zugutekam, dass er wie ein Amerikaner Englisch sprach. Er war zu der Zeit noch ein Teenager, aber von überall her kamen Leute und baten ihn um Hilfe. Bald verdiente er auch Geld, und manchmal verschwand er tagelang – wohin er ging und woher das Geld kam, wusste Moyna nicht. Wenn sie ihn fragte, sagte er, er arbeite in einem Callcenter. Inzwischen war er fast alt genug fürs College und ließ sich von Moyna längst nichts mehr sagen. Er machte, was er wollte, und ging, wohin es ihm beliebte. Wie ein Fremder erschien er ihr jetzt.

Moyna verstummte, tupfte sich wieder die Augen und schaute auf die Reisfelder und Fischteiche hinaus, die an uns vorüberzogen.

Ich hatte nicht gedacht, dass es mir beschieden sein würde, Tipu kennenzulernen. Doch als wir in Basonti einen Damm entlanggingen, rief Moyna plötzlich: »Da ist er! Tipu!«

»Wo?«

Sie zeigte auf einen schmächtigen kleinen Jugendlichen, der auf uns zu geschlurft kam, die Hände in den Taschen seiner tief sitzenden Jeans vergraben.

»Ich hätte nicht gedacht, dass er hier ist«, sagte Moyna. »Nilima muss ihm gesagt haben, dass wir kommen. Sie ist die Einzige, auf die er hört.«

Nach Moynas Beschreibung hatte ich einen desolat wirkenden, mürrischen Jungen erwartet, sah aber sofort, dass Tipu ganz anders war: Er hatte den lauernden Blick und die blitzschnellen Bewegungen eines hungrigen Barrakudas. Mit seinem silbernen Ohrstecker und den schimmernden Strähnchen in seinen oben stacheligen und an den Seiten glatten Haaren glitzerte er auch wie ein Barrakuda. Und auch mit seiner Kleidung – Netzshirt und Baggy Jeans, die immer wieder rutschten und den Bund seiner knallroten Boxershorts freigaben – hätte er gut nach Brooklyn gepasst.

Bald erfuhren wir, dass tatsächlich Nilima ihn gebeten hatte, in Basonti auf uns zu warten. »Sie hat gesagt, ich soll mitkommen und die GPS-Koordinaten von diesem Schrein feststellen«, sagte er. »Und ihn dokumentieren.«

Er hatte Bengali gesprochen, leise und lustlos, doch als er sich mir zuwandte, hob er die Stimme.

»Hey there«, sagte er auf Englisch und streckte mir die Hand hin. »Wie geht's?«

Ich ergriff seine Hand. »Hi. Ich …«

»Ich weiß, wer du bist, Pops.« Tipu grinste. »Ich weiß alles über dich.«

Ich war perplex. »Woher?«

»Hab dich gegoogelt.«

Ich weiß nicht, was mich mehr ärgerte: sein unverschämter Ton oder dass er mich Pops nannte, als wäre ich eine Comicfigur. Da mir keine passende Erwiderung einfiel, schien es mir das Beste, seine Frechheiten zu ignorieren.

»Wo ist das Boot?«, fragte ich.

»Da drüben.« Er zeigte zum Flussufer, wo Wasserfahrzeuge aller Art dicht nebeneinander vertäut lagen.

»Welches ist unseres?«

»Das da.«

Ich hatte mir vorgestellt, dass ich in einer schnittigen, PS-starken Motorbarkasse vor weiß schäumendem Kielwasser übers Wasser flitzen würde. Doch was dort auf mich wartete, war ein plumper, für Tagestouristen aus Kolkata ausgerüsteter Kahn, dessen Bordwände mit abscheulichen Darstellungen von Tigern und Krokodilen bemalt waren. Weder die schreienden Farben noch die Fahne an der Reling (SUNNY SUNDARBANS TOURS, PROP. HOREN NASKAR) konnte darüber hinwegtäuschen, dass es sich um eine altertümliche, stark verkleinerte Version des auf Bengali *bhotbhoti* genannten Dampfbootes handelte.

Moyna schien es mit der Rückfahrt nach Kalkutta nicht

eilig zu haben. Sie wäre wohl gern mit uns gefahren, und sei es nur, um ein wenig Zeit mit ihrem Sohn zu verbringen. Doch davon wollte Tipu nichts wissen: Mit einer gebieterischen Geste verabschiedete er seine Mutter und führte mich den Damm entlang zu einer Laufplanke. »Komm, Pops«, sagte er forsch, »keine Zeit, hier rumzuquatschen. Der Skipper wird hibbelig, will bei ablaufendem Wasser raus. Schaff lieber deinen Hintern an Bord.«

Die Planke war bedenklich schmal, aber ich gelangte wohlbehalten hinüber. Als ich das Deck betrat, hörte ich hinter mir ein raues Lachen.

»Bravo, Pops!« Tipu lief flink über die Planke. »Hast's tatsächlich geschafft! Dachte schon, du landest im Wasser.«

Er holte die Planke ein und flitzte davon, um die Leinen loszuwerfen. Im Bauch des Bootes begann ein Motor zu tuckern, und über uns erschien eine dicke, schwarze Rauchwolke. Gleich darauf fuhren wir beim gleichmäßigen *bhot-bhot-bhot* der Maschine dahin.

Plötzlich tauchte Tipu wieder neben mir auf. »Du bleibst über Nacht, Pops?«, fragte er.

»Nein, ich muss in die Stadt zurück.«

»Schade. Hätte dir einiges zu bieten.« Er zwinkerte mir zu und wölbte die Hände vor seinem Brustkorb, als streichelte er die Brüste einer Frau. »Du verstehst?« Er schwenkte Hüften und Ellenbogen. »Hätte für Action gesorgt. Hier ist ganz schön was los, wenn man weiß, wo.«

Ich brachte kein Wort heraus und starrte ihn nur an.

»Oder wie wär's damit?« Er holte einen Joint hervor. »Den ersten kriegst du gratis, bist schließlich ein alter Knabe.«

Ich merkte, dass er mich provozieren wollte. Wortlos wandte ich mich ab und ging zum Ruderhaus.

Horen Naskar war ein Mann in den Sechzigern, stämmig und breitschultrig, mit einem Bauch, über dem sich sein weißes Hemd und sein gegürteter Lungi spannten. Die obere Hälfte seines Gesichts wurde von einem riesigen metallgefassten Sonnenschild beschattet, die untere erinnerte mit den tiefen Furchen in der sonnenverbrannten Haut an einen alten Autoreifen.

Ich nahm neben ihm auf der Steuerbank Platz, holte mein Notizbuch hervor und fragte: »Der Schrein, zu dem wir fahren – wissen Sie noch, wann Sie mit Nilima-di dort waren?«

»Natürlich«, antwortete Horen, »das war 1970, nicht lange nach dem großen Sturm. Schrecklich war der, noch schlimmer als Aila …«

Stürme waren Horens Zeitmaß, wie ich bald feststellte. So wie die Chinesen von der Qianlong- und der Jiajing-Zeit und die Amerikaner von der Kennedy- und der Reagan-Administration sprechen, so waren für Horen der Bhola-Zyklon und Aila Anfangs- und Endpunkte langer Zeitspannen.

Vor allem Aila hatte sein Leben tief greifend verändert. Bis 2009 war er als Eigner mehrerer Schiffe im Fischereigewerbe tätig gewesen, dann hatte Aila zwei seiner Kutter und einige andere Boote zerstört. Daraufhin hatte er beschlossen, die Fischerei aufzugeben: Sie brachte immer weniger ein, und es wurde zunehmend deutlich, dass sich die Lage weiter verschlechtern würde. Deshalb hatte er das Geld von der Versicherung zu einem Zeitpunkt, als die Sundarbans sich zu einem beliebten Touristenziel entwickelten, in den Tourismus investiert.

Der große Zyklon von 1970 war Horen noch aus einem anderen Grund im Gedächtnis geblieben: Er hatte dabei um ein Haar sein Leben verloren. Als der Sturm losbrach, war er mit seinem Onkel auf dem Meer draußen gewesen. Das Boot wurde an der Küste angeschwemmt, aber auf der falschen Seite der Grenze. Es zerschellte, doch die beiden konnten sich auf einen Baum retten. Nach zwei Tagen entdeckten sie auf der indischen Seite einige Fischer aus ihrem Dorf, deren Boot wie durch ein Wunder heil geblieben war. Die Männer nahmen sie mit, und auf der Rückfahrt erlebten sie Szenen, die sie sich nie hätten vorstellen können: Sie mussten Angriffe von Zusammenrottungen Gestrandeter abwehren und vor Räubern und Flusspiraten flüchten, die sich wie die Geier auf die Region gestürzt hatten, um das Chaos auszunutzen.

All das war noch keine Woche her, als Horen Nilimas Boot zum Schrein des Gewehrhändlers steuerte. Seine Erinnerungen an die Legende waren ganz andere als ihre. All die unheilvollen Ereignisse darin nahmen in seinem Gedächtnis weit mehr Raum ein als in ihrem. So erinnerte er sich lebhaft an die Katastrophe, die den Gewehrhändler gezwungen hatte, seine Heimat zu verlassen: eine so schwere Dürre, dass Bäche, Flüsse und Teiche ausgetrocknet waren und es überall nach verwesenden Fischen und Haustieren stank. Die Hälfte der Menschen war verhungert, Eltern hatten ihre Kinder verkauft, und die Überlebenden hatten sich von Leichen und Tierkadavern ernähren müssen.

Während Horen die Legende erzählte, fiel mir ein weiterer Unterschied zwischen seiner und Nilimas Version auf. Bei ihr war der Gewehrhändler Opfer gewesen, bei Horen dagegen hatte er seine Missgeschicke dem eigenen Hochmut und der Überzeugung zuzuschreiben, dass er es dank seines Reichtums und seiner Klugheit nicht nötig habe, den in der Schlangengöttin verkörperten Mächten Ehrerbietung zu erweisen.

In Horens Geschichte war der Gewehrhändler mit seinem

Vermögen und seiner Familie den Fluss hinab geflohen, weil er glaubte, sich auf diese Weise der Macht der Göttin entziehen zu können. Doch eine riesige Welle (ein *baan*, eine Gezeitenwelle, wie sie in den Flüssen Bengalens häufig auftritt) erfasste seine Schiffe, und er verlor fast alle seine Reichtümer. Seine Familie blieb jedoch verschont und fand Zuflucht in einem kleinen Dorf am Ufer. Dort baute er von dem wenigen, was von seinem Vermögen übrig geblieben war, ein großes, festes Haus für sie, in dem er sich sicher wähnte. Dann begab er sich in eine Stadt, um Handelsware einzukaufen. Bei seiner Rückkehr erfuhr er, dass es eine Überschwemmung gegeben hatte, in deren Gefolge Schwärme von Schlangen und Skorpionen in sein Haus eingedrungen waren und seine Frau samt den sieben Kindern getötet hatten.

Doch selbst dann noch versuchte er hartnäckig, Manasa Devi zu entkommen. Er schiffte sich nach einem fernen Land ein, aber auf halben Wege enterten Piraten das Schiff, machten ihn zum Sklaven und nahmen ihn mit in ihre Festung, wo er zu seinem Glück von einem freundlichen Kapitän gekauft wurde (Horen gebrauchte das Wort *nakhuda*, einen früher im indischen Seehandel weitverbreiteten Begriff, der sowohl »Schiffseigner« als auch »Schiffskapitän« bedeutet).

Horen verstummte und kratzte sich am Kopf.

»Der *nakhuda* hatte einen muslimischen Namen«, sagte er. »Mit ›Il‹ am Anfang ... mehr weiß ich nicht mehr.«

»›Ilyas‹ vielleicht?«, half ich nach.

Horen schlug aufs Steuerrad. »Genau! Das ist es, Nakhuda Ilyas, so hieß er! Mit ihm ist der Gewehrhändler von Land zu Land gereist, bis er schließlich zur Gewehrinsel kam.«

»Wissen Sie noch, wie die Länder hießen?«

Wieder kratzte Horen sich am Kopf.

»Ich erinnere mich dunkel«, sagte er. »Da gab es ein Zuckerland, wo alles süß war, und auch ein Tücherland und eine Ketteninsel.«

Er zuckte entschuldigend mit den Schultern.

»*Maaf korben*«, sagte er, »tut mir leid. Es war eine lange Geschichte, und vieles habe ich nicht verstanden.«

»Und was ist aus dem muslimischen Schiffer geworden, der Ihnen die Geschichte erzählt hat? Hatte er nicht Familie?«

»Doch, sie blieben in dem *dhaam*, bis der alte Mann starb. Jetzt ist von der Familie nur noch ein Junge übrig, sein Enkel. Die Mutter ist vor Kurzem gestorben, glaube ich.«

»Kennen Sie den Jungen?«

Horen nickte. »Flüchtig, ich sehe ihn manchmal auf dem Wasser. Rafi heißt er; er ist noch jung, erst siebzehn oder achtzehn.«

»Was macht er?«

»Er ist Fischer, hauptsächlich. Er schlägt sich so durch.«

»Meinen Sie, ich könnte diesen Rafi kennenlernen?«, fragte ich. »Bestimmt weiß er einiges über den Schrein.«

Horen spitzte den Mund. »Es wäre kein Problem, ein Treffen zu arrangieren, wenn Sie länger hier wären«, sagte er. »Aber Sie bleiben nur den Tag heute, oder?«

»Ja.«

»Schade!«

Horen musste mir meine Enttäuschung angesehen haben, denn er fügte hinzu: »Aber es könnte sein, dass Sie Rafi beim Schrein antreffen. Wenn er zum Fischen draußen ist, schaut er, glaube ich, oft dort vorbei.«

Das Boot bog aus dem breiten Strom in einen Flusslauf ein, der so schmal war, dass es den Anschein hatte, als passierten wir einen Waldtunnel. Das ablaufende Wasser hatte das Boot abgesenkt, sodass die Mangroven jetzt hoch über uns aufragten und der Kanal von undurchdringlichen Mauern aus Schlick und Laubwerk gesäumt war. Kaum ein Lebewesen war zu sehen, und doch schien jedes Element der Landschaft – Wald, Wasser, Erde – von Leben zu brodeln.

Horen richtete seine ganze Aufmerksamkeit auf den trügerischen, gewundenen Wasserlauf vor uns, und nachdem er zuvor so frei und offen geredet hatte, verstummte er nun allmählich. Um ihn nicht abzulenken, verließ ich das Ruderhaus und ging zum Hauptdeck hinunter.

Als ich dort stand und die Mangroven betrachtete, tauchte Tipu neben mir auf. Der Joint, den er mir gezeigt hatte, klemmte jetzt hinter seinem Ohr, und in der rechten Hand hielt er ein Fernglas.

»Mal gucken, Pops?« Er hielt mir das Glas hin. »Kostet nichts, bist ja kein richtiger Tourist.«

Ich beachtete ihn nicht, aber er lachte nur.

»Immer noch sauer, Pops?« Er drückte mir das Glas in die Hand. »Wollte dich nur aufziehen.«

Das Angebot stur abzulehnen wäre albern gewesen, und so nahm ich das Glas halbwegs mit Anstand entgegen. Ich hob es an die Augen und wollte es gerade scharf stellen, als wir um eine Biegung fuhren. Plötzlich kam die Mündung des Kanals in Sicht, und dahinter dehnte sich eine weite Wasserfläche fast bis zum Horizont.

»Das da vorn ist der Raimangal River. Am anderen Ufer liegt Bangladesch.«

»Ich sehe es, aber ganz verschwommen.«

»Warst du mal da, Pops?«

Ich hörte ein Feuerzeug klicken, und der beißende Geruch von Marihuana stieg mir in die Nase.

»Ich war ein paarmal in Dhaka«, antwortete ich. »Meine Familie stammt aus Ostbengalen. Sie kamen während der Teilung herüber.«

»Ja, weiß ich«, antwortete Tipu prompt. »Aus dem Bezirk Madaripur, stimmt's?«

Ich setzte das Fernglas ab und sah ihn an. »Woher weißt du das?«

»Ich hab einen Post von dir gesehen.« Er kniff gegen den Rauch seines Joints die Augen zusammen. »In der Chatgruppe deiner Familie.«

»Was?«, rief ich entrüstet. »Das ist eine geschlossene Gruppe, in die man eingeladen werden muss! Wie bist du da reingekommen?«

»Ich hab so meine Methoden.« Grinsend entblößte er seine Barrakudazähne.

Ich wusste nichts darauf zu erwidern und sah ihn nur böse an.

Er lachte.

»Eine meiner leichtesten Übungen, Pops. Ich verwalte ein paar von Nilimas Social-Media-Accounts. Sie ist auch in der Gruppe, stimmt's?«

»Ja.«

»Da hab ich gelesen, dass deine Großeltern aus Madaripur stammen. Ich kenne die Gegend gut.«

Das war eine weitere Überraschung. »Du warst in Bangladesch? In Madaripur?«

Angesichts meiner Ungläubigkeit und – zweifellos – auch Naivität brach er erneut in schallendes Gelächter aus. »Klar! Schon öfter. Man muss ja nur über den Fluss – ein Kinderspiel, wenn man weiß, wie. Willst du hin?«

»Nein! Jedenfalls nicht illegal.«

Er zuckte mit den Schultern; der Joint hing ihm von der

Unterlippe. »Du glaubst an Pässe und Visa und den ganzen Scheiß?«

»Glauben?«, gab ich zurück. »Ein Pass ist keine Glaubenssache.«

»Warum bist du dann so schockiert?«

»Äh …«

Ich erkannte, dass er recht hatte: Ich glaubte tatsächlich an Pässe, Visa, Genehmigungen, Green Cards und dergleichen. Sie hatten etwas Sakrales, das auch den Institutionen, die sie ausstellten, anhaftete. Ich dachte an die vielen Stunden, die ich an Pass- und Visaschaltern gestanden hatte, und an die nackte Angst, die mir das Stirnrunzeln eines Einreisebeamten noch heute einjagen konnte. Ich kann nicht leugnen, dass ich einen Anflug von Neid verspürte, und zugleich ärgerte mich Tipus unbekümmerte Geringschätzung all dieser Dinge.

»Aber du hast einen Pass, oder nicht?«, fragte ich. »Warst du nicht mal eine Zeit lang in den USA?«

»Ja, war ich«, antwortete er. »Und ja, damals hatte ich einen Pass. Aber der ist abgelaufen, und ich hab ihn nicht verlängert. Wer steht sich schon gern auf einem Amt die Beine in den Bauch? Es gibt einfachere Möglichkeiten, an einen Pass zu kommen, und mit dem nötigen Kleingeld hat man die freie Wahl: Pässe von Bangladesch, Indien, Malaysia, Sri Lanka – egal, jeder hat seinen Preis. Aber wenn man nur für ein paar Tage rüber will, braucht man das alles nicht. Man muss nur über den Fluss, und schon ist man in Bangladesch.«

»Wieso willst du überhaupt nach Bangladesch? Ich dachte, du arbeitest in einem Callcenter oder so.«

»In einem Callcenter?« Er fuhr zurück, als sei das eine tödliche Beleidigung. »Wie kommst du drauf, dass ich in einem Callcenter arbeite?«

»Das hat mir deine Mutter erzählt.«

»Was weiß die schon!« Er schnaubte verächtlich. »Callcenter sind was für Loser, da würde ich nie arbeiten.«

Ich sah, dass ihn diese Unterstellung wurmte, und konnte es mir nicht verkneifen, ihn ein bisschen zu piesacken. »Für wen arbeitest du dann? Für irgendeinen Drogenboss, um gratis an Gras zu kommen?«

Er tat das mit einem spöttischen Lachen ab. »Drogen? Kein guter Markt, Pops – schrumpfende Gewinnspannen, sinkende Profite, schlechtes Risikoprofil. Nein, das wär nichts für mich. Ich mag Wachstumsbranchen, wie die, in der ich arbeite.«

»Und die wäre?«

»Die Menschentransportbranche, Pops«, antwortete er grinsend. »Gehört zu den weltweit größten und weiter wachsenden Branchen. Milliardenumsätze letztes Jahr. Aber davon weißt du wahrscheinlich nichts, oder?«

»Stimmt. Ich habe keine Ahnung, wovon du redest.«

»Ich sag's mal so: Meine Kunden sind Leute, die Hilfe bei der Suche nach einem besseren Leben brauchen.«

Endlich dämmerte mir, worauf er hinauswollte. »Du meinst Migranten?«

»Genau. Leute wie du. Oder wie du in meinem Alter mal warst.«

»Ich bin aber ganz legal ins Ausland«, sagte ich. »Was du da sagst, klingt nach Menschenhandel.«

Wieder lachte er. »Wow, Pops, große Worte! Was ich mache: Ich biete einen unverzichtbaren Service an. Hier in der Gegend gibt's einen Haufen bettelarmer Leute ohne Schulbildung, die sich als Fischer oder Bauern oder als Bambus- und Honigsammler im Dschungel mühsam durchschlagen. Früher jedenfalls. Heute werden die Fische immer weniger, das Land versalzt, und wer in den Dschungel will, muss die Forstaufseher schmieren. Und dann kommt auch noch alle zwei Jahre ein

Sturm, der alles kurz und klein schlägt. Was sollen die Leute da machen? Was soll irgendwer da machen? Als junger Mensch kann man nicht einfach auf seinem Hintern sitzen bleiben, bis man verhungert. Sogar die Tiere wandern ab – frag Piya. Wer auch nur ein bisschen Grips im Kopf hat, geht weg, und dann braucht er einen, der ihm dabei hilft.«

»Du meinst einen wie dich?«, fragte ich ungläubig. »Einen jungen Kerl wie dich, der in einer Kleinstadt in den Sundarbans sitzt?«

»Junge Kerle sind in manchen Sachen ziemlich gut, Pops! Eine davon nennt sich Internet. Was das ist, weißt du?«

»Was hat das Internet damit zu tun?«

»Alles, Pops, alles.« Er sprach jetzt in einem beleidigend langmütigen Ton, als hätte er einen Menschen von beschränkter Intelligenz vor sich. »Das Internet ist der fliegende Teppich der Migranten, ihr Förderband. Egal ob sie per Flugzeug, Bus oder Schiff reisen – es ist das Internet, das die Wetware transportiert, so einfach ist das, Pops.«

»Moment mal«, erwiderte ich. »Du hast doch gerade gesagt, viele von den Leuten sind bettelarm und Analphabeten. Wie kommen die ins Netz?«

»Pops! Wir leben nicht mehr im 20. Jahrhundert! Man braucht keinen Großrechner mehr, um ins Internet zu kommen, ein Telefon genügt, und das hat heute jeder. Und ob man lesen und schreiben kann, ist auch unwichtig. Man kann sich herholen, was man will, man muss nur ins Handy sprechen, den Rest macht der virtuelle Assistent. Du würdest staunen, wie fit die Leute darin sind und wie schnell. So geht die Reise los, nicht damit, dass man ein Ticket kauft oder einen Pass beantragt. Sondern mit Telefon und Spracherkennungstechnologie.«

»Das heißt, sie rufen jemanden an?«

»Nein. Das geht viel weiter. Was glaubst du, woher sie wissen, dass sie ein besseres Leben brauchen? Shit, was glaubst du, woher sie überhaupt eine Vorstellung von einem besseren Leben haben? Über ihre Handys natürlich. Da sehen sie Bilder aus anderen Ländern, da sehen sie Werbung, in der alles perfekt ist, in den sozialen Medien sehen sie Posts von ihren Nachbarn, die die Reise schon hinter sich haben. Und was glaubst du, was sie dann machen? Weiter Reis pflanzen? Hast du das mal probiert, Pops? Den ganzen Tag gebückt in der heißen Sonne stehen, und um dich herum wimmelt es von Schlangen und Stechmücken? Glaubst du, irgendwer will dahin zurück, nachdem er Bilder von Freunden gesehen hat, die in einem Berliner Café ihren Latte Karamell schlürfen? Das Handy, das ihnen solche Bilder zeigt, bringt sie auch mit den Verbindungsleuten in Kontakt.«

»Was sind das für Leute?«

»*Dalals* auf Bengali. Die machen alle nötigen Connections für die Migranten, vernetzen sie von Handy zu Handy zu Handy. Von da an ist das Telefon ihr Leben, ihre Reise. Sämtliche fälligen Zahlungen, an jedem Punkt der Reise, laufen übers Handy, das Handy sagt ihnen, welche Route offen ist und welche nicht, es verhilft ihnen zu einem Unterschlupf, übers Handy halten sie Kontakt mit Freunden und Verwandten, egal wo. Und wenn sie angekommen sind, wo sie hinwollten, hilft ihnen das Handy, ihre Geschichte zu frisieren.«

»Ihre Geschichte? Das heißt?«

»Das ist das Beste an meinem Job, Pops, Geschichten erfinden für meine Klienten! Dafür bin ich bekannt – für meine Geschichten.«

»Ich verstehe nicht.«

»Also, das ist so …«

Tipu erzählte jetzt nicht mehr nur – er tanzte, wie ein Rapper, im Rhythmus seiner Worte, er ließ die Arme hin und her schnellen und stieß seinen heruntergerauchten Joint in die Luft.

»Angenommen, ein Typ beantragt Asyl in Schweden. Da braucht er eine glaubwürdige Geschichte, und das darf nicht irgendeine Geschichte sein. Es muss eine sein, die sie dort hören wollen. Angenommen, der Typ war am Verhungern, weil sein Land unter Wasser stand, oder angenommen, sein ganzes Dorf war krank von dem Arsen im Grundwasser, oder angenommen, sein Vermieter hat ihn geprügelt, weil er seine Schulden nicht zahlen konnte – so was interessiert die Schweden einen Dreck. Politik, Religion, Sex, das ist es, was die wollen, man braucht eine Verfolgungsgeschichte, damit die zuhören. Und da komme ich ins Spiel: Von mir kriegen meine Klienten solche Geschichten.«

Ich wusste nicht, ob er die Wahrheit sagte oder nur Eindruck schinden wollte, aber ob so oder so: Ich war entsetzt und fasziniert zugleich. »Erzähl mir mehr über diese Geschichten, gib mir ein Beispiel.«

»Leuten aus Bangladesch sage ich, sie sollen angeben, sie wären Hindus oder Buddhisten und von den Muslimen unterdrückt worden. Indern empfehle ich, die Geschichte andersrum zu erzählen, das funktioniert auch gut. Dann gibt's natürlich noch die sexuelle Orientierung und die Geschlechtsidentität – solche Geschichten mögen die dort. Und da fängt die Kunst an, Pops. Du musst einschätzen können, wer was hinkriegt, du musst deine Klienten kennen und wissen, was für eine Geschichte zu jedem einzelnen passt. Ich biete also sozusagen einen Punkt-zu-Punkt-Service an.«

»Und wie erfahren deine Klienten von dir?«, fragte ich. »Machst du Werbung oder so?«

»Quatsch. Das läuft alles über Mundpropaganda in den sozialen Medien. Da liest vielleicht jemand, was ein früherer Klient von mir gepostet hat, und dann will er dieselbe Route nehmen. Oder er und seine Freunde werden einfach neugierig. Sie kommen zu mir, wir reden, und wenn sie loswollen und das Geld beschaffen können, mache ich den Kontakt mit den *dalals.*«

Er drehte sich in einer Art Tanzbewegung, zeigte mit ausgestreckter Hand aufs andere Ufer und sagte: »Und die meisten *dalals* sind da drüben, in Bangladesch, viele in Madaripur, deswegen muss ich ab und zu rüber.«

»Du meinst, so einen Service gibt es in Indien nicht?«

»Doch, klar. Aber Bangladesch hat bessere Systeme, die machen das schon länger, sie können's einfach besser. Haben wahrscheinlich schon Familien wie deiner geholfen, Pops, und nachdem sie mal damit angefangen hatten, sind sie dabeigeblieben. Erzähl mir nicht, deine Großeltern hatten Pässe und Visa, als sie über den Fluss sind. Hatten sie nicht, stimmt's?«

»Stimmt«, sagte ich. »Aber damals war das anders. Heute wird die Grenze mit Sicherheit bewacht. Hast du keine Angst, erwischt zu werden? In der Gegend hier wimmelt es doch bestimmt von Grenzposten.«

»Na und?« Er zog an seinem Joint. »Glaubst du, eine Grenze durch einen Wald wie den hier, halb Land, halb Wasser, die lässt sich so einfach dicht machen? Wer sich hier auskennt, kann die Patrouillen umgehen. Und wenn du Pech hast und sie schnappen dich – hey, die wissen doch, was läuft. Ist alles eine Frage des Geldes, und in der Branche ist mehr als genug davon im Umlauf.«

Plötzlich wandte er sich mir zu, und seine Augen funkelten. »Hey, Pops, hör zu.« Er schnippte den aufgerauchten

Joint ins Wasser. »Kein Wort davon zu meiner Mama oder zu Piya, okay?«

»Nein, wenn du das nicht willst …«

»Will ich nicht. Du sollst überhaupt mit niemandem drüber reden, okay?«

»In Ordnung.«

»Würde ich dir auch nicht raten, Pops.« Er sagte das mit einem drohenden Unterton, trotz seines lustigen Grinsens. »Sonst könnte was Schlimmes passieren.«

»Was denn?«

Wieder grinste er und zeigte seine Zähne. »Ich könnte zum Beispiel in deinen Computer rein – und wer weiß, was dann wäre?«

Der Schrein

Der Wasserstand war inzwischen so niedrig, dass sich das Ufer in der Ferne verlor wie eine hoch aufragende Mauer aus Schlick, gekrönt von einem undurchdringlichen Gewirr aus ledrigen Blättern und spinnenartigen Wurzeln.

Das matte Braun und Grün der Landschaft war ungewohnt für meine Augen und erschien daher fast konturlos, unergründlich. Horens Augen dagegen zuckten ständig hierhin und dorthin, und daraus schloss ich, dass der Wald, wenn man wusste, worauf man zu achten hatte, voller Zeichen war, die sehr wohl entziffert und ergründet werden konnten, wie eine prähistorische Schrift.

Doch nach einer Weile nahm selbst Horens Gesicht einen verwirrten Ausdruck an. Er zeigte nach vorn.

»So wie ich es in Erinnerung habe, müsste der *dhaam* dort irgendwo sein«, sagte er. »Aber dieser Flussabschnitt hat sich stark verändert, seit ich zuletzt hier war.«

Am Ende war es Tipu, der den Schrein mit seinem Fernglas entdeckte.

»*Oijé*«, rief er und deutete geradeaus. »Da ist er!«

Horen schob seinen Sonnenschild hoch und spähte blinzelnd zu einem weit entfernten Fleck am Ufer hinüber.

»Der Junge hat recht«, brummte er. »Der Schrein ist nicht mehr da, wo ich gedacht hatte.«

»Wie kann das sein? Er kann sich doch nicht von der Stelle bewegt haben?«

»Der Fluss hat sich bewegt«, lautete die Antwort. »Als ich zuletzt hier war, stand der Schrein ein gutes Stück landeinwärts. Jetzt steht er am Wasser.«

Im Näherkommen wurde deutlich, dass wir etwa hundert Meter Schlick würden durchqueren müssen, aus dem die Atemwurzeln der Mangroven wie Speere aufragten. Als ich aufs Unterdeck hinabging, sah ich, dass Tipu sich bereits darauf vorbereitete: Er zog T-Shirt und Turnschuhe aus und rollte seine Jeans bis über die Knie hoch. Und er hatte sich einen neuen kurzen Joint angezündet, an dem er immer wieder zog.

Er bemerkte meinen Blick und zwinkerte mir zu. »Wie wär's, Pops?«, sagte er und hielt mir den Joint hin. »Auch einen? Damit fühlt man sich besser.«

Ich schüttelte entschieden den Kopf und wandte mich ab.

Doch Tipu war noch nicht fertig mit mir.

»Und wie zum Teufel willst du das schaffen, Pops?«, fragte er listig grinsend und mit einem Blick auf meine Hose und meinen Anorak. »Wenn du in den Sachen da reingehst, kommst du so wieder raus …« Er mimte einen Zombie. »Ich an deiner Stelle würde ein paar von den Klamotten weglassen.«

Er hatte natürlich recht. Am Ende musste ich mich bis auf die Unterhose ausziehen und mir einen von Tipus Ersatz-Lungis wie einen Lendenschurz um die Hüften binden. Geldbörse, Handy und andere Dinge verwahrte Horen für mich in einem Spind.

»Das nützt Ihnen alles nichts, wenn Sie in den Matsch fallen«, sagte er. »Sollten Sie die Sachen brauchen, können wir sie später holen.«

Horen gab mir ein paar Tipps für den Schlick, als er die Laufplanke betrat. »Sie müssen den großen Zeh wie eine Kralle hineinbohren – sehen Sie, so …«

Er schürzte seinen Lungi, ging behände die Planke hinunter und trat in den schimmernden, weichen Schlick. Während er einsank, stand er ein paar Augenblicke vollkommen still, und erst als ihm der Matsch bis an die Oberschenkel reichte, zog er wie ein Storch einen Fuß heraus und setzte ihn nach vorn.

»Sie müssen Geduld haben!«, rief er über die Schulter zurück. »Machen Sie ganz langsam.«

Doch vergeblich.

Ich war nicht darauf gefasst, dass allerlei Schleimiges, Glitschiges meine Füße und Beine streifen würde, sobald sie in die fast flüssige Masse einsanken. Ich geriet in Panik und versuchte vorwärtszukommen, ohne meine Füße ganz herauszuziehen. Im nächsten Moment lag ich mit dem Gesicht nach unten in dem samtigen Glibber, und Tipus Gelächter tönte mir in den Ohren.

Es blieb nicht mein einziger Sturz. Alle paar Schritte kippte ich um, obwohl Tipu und Horen mich an den Armen hielten. Der Matsch drang mir in Mund, Ohren und Augen. Es war, als forderte der Urschlamm meinen Körper zurück.

Irgendwie kam es mir vor, als wäre meine Sonnenbrille meine letzte Verbindung zur Zivilisation, und ich hielt sie erbittert an ihrem Platz, obwohl sie ebenso wie meine Augen voller Matsch war. Ich sah überhaupt nichts mehr, und selbst als der Morast nur noch ein paar Zentimeter tief war, mussten Tipu und Horen mich weiter halten und führen. Irgendwann merkte ich, dass der Untergrund anstieg und wir über eine Türschwelle auf eine gepflasterte Fläche gelangten.

Horen zog mich am Ellenbogen und sagte: »Stopp! Nicht mehr bewegen!«

Zitternd in der Januarkälte, tat ich wie geheißen. In meiner Nähe vernahm ich undeutlich ein Scheppern. Plötzlich ergoss sich ein Eimer Wasser wie ein Eisschauer über meinen Kopf. Augenblicklich erstarrte ich, unfähig, mich zu bewegen oder einen Laut von mir zu geben. Gleich darauf grub sich etwas – eine Fingerspitze – in mein Ohr und schabte einen Matschpfropfen heraus.

»Siehst du, Pops«, sagte Tipu kichernd. »Hättest auch einen Zug nehmen sollen, dann wär's besser gegangen.«

Als Horen mir meine – abgespülte und getrocknete – Sonnenbrille aufsetzte, war es, als erwachte ich aus einem Albtraum. Ich sah einen Brunnen neben mir, auf dessen Einfassung ein halb voller Blecheimer stand. Wir befanden uns in einem gepflasterten Hof, vor uns eine Behausung mit eingesunkenem Dach. Ein Teil war mit einer blauen Plane abgeteilt und sah aus, als würde er noch benutzt. Ein paar Töpfe standen davor, und die Asche eines Kochfeuers glimmte noch.

Rafi müsse heute hier gewesen sein, meinte Horen. Er habe Bambus aufgeschichtet und außerhalb des Anwesens Fischnetze aufgehängt. Wahrscheinlich sei er noch irgendwo in der Nähe und werde bald zurückkommen.

»Wo könnte er sein, was meinen Sie?«

Horen kratzte sich am Kopf.

»Flussabwärts gibt es ein paar Stellen, da kommen die Fischer um diese Jahreszeit hin«, sagte er. »Tipu und ich könnten mit dem *bhotbhoti* los und ihn suchen, wenn Sie wollen.«

Ich nahm das Angebot nur zu gern an.

»Ja, das sollten Sie tun, Sie beide.«

»Und Sie?«, fragte Horen.

»Ich bleibe hier. Ich brauche Zeit, um mich umzusehen.«

Horen nickte. »In Ordnung. Wir sind bald zurück.«

Erst nachdem sie abgefahren waren, kam ich dazu, mich richtig umzusehen. Und dann war es plötzlich, als wäre alles, was ich durchgemacht hatte – der Schlick, die Blamage, die kalte Taufe –, der Mühe wert gewesen.

Ich stand in der Mitte eines ummauerten rechteckigen Hofs, hinter mir der Tempel. Erst als ich mich umdrehte, sah ich die Fassade.

Es war kein großer Bau – nicht größer als die strohgedeckten Hütten, die man im ländlichen Bengalen findet –, und die Zeit war nicht freundlich zu ihm gewesen. Und doch war der Anblick so überraschend, so schön, dass mir der Atem stockte.

Das Dach hatte die Form eines umgedrehten Bootes, und das war es vermutlich, was Nilima an die Tempel von Bishnupur erinnert hatte. Kein Wunder, denn außer dem Dach entsprach auch alles andere – die Farbe (gebranntes Siena), die Dekorfelder der Fassade – dem berühmtesten, im 17. Jahrhundert im Königreich von Bishnupur entstandenen Architekturstil Bengalens.

Dieser Stil ist ganz auf die Landschaft abgestimmt, in der er aufkam, denn er spiegelt die Formen des ländlichen Bengalen wider. Und er bedient sich in genialer Weise der dort am leichtesten verfügbaren Materialien. Statt die Majestät des Steins anzustreben (von dem es in Bengalen nur sehr wenig gibt), setzt er auf Ziegel, die aus den reichen Schlamm- und Schlickvorkommen des Deltas hergestellt werden. Die kräftige Farbe dieser dünnen, harten Ziegel gehört in meinen Augen zu den Glanzpunkten des Bishnupur-Stils.

Da Ziegel sich jedoch nicht behauen lassen wie der Stein der großen Tempel Süd- und Mittelindiens (oder auch Kambodschas und Javas), erfüllen die Tempel von Bishnupur ihre elementare Funktion des Geschichtenerzählens in Form von Terrakottafriesen und -flachreliefs, die wie Tafeln in die Mauern eingesetzt sind.

Der Schrein, den ich vor mir hatte, war natürlich nur ein unbedeutendes Beispiel des Bishnupur-Stils, doch ich stellte erfreut fest, dass eine ganze Reihe von Friesen die Fassade zierte. Wenn der Bau tatsächlich etwas mit der Legende von dem Gewehrhändler zu tun hatte, mussten in einigen dieser Felder Gewehre (oder, genauer, Musketen) dargestellt sein.

Jeder Gedanke an die überstandenen Strapazen und meine noch feuchte Kleidung verflüchtigte sich, und ich spürte nur noch eine kribbelnde Neugier, als ich meinen Lungi schürzte und auf den Schrein zuging.

Meine Hauptsorge war, dass die Darstellungen bis zur Unkenntlichkeit verwittert sein würden, eine begründete Befürchtung, wie sich zeigte, denn die Originalreliefs (für solche hielt ich sie zumindest) waren stark erodiert. Bald aber sah ich zu meiner größten Freude, dass die Konturen der Darstellungen noch erhalten waren, und das auf sehr originelle Art. Jemand hatte sie mit großer Sorgfalt nachgezeichnet – mit Tonscherben! Mein erster Gedanke war, dass er zerbrochene Tonbecher verwendet hatte, wie sie an den Teeständen in ganz Indien benutzt werden. Am Fuß der Fassade lagen Tonstückchen verstreut.

Die Linien wirkten wie einfache, grob ausgeführte Hieroglyphen. Einige verblassten bereits, aber die meisten waren noch gut erkennbar. Und wie bei Hieroglyphen gab es auch hier wiederkehrende Symbole und Motive. Am markantesten erschienen mehrere Turban tragende Figuren, jede gepaart mit einem bestimmten Symbol. Eines dieser Symbole war leicht zu entschlüsseln: Es zeigte eine Handfläche, über der sich der Nackenschild einer Kobra wölbte. Wenn dieses Zeichen für die Schlangengöttin Manasa Devi stand, musste die dazugehörige Figur der Gewehrhändler sein. Daraus würde dann folgen, dass die zweite Figur »Kapitän Ilyas« darstellte. Ich war mir ziemlich sicher, dass es so war, konnte mir aber keinen Reim auf das dazugehörige Symbol machen.

Ich hatte dieses Symbol noch nie gesehen und keinerlei Vorstellung, was es bedeuten konnte.

Einige der Friese waren leicht zu interpretieren. So zeigten mehrere Felder den Kaufmann und den Kapitän in einem Boot – zweifellos Darstellungen von Episoden ihrer Reisen. In einem Feld waren ihnen muschelähnliche Objekte beigegeben, Schneckenmuscheln vermutlich, die sie unterwegs gesammelt hatten. In einem anderen war ein Buch in Form eines illuminierten Palmblattmanuskripts zu sehen. Ebenfalls leicht zu deuten war das vorletzte Feld, das den Kaufmann in Fesseln zeigte und offensichtlich auf die Episode verwies, in der er zur Ketteninsel gebracht wird, um dort als Sklave verkauft zu werden.

Viele der Figuren und Symbole vermochte ich jedoch nicht zu entschlüsseln, so etwa ein Feld mit der Abbildung eines von zwei Palmen beschatteten Hügels und ein anderes voller flatternder Fahnen und Wimpel. Das seltsamste wiederkehrende Symbol aber waren zwei konzentrische Kreise.

Was mochten sie bedeuten? Und als wären sie nicht schon rätselhaft genug, waren die Kreise in einem Fall auch noch von gekreuzten Linien durchzogen.

Nicht minder verwirrend war es, dass die Objekte, die ich erwartet hatte – Gewehre und Musketen – fehlten. Nur in einem Feld war eine Waffe angedeutet: Dort hielt eine behelmte Figur – vermutlich ein europäischer Pirat (*harmad* auf Bengali) – einen länglichen Gegenstand in der Hand, möglicherweise eine Muskete oder einen Speer.

Ich besah mir jedes einzelne der Reliefs genau und versuchte sie mir einzuprägen. Noch nie hatte ich mein Handy so schmerzlich vermisst. Hätte ich es bei mir gehabt, hätte ich die Bilder für immer festhalten können. Doch ich hatte nicht einmal ein Blatt Papier oder einen Stift, um Zeichnungen anzufertigen …

Sobald das Dampfboot zurück war, würde ich Horen bitten, mir mein Handy und meine Kamera zu bringen.

So vertieft war ich in meine Überlegungen zur Fassade des Tempels, dass ich wie nebenbei das Bogentor passierte, das ins Innere führte. Dort war es stockdunkel, zumal nach dem gleißenden Licht der Vormittagssonne draußen. Doch kaum lag das Tor hinter mir, verriet das Geräusch meiner bloßen Füße, dass ich mich in einem höhlenartigen, gewölbten Raum befand, wie er für diesen Baustil charakteristisch ist. Das Innere der Tempel von Bishnupur ist in der Art eines Versammlungsraums häufig offen, was möglicherweise auf islamische oder christliche Einflüsse zurückgeht. Wie hoch oder weit der Raum war, in dem ich mich nun befand, hätte ich jedoch nicht zu sagen vermocht, denn ich nahm nur etwas glitschig Weiches unter meinen Füßen und eine feuchte, leicht übel riechende Kühle wahr.

Als ich mich umsah, hörte ich irgendwo hinter mir ein tiefes knurrendes Geräusch. Ich glaubte, ein Hund sei mir in den Tempel gefolgt, und fuhr herum. Doch nein! Von dem Bogentor umrahmt stand dort ein Junge mit wirren Haaren, der mich völlig entgeistert anstarrte.

Wer sonst konnte es sein, als der lang erwartete Rafi? Ich war so froh, ihn zu sehen, dass ich augenblicklich zu ihm eilte und laut »*Ei to!*« rief. »Da bist du ja! Ich habe auf dich gewartet.«

Er wich ängstlich zurück, als ich auf ihn zuging, was mich allerdings nicht weiter wunderte; ich war ja ein Fremder für ihn, ein Einbrecher womöglich. Doch seine Reaktion erschien mir so übertrieben, dass sie fast belustigend auf mich wirkte. Seine Miene verriet blankes Entsetzen, und seine Augen quollen hervor, als hätte er ein Ungeheuer vor sich.

»Ich bin nur ein Besucher«, versuchte ich ihn zu beruhigen. »Ich bin aus Kolkata gekommen …«

Doch der Junge wich noch weiter zurück, bis er an den

Brunnenrand stieß. Er senkte den Blick und atmete schwer, als sei er gerade mit knapper Not einer Gefahr entronnen.

Er musste achtzehn oder neunzehn sein. Er war langgliedrig und geschmeidig, auf seiner Oberlippe zeigte sich ein feiner Flaum, und sein Gesicht war schmal, mit großen Augen unter langen Wimpern und vollen, herabgezogenen Lippen. Seine nackten Füße waren mit einer dicken Schlammschicht bedeckt, und er trug ein zerschlissenes Hemd und einen über die Knie hochgeschlagenen Lungi. Mit seinem zottigen Haar und den wachsamen, glänzenden Augen wirkte er ungezähmt animalisch und zugleich zart und anmutig, wie ein wildes Tier, das jeden Moment die Flucht ergreifen kann.

»Ich habe dich erschreckt«, sagte ich. »Du bist Rafi, nicht wahr?«

Er nickte und straffte sich. »Und wer sind Sie?«, fragte er. Sein Bengali-Akzent hatte den ländlich-melodischen Tonfall der Sundarbans. »Was machen Sie hier, ganz allein?«

»Ich bin Dinanath Datta.« Ich hoffte, es klang beruhigend. »Ich wollte mir nur den Tempel ansehen. Horen Naskar hat mich hergebracht …«

»So? Und wo ist er? Ich habe sein Boot nicht gesehen.«

»Er sucht dich«, antwortete ich. »Er dachte, du bist irgendwo in der Nähe. Ich hatte ihn darum gebeten.«

Seine wachsamen Augen weiteten sich. *»Keno? Ki chai?«*, fragte er. »Warum? Was wollen Sie von mir?«

»Ich wollte dir nur ein paar Fragen zu dem Schrein stellen.«

»Ich weiß nicht, ob ich Ihnen da etwas sagen kann. Ich hatte nie viel mit dem *dhaam* zu tun.«

»Wer hat dann die Konturen an den Wänden nachgezogen?«

»Meine Mutter. Sie ist voriges Jahr gestorben.«

»Das tut mir leid«, sagte ich. »Hat sie viel von dem *dhaam* erzählt?«

»Nur ein bisschen.« Er trat von einem Fuß auf den anderen.

Ich konnte nicht erkennen, ob er die Wahrheit sagte oder mir bewusst auswich.

»Deine Mutter und dein Großvater haben dir doch bestimmt einiges erzählt«, versuchte ich ihn zu ermuntern. »Sicher weißt du noch etwas davon.«

»Nicht viel«, antwortete er widerstrebend.

»Gut. Dann sehen wir uns die Bilder gemeinsam an, und du sagst mir, woran du dich erinnerst.«

Vielleicht war Rafis Gedächtnis besser, als er gedacht hatte, oder aber man vergisst Geschichten, die man in früher Kindheit gehört hat, nicht so leicht. Jedenfalls konnte er, als wir die Reliefs in Augenschein nahmen, viele der Bilder erklären und etliche Details bestätigen.

Wie sich herausstellte, hatte ich richtig vermutet, was die Figur des Gewehrhändlers und das dazugehörige Symbol anging. Auch die andere Turban tragende Figur hatte ich als »Kapitän Ilyas«, den Mentor und Gefährten des Kaufmanns, richtig interpretiert. Was das mit ihm gepaarte Symbol bedeutete, wusste Rafi aber ebenso wenig wie ich.

Dafür bestätigte er meine Identifikation der Figur mit dem Helm: Es war tatsächlich ein Pirat, kein anderer als der Anführer der *harmads*, die den Gewehrhändler gefangen genommen hatten, als er vor Manasa Devis Zorn übers Meer floh.

In einigen Punkten hatte ich mich allerdings geirrt, vor allem mit meiner Deutung des Feldes mit den Muscheln. Es seien keine Schnecken-, sondern Kaurimuscheln *(kowri)*, sagte Rafi und machte damit einen wichtigen Zusammenhang in der Legende deutlich.

Der Geschichte zufolge war der Gewehrhändler nach seiner Gefangennahme durch die Piraten in einem Hafen als Sklave zum Verkauf angeboten worden. Und dort war Kapitän Ilyas in sein Leben getreten. Der Kapitän hatte erkannt, dass er ein intelligenter, weit gereister Mann war, er hatte ihn den *harmads* abgekauft und ihn freigelassen. Zum Dank hatte der Kaufmann ihn zu einer Insel geführt, auf der es Kaurimuscheln im Überfluss gab, und beide hatten ein Vermögen angehäuft.

Rafis Erwähnung der Kauris hatte mich ins Nachdenken gebracht. Ich erinnerte mich, irgendwo gelesen zu haben, dass Kaurimuscheln über viele Jahrhunderte in der gesamten Region des Indischen Ozeans und darüber hinaus als Zahlungsmittel dienten, und auch, dass sie größtenteils von einer einzigen Insel stammten, deren Name mir im Moment nicht einfiel. Ich hatte jedoch keine Zeit, darüber nachzudenken, denn Rafi stand bereits vor dem nächsten Fries.

Nachdem sie genügend Kauris gesammelt hatten, erzählte er, reisten der Gewehrhändler und Kapitän Ilyas mit ihrem Schatz in ein anderes Land – hier zeigte Rafi auf die Darstellung des Hügels mit den beiden Palmen und sagte, das sei das »Palmzuckerkandisland« *(taal-misir-desh)*. Kaum waren sie dort angekommen, stürzten sich Gift speiende Ungeheuer auf sie, und sie mussten weiterfliehen, in das »Tücherland« *(rumaali-desh)* – Rafi zeigte auf das Feld mit den Fahnen und Wimpeln. Doch auch hier waren der Gewehrhändler und der Kapitän vom Pech verfolgt. Manasa Devi sandte glühende Winde aus, das Land verdorrte, und eines Tages fing ihr Haus Feuer, und auch ringsum verbrannte alles. Man machte die unglücklichen Reisenden dafür verantwortlich, und ihre Nachbarn erhoben sich gegen sie und jagten sie fort. Da beschloss Kapitän Ilyas, sich an den einzigen Ort zu begeben, an dem sie vor Manasa Devi sicher waren, einen Ort, an dem es keine Schlangen gab – und dieser Zufluchtsort war kein anderer als die Gewehrinsel *(Bonduk-dwip)*. Diese Insel, sagte Rafi, sei durch die beiden konzentrischen Kreise symbolisiert, denn *Bonduk-dwip* sei nicht nur eine Insel, sondern auch eine Insel innerhalb einer Insel, deshalb sei der innere Kreis von einem zweiten Kreis umschlossen.

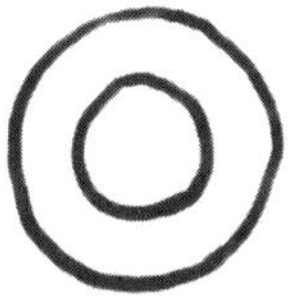

Und das Bild mit den Kreisen und den gekreuzten Linien?

Rafi kratzte sich am Kopf. »Darüber hat mein Großvater einmal etwas erzählt«, sagte er, »aber ich erinnere mich nicht mehr daran.«

Sein Tonfall verriet, dass er von meinen Fragen genug hatte. Mit einer wegwerfenden Geste wandte er sich von dem Schrein ab.

»Das ist sowieso alles Unsinn«, sagte er und warf sein Haar zurück wie eine Mähne. »Es gibt kein Palmzuckerkandisland und keine Gewehrinsel. Das ist bloß ein Märchen. Niemand kann über Schlangen herrschen.«

Er sagte das mit großer Heftigkeit, aber zugleich mit einem Unterton, der mich vermuten ließ, dass seine Skepsis gegenüber der Legende möglicherweise mit einer weit zurückliegenden großen Enttäuschung zusammenhing, wie Kinder sie erleben, wenn sie erfahren, dass es keinen Weihnachtsmann und keine Spielzeugfabrik am Nordpol gibt.

»Du hast recht«, sagte ich, um ihn bei Laune zu halten. »Und ganz offensichtlich hat der *dhaam* auch nichts mit Manasa Devi zu tun, nicht wahr?«

Seine glänzenden, lang bewimperten Augen blickten verwirrt. »Wieso?«, fragte er. »Warum sagen Sie das?«

»Wenn Manasa Devi irgendetwas damit zu tun hätte, müsste es hier doch eine Schlange geben, oder nicht? Eine Kobra.«

Ich warf ihm einen Blick zu und sah zu meiner Überraschung, dass seine Gesichtszüge erstarrt waren. Er fixierte mich jetzt und hielt sich die Hand vor den Mund.

»Was ist?«, fragte ich. *»Ki hoyechhe?«*

Seine Hand sank herab.

»Es gibt eine«, flüsterte er.

»Eine was?«

»Eine Kobra. Im *dhaam*. Seit vielen Jahren schon.«

Jetzt starrte ich ihn meinerseits ungläubig an.

»Das kann nicht sein«, sagte ich. »Ich war ja drin, und ich habe keine gesehen.«

»Sie war direkt hinter Ihnen. Als Sie herauskamen, habe ich sie gesehen, hinter Ihnen. Ihr Nackenschild war gespreizt, und ihr Kopf war über Ihrer Schulter. So habe ich sie noch nie gesehen. Wenn ich hier bin, kommt sie nie raus, und ich lasse sie auch in Ruhe; sie hält Schlangen und andere Tiere fern. Ich gehe nie da rein – Sie müssen sie gestört haben.«

»Nein.« Ich schüttelte den Kopf. »Nein, das kann nicht sein …«

Ich war mir in diesem Moment hundertprozentig sicher, dass er scherzte oder mir etwas weismachen wollte. Dass ich den Schlupfwinkel einer Kobra betreten hatte, war schlicht undenkbar. So etwas passiert Leuten wie mir nicht, zurückgezogen lebenden Antiquaren, die ihre Tage größtenteils damit zubringen, auf Bildschirme oder in alte Bücher zu schauen.

Wir befanden uns an einer Ecke des *dhaam*, an der die Fassade an die Umfassungsmauer grenzte. Von hier aus sah man fast nichts vom Inneren des Baus, nur das Bogentor und die Dunkelheit dahinter.

Was ich eben gehört hatte, erschien mir so unwahrscheinlich, dass meine Füße sich wie von selbst in Bewegung setzten. Ehe ich mich versah, hatten sie mich zum Eingang getragen, und ich konnte mit eigenen Augen sehen, dass alles so war, wie ich gedacht hatte.

Und dann war sie plötzlich da. Wie ein Peitschenhieb schnellte sie aus dem Dunkel hervor und richtete sich auf, als hätte sie auf mich, den Eindringling, gewartet, um sich erneut zu zeigen.

Aus etwa einem Meter Entfernung erkannte ich, dass es keine gewöhnliche Kobra war, sondern eine Königskobra – eine Hamadryade – von solcher Größe, dass ihr Kopf sich auf gleicher Höhe mit meinem befand.

Sie züngelte, während ich ihr in die schwarz glänzenden Augen sah, und ich vernahm eine Art Knurren (später erfuhr ich, dass diese Art nicht zischt, sondern solche Knurrlaute von sich gibt).

Ich stand wie versteinert, wie angewurzelt, und obwohl die Schlange so nahe war, bin ich bis heute überzeugt, dass sie niemandem Schaden zugefügt hätte, wäre nicht geschehen, was dann geschah.

Von mir unbemerkt war Tipu auf dem Gelände erschienen und hatte die Szene beobachtet. In der Annahme, die Kobra sei im Begriff, mich zu attackieren, hatte er ein Fischernetz ergriffen und sich leise in den Hof geschlichen.

Erst als das Netz auf die Kobra zuflog, bemerkte ich ihn, und in dem Moment griff das Tier mit erstaunlicher Kraft und Schnelligkeit an. Während sich das Netz über ihren

Schild senkte, schoss sie auf Tipu zu und biss ihn knapp über dem Ellenbogen in den linken Arm.

Und dann, so unvermittelt wie sie aufgetaucht war, verschwand sie wieder, und das Netz lag leer da. Tipu kniete über seinen Arm gebeugt am Boden und starrte auf die Wunde. Dann sackte er langsam zusammen und sah mir in die Augen.

»Was … was mach ich jetzt, Pops?«, flüsterte er.

Starr vor Schreck sah ich ihn nur hilflos an.

»Warum hast du uns hierhergebracht, Pops?«

Ich warf Horen einen Blick zu. Er stand da wie eine Statue, und das Entsetzen war ihm ins Gesicht geschrieben.

»Was ist los, Pops?« Tipu umklammerte seinen Arm, und seine Pupillen wanderten nach oben, sodass sie nur noch halb zu sehen waren.

Da hörte ich Schritte, und als ich aufschaute, sah ich Rafi auf uns zulaufen. Zu meiner Erleichterung schien er genau zu wissen, was zu tun war. Er raffte seinen Lungi, kniete neben Tipu nieder und hob dessen rasch anschwellenden Arm an seinen Mund. Dann schloss er die Lippen um die Stelle, an der die Schlange mit ihrem Giftzahn die Haut durchbohrt hatte, und begann, an der Wunde zu saugen, so angestrengt, dass sein Gesicht sich dunkler färbte.

Nach einer Weile hob er den Kopf und wandte sich zur Seite, um auszuspucken. Doch noch ehe er den Mund leeren konnte, brach ein erstickter Laut aus ihm hervor, und er griff sich an die Brust.

»Hast du etwas davon verschluckt?«, fragte Horen.

Rafi nickte mit verzerrtem Gesicht.

»Keine Sorge«, sagte Horen. »Solange es in deinem Bauch bleibt und nicht ins Blut gelangt, kann es dir nichts anhaben.«

Rafi hustete und spuckte verzweifelt, und nach einer Weile

fuhr er sich mit der Hand über den Mund und sah zu Horen auf. »Wenn man etwas von einer Kobra in sich hat«, sagte er, »wird man es nie wieder los. Das hat mein Großvater immer gesagt.«

Er wandte sich wieder Tipu zu, umfasste seinen Arm und begann, ihn zu drücken.

»Ich brauche ein Seil.«

Horen riss ein Stück Schnur von dem Netz ab, das Tipu über die Schlange geworfen hatte, und gab es Rafi, der es um Tipus Arm band und den Druckverband mit einem Stück Holz straff zog.

Unterdessen hatte Horen aus dem Fischernetz eine behelfsmäßige Hängematte gefertigt. »Darin können wir Tipu zum Boot tragen«, sagte er. »Mit etwas Glück ist er in ein paar Stunden im Krankenhaus in Lusibari.«

Als Rafi mit dem Druckverband fertig war, rollte er Tipu auf das Netz. Dann fassten er und Horen es an den Enden und machten sich auf den Rückweg. Ich folgte ihnen dichtauf.

Als wir uns dem Schlickufer näherten, rief Horen mir schroff zu: »Vorsicht, jetzt bloß nicht hinfallen, wir haben keine Zeit zu verlieren.«

Visionen

Tipu hielt die Augen geschlossen und gab kaum noch einen Laut von sich, bis man ihn in der schattigen Hauptkajüte des Bootes auf eine Matratze gelegt hatte. Selbst als der Motor ansprang und das Boot sich laut tuckernd in Bewegung setzte, lag er da wie ein Toter. Eine Weile schien es, als hätte er das Bewusstsein verloren, doch dann riss er plötzlich die Augen auf und wandte den Kopf, um seinen Arm zu betrachten, der jetzt monströs aufgebläht und verfärbt war. Seine Augen weiteten sich, als er den Druckverband sah, der wie ein Krater auf einem Hügel aus angeschwollenem Fleisch saß.

»*Eta ki?*«, fragte er in klagendem Ton, fast wie ein Kind. »Was ist das? Da ist was in mir drin. Es greift nach mir. Was ist das?«

»Schau nicht auf deinen Arm«, sagte Rafi. »Versuch, nicht dran zu denken.«

Er schwang seinen langen, schlanken Körper auf die Matratze, kreuzte die Beine und legte Tipus Kopf sanft, aber entschlossen in seinen Schoß. Dann strich er Tipu über die schweißnasse Stirn. »Hab keine Angst, das war keine gewöhnliche Schlange. Mein Großvater hat immer gesagt, sie ist geschickt worden, um uns zu beschützen.«

Tipus Augen waren glasig, und er schien Rafi nicht verstanden zu haben. »Wer bist du?«, fragte er. »Du kommst mir bekannt vor.«

»Stimmt«, sagte Rafi. »*Amader kono porichay nei.* Wir haben uns noch nie gesehen, aber du kommst mir auch bekannt vor.«

»Wieso? Woher?«

»Egal«, sagte Rafi. »Du solltest dich ruhig halten, das ist jetzt wichtig.«

»Ruhig? Wie soll ich ruhig sein, wenn es in mir drin wie Feuer brennt?«

Ich holte eine Flasche Wasser, und Rafi hielt sie Tipu behutsam an die Lippen. Tipu trank gierig, und sein Adamsapfel hüpfte auf und ab, während das Wasser gleichmäßig in seinen Mund floss. Dann schob er die Flasche von sich und sagte: »Es ist immer noch da, das Feuer, in mir drin.«

»Trink noch mehr Wasser«, sagte Rafi.

Tipus Kopf sank in Rafis Schoß zurück. Seine Augen waren weit geöffnet. Dann veränderte sich sein Ausdruck: Die Pupillen wanderten wieder nach oben, bis nur noch das Weiße zu sehen war. Sein Kinn fiel herab, und aus den Mundwinkeln rannen Speichelfäden. Plötzlich befiel ihn ein Zittern und Zucken, und er vollführte krampfartige kleine Bewegungen, wie ein träumendes Tier. Sein Kopf aber blieb reglos, in einer seltsamen Stellung zurückgeworfen, die Augen weiß und leer, der offene Mund schlaff.

Nach einer Ewigkeit legte sich das Zucken, die Pupillen kehrten ins Zentrum der Augen zurück, und doch sah es nicht so aus, als wachte Tipu auf. Vielmehr schien er wieder in den vorherigen Bewusstseinszustand zu verfallen und war nicht ganz bei sich, denn offensichtlich nahm er seine Umgebung nicht wahr.

»Wo bin ich? Wo bin ich?« Seine Augen fokussierten wieder.

»Du bist in Horen Naskars Boot«, sagte ich. »Und wir sind bei dir, hier neben dir.«

Tipus rechte Hand fuhr hoch, als wollte er mich wegschieben. »Nein! Ich bin im Wasser, und sie kommen mich holen!«

»*Ke* – wer?«, fragte Rafi und strich wieder sanft über Tipus schweißnasse Stirn. »Wer kommt dich holen?«

»Ich sehe sie nicht, nur ihre Schatten, und sie kommen immer näher. Aber sie erreichen mich nicht.«

»Warum nicht?«

»Wegen ihnen.«

»Wegen wem?«

»Den Schlangen.«

»Was für Schlangen?«

»Seht ihr sie nicht? Sie sind überall!« Er hob die Hand und streckte den Zeigefinger aus. »Schaut – da, da, da. Überall. Könnt ihr sie nicht sehen?« Er schien ehrlich verwundert, dass für uns unsichtbar war, was er sah.

Ich war jetzt zutiefst beunruhigt und hob die Stimme. »*Na!*«, rief ich. »Nein! Da ist nichts, und außer uns ist niemand hier …«

Das trug mir eine scharfe Erwiderung von Rafi ein. »Woher wissen Sie, dass außer uns niemand hier ist? *Chup korun* – seien Sie still! Lassen Sie ihn sagen, was er zu sagen hat. Und wenn Sie das nicht aushalten, dann gehen Sie weg.«

Das abwehrende Knurren in seiner Stimme erschreckte mich. Er war wie ein wildes Tier, das über sein Junges wacht.

Unterdessen flossen die Worte weiter aus Tipus Mund.

»… sie sind überall an mir, sie schlingen sich um meine Hände, sie sind unter meinen Füßen … aber ich habe keine Angst vor ihnen, sie wollen mir nur helfen … sonst hätten sie mich längst geholt …«

»Wer?«, fragte Rafi. »Wer hätte dich geholt?«

»Sie. Die Schatten.«

»Und wer sind die?«

»Ich kann sie nicht sehen ... es ist eine Leere, und sie bewegt sich ... sie wollen mich da reinziehen, zu sich rein ...«

Seine Stimme verlor sich, sein Kopf fiel zurück, und wieder glitten seine Pupillen nach oben. Auch das Zucken setzte von Neuem ein, und ich merkte, dass er in den gleichen Zustand verfallen war wie zuvor.

Währenddessen strich Rafi ihm weiter über Kopf und Gesicht. Sie hätten einander nicht unähnlicher sein können – Tipu mit seinem Ohrstecker und den Strähnchen und Rafi mit dem struppigen Haar und seinem tierhaften Misstrauen –, und doch schien ein seltsames Band zwischen ihnen entstanden zu sein. Es war, als hätte das Gift, das aus Tipus Arm in Rafis Mund gelangt war, eine geradezu körperliche Verbindung geschaffen.

Nicht lange, und ich konnte Tipus Zuckungen nicht mehr mit ansehen. Ich trat ins Freie und ging ins Ruderhaus hinauf.

Horen warf mir einen Blick zu, als ich in der Tür erschien. »Ich habe Tipus Stimme gehört«, sagte er. »Er scheint zu fantasieren, *bajé bokchhé* – er redet dummes Zeug.«

Die derbe Direktheit des Bengali-Ausdrucks wirkte beruhigend auf mich. Ja, natürlich, sagte ich mir, das ist es – ein Delirium, wie es nach einem Schock häufig vorkommt.

»Stimmt«, sagte ich zu Horen. »Er redet lauter dummes Zeug.«

»Das muss nichts Schlechtes sein«, erwiderte Horen. »Solange er jammert, wissen wir wenigstens, dass er um sein Leben kämpft.«

»Wie lange brauchen wir noch bis Lusibari?«

Horen schaute auf sein Handy, das er vor sich aufgestellt hatte. »Anderthalb Stunden mindestens.«

Er winkte mich herein. »Können Sie kurz das Steuer übernehmen? Wir haben jetzt wieder Empfang, und ich möchte Moyna anrufen, damit sie im Krankenhaus alles vorbereiten kann.«

Ich fasste vorsichtig das Steuer, und Horen ging hinaus und wählte eine Nummer. Wir befanden uns auf einem breiten, kaum befahrenen Abschnitt des Flusses, und ich hatte weiter nichts zu tun. Es war erfrischend, hier oben mit Blick auf die weite Wasserfläche im hellen Sonnenlicht zu stehen, und so zögerte ich nicht, als Horen mich fragte, ob er kurz nach Tipu sehen könne.

»Ja, gehen Sie nur«, sagte ich. »Ein paar Minuten komme ich schon zurecht.«

Horen blieb länger weg als erwartet, fünf bis zehn Minuten. Als er wieder ins Ruderhaus trat, wirkte er seltsam aufgewühlt.

»Tipu hat weiter fantasiert«, sagte er. »Immer wieder hat er Rafi gefragt, wie er heißt, und Rafi hat es ihm gesagt, noch mal und noch mal. Aber Tipu hat jedes Mal den Kopf geschüttelt und gesagt: ›Nein, nein, das ist es nicht.‹ Schließlich habe ich zu Rafi gesagt, er soll es gut sein lassen, Tipu ist nicht bei klarem Verstand. Aber da hat Rafi plötzlich gesagt: ›Tipu hat recht, Rafi ist nur mein Spitzname, eigentlich heiße ich Ilyas, wie der Mann in der Geschichte. Den Namen hat mir mein Großvater gegeben.‹ Daraufhin hat Tipu sich für eine Weile beruhigt und gesagt: ›Ja, das stimmt, jetzt erkenne ich ihn.‹«

Horen sah mich mit gerunzelter Stirn an. »Rafi sagt, nur sein Großvater hat den Namen benutzt.«

Er verzog das Gesicht. »Komisch, oder? Woher weiß Tipu das mit dem Namen? Er hat Rafi noch nie gesehen.«

»Das ist überhaupt nicht komisch«, sagte ich unwillig. »Tipu muss mitbekommen haben, wie wir heute Morgen über die Geschichte geredet haben. Wahrscheinlich hat er den Namen Ilyas gehört, und den hatte er noch im Kopf. Und dass Rafis Großvater den Jungen Ilyas genannt hat, ist kein Wunder, schließlich war er der Wächter des Schreins.«

»Ja, natürlich, so wird es sein«, sagte Horen. Es klang erleichtert. Er schaute auf sein Handy.

»Wir kommen gut voran, es dauert jetzt nicht mehr lange. Sie gehen besser runter und halten ein Auge auf den Jungen.«

Ich wollte gerade die Kajüte betreten, als Tipus Stimme mich innehalten ließ.

»Sie sind jetzt ganz nahe, ganz nahe, ich spüre die Kälte um die Schatten herum. Mir ist so kalt, halt mich fest, halt mich fest!«

Rafi legte die Hände auf Tipus Brust. »Ich bin da. Ich halte dich. Du bist in Sicherheit.«

Das schien Tipu zu beruhigen. Er stieß einen langen Seufzer aus. »Sie gehen weg. *Phire jachhe.* Sie kommen nicht durch …«

»Durch was?«

Statt einer Antwort ließ Tipu die Hand dicht über seinem Körper durch die Luft gleiten, als streichelte er etwas, das ihn schützend umhüllte. Dann fing er plötzlich wieder an zu schreien: »Nein! Nein! Sie sind hinter was anderem her. Ich kann's nicht sehen.«

Ein lang gezogenes Stöhnen drang aus seinem offenen Mund, aus dem der Speichel rann, und sein Körper bäumte sich auf, sodass Rafi ihn kaum noch halten konnte. Er stöhnte erneut und sagte etwas, das ich nicht verstand.

»Was sagt er?«, fragte ich Rafi. »Hast du es verstanden?«

»Es ist ein Name, ein Frauenname – Rani.«

Plötzlich erschlaffte Tipu, sein Kopf fiel herab, und seine Pupillen wurden wieder sichtbar. Er schien erschöpft, entkräftet, murmelte aber weiter vor sich hin.

Rafi streckte sich neben ihm aus und umfing ihn mit den Armen, wie um zu verhindern, dass er fortgerissen wurde.

Tipu lag jetzt da wie tot.

»Atmet er noch?«, fragte ich alarmiert.

»Ja«, antwortete Rafi. »Er hat das Bewusstsein verloren, aber das ist vielleicht auch besser so.«

»Hast du gehört, was er gesagt hat, bevor er ohnmächtig wurde?«

Rafi nickte. »Er hat gesagt, wir sollen jemanden anrufen, eine Piya. Wissen Sie, wer das ist?«

»Ja. Warum wollte er, dass wir sie anrufen?«

»Er hat gesagt, wir müssen sie warnen.«

»Wovor?«

»Vor Rani.«

»Und wer ist Rani?«

»Das weiß ich nicht«, antwortete Rafi ungeduldig. »Jedenfalls sollen Sie Piya anrufen.«

Mir kam der Gedanke, dass Piya mit Sicherheit wissen wollte, wie es Tipu ging.

»Gut«, sagte ich. »Das mache ich jetzt gleich.«

Ich ging zum Bug vor, wählte Piyas Nummer und hielt mir das Telefon ans Ohr, hörte aber nur ein Piepen. Auf dem Display war kein Netzsignal zu sehen; wir hatten wieder keinen Empfang.

Ich starrte noch frustriert auf das Handy, als Rafi neben mir auftauchte. Er nickte zur Hauptkajüte hin und sagte: »Tipu ist fix und fertig. Er schläft jetzt.«

Ohne den Blick von meinem Telefon zu heben, sagte ich: »Das ist gut.«

Rafi beobachtete mich einen Moment und schüttelte dann den Kopf. »Das bringt nichts«, sagte er mit seinem ländlichen Akzent. »Sie müssen noch eine Weile warten.«

Der ungebetene Rat ärgerte mich. »Warten? Worauf?«

»Auf das, was Sie suchen«, sagte Rafi mit großer Selbstgewissheit.

Ich runzelte die Stirn und musterte ihn von oben bis unten. Mit seinen wirren Haaren, dem ausgefransten Hemd und den schlammverkrusteten Füßen sah er aus wie ein Wesen aus der Wildnis, und es schien wenig wahrscheinlich, dass er, ein Fischer aus der hintersten Provinz, eine Ahnung davon hatte, wie Handys funktionieren.

»Woher willst du wissen, was ich suche?«, fragte ich scharf.

Er starrte mich an, und seine Augen verschleierten sich. Dann zog er ein kleines plastikumwickeltes Päckchen aus dem Bund seines Lungis. Als er die Umhüllung entfernte, kam zu meinem Erstaunen ein Handy zum Vorschein, ein ähnliches wie meines. Er schaltete es ein, und nach ein paar Minuten tippte er auf das Display und warf mir das Gerät zu.

»Sehen Sie?«, sagte er. »Kein Empfang. Die Balken sehen Sie erst wieder, wenn wir im nächsten Fluss angelangt sind.« Er hob die Hand und zeigte nach vorn. »Und da kriegen Sie auch nur zwei. Drei Balken kommen erst, wenn wir da sind.« Er zeigte auf eine noch weiter entfernte Stelle.

Dann reckte er den Hals und warf einen verstohlenen Blick auf mein Telefon. »Aber Ihr Handy ist ein altes Modell«, sagte er. »Da kann es länger dauern.«

Ich konnte ihm das Grinsen, das auf seinem Gesicht erschien, nicht verdenken. Offensichtlich war ihm nur allzu bewusst, dass der Spieß jetzt umgedreht war: Es hatte sich gezeigt, wie unwissend ich selbst war.

Ich schämte mich dafür, dass ich geglaubt hatte, Rafi kenne sich mit Mobiltelefonen nicht aus, nur weil er ein Fischer aus den Sundarbans war. Irgendwo wusste ich natürlich, dass die Annahmen, mit denen Inder wie ich aufgewachsen sind – dass Landbewohner rückständig seien, besonders wenn es um moderne technische Geräte geht –, nicht mehr zutrafen, sofern sie das überhaupt je getan hatten. Ich hatte selbst gesehen, dass junge Inder, ob reich oder arm, gebildet oder ungebildet, ein Geschick im Umgang mit Handys und Computern besaßen, das meine eigenen Fähigkeiten auf diesem Gebiet weit überstieg. Und ich war auch nicht so realitätsfremd, nicht zu wissen, wie viele Menschen in Indien und vielen anderen armen Ländern über digitale Kompetenzen verfügen, die in keinem Verhältnis zu ihrer materiellen Situation und ihrer Schulbildung stehen. Trotzdem hatte ich mich blamiert, weil ich Rafi unterstellt hatte, jemand wie er kenne sich mit einem so allgegenwärtigen Gerät wie dem Handy nicht aus.

Rafi beobachtete mich mit einem leisen Lächeln. Seine glänzenden Augen und die herabgezogenen Mundwinkel sprachen Bände und ließen keinen Zweifel daran aufkommen, dass er genau wusste, was mir durch den Kopf ging.

»Touristen sind oft überrascht«, sagte er, »wenn sie sehen, dass wir hier auch Handys haben. Warum sie überrascht sind, weiß ich allerdings nicht, wir brauchen Telefone doch dringender als die Leute in der Stadt. Bei uns kann ein Handy über Leben und Tod entscheiden.«

»Inwiefern?«

»Wegen der Unwetterwarnungen. Wenn man die nicht beachtet, kann man in einen Sturm geraten. Und auch das GPS kann eine große Hilfe sein, vorausgesetzt, man hat Empfang.

Aber da hinten« – er zeigte flussabwärts, in die Richtung, aus der wir gekommen waren – »da muss man sich gut auskennen, so wie mein Großvater. Der hat kein GPS gebraucht, er hatte alles im Kopf.«

»Hast du viel von ihm gelernt?«

»Einiges. Aber es gab auch viel, was er mir nicht beigebracht hat.«

»Zum Beispiel?«

Er zuckte mit den Schultern. »Über Tiere, Fische, das Wasser – er hat gesagt, ich muss nicht alles lernen, was er weiß, weil die Flüsse, der Wald und die Tiere anders sind als früher. Alles verändert sich, hat er immer gesagt, so stark und so schnell, dass ich hier irgendwann nicht mehr über die Runden kommen werde, dass mir nichts anderes übrig bleiben wird, als wegzugehen.«

»Und wohin?«

Wieder zuckte er mit den Schultern. »Keine Ahnung. Wo man eben so hingeht. Bombay, Delhi – keine Ahnung.«

»Du denkst also daran, von hier wegzugehen?«

»Vielleicht. Als meine Mutter noch gelebt hat, ging es nicht. Aber jetzt ...«

Ohne den Satz zu beenden, machte er kehrt und ging in die Hauptkajüte zurück.

Ich sah noch einmal auf mein Handy: Die Signalbalken waren wieder da. Ich wählte Piyas Nummer, und ihre Mailbox sagte mir auf Hindi, dass der angerufene Teilnehmer gerade telefoniere. Ein paar Minuten später versuchte ich es noch einmal und hörte wieder dieselbe Ansage. So ging es frustrierend lange weiter, und ich wollte schon aufgeben, als Piya sich nach mehrmaligem Klingeln endlich meldete.

»Sind Sie's, Deen?«

»Ja.«

»Tut mir leid, aber ich kann im Moment nicht sprechen. Ich muss Sie später zurückrufen.«

»Es ist dringend. Ich rufe wegen Tipu an.«

»Oh – was ist mit ihm?«

»Er ist mitgekommen zu dem Schrein, Nilima hatte ihn offenbar darum gebeten.«

»Ja, ja, und weiter?«

»Leider ist ein Missgeschick passiert.«

»Was für ein Missgeschick?«

»Tipu wurde gebissen. Von einer Schlange. Er deliriert, aber wir sind jetzt auf dem Weg ins Krankenhaus.«

Piya atmete tief durch. »Hat jemand die Schlange gesehen? Was für eine war es?«

»Es war eine sehr große Kobra. Eine Königskobra, da bin ich mir ziemlich sicher.«

Sie zog hörbar die Luft ein. »O verdammt! Der Biss einer Königskobra kann einen Elefanten töten.«

Ich begann zu stottern. »Aber … aber im Krankenhaus kann man doch sicher …«

»Nein! Die haben nicht das richtige Gegengift. Es gibt nur wenig davon, und es ist sehr teuer …« Sie brach ab. »Moment!«

Jetzt waren nur noch Hintergrundgeräusche zu hören. Piya schien in einen Raum mit vielen Menschen gelaufen zu sein und in dringlichem Flüsterton mit jemandem zu sprechen. Dann war sie wieder da, und sie hatte gute Nachrichten: Sie hatte mit einem Freund gesprochen, einem Herpetologen, der ebenfalls an dem Kongress teilnahm. Er wollte in Kürze zu Feldforschungen in den Dschungel aufbrechen und hatte reichlich Gegengifte dabei, auch eines für Königskobras. Er würde Piya etwas davon abgeben.

»Aber wie kommt das zu uns?«, fragte ich. »Wir brauchen es so schnell wie möglich.«

»Ich bringe es selbst«, antwortete sie. »Ich fliege in ein paar Stunden nach Kolkata zurück, dann müsste ich noch vor Mitternacht im Lusibari im Krankenhaus sein.«

»Und der Kongress? Sind Sie nicht heute erst in Bhubaneswar angekommen?«

»Ja, aber es hat einen Notfall gegeben, und ich musste meine ganze Planung ändern. Vor Ihrem Anruf habe ich gerade mit dem Reisebüro telefoniert. Sie haben einen Flug für mich gebucht, der demnächst startet.«

Ich merkte, dass sie ungeduldig wurde, und wollte gerade auflegen, als plötzlich Rafi neben mir auftauchte. »Haben Sie ihr von Rani erzählt?«, flüsterte er mir ins Ohr.

Ich wandte mich ab und sagte ins Telefon: »Piya, hören Sie, da ist noch etwas, das ich Ihnen sagen muss.«

»Gut, aber bitte schnell.«

»Ich habe Ihnen doch gesagt, dass Tipu deliriert.«

»Ja, weiter, schnell bitte.«

»Und im Delirium hat er gesagt, wir sollen Sie anrufen und Sie warnen.«

»Wovor?«

»Vor einer gewissen Rani.«

Piya zog scharf die Luft ein. Als sie wieder sprach, war ein Zittern in ihrer Stimme. »Wann hat er das gesagt?«

»Vor einer Viertelstunde ungefähr.«

»Das kann nicht sein! Sind Sie sicher?«

»Nein, nicht hundertprozentig, aber es ist ungefähr eine Viertelstunde her. Warum?«

»Weil ich da eine Warnmeldung bekommen habe.«

»Was für ein Warnmeldung?«

»Wegen Rani.«

»Und wer ist Rani?«

»Rani ist ...«

Sie unterbrach sich. »Es würde zu lange dauern, das zu erklären. Ich sage es Ihnen, wenn wir uns sehen.«

»Gut.«

»Aber, Moment – wir sehen uns ja gar nicht mehr, oder?«

»Wieso nicht?«

»Sie müssen doch in die Stadt zurück. Geht heute nicht Ihr Flieger?«

»Ach ja!« Daran hatte ich gar nicht mehr gedacht. »Darum kümmere ich mich später. Ich kann Tipu in diesem Zustand nicht allein lassen. Das Ganze ist ja nur passiert, weil er mich schützen wollte.«

Rani

Als wir im Krankenhaus in Lusibari ankamen, war Tipu mehr oder weniger komatös. Man brachte ihn auf einer Rolltrage sofort auf die Intensivstation.

Eine gute halbe Stunde verging, ehe wir endlich mit einem Arzt sprechen konnten. Er bestätigte, was Piya schon gesagt hatte: Man hatte das richtige Gegengift nicht vorrätig, weil es teuer und schwer zu bekommen war. Doch es bestand noch Hoffnung: Tipu hatte bloß eine geringe Giftmenge abbekommen, weil nur einer der beiden Giftzähne in seinen Arm eingedrungen war (Piya erklärte mir später, dass ein solcher Biss für die Königskobra, *Ophiophagus hannah*, untypisch sei; sie greife zwar selten Menschen an, dann aber, so hieß es, sehr hartnäckig).

Alles hänge jetzt von dem Gegengift ab, sagte der Arzt, und davon, wie schnell es injiziert werden könne. Bis dahin könnten wir nichts anderes tun als warten.

Die Stunden krochen dahin, und das Warten wurde immer schwieriger. Irgendwann kam eine Schwester und sagte, Tipus Atem gehe zunehmend unregelmäßig. Ich hatte den Eindruck, sie wollte uns auf das Schlimmste vorbereiten.

Doch Piya kam früher als erwartet, eine knappe Stunde vor Mitternacht. Sie stand sichtlich unter Stress. Ihre Augen blickten unruhig, und auf ihrem Gesicht lag ein Ausdruck großer

Angst. Sie sah aus, als sei sie nur noch Haut und Knochen. Dennoch war sie weder außer Atem noch kopflos, und als sie den Behälter mit dem Gegengift übergab, wirkte sie vollkommen gefasst. Selbst als Moyna auf sie zustürzte und in Tränen ausbrach, blieb sie ruhig.

Etwa eine Stunde später kam ein Arzt und erklärte zu unserer großen Erleichterung, dass das Serum allmählich wirke und Tipus Zustand sich bessere. Es bestehe keine Notwendigkeit für uns, noch länger im Krankenhaus zu bleiben, sagte er, wir wären gut beraten, ein wenig zu schlafen.

Für mich war es zu spät, um noch in die Stadt zurückzufahren, und da es in Lusibari keine Hotels gab, ließ Piya im Gästehaus des Badabon Trusts ein Zimmer für mich herrichten. Es war ein angenehmes Haus; die sauberen, gemütlichen Räume waren mit allem ausgestattet, was man sich nur wünschen konnte, einschließlich Highspeed-Internet. Es überraschte mich nicht, als ich erfuhr, dass Piya dort wohnte, wenn sie in den Sundarbans war, und dass sie selbst das Haus hatte renovieren und mit Wi-Fi ausstatten lassen.

In der Küche standen zwei große Kühlschränke, die wie fast alle Geräte in dem Gebäude mit Solarstrom liefen. Einer enthielt Piyas Vorräte, und ich stellte bald fest, dass sie sich von einer recht eigenartigen Kost ernährte, die hauptsächlich aus Energieriegeln, Erdnussbutter und Marmeladebroten bestand. Wir hatten beide lange nichts mehr gegessen, und als sie anbot, mir ein Sandwich zu machen, nahm ich mit Freuden an.

Bei dieser überraschend schmackhaften Mahlzeit sagte mir Piya, was hinter dem Namen steckte, den Tipu im Delirium genannt hatte: Rani. So heiße ein bestimmtes Flussdelfinweibchen, Vertreterin einer Spezies, der sie fast von Anfang an ihre Forschungsarbeit gewidmet hatte: dem Irawadidelfin, in der

Wissenschaft bekannt als *Orcaella brevirostris*. Rani gehörte einer Orcaella-Schule an, die für Piyas Forschungen besonders wichtig war. Sie hatte jedes Individuum der Gruppe sorgfältig dokumentiert und kannte alle genau, besonders die Weibchen, die sie jedes Jahr während der Paarungszeit beobachtet hatte. Auch die täglichen, jahreszeitlichen und jährlichen Wanderungen der Schule hatte sie über viele Jahre hinweg aufgezeichnet.

Piya erzählte das alles in bewusst neutralen Worten – zweifellos, weil sie die Tiere, die sie studierte, auf keinen Fall vermenschlichen wollte –, aber offenbar war ihre Beziehung zu Rani so stark und dauerhaft, dass sie einer alten Freundschaft unter Menschen gleichkam. Die Verbindung zwischen den beiden reichte mehr als eine Generation zurück, denn Piya hatte auch schon Ranis Mutter gekannt. Sie war das erste Tier der Schule gewesen, das Piya als Individuum hatte identifizieren können, weil es das einzige mit einem neugeborenen Kalb war. Doch das Kalb hatte nicht überlebt, nach wenigen Wochen war es bei einer Kollision mit einem Motorboot getötet worden. Sein Tod hatte Piya erschüttert und mit Trauer erfüllt, und umso glücklicher war sie gewesen, als sie bei ihrer Rückkehr im darauffolgenden Jahr die Mutter mit einem neuen Kalb vorfand.

Tipu, damals noch ein Kind, war zu diesem Zeitpunkt bei ihr gewesen – oft hatte er unbedingt mitgewollt, wenn sie in die Mangroven fuhr –, und ihm verdankte das Kalb den Namen Rani, zu dem er das offizielle »RN1« umwandelte. Ein Jahr später war Rani eines Tages verschwunden. Piya hatte sie verzweifelt gesucht, sie hatte die bevorzugten Wanderwege der Schule abgefahren und Rani schließlich gefunden, in einem Stück Nylonnetz gefangen.

Piya hatte sie augenblicklich losgeschnitten, und danach hatte das Tier angefangen, Blickkontakt mit ihr aufzunehmen, auf ganz andere Art als die anderen Mitglieder der Herde: Es lag mehr als nur ein Erkennen darin (das Wort »Dankbarkeit« drängte sich mir auf, umso unabweisbarer, als Piya es peinlichst vermied).

Das alles war viele Jahre her, und inzwischen war Rani das älteste lebende Mitglied der Gruppe, eine Matriarchin, die ein Dutzend Kälber geboren hatte. Mehr als alle anderen hatte sie Piya geholfen, die Wanderungen der Familie zu verfolgen.

In den ersten Jahren waren deren Bewegungen nach einem regelmäßigen, vorhersehbaren Muster verlaufen. Dann aber begannen ihre Routen zu variieren und wurden zunehmend unberechenbar. Das lag, so glaubte Piya, an einer veränderten Zusammensetzung des Wassers in den Sundarbans. Mit steigendem Meeresspiegel und verringerter Süßwasserzufuhr war das Salzwasser weiter stromaufwärts vorgedrungen, sodass bestimmte Regionen zu salzhaltig für die Delfine wurden. Sie begannen, einige ihrer angestammten Wanderwege zu meiden, und wagten sich immer weiter den Fluss hinauf, in besiedelte, stark befischte Gewässer. So konnte es nicht ausbleiben, dass einige sich in Fischnetzen verfingen, andere mit Dampfschiffen und Motorbooten zusammenstießen. In den letzten Jahren hatte die Schule so viele Mitglieder verloren, dass jetzt nur noch Rani und zwei andere Tiere übrig waren.

Da ein Überleben der Gruppe immer unwahrscheinlicher wurde, hatte Piya etwas getan, was sie normalerweise vermied: Sie hatte Rani mit einem GPS-Tracker ausgestattet, der Echtzeitinformationen über ihren Aufenthalt und ihren Allgemeinzustand lieferte. Das Gerät war so programmiert, dass es in bestimmten Situationen Warnmeldungen an Piyas Handy sandte.

»Und genau das ist gestern passiert«, sagte Piya, »auf der Tagung.«

»Was war das für eine Meldung?«

Piya verzog das Gesicht. »Sagen wir – die schlimmstmögliche, eine, die nur gesendet wird, wenn der Delfin nicht mehr im Wasser ist.«

Ich sah plötzlich Fernsehbilder von gestrandeten Walen vor mir.

»Sie meinen, Rani könnte gestrandet sein?«

»Ich weiß nicht. Aber so eine Meldung war es.«

»Und gehe ich recht in der Annahme, dass sie ungefähr zu dem Zeitpunkt kam, als Tipu anfing, von Rani zu sprechen?«

»Kommt drauf an, wann das war«, sagte Piya achselzuckend.

»Aber selbst wenn ich eine halbe Stunde oder mehr danebenläge, wäre es immer noch sehr seltsam. Tipu war im Delirium – wie hätte er da wissen sollen, wo Rani ist?«

»Wir wollen keine voreiligen Schlüsse ziehen«, sagte Piya. »Wir wissen ja nicht, ob Rani wirklich etwas passiert ist. Das muss sich erst noch zeigen. Diese Geräte funktionieren manchmal nicht richtig. Ich muss vor Ort sehen, was los ist.«

»Und wie wollen Sie das machen?«

Piya stand auf und begann, den Tisch abzuräumen. »Ich habe die GPS-Koordinaten von dort, wo der Tracker zuletzt war. Es ist eine Insel namens Garjontola. Ich fahre so bald wie möglich hin, vielleicht schon morgen, wenn es Tipu besser geht.«

Sie nahm meinen leeren Teller und warf mir einen Blick zu. »Möchten Sie mitkommen?«

»Hätten Sie denn Platz für mich?« Ich achtete darauf, dass es nicht zu erwartungsvoll klang.

»Ich denke schon. Ich hoffe, ich kann eines von Horens schnelleren Booten mieten. Die sind für zehn Passagiere ausgelegt, ich nehme aber nur ein paar von meinen Helfern mit.

Es müsste also genug Platz sein. Sie können gern mitkommen, wenn Sie möchten.«

»Danke«, sagte ich. »Ja, ich komme gern mit.«

»Gut, hoffen wir, dass es klappt.«

Später am Abend bereute ich, dass ich Piyas Einladung so spontan angenommen hatte. Als ich am nächsten Morgen aufwachte, hoffte ich insgeheim, aus der Fahrt würde nichts werden. Beim Frühstück aber kam Moyna und berichtete, Tipus Zustand habe sich deutlich gebessert und er werde voraussichtlich am folgenden Tag entlassen.

Damit hatten wir den Tag frei, und Piya traf ihre Vorbereitungen. Um kurz nach zehn brachen wir mit einigen Fischern, die sie als Helfer bei ihren Forschungsarbeiten angelernt hatte, nach Garjontola auf.

Erleichtert stellte ich fest, dass unser Boot zwar nicht gerade ein Schnellboot, aber doch wesentlich schneller war als das plumpe Dampfboot vom Tag zuvor.

»Sehen Sie die vielen verschiedenen Farbtöne im Wasser?« Piya sah mich unter dem Schirm der Basecap, die ihr kurz geschnittenes Haar bedeckte, blinzelnd an.

Ich kniff die Augen gegen das aufspritzende Wasser zusammen, blickte in den Fluss hinab und folgte Piyas Finger. Was anfangs ein gleichmäßiges Schlammbraun gewesen war, entpuppte sich nun langsam als ein Gemisch vieler verschiedener Schattierungen. Und der Fluss strömte auch nicht gleichmäßig dahin. Nachdem meine Augen sich an die genaue Beobachtung des Wassers gewöhnt hatten, entdeckte ich Pools, Strudel, Bänder, Streifen und vielerlei Kräuselwellen.

Das zeige, sagte Piya, dass in diesem Fluss zahllose einzelne Wasserläufe zusammenkämen. Jeder unterscheide sich geringfügig von den anderen, und jeder führe seine eigene Mikronährstoffmischung mit. Tatsächlich sei jeder von ihnen eine kleine ökologische Nische, von der Strömung in der Schwebe gehalten wie ein Ballon vom Wind. Das habe eine erstaunliche Auffächerung von Leben in unzähligen Formen zur Folge.

»Jeder dieser Flüsse«, sagte Piya, »ist wie ein wandernder Wald mit einer unfassbaren Vielfalt an Lebensformen.«

»Ein schönes Bild«, sagte ich. »Ein Wald, der seit Jahrmillionen wandert.«

»Aber dass ein Fluss fließt, bedeutet, dass er Spuren von allem trägt, was flussaufwärts passiert. Und das macht mir große Sorgen.«

»Warum?«

Sie kratzte sich unschlüssig an der Wange, als überlegte sie, wie einfach eine Erklärung sein musste, damit ich sie verstand.

»Haben Sie mal was von Totzonen im Meer gehört? Nein? Das sind Wasserbereiche mit einem sehr geringen Sauerstoffgehalt, so gering, dass dort keine Fische leben können. Diese Zonen breiten sich rasend schnell aus, meist durch Kunstdüngerrückstände. Wenn die ins Meer gespült werden, setzen sie eine Kettenreaktion in Gang, die dazu führt, dass dem Wasser der gesamte Sauerstoff entzogen wird. Nur wenige hochspezialisierte Organismen sind unter diesen Bedingungen lebensfähig, alles andere stirbt. Deshalb heißen diese Bereiche Totzonen. Sie sind inzwischen über Zehntausende von Quadratkilometern angewachsen; manche sind so groß wie ein Land mittlerer Größe.«

»Tatsächlich?«

»Ja. Und sie kommen nicht mehr nur in den Meeren vor, sondern auch in Flüssen, besonders im Mündungsbereich, zum Beispiel im Mississippi und im Perlfluss. Logischerweise, denn über Flüsse gelangen die Abwässer aus der Landwirtschaft ja ins Meer.«

»Ich verstehe«, sagte ich. »Und Sie meinen, das passiert auch hier?«

»Ich denke schon, allerdings sind es in diesem Fall wohl nicht nur Abwässer aus der Landwirtschaft. Ich habe das Gefühl, es gibt noch eine andere Ursache.«

»Nämlich?«

Sie zeigte flussaufwärts. »Ich glaube, der Übeltäter ist eine Raffinerie, die vor ein paar Jahren hier gebaut wurde, in Luftlinie nicht weit von hier. Wir – also die Stiftung und ein Zusammenschluss von Umweltgruppen – haben jahrelang dagegen gekämpft, aber wir hatten es mit einigen sehr mächtigen Leuten zu tun, einem riesigen Konglomerat mit großem Einfluss auf Politiker beiderseits der Grenze. Sie haben eine Kampagne gegen uns gestartet und uns als ›ausländische Agenten‹ bezeichnet, sie haben versucht, unsere Finanzierung zu kappen, haben Leute verhaftet und unsere Demonstrationen angegriffen, nicht nur mit der Polizei, sondern auch mit bezahlten Schlägertrupps. Sie haben jeden schmutzigen Trick angewandt. Und online erst! Sie können sich nicht vorstellen, was in den sozialen Medien los war: Todesdrohungen, Hassmails, permanentes Trollen.«

»Macht Ihnen das keine Angst?«

»Doch, ehrlich gesagt schon. Aber der Trust ist in den Sundarbans so bekannt, dass ich mich sicher fühle, wenn ich hier bin. Außerdem – irgendjemand muss ja die Arbeit machen, wir können doch nicht zulassen, dass sie die Sundarbans vergiften und ungeschoren davonkommen.«

»Und was genau machen sie?«

»Das weiß ich nicht, sie passen sehr auf, dass nichts von ihren Plänen durchsickert. Wir haben aber erreicht, dass man ihnen strenge gesetzliche Auflagen gemacht hat. Sie müssen ihre Abwässer so aufbereiten, dass sogenannte ›sichere

Werte‹ eingehalten werden. Ich habe nur langsam den Verdacht, dass sie die Abwässer trotzdem ungeklärt in die Flüsse einleiten, wenn sie glauben, sie kommen damit durch. Wir erleben heute Dinge, die es in den Gewässern hier noch nie gegeben hat, Fälle von massivem Fischsterben zum Beispiel.«

»Wie sieht das aus?«

»Da schwimmen Tausende von toten Fischen an der Oberfläche oder werden am Ufer angespült. Das passiert überall auf der Welt, es gelangen ja immer mehr Chemikalien in die Flüsse. Aber hier bin ich mir ziemlich sicher, dass die Raffinerie dafür verantwortlich ist.«

»Wirkt sich das Zeug auch auf Ihre Delfine aus?«, fragte ich.

»Ich glaube schon. Meine Vermutung ist, dass Rani und ihre Herde deshalb ihre angestammten Jagdgründe aufgegeben haben. Sie stehen mit Sicherheit extrem unter Stress – ich meine, wären Sie nicht auch gestresst, wenn Sie alle vertrauten Orte verlassen und noch mal ganz von vorn anfangen müssten?«

Sie seufzte und blickte in die Ferne. »Und am schlimmsten muss es für Rani sein, weil sich die Jüngeren nach ihr richten. Sie ist perfekt an ihre Umgebung angepasst, sie ist perfekt darin zu Hause – und dann verändert sich alles, all die Jahre des Lernens nützen ihr nichts mehr, die Stellen, die sie am besten kennt, können sie nicht mehr ernähren, und sie muss sich neue Jagdgründe suchen. Rani muss gespürt haben, dass sich alles gegen sie wendet, das Wasser, die Strömungen, die Erde selbst.«

Ihre Worte kamen mir seltsam bekannt vor. »Komisch, dass Sie das sagen. Moyna hat sich ganz ähnlich ausgedrückt, als sie von den Menschen gesprochen hat, die aus den Sundarbans wegziehen.«

Piya nickte. »Hier hört man so etwas oft. Wir leben jetzt in einer neuen Welt. Niemand weiß mehr, wo er hingehört, die Menschen nicht und auch nicht die Tiere.«

Eine halbe Stunde später tippte Piya mir auf die Schulter und deutete nach vorn. »Da ist es – Garjontola.«

Für mich sah die Insel nicht anders aus als jedes andere Mangrovengebiet, ein nichtssagender grüner Fleck auf einem Wall aus Schlick. Bald wurde jedoch deutlich, dass dort etwas Ungewöhnliches passiert war: Vögel, die immer weitere Kreise zogen, schwebten in einer hohen Säule über der Insel.

Piya blickte lange durch ihr Fernglas.

»Was sehen Sie?«, fragte ich nach einer Weile.

Sie gab mir das Glas. »Hier, schauen Sie selbst.«

Viel konnte ich nicht ausmachen – das Glas ließ sich auf dem schnellen Boot schwer scharf stellen –, aber ich erhaschte einen flüchtigen Blick auf mehrere graue Streifen, die sich auf dem Schlick abzeichneten.

»Sind das Ihre Delfine?«, fragte ich.

»Das kann ich erst sagen, wenn ich näher dran bin.«

Wir ankerten etwa hundert Meter vor der Insel. Gleich darauf traf uns ein fauliger Gestank, so heftig, dass ich mir die Nase zuhalten musste.

»Sie bleiben besser hier«, sagte Piya mit einem schiefen Lächeln. »Da vorn stinkt es wie die Pest.«

Ich widersprach nicht. Während Piya und ihre Helfer mit einem Schlauchboot zu der Insel fuhren, blieb ich an Bord.

Nach einer Stunde kamen sie in Schwaden von Verwesungsgeruch zurück. Piyas Miene war wegen ihrer Mütze und der Sonnenbrille nicht zu erkennen. Ohne mich eines Blickes zu würdigen, machte sie sich mit ihrer Ausrüstung und den gesammelten Proben zu schaffen. Als das Boot wendete, um zurückzufahren, ging sie zum Bug und sah, über ihrer Kamera kauernd, die Aufnahmen durch, die sie gemacht hatte. Dass sie nicht reden wollte, war offenkundig.

Erst als wir bereits mehr als die Hälfte der Rückfahrt hinter uns hatten, setzte sie sich zu mir ins Heck.

»Das waren sie tatsächlich«, sagte sie grimmig. »Rani und ihre Schule. Sie scheinen gestrandet zu sein, alle gleichzeitig. So etwas habe ich noch nie gesehen.«

»Meinen Sie, sie waren vor irgendetwas auf der Flucht?«

»Sieht ganz so aus. Ich glaube nicht, dass die Kadaver angeschwemmt wurden. Wenn die Tiere im Wasser gestorben wären, würden sie nicht nebeneinander liegen, alle mit dem Kopf in derselben Richtung.«

»Kann es sein, dass sie von einem Raubtier angegriffen wurden?«

»Ich habe keine entsprechenden Verletzungen gesehen. Die Kadaver werden allerdings von Vögeln und Krabben angefressen, da ist es schwer zu sagen. Aber ich glaube nicht, dass es ein Raubtier war. Ein Hai oder ein Krokodil hätte nicht unbemerkt an die Delfine herankommen können. *Orcaella* sind Haie und Krokodile gewöhnt, die orten sie mit ihrem Sonar. Und ein Krokodil hätte auch nicht alle drei gleichzeitig angegriffen.«

»Meinen Sie, es könnte mit diesen Totzonen zusammenhängen, von denen Sie gesprochen haben?«

Sie schüttelte den Kopf. »Nein, eine Totzone könnte die Tiere, glaube ich, nicht so verstören, dass sie stranden.«

»Was kann es dann gewesen sein?«

Sie runzelte die Stirn und dachte nach. »Dass Wale und Delfine auf den Strand auflaufen, ist nicht ungewöhnlich«, sagte sie dann, »es kommt sogar immer häufiger vor. Es gibt eine Theorie, wonach von Menschen verursachter Unterwasserlärm dahinterstecken könnte – U-Boote, Sonargeräte und so. Meeressäugetiere navigieren mithilfe der Echoortung, wie Sie wissen, und wenn die gestört wird, können sie die Orientierung verlieren und auf Grund laufen. Aber in dem Fall kann das nicht passiert sein, hier gibt es weit und breit keine Wasserfahrzeuge, die so etwas bewirken könnten.«

»Was kann es dann sein?«

»Ich weiß es nicht«, antwortete sie mit einer verzweifelten Geste. »Wir werden es wohl nie erfahren. Irgendetwas hat sie zu Tode erschreckt, aber ich habe keine Ahnung, was. Es gibt im Verhalten von Meeressäugern so vieles, was wir nicht verstehen, besonders, was Strandungen angeht.«

Piya umschlang ihre Knie und stützte gedankenverloren das Kinn darauf. Dann fuhr sie leiser fort: »Manche alten Berichte von Strandungen sind so seltsam, dass es fast klingt, als wäre Zauberei im Spiel.«

»Inwiefern?«

»Es kursieren Geschichten von Schamanen auf Inseln im Südpazifik, die angeblich Delfine herbeirufen konnten. Sie machten am Strand irgendwelchen Hokuspokus, und tatsächlich erschienen Delfine. Wahrscheinlich war das reiner Zufall, aber sie haben die Lorbeeren dafür eingeheimst.«

»Vielleicht hatten sie auch Visionen«, sagte ich, »so wie Tipu gestern.«

Kaum hatte ich sie ausgesprochen, bedauerte ich meine Worte schon. Piya warf mir einen scharfen, verächtlichen Blick zu und fragte: »Sie glauben, Tipu hatte eine Vision?«

»Jedenfalls wollte er Ihnen eine Warnung zukommen lassen«, sagte ich abwehrend. »Und um dieselbe Zeit kam diese Meldung auf Ihrem Handy.«

»Aber Sie wissen nicht, wann genau«, konterte sie verärgert.

»Tipu hat sich wahrscheinlich nur an irgendetwas erinnert. Mehr ist da nicht dran.«

»Trotzdem«, beharrte ich. »Auch wenn es nur Zufall war – finden Sie das nicht interessant?«

»Nein, nicht besonders«, sagte sie abweisend. Sie überlegte einen Moment und sagte dann: »Das ist wohl der Unterschied zwischen Ihnen und mir. Ich bin Feldbiologin und versuche, meine Daten auszuwerten, und Sie sind … verdammt, ich weiß nicht mal, was Sie überhaupt machen.«

»Ich handle mit antiquarischen Büchern.«

Sie lachte trocken. »Ja. Wir leben auf verschiedenen Planeten.«

Von da an war Piya deutlich weniger freundlich. Ich hatte das Gefühl, sie war verärgert, weil ich von Visionen gesprochen hatte, und wollte mich loswerden.

Kurz bevor wir in Lusibari ankamen, schaute ich auf die Uhr – wenn ich sofort nach Kalkutta zurückfuhr, konnte ich meinen Flug noch erreichen. Seit Piya in dieser Stimmung war, gab es für mich keinen Grund mehr, länger zu bleiben. Auf meine Frage, ob sie meine Rückfahrt in die Stadt arrangieren könne, antwortete sie nur mit einem Nicken.

Sie holte ihr Telefon hervor und machte ein paar Anrufe. »Schon erledigt«, sagte sie. »Sie können jederzeit fahren.«

Sobald das Boot angelegt hatte, gingen wir in das Gästehaus, und ich holte meine Sachen. Dann begleitete Piya mich zum Anleger von Lusibari, wo bereits ein Boot auf mich wartete, um mich nach Basonti zu bringen.

»Schade«, sagte ich, »dass ich mich nicht von Tipu verabschieden konnte.«

»Kein Problem«, erwiderte sie kurz angebunden. Sie war sichtlich froh, dass ich abfuhr. »Das wird er schon verstehen.«

»Ich wüsste nur gern, was er sagt.«

»Worüber?«

»Über Rani und darüber, woher er wusste, dass sie in Gefahr war.«

»Ah.« Es klang desinteressiert. »Da würde ich mir an Ihrer Stelle keine Hoffnungen machen. Wahrscheinlich hat er das Ganze längst vergessen. Was man im Delirium sagt, daran erinnert man sich später nicht.«

Am Anleger gab ich ihr die Hand und fragte: »Kommen Sie irgendwann mal nach New York?«

Sie schien überrascht. »Warum?«

»Ich wohne dort. Und ich dachte, wenn Sie vielleicht mal hinkommen …«

Noch ehe ich den Satz vollenden konnte, schüttelte sie schon den Kopf. »Tut mir leid«, sagte sie in einem Ton, der ganz offensichtlich mögliche Erwartungen meinerseits dämpfen sollte. »Ich lebe teils in Oregon, teils hier, woanders bin ich nie, und ich glaube auch nicht, dass sich das jemals ändern wird. New York – ich weiß gar nicht mehr, wann ich zuletzt dort war. Vor zehn Jahren vielleicht? Ich bin auch nicht besonders scharf drauf, ehrlich gesagt.«

Ich nickte und versuchte mir nicht anmerken zu lassen, wie brüskiert ich mich fühlte. »Vielleicht könnten Sie mir mailen, wie es Tipu geht?«

»Klar – schicken Sie mir eine SMS mit Ihrer Adresse?«

»Das mache ich«, sagte ich. »Alles Gute.«

»Alles Gute.«

Auf der Rückfahrt in die Stadt fühlte ich mich, als käme ich nach einer lange andauernden Halluzination allmählich wieder zu mir. Ich wusste gar nicht mehr, warum ich mich überhaupt auf diese absurde Expedition eingelassen hatte, und verfluchte mich dafür. Wieder einmal hatte sich gezeigt, dass meine Therapeutin recht gehabt hatte: Ich hatte zugelassen, dass meine romantischen Hoffnungen die Oberhand über meinen Verstand gewannen.

Ich glaube, ich war noch nie so froh gewesen, einen Flughafen zu sehen wie bei meiner Ankunft in Dum Dum am späten Abend. Es war, als hätte sich wie durch Zauberhand ein Fluchtweg vor mir aufgetan. Selbst das Einchecken, die Pass- und die Sicherheitskontrolle erschienen mir weniger nervtötend als sonst. Es waren gleichsam Rituale, die meine Rückkehr zur Vernunft markierten.

Ich befand mich bereits in der Abflughalle, als mein Handy mir den Eingang einer E-Mail signalisierte. Sie war von Piya.

»Tipu lässt grüßen. Es geht ihm gut, er sitzt im Bett und plaudert mit Rafi. Er sagt, er erinnert sich an nichts mehr nach dem Schlangenbiss – das dachte ich mir schon. Ich soll Ihnen Auf Wiedersehen sagen. Übrigens: Nennt er Sie wirklich Pops?« Es folgte eine Reihe unverständlicher Emojis.

Zum Glück war meine Abwesenheitsnotiz noch aktiviert, und ich entschied, dass keine Notwendigkeit bestand zu antworten. Ich wollte in dem Moment keine Sekunde mehr an diese seltsame Episode denken, ich wollte sie nur noch aus meinem Kopf verbannen.

Mit einem tiefen Seufzer der Dankbarkeit bestieg ich das Flugzeug. Es war, als gelangte ich in einen uneinnehmbaren stählernen Mutterschoß, in dem alles nur dazu da war, mich vor jener Welt aus Schlamm und ihren kriechenden, schleichenden Bewohnern zu schützen.

Der Tag brach an, als die Maschine abhob. Einen Moment lang hatte ich von meinem Fensterplatz aus einen klaren Blick auf die Gezeitenlandschaft der Sundarbans mit ihren Schlickflächen, der dichten Vegetation und den Flussadern.

Ich schauderte. Dass ich mich freiwillig in diesen Schlick- und Mangrovendschungel gewagt hatte, erschien mir jetzt unbegreiflich.

Was hatte ich mir nur dabei gedacht? War ich verrückt geworden?

Brooklyn

Ich wusste aus Erfahrung, dass mein Pendeln zwischen Kalkutta und Brooklyn mit einem Wechsel zwischen zwei Gemütszuständen einherging, zu denen jeweils ein eigener Cache gehörte. Darauf hatte ich mich immer verlassen können, und so schien es nicht über Gebühr optimistisch anzunehmen, dass die Erinnerung an meine Fahrt zum Schrein des Gewehrhändlers verblassen würde, sobald ich mich wieder in meiner Wohnung in Brooklyn eingerichtet hatte.

Doch diese Erwartung wurde bald enttäuscht. Über mehrere Wochen nach meiner Rückkehr konnte ich mich kaum auf meine Arbeit konzentrieren. Wenn ich am Schreibtisch saß, überfielen mich oft Erinnerungsfetzen an den Tag in den Sundarbans, und schlimmer noch: Häufig hatte ich nachts Träume, aus denen ich schweißgebadet und mit einem Brennen im Bauch erwachte (»Sodbrennen«, meinte mein Arzt).

Es war, als wäre irgendetwas Lebendes in meinen Körper eingedrungen, etwas Uraltes, das im Schlick geschlummert hatte. Ich konnte es nur mit Keimen, Viren oder Bakterien assoziieren, wusste aber, dass es nichts dergleichen war. Es war die Erinnerung, aber nicht meine, sie war weit älter als ich, ein verschütteter Aspekt der Zeit, der wieder zum Leben erwacht war, als ich den Schrein betreten hatte, etwas Furcht Einflößendes, Bösartiges, Übermächtiges, etwas, das mir nicht erlaubte, mich davon zu befreien.

Stundenlang saß ich am Schreibtisch, unfähig, irgendetwas zu tun. Ich musste dringend meinen ersten Katalog des Jahres fertigstellen, aber es vergingen Stunden, ohne dass ich auch nur ein einziges Wort schrieb. Um die Stille zu füllen, hörte ich Musik, mal klassische indische Ragas, mal Qawwalis von Sufi-Musikern. Sie versetzten mich in eine Apathie, in der ich gar nicht mehr merkte, wie die Stunden verstrichen. Mein tragbarer Bluetooth-Lautsprecher wurde zu meinem ständigen Begleiter, während ich teilnahmslos in meiner Wohnung umherwanderte.

Nach zwei vergeudeten Monaten ging ich zum Arzt, der mir ein angstlösendes Medikament verschrieb. Doch auch das half nicht. Wenn es überhaupt etwas bewirkte, dann allenfalls, dass ich noch weniger bei mir, noch weniger Herr meiner selbst war. Es schien nur zu verstärken, was da Besitz von mir ergriffen hatte.

Eines Tages saß ich am Schreibtisch und starrte mit leerem Blick auf den Bildschirm, als dort ein Pop-up-Fenster erschien. »Bedeutet das Wort *BHUTA* so viel wie ›Geist‹?«, las ich. »Oder bedeutet es etwas anderes?«

Entnervt ging ich ins Bad und wusch mir das Gesicht. Als ich zurückkam, blinkte das Fenster immer noch. Jetzt erst entdeckte ich darin eine Zeile in kleiner Schrift: »Bonduki@bonduki.com möchte mit dir chatten.«

Ich setzte mich hin und tippte: »Bist du's, Tipu?«

Nach ein paar Sekunden kam die Antwort: »Wer sonst? Beantworte die Frage.«

»Warum fragst du mich?«, schrieb ich zurück. »Warum schaust du nicht im Netz nach?«

»Hab ich gemacht. Und jetzt frag ich dich. Was genau bedeutet *BHUTA?*«

Ich überlegte eine Weile, dann holte ich ein Wörterbuch.

»Ich bin kein Experte«, schrieb ich, »ich weiß nur, dass das bengalische Wort ›*bhoot*‹ oder ›*bhuta*‹ aus einer sehr komplizierten Sanskrit-Grundform abgeleitet ist: ›*bhu*‹ bedeutet ›sein‹ oder ›sich manifestieren‹. In diesem Sinn ist ›bhuta‹ also einfach ›ein Wesen‹ oder ›eine existierende Präsenz‹.«

Eine lange Pause trat ein.

»Dann sind wir *bhutas*, du und ich?«

»So könnte man sagen.«

»Und was ist mit Tieren? Schlangen? Delfinen?«

»Tiere sind auch *bhutas*, insofern sie existieren und Wesen sind.«

»Warum meint man dann ›Geist‹, wenn man ›*bhoot*‹ sagt?«

»Weil ›*bhuta*‹ sich auch auf die Vergangenheit bezieht, im Sinne von ›ein vergangener Seinszustand‹. So wie wir ›*bhutakala*‹ oder ›vergangene Zeiten‹ sagen.«

Wieder eine lange Pause.

»Aber wenn dasselbe Wort ›existierend‹ und ›existierte‹ bedeutet, heißt das dann nicht, dass die Vergangenheit nicht vergangen ist? Dass die Vergangenheit in der Gegenwart gegenwärtig ist?«

»In gewisser Weise ja.«

»Das geht doch gar nicht, oder? Wie kann die Vergangenheit in der Gegenwart gegenwärtig sein?«

»So wie man sagen könnte: ›Die Vergangenheit spukt durch die Gegenwart‹, so bedeutet das Wort ›*bhuta*‹ heute ›Geist‹, vermute ich.«

Diesmal kam die Antwort sofort. »Du sagst also, es gibt Geister?«

»NEIN!«

Ich stieß einen Schrei aus. Meine Finger hatten so heftig auf die Tastatur eingehämmert, dass ein Nagel abgebrochen war. Trotzdem tippte ich ohne abzusetzen weiter. »Das sage ich KEINESWEGS. Ich habe dir nur erklärt, was das Wort bedeutet.«

Mehrere Minuten vergingen, ehe Tipus Antwort erschien: »O.K, alles klar.« Es folgte ein Daumen-hoch-Emoji, dann verschwand das Fenster.

Ich knallte meinen Laptop zu und starrte ihn an, zitternd, halb in der Erwartung, er würde sich von allein wieder aufklappen. Es war, als wäre der nüchternste Gegenstand in meiner sicheren menschengemachten Welt plötzlich zu einer Pforte geworden, durch die mich der Urschlamm in seine Tiefen zurückziehen konnte.

Die Zeit verlor fast jede Bedeutung für mich. Die Tage verflossen, und ich bemerkte es kaum.

Da erschien eines Tages wieder ein Pop-up-Fenster auf meinem Bildschirm.

»Was ist ein SCHAMANE?«

Ich fuhr zurück und runzelte die Stirn. »Tipu, wieso stellst du mir ständig solche Fragen?«, schrieb ich. »Warum siehst du nicht im Netz nach?«

»Hab ich ja. Da hab ich was drüber gefunden, dass Schamanen mit Tieren kommunizieren können. Und sogar mit Bäumen und Bergen und Eis und so.«

»Dann ist das deine Antwort.«

»Du glaubst also, das stimmt? Dass die Typen mit Tieren kommunizieren können? Und mit Bäumen und Bergen?«

Ich schob meinen Stuhl zurück und zwang mich, ernsthaft darüber nachzudenken.

Ich muss lange so dagesessen haben, denn nun erschien wieder eine Sprechblase in dem Pop-up-Fenster. »Hey, Pops, bist du noch da?«

Ich schreckte aus meiner Trance hoch und schrieb: »Ich habe über deine Frage nachgedacht. Die Antwort hängt wohl davon ab, was man unter Kommunikation versteht. Wenn mich zum Beispiel ein Hund anbellt, dann weiß ich, er will mir etwas mitteilen. Vielleicht dass er wütend ist, dass ich nicht näher kommen soll, was auch immer. Jedenfalls ist es eine Art Kommunikation, nicht wahr?«

»Wahrscheinlich. Aber du weißt, was ich meine. Können Tiere auch kompliziertere Sachen mitteilen?«

Ich überlegte einen Moment. »Also, wenn jemand wie ich so gut wie keine Ahnung von Tieren hat und trotzdem versteht, was ihm ein Hund durch sein Bellen mitteilen will, dann können Leute, die mit Tieren arbeiten – Farmer oder Hundeausführer oder Pferdetrainer –, auch ziemlich komplizierte Dinge verstehen, denke ich.«

Eine Minute verging, und mir wurde zu meiner Verwirrung bewusst, dass ich ganz vorn auf der Stuhlkante saß, während ich auf seine Antwort wartete.

»Horen sagt, mein Dad konnte Tiere verstehen. Und nicht nur Tiere.«

»Was denn noch?«

»Dass er Sachen sehen und fühlen konnte, die andere nicht sehen und fühlen.«

»Zum Beispiel?«

Er tippte plötzlich ganz langsam. »Ach, du weißt schon. Worüber wir neulich geredet haben. Wie hast du die genannt? Wesen?«

»Ich weiß nicht, ob ich Horen in solchen Dingen glauben würde«, schrieb ich. »Was sagt denn deine Mutter?«

Tipu beantwortete meine Frage nicht. Als er weitertippte, entfalteten sich folgende Worte vor mir: »Rafis Opa war ein *bauley*. Weißt du, was das ist?«

Ich schlug schnell im Wörterbuch nach. »Ein *bauley* ist ein Mann, der Leute in den Dschungel führt, richtig? In den Sundarbans?«

»Ja. Die machen das, weil sie diese besondere Verbindung mit manchen Tieren haben. Rafi sagt, sein Opa war so einer. War er dann ein Schamane?«

Ein Gefühl großer Hilflosigkeit überkam mich.

»Weißt du, wen du so etwas fragen solltest?«, schrieb ich. »Piya. Sie arbeitet mit Tieren.«

Pause. »Glaubst du, Piya kommuniziert mit Tieren?«

»Sie hat angedeutet, dass sie bei einem ihrer Delfine Dankbarkeit erkannt hat. Das ist ja eine Art Kommunikation, nicht wahr? Obwohl sie das nie sagen würde.«

»Warum nicht?«

»Weil Wissenschaftler so etwas nicht sagen dürfen.«

Eine Kette lachender Emojis zog an mir vorüber und dann: »Bis später.«

Am nächsten Tag kam mir der Gedanke, dass ich jetzt einen triftigen Grund hatte, Piya eine E-Mail zu schicken.

»Hi, Piya«, schrieb ich. »Wie geht es Ihnen? Sind Sie in den USA? Ich wüsste gern, was Tipu macht. Können wir irgendwann telefonieren? Gruß, Deen.«

Ein paar Stunden später antwortete sie. »Hi, Deen, ich bin in Oregon. Sie können mich jederzeit anrufen. Hier meine Nummer.«

Ich wartete eine Weile, damit es nicht so aussah, als könnte ich es kaum erwarten.

»Hi, Piya.«

»Hallo, Deen.«

Ich machte mich darauf gefasst, kurz abgefertigt zu werden, aber sie schien es nicht eilig zu haben. Eine Weile plauderten wir locker, dann lenkte ich das Gespräch auf Tipu. »Und wie geht's ihm?«

»Nicht so besonders, ehrlich gesagt«, antwortete Piya. »Es ist komisch – erst sah es so aus, als ob er völlig wiederhergestellt wäre, aber dann hatte er einen Rückfall. Bekam Blackouts und Migräne. Wir wollten ihn zum Arzt schicken, aber er wollte nicht. Das Einzige, was ihm zu helfen schien, war, mit Rafi abzuhängen.«

»Ach, dann sind die beiden jetzt gute Freunde?«

»Sieht so aus.«

»Das ist ja interessant«, sagte ich. »Dabei sind sie so verschieden. Wahrscheinlich verbindet sie dieser schreckliche Unfall. Ich freue mich jedenfalls, dass sie sich angefreundet haben.«

Eine Pause trat ein.

Dann fuhr sie leise und in vertraulichem Tonfall fort: »Wissen Sie, Deen, ich glaube, sie sind mehr als nur Freunde.«

»Ach.«

»Ja. Ich habe mir früher schon Gedanken über Tipus Sexualität gemacht. Mir sagt er nichts, aber ich halte es für möglich, dass er eine besondere Beziehung mit Rafi hat. Sie sind jedenfalls viel zusammen.«

»Er hat Rafi in einer seiner Nachrichten an mich erwähnt.«

»Was?« Sie schien perplex. »Tipu hat Kontakt mit Ihnen?«

»Ja. Er schickt mir so merkwürdige Fragen. ›Was ist ein Geist?‹, ›Was ist ein Schamane?‹ «

Sie musste lachen. »Typisch Tipu. Er schafft es immer irgendwie, einen auf den Arm zu nehmen.«

»Sie meinen, er nimmt mich auf den Arm?«

»Sieht so aus. Ich würde mir an Ihrer Stelle jedenfalls keine Sorgen machen.«

»Freut mich zu hören«, sagte ich. »Und Sie? Gehen Sie bald wieder in die Sundarbans?«

»Erst in ein paar Monaten.« Sie seufzte. »Mir graut davor. Man hört nichts Gutes von dort. Immer mehr tote Fische werden angespült, ganze Schwärme. Meine Helfer haben sogar von einem großen Krabbensterben berichtet, riesige Mengen von Krabben lagen tot auf einer Schlickbank. Das ist wirklich übel – Krabben sind eine Schlüsselspezies in den Sundarbans.«

»Meinen Sie, die Raffinerie ist dafür verantwortlich?«

»Das vermute ich, ja, aber Beweise gibt es noch keine. Und gleichzeitig wird auch alles andere immer schlimmer – die Schikanen, die Hassmails.«

»Dann sind Sie bestimmt froh, wieder in Oregon zu sein?«

»Ja«, antwortete sie. »Aber hier ist es auch nicht viel besser. Eigentlich bin ich im Moment gar nicht zu Hause. Ich bin bei Lisa, meiner Zimmergenossin aus dem College, in den Bergen. Ihr geht es im Moment nicht so gut … aber das ist eine lange Geschichte.«

»Erzählen Sie.«

»Okay. Lisa ist Entomologin und Dozentin an einem Community College hier oben. Vor ein paar Jahren hat sie ein Forschungsprojekt zum Thema Borkenkäfer gestartet – das sind diese Insekten, die die Bäume von innen her auffressen, sodass das Holz in Trockenperioden wie Zunder wirkt und nur darauf wartet, in Flammen aufzugehen. Da sich auch die Gebirge erwärmen, haben die Borkenkäfer ihren Lebensraum weiter ausgedehnt, und Lisa hat herausgefunden, dass auch die Wälder rings um die Stadt, in der sie lebt, befallen sind. Sie hat die Stadtverwaltung verständigt und sie aufgefordert, etwas dagegen zu unternehmen. Aber niemand hat auf sie gehört, weder der Bürgermeister noch sonst jemand, schon gar nicht die Leute, die in der Gefahrenzone wohnen. Für die ist sie nichts weiter als eine penetrante Auswärtige, die keine Ahnung von den Bergen hat und sich nur profilieren will. Dieses Jahr war es dann lange sehr trocken, und vor ein paar Wochen ist ein riesiger Flächenbrand ausgebrochen, wie Lisa es vorhergesehen hatte. Der Staat musste den Notstand ausrufen und Hubschrauber schicken und so weiter. Zwei Menschen kamen ums Leben, und Dutzende Häuser sind niedergebrannt.«

Piya unterbrach sich, um Luft zu holen.

»Man sollte meinen, die Leute hätten sich hinterher für Lisas Warnung bedankt und sie als Heldin gefeiert oder so. Von wegen! Sie haben ihr die Schuld zugeschoben. Das Gerücht ging um, sie hätte das Feuer selbst gelegt, um mehr Mittel für ihre Forschungsarbeit lockerzumachen. Bald war die Sache überall in den sozialen Medien, und Lisa wurde auch noch von der Polizei verhört. Und dann bekam sie Drohungen, Todesdrohungen sogar. Jemand hat in ihre Veranda geschossen, und ein Baum in ihrem Garten wurde angezündet. Zum Glück ist nicht viel passiert, aber jetzt hat sie natürlich Angst. Deshalb bin ich für ein paar Tage bei ihr – um sie aufzumuntern.«

Piya verstummte wieder.

»Nicht zu fassen!«, rief sie dann. »Das ist finsterstes Mittelalter, die reinste Hexenverfolgung!«

Über mehrere Monate blieb Tipu von meinem Bildschirm verschwunden. Ich dachte schon, er hätte genug von seinen Scherzen, und eigentlich hätte ich froh sein müssen, aber tatsächlich war ich fast ein bisschen enttäuscht.

Da sprang eines Morgens unter schrillem Klingeln meines

Internettelefonieprogramms ein Pop-up-Fenster auf meinem Bildschirm auf.

»Bonduki@bonduki.com ruft an.«

Ich drückte auf »Antworten«, und Tipus Gesicht erschien vor mir, grinsend, koboldhaft, aber ohne den Ohrstecker und die blonden Strähnchen.

»Hey, Mann! Mach deine Kamera an.«

»Wieso?«

»Ich will sehen, wo du bist.«

»In meinem Arbeitszimmer.«

»Okay, zeig's mir.«

Widerstrebend aktivierte ich die Kamera. »Hier gibt's nicht viel zu sehen.«

Aber Tipu hörte nicht zu. »Wow! Hast du einen Haufen Bücher!«

»Na, ich verkaufe ja auch alte Bücher.«

Er kicherte. »Du meinst, die Leute lesen das Zeug noch?«

»Immer weniger.«

Tipu zog die Luft durch die Zähne, ein Ausdruck der Besorgnis, wie ich bald merkte. »Was ist los mit dir, Mann?«

»Wieso?«

»Siehst nicht besonders gut aus, Alter ...«

»Mir geht es gut«, sagte ich prophylaktisch.

»Du hast dunkle Ringe um die Augen. Und die Bartstoppeln! Nicht gerade vorteilhaft, kann ich dir sagen.«

Ich strich mir übers Kinn. »Ich hab nur vergessen, mich zu rasieren.«

»Genau, schon seit vier Wochen. Was ist los, Mann? Du siehst aus, als hättest du was in dir drin.«

»Natürlich habe ich etwas in mir drin«, gab ich zurück. »Wie wir alle. Weißt du nicht, dass Bakterien einen großen Teil unseres Körpergewichts ausmachen?«

Er lachte kreischend. »Genau! Bakterien haben sich in dir breitgemacht. Gibt's da nicht ein Wort dafür? Wie nennt man das? Bes… soundso.«

»Du meinst Besessenheit?«

»Genau.«

»Sei nicht albern«, blaffte ich. »Besessenheit heißt, dass jemand von einem Dämon besessen ist.«

»Dä… was?«

»Dämon.«

»Was ist das?«

»Nichts. Nur eine Metapher für Gier. Etwas Imaginäres.«

»Du meinst, Gier ist was Imaginäres?« Er lachte leise. »Hey, Pops, stell dir vor: Gier ist was Reales, was Großes. Du kennst Gier, ich kenne Gier, wir alle kennen Gier. Du willst mehr Bücher verkaufen. Ich will mehr Telefone haben, mehr Kopfhörer, mehr von allem. Fuck, Mann, das sind keine Parasiten da in uns drin, das ist Gier! Wenn die ein Dämon ist, dann ist er alles andere als imaginär. Scheiße, nein! Wir sind alle Dämonen.«

Ich beschloss, das Spiel mitzuspielen.

»Du magst ja recht haben, Tipu, aber weißt du was? Das ist eine richtig schlechte Nachricht, denn nach der Hindu-Mythologie geht die Welt unter, wenn Dämonen die Macht ergreifen. Dann passiert etwas, das sich *pralaya* nennt: Alles löst sich auf, sogar die Zeit. Aber es könnte sich auch anders abspielen. Die Zoroastrier sagen, es werden Ströme aus geschmolzenem Metall über die Erde fließen. Die Christen sagen, Tod, Krankheit, Hunger und Krieg werden die Apokalypse bringen. Die Inkas glaubten, es fängt mit Erdbeben an, die Muslime sagen, die Meere werden alles überschwemmen, und die Toten werden sich in ihren Gräbern umdrehen …«

»Hey, Pops!«

Ich warf einen Blick auf den Bildschirm. Echte Furcht lag auf Tipus Gesicht.

»Hör auf! Du machst mir Angst!«

»Du hast damit angefangen«, sagte ich. »Wo bist du überhaupt?«

»In …«

Jetzt erst bemerkte ich das weiße Tuch, das hinter ihm hing, ob im Freien oder in einem Raum, war nicht zu erkennen.

Sein Grinsen war wieder da. »In Bangalore.«

»In Bangalore? Was machst du denn da?«

»Arbeiten, in einem Callcenter.«

»So? Ich dachte, du hasst Callcenter.«

»Ja, aber manchmal muss man eben nehmen, was man kriegt. Und in den Callcentern stehen sie auf meinen amerikanischen Akzent.«

»Das kann ich mir vorstellen.«

»Aber egal«, fuhr er fort, »deswegen rufe ich nicht an.«

»Weswegen dann?«

»Ich wollte dich was fragen.«

»Was?«

»Du hast doch eine Freundin in Venedig, oder?«

Ich schnappte nach Luft.

»Woher weißt du das?« Doch da dämmerte es mir. »Tipu, hast du meinen Computer gehackt? Oder mein Telefon?«

Er lachte laut auf.

»Vielleicht hab ich ja nur deinen Kopf gehackt, Pops! Wenn ich deinen Computer gehackt hätte, müsste ich nicht fragen.« Wieder grinste er. »Also sag schon: Stimmt das? Du hast diese Freundin in Venedig?«

»Ja, das stimmt.«

»Hast du in letzter Zeit mal von ihr gehört?«

»Nein, aber ich sehe sie nächsten Monat, in Los Angeles.«

»Gut. Lass dich auf keinen Fall davon abschrecken.«

Ich war perplex. »Was sollte mich denn davon abschrecken? Ich freue mich darauf, sie wiederzusehen.«

»Ja, aber Shit happens, das ist nun mal so. Wie damals, als mich die Schlange gebissen hat.«

»Das war in den Sundarbans, Tipu. Ich fliege nach L.A., da gibt es keine Schlangen.«

»Echt? Bist du sicher?«

»Natürlich. Sei nicht albern. In L.A. werde ich nicht gebissen.«

»Schade – ein Schlangenbiss ist vielleicht genau das, was du brauchst.«

»Tipu, wovon zum Teufel redest du?«

»Ach, vergiss es. Also, wenn du deine Freundin siehst, hör genau zu, was sie sagt.«

»Warum? Worauf willst du hinaus?«

»Sie ist ein guter Mensch, und du musst ihr genau zuhören, Pops.«

»Woher weißt du, ob sie ein guter Mensch ist oder nicht?«

»Sie ist gut zu dir gewesen, stimmt's? Und irgendwann musst du dich revanchieren.«

»Revanchieren – wofür? Ich verstehe nicht. Woher weißt du überhaupt von meiner Freundin?«

Er lachte. »Vielleicht hat's mir jemand ins Ohr geflüstert. Vielleicht hab ich einen geheimen Kumpel, der deine Freundin sehr gut kennt und sichergehen will, dass du dich nicht davor drückst, sie in L.A. zu treffen.«

»Ich drücke mich natürlich nicht vor einem Treffen mit ihr. Deswegen fliege ich ja nach L.A.«

»Ja, aber es könnte was passieren, was dich total ausflippen lässt.«

»Nämlich?«

Er kicherte. »Vielleicht siehst du unterwegs eine Schlange oder so.«

»Tipu«, sagte ich geduldig, »ich reise mit einem Flugzeug nach L.A., Businessclass, wenn du's genau wissen willst.«

»Super, freut mich für dich, Pops! Aber, hey, man weiß ja nie, Shit happens. Also jedenfalls: Dreh nicht durch, sag das Treffen nicht ab.«

»Ich habe nicht vor, irgendetwas abzusagen.«

»Gut. Du musst das machen. Und weißt du was? Du musst es auch dir zuliebe durchziehen.«

»Warum?«

Er zwinkerte. »Willst du diese Bakterien, oder was sich da in deinem Kopf eingenistet hat, nicht loswerden?«

»Tipu, du sprichst in Rätseln.«

Seine Hand flatterte über den Bildschirm. »Ich muss los. Mach's gut.«

Dann war der Bildschirm leer.

Waldbrände

Die Aussicht, Cinta wiederzusehen, hatte mich während dieser ganzen seltsam dunklen Zeit aufrechterhalten. Sie war es, die meine Reise nach Los Angeles arrangiert hatte. Ein Museum dort hatte eine sehr wertvolle Ausgabe des *Kaufmanns von Venedig* erworben und richtete zur Feier dieses Ankaufs einen Kongress aus. Cinta sollte den Schlussvortrag halten. Es waren etliche Antiquare eingeladen, und Cinta hatte dafür gesorgt, dass die Veranstalter mich mit auf die Liste setzten.

Das Museum war bekannt für seine üppige finanzielle Ausstattung, sodass wir fürstlich untergebracht werden und in der Business-Class anreisen würden. Auch deshalb freute ich mich darauf, und meine damalige Verfassung bewirkte, dass ich wochenlang an kaum etwas anderes dachte.

Schon lange vorher reservierte ich einen Fensterplatz für mich. Als es dann so weit war und ich das Flugzeug bestieg, verspürte ich zum ersten Mal seit Monaten wieder ein angenehmes Gefühl freudiger Erwartung. Mein Platz mit den vielen Bedienelementen und dem aufwendigen Unterhaltungssystem ließ keine Wünsche offen. Voller Wohlbehagen machte ich es mir bequem, entschlossen, die nächsten sieben Stunden nach Kräften auszukosten. Doch gerade als ich die Kopfhörer mit Geräuschunterdrückung ausprobieren wollte, drang von jenseits des Mittelgangs ein erregter Wortwechsel zwischen einer elegant gekleideten Blondine und einem sonnengebräunten Mann im Businessanzug an mein Ohr; von »Feuer« und »Evakuierung« war die Rede.

Erst dachte ich, es gehe um einen Film (die beiden sahen nach Hollywood aus), doch dann schalteten sich auch andere Passagiere ein, und ich begriff, dass ihnen irgendeine Krisensituation Sorge bereitete, die in der Umgebung von Los Angeles entstanden war.

Ich hatte in dieser Woche die Nachrichten nicht verfolgt, und als ich jetzt auf meinem Smartphone nachsah, erfuhr ich, dass bei Los Angeles bereits seit mehreren Tagen riesige Waldbrände wüteten. Tausende Hektar Land waren in Brand geraten, Zehntausende von Menschen in Sicherheit gebracht worden.

Ich erschrak und erhob mich unwillkürlich. Ich wollte die Stewardess fragen, ob wir mit einer Verschiebung unseres Flugs rechnen müssten, doch kaum stand ich, kamen zwei uniformierte Crewmitglieder im Eiltempo durch den Mittelgang heran und belehrten mich äußerst schroff darüber, dass ich nicht aufstehen dürfe, solange das Anschnallzeichen leuchte und die Maschine zur Startbahn rolle.

»Tut mir leid«, sagte ich. »Ich wollte wissen, ob der Flug ...«

Noch ehe ich »verschoben wird« sagen konnte, schnitten sie mir das Wort ab.

»Sir! Bitte sprechen Sie leiser ... Und schnallen Sie sich an.«

»Aber ich habe hier gerade ...« Ich hielt mein Handy hoch, um den beiden die Nachricht von den Waldbränden zu zeigen. Dabei berührte ich versehentlich ein Symbol auf dem Display, und plötzlich brachen aus dem Handgepäckfach über mir gespenstische Klagelaute hervor und schallten durch die ganze Kabine, sodass sich alle Köpfe mir zuwandten.

Ich kannte die Erschwernisse des Fliegens heutzutage und wusste genau, wie unklug es von jemandem mit meinem Aussehen war, Aufmerksamkeit zu erregen. Ich hatte das auch immer peinlichst vermieden – und nun ruhten alle Blicke auf mir.

Ich war so durcheinander, dass ich die Laute aus dem Gepäckfach nicht gleich als eines meiner Lieblingsmusikstücke erkannte, Nusrat Fateh Ali Khans *Allah Hoo*. Sosehr ich die Aufnahme liebte – in diesem Moment hätte sie mir nicht unwillkommener sein können, vor allem als ich sah, wie sie auf meine Mitreisenden wirkte.

Es dauerte eine Ewigkeit, bis ich begriff, dass ich versehentlich eine Music-Sharing-App aktiviert hatte, die mit meinem tragbaren Bluetooth-Lautsprecher verbunden war (den ich in letzter Minute noch in mein Handgepäck gestopft hatte). Anstatt die App nun auf meinem Handy zu schließen, sprang ich in Panik auf, um meine Tasche aus dem Fach zu holen – worauf die Stewardess ihrerseits vorsprang, um mich daran zu hindern. Es folgte ein kleines Handgemenge, das damit endete, dass ich in meinen Sitz zurückfiel und die Stewardess im Gang stehen blieb, die Hände in die Hüften stemmte und mich böse ansah.

»Sir, wenn Sie sich nicht augenblicklich beruhigen, werden Sie aus dem Flugzeug entfernt.«

»Tut mir leid ... tut mir leid ...«

Unterdessen schallte *Allah hoo* weiter aus meinem Bluetooth-Lautsprecher. Jetzt erst kam ich auf die Idee, die App zu schließen, und auch das dauerte noch eine Weile, weil meine Hände unkontrollierbar zitterten.

Als ich von meinem Telefon aufblickte, sah ich reihenweise Blicke auf mich gerichtet, in denen sich Bestürzung bis hin zu nackter Angst spiegelte.

Ich versank in meinem Sitz und murmelte kläglich: »Tut mir leid, tut mir leid …«

Die folgenden Stunden brachte ich ohne weitere Zwischenfälle hinter mich, und erst als die Maschine zur Landung ansetzte, dachte ich wieder an die Waldbrände. Die Ansage des Flugkapitäns erinnerte mich daran: Das Feuer habe die Richtung gewechselt, weshalb sich unsere Route ändere; die Passagiere auf der linken Seite könnten beim Landeanflug vielleicht sogar den Rauch sehen.

Ich hatte das Glück (dachte ich da noch), links zu sitzen. Ich beugte mich vor und suchte mit der Nase an der Scheibe den Horizont ab.

Nicht lange, und in der Ferne erschienen dunkle Flecken, die schnell zu dichten Rauchwolken anwuchsen. Bald kamen auch lodernde Flammen in Sicht, deren flackernde Gelb- und Orangetöne den Horizont säumten.

Noch frappierender war die Landschaft unter uns, ein lang gestreckter bewaldeter Berghang, vom Feuer verwüstet, verkohlt und noch schwelend. Wir flogen jetzt so tief, dass ich eine Unzahl schwarzer Baumstämme aus einem weiten Aschefeld aufragen sah. Darüber kreisten etliche Vögel, was mich wunderte; dass es noch irgendetwas Lebendes zu dieser vollständig zerstörten, verbrannten Landschaft hinzog, war kaum vorstellbar.

Später erfuhr ich, dass Waldbrände keineswegs eine Wüste zurücklassen. Bestimmten Vogelarten – Falken, Adlern und anderen Greifvögeln – bieten sich hier seltene Jagdmöglichkeiten: Ohne das Blätterdach sind Nagetiere und Reptilien, die sich in die Erde eingegraben und so das Feuer überlebt haben, leicht zu erspähen. Von Raubvögeln weiß man, dass solche Bedingungen für sie besonders günstig sind; sie können mit brennenden Zweigen im Schnabel sogar Waldbrände entfachen oder weiter ausbreiten.

Doch das wusste ich da noch nicht, und so beobachtete ich die kreisenden Vögel voller Staunen und Faszination. Selbst auf die Entfernung war zu erkennen, wie einige im Sturzflug hinabstießen und ihre Beute aus der Asche griffen.

Mein Blick fiel auf zwei Vögel, die abwärts und zugleich aufeinander zu schossen. Sie hatten es offensichtlich auf dasselbe Beutetier abgesehen, und ein Zusammenprall schien unvermeidlich. Als sie sich der schwarz verbrannten Erde näherten, verlor ich sie aus den Augen, doch kurz darauf sah ich sie wieder. Der eine verfolgte jetzt den anderen, beide stiegen auf, drehten sich, vollführten ihre Flugmanöver, höher und höher und immer weiter auf das Flugzeug zu.

Anfangs nicht mehr als kleine Flecken, wurden sie nun größer, und ich sah, dass einer etwas in den Klauen hielt: die Beute, die sein Rivale ihm abzujagen suchte. So vertieft waren sie in ihre Verfolgungsjagd, dass sie mit großer Geschwindigkeit immer höher stiegen, und da die Maschine steil abwärts flog, waren sie bald über uns. Endlich schien der Verfolgte zu ermüden. Er drehte sich und ließ die Beute, etwas Zappelndes, sich Krümmendes und Windendes, fallen.

Als ich sah, wie es durch die Luft flog, brach ein Laut aus meiner Kehle hervor – später sagte man mir, ich hätte »aufgeschrien«.

Mir selbst war nicht bewusst, was ich getan hatte; dass die lauten Stimmen und Alarmrufe, die ich jetzt hörte, etwas mit mir zu tun haben könnten, kam mir gar nicht in den Sinn.

Doch plötzlich eilte ein Flugbegleiter mit einer Kollegin auf mich zu, gefolgt von einem stämmigen Mann im dunklen Anzug, einem Sicherheitsbeamten in Zivil, wie ich auf den ersten Blick erkannte.

»Jetzt reicht's, Sir!«

Der Mann löste meinen Sicherheitsgurt und zog mich aus dem Sitz hoch. »Kommen Sie bitte mit.«

Gleich darauf saß ich mit einer Plastikfessel um die Handgelenke neben ihm, wie betäubt, die Augen geschlossen, horchend. Ringsum wurde getuschelt, wie verdächtig mein Verhalten sei und dass ich von Anfang an gestört hätte.

Ganze Trupps von Polizisten und blau gekleideten Beamten erwarteten mich, als ich das Flugzeug endlich verlassen durfte. Sie führten mich in einen in grelles Neonlicht getauchten Raum, nahmen mir die Fesseln ab und forderten mich auf, ihnen Handy, Laptop und Pass auszuhändigen. Zu fassungslos, um mich zu wehren, tat ich wie geheißen, dann ließ man mich an einem Stahlrohrschreibtisch allein.

Ich konnte jetzt nur noch warten und auf meine Uhr schauen, und je länger ich das tat, desto klarer wurde mir, dass diese Reise von vornherein eine denkbar schlechte Idee gewesen war, dass sie unter einem bösen Stern stand und dass ich mit dem nächsten Flieger nach New York zurückmusste.

Als die Tür wieder aufging, war über eine Stunde vergangen, und ich hatte beschlossen, dass ich – sofern man mich nicht weiter festhielt, nachdem man mich verhört hatte – geradewegs zum Ticketschalter gehen und einen Rückflug buchen würde, egal was es kostete.

Doch zu meiner Überraschung fand kein Verhör statt. Zwei blau gekleidete Beamte gaben mir meine Sachen zurück, einer von ihnen hielt mir die Tür auf und sagte, ich könne gehen.

»Ist das alles?« Ich war beinahe enttäuscht.

»Ja, Sir, das ist alles. Sie können gehen.«

Während ich meine Sachen zusammenklaubte, fragte der eine: »Warum haben Sie das gemacht?«

»Was?«

»Die Crew sagt, Sie haben ›Schlange!‹ geschrien. Sie müssten doch wissen, dass so etwas in einem Flugzeug nicht geht.«

Ich befeuchtete meine Lippen und überlegte, was ich antworten sollte.

»Tut mir leid, Sir«, sagte ich schließlich. »Ich weiß auch nicht, was mit mir los war.«

Ich war schon fast draußen, als der andere Beamte sagte: »Bekommen Sie immer so viele Anrufe aus der Türkei?«

Ich starrte ihn offenen Mundes an. »Sir«, sagte ich vorsichtig, »ich werde sehr selten angerufen. Und aus der Türkei, glaube ich, noch nie.«

Der Beamte zog die Brauen hoch. »Ach ja? Merkwürdig.«

»Warum?«

»Weil Ihr Telefon seit einer Stunde immer wieder klingelt. Und die Nummer des Anrufers hat die Vorwahl für die Türkei.«

Ich starrte ihn entgeistert an. »Was? Ich habe keine Ahnung ...«

Auf dem Weg zur Ankunftshalle blieb ich stehen und sah auf mein Handy. Ich hatte zehn verpasste Anrufe, alle von einer Nummer mit der Ländervorwahl +90. Zögernd drückte ich auf Rückruf und hielt mir das Telefon ans Ohr. Es klingelte ein paarmal, aber niemand meldete sich.

Als ich das Handy wieder einsteckte, fand ich mich außerhalb des Flughafengebäudes vor einer Reihe Taxis wieder. Jetzt umzukehren und einen Rückflug zu buchen war mehr, als ich, erschöpft, wie ich war, im Moment schaffen würde. Ich stieg in eines der Taxis und nannte dem Fahrer mein Hotel.

Bis ich dort eingecheckt hatte, war es fast Mitternacht. Mein Zimmer lag im fünfzehnten Stock und war noch luxuriöser, als ich es mir vorgestellt hatte.

Inzwischen war ich fix und fertig und wollte nur noch ins Bett. Doch als ich unter die weiche weiße Decke schlüpfte, bemerkte ich einen seltsamen orangefarbenen Schein rings um die Vorhänge. Ich stand wieder auf, trat ans Fenster und zog sie zurück. Sie gaben den Blick auf eine in Feuer und Rauch gehüllte Landschaft frei. Es dauerte eine Weile, bis ich erkannte, dass die Waldbrände viele Kilometer entfernt waren. Im Dunkel der Nacht schienen sie den ganzen Horizont auszufüllen.

Der Anblick war faszinierend. Als ich endlich einschlief, sah ich das Feuer in meinen Träumen wieder, und durch die Flammen flog eine glühende Schlange auf mich zu.

Los Angeles

Am nächsten Morgen herrschte in der Lobby ein großes Durcheinander, vor allem deshalb, weil man das Frühstück in andere Räume verlegt hatte, damit die Gäste beim Essen nicht auf lodernde Flammen blicken mussten.

Ich hatte gehofft, mit Cinta frühstücken zu können, aber sie war nirgends zu sehen. Nach langer vergeblicher Suche erfuhr ich, dass ihr Flug sich wegen der Waldbrände verspätet hatte. Sie war erst tief in der Nacht angekommen und würde später zu uns stoßen.

Ich schluckte meine Enttäuschung hinunter und schloss mich den anderen an, als sie zu den Bussen hinausgingen, die uns zu dem Kongress bringen sollten.

Das Museum, in dem er stattfand, war berühmt für seine Architektur und seinen Park. Busse und Autos durften nur bis zu dem Parkplatz am Tor, von dort brachte die hauseigene Flotte schnittiger Elektrofahrzeuge die Besucher zum Eingang.

Ich war schon mehrmals in dem Museum gewesen, und immer hatte das System mit der Präzision eines Uhrwerks funktioniert. Kaum hatten die Besucher einen Fuß auf den Parkplatz gesetzt, wurden sie in Shuttlebusse in den Farben des Museums gewinkt.

Doch nicht so dieses Mal. Als wir zur Eröffnungsveranstaltung des Kongresses eintrafen, waren die Busse nirgendwo zu sehen, und – noch merkwürdiger – der Parkplatz, der sich normalerweise füllte, sobald sich die Tore des Parks öffneten, war fast leer.

Am Eingang stand eine einzige Security-Frau, die uns nur sagen konnte, dass man an diesem Morgen hoffnungslos unterbesetzt sei: Ihre Kollegen hätten nicht zur Arbeit kommen können, weil wegen der noch immer wütenden Waldbrände viele Straßen gesperrt seien.

Diese Auskunft rief ein beunruhigtes Stimmengewirr hervor. Was war mit dem Kongress? Würde man ihn absagen?

Die Frau rief ihren Chef an, und ein paar Minuten später wandte sich der Direktor des Museums per Lautsprecher an uns. Alles werde wie vorgesehen stattfinden, sagte er, es bestehe kein Grund zur Besorgnis, die Behörden hätten ihm versichert, dass die Waldbrände keine unmittelbare Gefahr für das Museum darstellten; wir sollten uns wegen der Personalknappheit noch ein wenig in Geduld fassen, man werde sich schnellstmöglich um alles kümmern.

Und tatsächlich kam wenige Minuten später ein Konvoi von Shuttlebussen auf den Parkplatz gefahren.

Die Hauptgebäude des Museums standen auf einem steilen Höhenrücken und boten einen weiten Blick von den Hügeln im Osten bis zum Meer am westlichen Horizont.

An diesem Morgen aber hatte niemand Augen für die Hügel und das Meer. Alle schauten in dieselbe Richtung, nach Nordosten, wo eine dunkle Wolke über dem Horizont aufgestiegen war, die sich zu einer riesigen Woge samt weißer Schaumkrone formte. Es sah aus, als bewegte sich ein gigantischer Tsunami auf die Peripherie der Stadt zu.

Der Anblick fesselte uns so sehr, dass schließlich Bedienstete ausgeschickt wurden, um uns ins Auditorium zu holen.

Als ich den Saal betrat, entdeckte ich mehrere Bekannte – Bibliophile, Bibliothekare, Experten für Buchherstellung und natürlich Antiquare. Es war eine überwiegend grauhaarige Versammlung, gesprenkelt mit reichlich blauen Blazern, mit Fliegen und Perlenketten.

Der Eröffnungsredner aber war sichtlich keiner von uns: ein smarter Historiker, der sich dadurch einen Ruf erworben hatte, dass er mit großen Ideen hausieren ging. Das Thema, das er gewählt hatte, lautete (wie wir beim Betreten des Saals feststellten) »Klima und Apokalypse im 17. Jahrhundert«.

Dieser pompöse Titel erregte beim Publikum eine gewisse Skepsis, und die entstandene Stimmung wurde durch das hipsterhafte Äußere des Redners in keiner Weise gemildert: ein bärtiger junger Mann in Röhrenhosen und einer Weste, die aus Stroh zu bestehen schien. Auch der hochtrabende Ton, in dem er seinen Vortrag begann, war wenig hilfreich.

Das 17. Jahrhundert, verkündete er, sei eine Periode so einschneidender klimatischer Veränderungen gewesen, dass es mitunter als »Kleine Eiszeit« bezeichnet werde. Die Temperaturen seien rund um den Erdball drastisch gesunken, möglicherweise infolge von Schwankungen der Sonnenaktivität oder einer Serie von Vulkanausbrüchen, vielleicht sogar aufgrund der Wiederaufforstung weiter Landstriche im Gefolge des Genozids an den Indianern nach der Eroberung des amerikanischen Kontinents durch die Europäer.

Jedenfalls seien im 17. Jahrhundert viele Teile der Welt von Hungersnöten, Dürreperioden und Epidemien heimgesucht worden. Gleichzeitig sei eine Reihe von Kometen am Himmel erschienen, und die Erde sei von einer gewaltigen Zunahme seismischer Aktivität erschüttert worden. Erdbeben hätten ganze Städte dem Erdboden gleichgemacht, Vulkane unerhörte Mengen an Gasen und Asche in die Atmosphäre ausgestoßen. Millionen von Menschen seien gestorben, in manchen Teilen der Welt sei die Bevölkerung um ein Drittel geschrumpft. Während dieser Jahrzehnte hätten mehr Kriege getobt als je zuvor. Viele Teile Europas seien von Konflikten geschüttelt gewesen, England habe den größten Aufruhr seiner Geschichte erlebt – den Englischen Bürgerkrieg –, in Mitteleuropa habe der Dreißigjährige Krieg gewütet. In Istanbul sei infolge extremer Trockenheit ein verheerendes Feuer ausgebrochen, das das Osmanische Reich in seinen Grundfesten erschüttert habe, andernorts, so etwa in China, seien alte Dynastien in Strömen von Blut versunken, in Indien hätten Hunger und Rebellion das Mogulreich bedrängt. Eine Welle von Selbstmorden sei über die Welt gefegt: In China hätten sich Scharen von Ming-Loyalisten das Leben genommen, in Russland Tausende von Mitgliedern einer orthodoxen Sekte, die sich »Altgläubige« genannt und den Zaren zum Antichristen erklärt hätten. Und allenthalben sei von der Apokalypse die Rede gewesen: In den Kometen, die über den Himmel zogen, habe man Vorzeichen für die Vernichtung des Universums gesehen, und man habe sogar geglaubt, die Geschöpfe der Erde könnten vor Katastrophen warnen. In vielen Teilen der Welt hätten Heuschreckenschwärme den Himmel verdunkelt und Horden von Nagetieren das Land kahl gefressen. In Italien habe die Häufigkeit von Visionen nach Tarantelbissen zugenommen, und in England hätten Träume von Tieren aus dem Buch Daniel eine Sekte namens Fifth Monarchists dazu gebracht, sich gegen die Regierung zu erheben, nur um dann niedergemetzelt zu werden.

Doch das große Paradoxon dieser Epoche, fuhr der Redner fort, bestehe darin, dass all diese Umwälzungen einen außerordentlichen intellektuellen und kreativen Nährboden gebildet hätten: Sie sei der Beginn des Zeitalters der Aufklärung gewesen – das Jahrhundert von Hobbes, Leibniz, Newton, Spinoza und Descartes –, und sie habe die Welt um viele Meisterwerke der Literatur, Kunst und Architektur bereichert, so etwa …

Er nannte eine Reihe von Beispielen, darunter eines, das meinem Gedächtnis einen Ruck gab: das Taj Mahal. Der Name versetzte mich nach Indien zurück, und mir kam der Gedanke, dass die Tempel von Bishnupur ungefähr um die gleiche Zeit errichtet worden waren wie das Taj Mahal. Dies wiederum erinnerte mich an den Schrein des Gewehrhändlers … und plötzlich musste ich an die Dürreperioden, Hungersnöte, Stürme und Seuchen denken, die in der Legende eine so große Rolle spielten.

Konnte es sich um Auswirkungen der Kleinen Eiszeit handeln?

Ich verlor mich eine Zeit lang in meinen Gedanken, und als ich meine Umgebung wieder wahrnahm, war der Vortrag zu Ende. Der Historiker wurde nun von einem griesgrämigen Antiquar ins Kreuzfeuer genommen.

»… was Sie uns da genannt haben, Sir, ist nichts weiter als eine Aufzählung von Zufällen … jeder, der ein paar Stunden Zeit hat, könnte einen solchen Katalog von Überschwemmungen, Erdbeben und Kriegen auch für andere Jahrhunderte erstellen … Sie verbinden Dinge miteinander, zwischen denen keinerlei Zusammenhang besteht … was hat das jakobinische Theater mit dem Wetter zu tun? … Die Menschen haben schon immer und überall geglaubt, sie steuerten auf die Apokalypse zu … weil jede Generation sich gern für etwas Besonderes hält und meint, wenn sie nicht mehr da ist, sei alles zu Ende … diese Eiferer des 17. Jahrhunderts unterschieden sich in nichts von Millionen anderer, vor ihnen und nach ihnen!«

Diese Widerlegung gefiel dem Publikum, und es erhob sich ein Chor zustimmenden Gemurmels und Getuschels.

Doch die entstandene Unruhe ließ den Redner unbeeindruckt, er ruderte keinen Millimeter zurück.

»Und was, wenn die Millennarier recht hatten? Könnte man nicht sagen, dass wir im 17. Jahrhundert den Weg eingeschlagen haben, der uns dorthin geführt hat, wo wir heute stehen? Schließlich hat man in London damals begonnen, in großem Stil mit Kohle zu heizen, und damit nahm unsere Abhängigkeit von fossilen Brennstoffen ihren Anfang. Hätten die jakobinischen Dramatiker ihre Stücke so geschrieben, wie sie es getan haben, wenn sie sich nicht an Kohlefeuern hätten wärmen können? Wussten sie, dass eine wütende Bestie, die lange im Innern der Erde geschlummert hatte, zum Leben erwachen würde? Hatte Hobbes, Leibniz oder irgendein anderer Denker der Aufklärung irgendeine Vorstellung davon?«

Er machte eine Pause und sah sich vielsagend im Raum um.

»Wie es scheint, ahnten die Geistestitanen der Aufklärung nicht, was sich da anbahnte. Seltsamerweise aber spürten offenbar einfache Menschen überall auf der Welt, dass etwas Folgenschweres im Busch war. Sie hatten begriffen, dass ein Prozess in Gang gekommen war, der irgendwann zur Katastrophe führen konnte. Womit sie allerdings nicht rechneten: dass bis dahin noch einige Hundert Jahre vergehen würden. Uns fällt es zu, Jahrhunderte später, Zeugen der letzten Umdrehung des Rades zu sein. Und was wir schon jetzt sehen« – er unterbrach sich und zeigte in Richtung der Waldbrände – »sollte genügen, um uns klarzumachen, wie geringfügig die Klimaschwankungen der Kleinen Eiszeit waren gegen das, was uns heute bevorsteht. Was unsere Vorfahren erlebt haben, war nur eine leise Vorahnung dessen, was die Zukunft bereithält!«

Der Antiquar wandte sich daraufhin verärgert ans Publikum, verdrehte die Augen und erklärte: »Ich komme mir vor, als würde ich im Jahr 1999 mit einem Kind streiten, nach dessen Überzeugung die Welt Schlag Mitternacht untergeht …«

Gelächter brandete auf. Und gerade als es wieder verebbte, brach ein weitaus durchdringenderer Lärm los: das Heulen eines Feueralarms.

Als ich aufstand, verstummte das Geräusch, und aus den Lautsprechern kam ein »Es tut mir leid, aber …«

Es war der Museumsdirektor. Er hatte das Podium betreten und sprach ins Mikrofon.

»Wie wir soeben hören, müssen wir das Gebäude evakuieren – eine reine Vorsichtsmaßnahme. Es hängt mit dem Wind zusammen; die Waldbrände greifen schneller um sich als erwartet. Es besteht aber keinerlei Grund zur Sorge, wir treffen diese Maßnahme nur zu Ihrer Sicherheit. Unser Security-Team führt Sie zu den Ausgängen …«

Wir begaben uns ruhig ins Freie und blinzelten in die strahlende kalifornische Sonne.

Der Rauch-Tsunami in der Ferne hatte sich nicht von der Stelle bewegt – so schien es mir zumindest; andere meinten, er sei etwas näher gerückt.

Nach ein paar Minuten ertönte wieder die Stimme des Direktors.

Er teilte uns mit, dass seine Mitarbeiter alles darangesetzt hätten, einen anderen Tagungsort zu finden, und das sei – unser Hotel! Ein Saal und mehrere Konferenzzimmer seien für uns hergerichtet worden, alles könne also, von einigen kleinen Änderungen abgesehen, wie geplant stattfinden.

Er endete mit einem Appell, auf den ein Chor von Beifallsrufen folgte: »Wir werden Mutter Natur zeigen, dass wir keine Drückeberger sind!«

Das hob die Stimmung wieder. Viele sahen in der gefundenen Lösung eine Verbesserung gegenüber dem ursprünglichen Plan. In unserem Hotel würde man problemlos aufs Zimmer verschwinden können – oder auch in den Pool oder die Bar.

Alles in allem war niemand besonders ungehalten über die Änderung. Ich für meinen Teil freute mich sogar darüber, denn in diesem Moment fiel mein Blick auf eine weiße Haarmähne: Cinta lehnte an einer Brüstung und blickte auf die fernen Waldbrände hinaus.

Auf der Rückfahrt zum Hotel saß sie im Bus neben mir. »Was hältst du von dem Vortrag?«, fragte ich. »Findest du, der Mann hatte recht mit dem, was er über das 17. Jahrhundert und heute gesagt hat?«

»Ja, durchaus, Dino«, antwortete Cinta, »*assolutamente*. Ich spüre das jetzt ständig, wenn ich Zeitung lese, jeden Tag. Es ist, als würde die Kleine Eiszeit wiedererwachen und nach uns greifen.«

»Auch nach mir – durch dich.«

Sie sah mich stirnrunzelnd an. »Was meinst du damit?«

»Weißt du noch, wie du mich einmal angerufen hast, einfach so, vor zwei Jahren vielleicht? Ich war in Kalkutta, und du hast in Venedig auf deinen Flug gewartet. Damals hast du mir einen Traum erzählt.«

»Ja, ich erinnere mich. Und weiter?«

»Ich hatte an dem Tag eine Verwandte von mir besucht, eine bemerkenswerte ältere Frau, die den größten Teil ihres Lebens in den Sundarbans verbracht und dort gearbeitet hat.«

Mir kam der Gedanke, dass Cinta möglicherweise gar nicht wusste, wovon ich redete. »Sind dir die Sundarbans ein Begriff? Bengalens Mangrovenwald?«

»*Si, caro!*« Sie tätschelte mir lächelnd die Hand. »Die Sundarbans kennt in Italien jeder, aus einem berühmten Kinderbuch, das dort spielt. Es war das Lieblingsbuch meiner Tochter Lucia, sie hat immer von dem Wald geträumt.«

»Von den Sundarbans?«

»Ja. Aber was wolltest du sagen?«

»Also: Meine Verwandte hat mir von einem kleinen Tempel im Dschungel erzählt und mich gebeten, den Bau zu dokumentieren, bevor er im Schlick versinkt. Das war zwar interessant, aber ich war nicht besonders scharf darauf, weil ich ein paar Tage später nach New York zurückmusste und vorher noch sehr viel zu tun hatte. Ich war schon mehr oder weniger entschlossen, nicht hinzufahren, als du angerufen hast. Daraufhin habe ich es mir aus irgendeinem Grund anders überlegt und bin doch gefahren.«

»Und was hast du dort vorgefunden?«

»Der Tempel war da, wie meine Verwandte gesagt hatte, und er war in einem ganz eigenen Stil erbaut, höchstwahrscheinlich im 17. Jahrhundert. Er war der Schlangengöttin Manasa Devi gewidmet, über die es etliche Legenden gibt. In einigen von ihnen spielt die Figur eines Kaufmanns eine Rolle. Vielleicht erinnerst du dich, dass ich dir einmal einen Artikel von mir über eine dieser Legenden gegeben habe.«

»*Si, mi ricordo.* Sprich weiter.«

»Seltsamerweise ist die Legende, die mit dem kleinen Tempel verknüpft ist, nie aufgeschrieben oder veröffentlicht worden, sie sollte nur von Mund zu Mund weitergegeben werden. Es bestand offenbar eine Art Verbot, sie schriftlich festzuhalten.«

»Das ist nicht ungewöhnlich«, sagte Cinta. »Es gibt viele geheime Legenden und Geschichten.«

»Aber wenn die Geschichte ein Geheimnis sein soll, warum

hat man dann diesen Schrein gebaut? Widerspricht das nicht dem Zweck der Übung?«

»Nicht unbedingt«, sagte Cinta. »Es kann viele Gründe geben, warum die Erbauer des Schreins nicht wollten, dass die Geschichte niedergeschrieben wird.«

»Zum Beispiel?«

Cinta lächelte unergründlich. »Vielleicht haben sie geglaubt, dass sie noch nicht vorbei ist, dass sie in die Zukunft hineinreicht?«

»Das verstehe ich nicht, Cinta«, sagte ich. »Wie kann eine Legende in die Zukunft hineinreichen? Es ist doch nur eine Geschichte …«

Sie unterbrach mich, indem sie mir leicht auf die Finger klopfte.

»So etwas darfst du nicht sagen, Dino«, sagte sie langsam und überlegt. »Im 17. Jahrhundert hätte niemand – wie wir heute – gesagt, etwas sei ›nur eine Geschichte‹. Damals wussten die Menschen, dass Geschichten Dimensionen jenseits des Normalen, ja sogar jenseits des Menschlichen erschließen können. Sie wussten, dass man nur durch Geschichten zu den innersten Geheimnissen unseres Daseins vordringen kann, dorthin, wo nichts, was wirklich wichtig ist, bewiesen werden kann – Liebe zum Beispiel, Treue oder die Fähigkeit, den Blick eines Fremden oder eines Tiers zu spüren, sodass wir uns zu ihm umdrehen. Nur durch Geschichten können unsichtbare, sprachlose oder stumme Wesen zu uns sprechen, sie machen es möglich, dass die Vergangenheit mit uns Verbindung aufnimmt.«

»Übertreibst du da nicht ein bisschen, Cinta?«

»Nein, *caro*, nein. Man darf die Macht von Geschichten nicht unterschätzen. Sie tragen etwas Elementares und Unerklärliches in sich. Du hast doch sicher schon mal gehört, dass man sagt, es sei die Fähigkeit des Geschichtenerzählens, die uns von den Tieren unterscheidet.«

Ich nickte. »Ja.«

»Und was, wenn die Wahrheit noch seltsamer wäre? Wenn es umgekehrt wäre? Wenn die Fähigkeit des Geschichtenerzählens gar nichts spezifisch Menschliches wäre, sondern der letzte Überrest unserer tierischen Natur? Ein Relikt aus einer vorsprachlichen Zeit, in der wir auf die gleiche Weise kommuniziert haben wie andere Lebewesen? Warum sonst sprechen Tiere nur in Geschichten? Ganz zu schweigen von Dämonen, Göttern und, ja, Gott selbst? Nur durch Geschichten kann das Universum zu uns sprechen, und wenn wir nicht lernen zuzuhören, werden wir mit Sicherheit eines Tages dafür bestraft werden.«

Ich bewegte mich unbehaglich auf meinem Sitz. Ich musste daran denken, dass ich in Brooklyn monatelang das Gefühl gehabt hatte, etwas lange im Schlick der Sundarbans Schlummerndes sei in mich eingedrungen. Da blitzte ein Bild vor mir auf, das Bild der vom Himmel fallenden Schlange, und instinktiv riss ich schützend die Hände vors Gesicht.

»Was hast du, *caro?*«, fragte Cinta. »Was ist denn los?«

»Ach, nichts, Cinta, nichts.«

Ich brachte es nicht über mich, ihr zu erzählen, was tags zuvor im Flugzeug passiert war. Was konnte ich auch sagen? Dass ich Albträume von Schlangen hatte? Dass ich wegen störenden Verhaltens in einem Flugzeug festgenommen worden war? Sie musste ja denken, ich hätte den Verstand verloren.

»Es ging mir nur in letzter Zeit nicht besonders.«

»Das sehe ich.« Sie betrachtete mich prüfend und lehnte sich dann zurück.

»Ich glaube, du arbeitest zu viel, *caro*«, sagte sie. »Komm, wir gönnen uns eine Pause vom Kongress. Die Tochter einer

Cousine von mir ist aus Rom hier, Gisella oder Gisa, wie wir sie nennen – hab ich dir mal von ihr erzählt? Eine sehr interessante Frau, sie dreht Dokumentarfilme fürs Fernsehen und hat ein paar bedeutende Preise gewonnen. Sie lebt mit ihrer Freundin in Trastevere, und die beiden haben zwei Waisen adoptiert, Flüchtlingskinder, ein sechsjähriges Mädchen aus Syrien und einen siebenjährigen Jungen aus Eritrea. Im Moment sind alle hier in Kalifornien: Imma, Gisas Partnerin, macht irgendetwas Wichtiges mit Computern und ist im Auftrag ihrer Firma ein Jahr in L.A. Sie haben ein Haus in der Nähe von Venice Beach gemietet.«

Cinta lachte. »Venice Beach! Ist das nicht herrlich? Weißt du, dass ich noch nie dort war? Eine Venezianerin, die Venice Beach nicht kennt! Aber heute« – sie unterbrach sich und tippte mir mit dem Zeigefinger auf die Hand, um ihren Worten Nachdruck zu verleihen – »heute hat Gisa mich zum *aperitivo* eingeladen, und du musst natürlich mitkommen! Wir lassen das Kongressdinner sausen, das ist sowieso immer furchtbar langweilig. Venice Beach ist sehr viel mehr *divertente.*«

Wieder tätschelte sie mir die Hand. »Du wirst Gisa mögen, *caro*. Ich habe sie sehr gern. Sie war ungefähr gleich alt wie Lucia, die beiden waren eng befreundet. Ich freue mich immer, sie zu sehen.«

Nach Ende der Vorträge und Referate rief ich uns ein Uber-Taxi und nannte dem Fahrer die Adresse, die Gisa an Cinta geschickt hatte. Er setzte uns vor einem hübschen Haus in einer von Kanälen durchzogenen, an Venice Beach angrenzenden Wohngegend ab. Gisas Partnerin war noch bei der Arbeit, als wir kamen, und so machte uns Gisa selbst auf.

Sie war eine gertenschlanke Mittdreißigerin in dunkler

Hose und einem weiten schwarzen Pulli. In ihrem linken Nasenflügel steckte ein silberner Ring, und ihr platinblondes Haar war von Strähnchen durchzogen, die zu ihrer rosa Brille passten. Sie redete sehr schnell und eilte dabei oft ihren Gedanken voraus, wechselte munter zwischen Italienisch und Englisch hin und her und gestikulierte lebhaft mit ihren schlanken, ausdrucksvollen Händen.

Ich merkte sofort, wie nervös sie war. Mit gutem Grund: Kaum hatte sie die Tür geöffnet, stürmten ihre Adoptivkinder heraus, gefolgt von einem wilden jungen Labrador, der Cinta beinahe umrannte. Gisa musste die Kinder minutenlang durch den Garten jagen, bis es ihr endlich gelang, sie ins Haus zurückzuscheuchen. Leola, die Hündin, war am widerspenstigsten und musste buchstäblich hineingeschoben werden. »Leola! *Calmati!*«

Am Ende keuchte Gisa und entschuldigte sich vielmals: Die Kinder seien nicht immer so, sie habe sie nur heute nicht in die Schule gelassen, wegen des Rauchs in der Luft, aber auch, weil sie nicht von ihnen getrennt sein wolle, solange nur ein paar Kilometer entfernt die Waldbrände wüteten. Im Jahr zuvor, so erzählte sie, sei sie während eines Sizilien-Urlaubs in eine ähnliche Situation geraten. Sie hätten an einem sonnigen Strand gesessen, als plötzlich Polizisten erschienen seien, um ihnen zu sagen, dass in der Nähe ein Waldbrand ausgebrochen sei, der sich sehr schnell in ihre Richtung ausbreite. In dem Durcheinander, das daraufhin entstand, sei sie mehrere qualvolle Minuten lang von ihrer Tochter getrennt gewesen; so etwas wolle sie nicht noch einmal erleben.

Das alles sprudelte sie nur so hervor, während wir immer noch draußen standen.

»Aber jetzt ist es besser mit dem Rauch, glaube ich«, sagte sie mit einem bangen Blick zum Himmel. »*Non è vero?* Wir können bald an den Strand. Aber kommt doch erst mal auf einen Aperitif herein.«

»Lass uns doch zuerst zum Strand gehen«, sagte Cinta. »Die Sonne geht bald unter, dann wird es womöglich zu dunkel.«

Gisa nickte, und nach ein paar Minuten machten wir uns mit den Kindern und der Hündin, die vor uns herrannte, auf den Weg. Bis wir da waren, ging die Sonne unter, und der Strand schien leer und verlassen, nur ein paar Jogger sprenkelten die scheinbar endlose Sandfläche. Gisa meinte, der Rauch habe die Leute ferngehalten, aber die Luft war hier frischer als anderswo, und vom Meer her wehte eine kräftige Brise. Den fernen Rauch-Tsunami sah man von hier aus nicht; Dunstschleier verbargen die dunkle Woge, die ich tags zuvor gesehen hatte.

Leola zog es ins Wasser, und die Kinder liefen voraus und warfen einen Stock für sie in die Wellen. Sie liebte das Spiel offensichtlich und fixierte den Stock, als hinge ihr Leben davon ab, auch dann noch, wenn sie sich ins Wasser stürzte. Ein Dutzend Mal wurde der Stock geworfen, und immer brachte sie ihn zurück.

Plötzlich hielt sie im seichten Wasser abrupt inne. Sie ließ den Stock fallen, bellte ein paarmal aufgeregt und schnappte nach irgendetwas.

Die Kinder legten die Hände um den Mund und riefen nach ihr, aber Leola beachtete sie nicht und tauchte immer wieder mit der Schnauze ins Wasser. Dann hob sie den Kopf, und wir sahen, dass ihr etwas offenbar Lebendes, sich Windendes aus dem Maul hing.

Gisa war bereits losgerannt, als die Hündin aus dem Wasser kam. Kaum auf dem Sand, brach Leola zusammen und ließ das Ding fallen.

Gisas Adoptivsohn war als Erster bei ihr und fing an zu

schreien: »*Serpente! Serpente!*« Gisa, nur einen Schritt hinter ihm, packte ihn am Hemd und riss ihn zurück.

Als Cinta und ich sie wenige Sekunden später eingeholt hatten, bettete sie gerade den Kopf des Hundes in ihren Schoß. Die beiden Kinder kauerten bei ihr und weinten bitterlich. Ein paar Meter entfernt lag eine etwa halbmeterlange Schlange von dunkler, metallischer Farbe, die Unterseite leuchtend gelb. Sie war tot, ihr Kopf zermalmt.

Inzwischen waren einige rot gekleidete Rettungsschwimmer herbeigeeilt und hatten die Lage mit einem Blick erfasst.

»Ist der Hund gebissen worden? Von der Schlange?«

»Ja«, sagte Cinta. »Es muss passiert sein, als er ihren Kopf im Maul hatte.«

»O Gott. Das ist eine Plättchenseeschlange, ihr Gift ist tödlich.«

»Eine Seeschlange?«, fragte ich. »Sind die hier heimisch?«

»Früher nicht«, antwortete einer der Männer, »aber seit ein paar Monaten werden immer wieder welche angeschwemmt. Wüsste gern, wo zum Teufel die herkommen.«

Die Männer trugen Leola zur Strandpromenade, Gisa rief ihre Partnerin an, und Cinta versuchte, die Kinder zu beruhigen. Die Hündin lag ächzend und zuckend da, und es folgten quälende Minuten des Wartens. Zum Glück war der Campus, auf dem Gisas Partnerin Imma arbeitete, nicht weit entfernt. Sie kam sofort herüber und nahm alles Weitere in die Hand. Ein Uber-Taxi brachte sie mit den Kindern und Leola zum Tierarzt.

Cinta und ich winkten ihnen nach, dann standen wir eine Weile nur da und versuchten, wieder zu Atem zu kommen. Ich wollte gerade einen anderen Uber-Wagen rufen, da sah ich ein normales Taxi und winkte es heran.

»Komm, Cinta, lass uns ins Hotel zurückfahren.«

Die Waldbrände hatten ein Verkehrschaos verursacht, und bald fanden wir uns Stoßstange an Stoßstange im Stau wieder. Der Fahrer meinte, bis zu unserem Hotel würden wir wahrscheinlich mindestens zwei Stunden brauchen.

Eine Stunde später, auf einer Schnellstraße, klingelte Cintas Telefon. Es war Gisa, und die beiden sprachen lange und leise miteinander.

Cintas Augen schwammen in Tränen, als sie auflegte.

»*Non lo credo*«, sagte sie und wischte sich über die Augen. »Ich kann es nicht glauben. Der Hund ist tot, gestorben an einem Schlangenbiss! Hier in L.A.!«

»Und wie geht es den Kindern?«

»Es geht. Sie haben wohl schon Schlimmeres erlebt.«

»Und Gisa?«

»Sie ist fix und fertig.«

Ich nickte. »Kein Wunder. Es muss schrecklich für sie gewesen sein, ihren Hund so sterben zu sehen.«

»Nicht nur deswegen.«

»Sondern?«

»Etwas Seltsames ist passiert, als der Hund starb.«

»Erzähl.«

Cinta biss sich auf die Lippe. »Ich habe dir doch gesagt, dass Gisa sehr eng mit meiner Tochter Lucia befreundet war.«

»Ja, du hast es erwähnt.«

»Gisa sagt, sie hätte gespürt, dass Lucia da war, bei ihr, vorhin …«

Cinta tupfte sich die Augen. Wir schwiegen eine Weile und blickten auf das Inferno vor uns: Hohe Flammensäulen bewegten sich auf ruhige, wohlgeordnete Wohnviertel zu.

Flüsternd fuhr Cinta fort: »Ich spüre es auch manchmal.«

»Was?«

»Lucia. Ich spüre, dass sie da ist, neben mir. Das ist sehr tröstlich.«

»Hörst du auch ihre Stimme? Wie damals in Salzburg?«

Cinta nickte. »Ja, noch ein einziges Mal habe ich sie gehört.«

»Wann? Wo?«

»Einige Jahre nach Giacomos und Lucias Tod. Die Ermittlungen zu dem Unfall zogen sich hin, und es war kein Ende abzusehen. Jeder wusste, dass nichts dabei herauskommen würde. Es war alles nur Schall und Rauch. Politiker und Polizisten fürchteten entweder um ihr Leben, oder die Mafia hatte sie in der Tasche. Die Zeit verging, mein Glaube an eine Aufklärung schwand, und schließlich glaubte ich an gar nichts mehr. Ich vermisste Giacomo und Lucia so sehr, und der Schmerz wurde so unerträglich, dass ich nicht mehr leben wollte. Ich aß kaum noch etwas, und in diesem geschwächten Zustand wurde ich einmal vom Regen durchnässt und bekam eine Lungenentzündung. Das war wie eine Befreiung, die Krankheit war mir willkommen, und ich hoffte, sie würde mich schnell dahinraffen. Aber eines Tages im Krankenhaus – ich sehe noch das Zimmer mit dem Neonlicht und dem Tisch voller Blumen vor mir – hörte ich ganz deutlich Lucias Stimme. Sie sagte: ›Mamma, Mamma – was tust du dir an? Deine Zeit ist noch nicht gekommen, du musst kämpfen, um am Leben zu bleiben. Du darfst nicht aufgeben. Es wird etwas geschehen, das dir den Glauben an die Welt wiedergibt, ganz bestimmt. Wenn du jetzt stirbst, werden wir niemals Frieden finden, weder du noch ich.‹«

Cinta verstummte und lächelte unsicher.

»Vielleicht war es ein Traum oder vielleicht auch eine Halluzination. Aber wie auch immer – ich warte weiter.«

Später am Abend kam mir der Gedanke, dass es nur einen Menschen gab, der Licht in den Vorfall in Venice Beach bringen konnte: Piya.

Ich setzte mich spontan an meinen Laptop und schrieb ihr eine Mail. Ich schilderte, was geschehen war, und fragte sie, ob ihr ähnliche Begebenheiten bekannt seien.

Meine Worte erschienen mir ein wenig schroff, als ich sie noch einmal durchlas, deshalb fügte ich noch ein paar Zeilen hinzu und erkundigte mich nach Tipu.

Ich wusste nicht, wo Piya war, und erwartete nicht, bald von ihr zu hören, wenn überhaupt. Wahrscheinlich hielt sie sich in einer ganz anderen Zeitzone auf. Doch meine Mail erreichte sie in Oregon, und nach einer Viertelstunde hatte ich ihre Antwort.

Merkwürdiger Zufall, schrieb sie, gerade gestern sei sie auf einen Zeitungsartikel über Plättchenseeschlangen gestoßen (sie fügte einen Link zu einem Vorfall in Ventura Beach, Kalifornien, bei). Diese Schlangen lebten normalerweise in wärmeren Gewässern weiter südlich, doch auch im südlichen Kalifornien nähmen die Sichtungen zu. Mit der Erwärmung der Ozeane verändere sich das Verbreitungsgebiet der Tiere, und sie wanderten weiter nordwärts. Das seien schlechte Nachrichten für Südkalifornien, denn Plättchenseeschlangen seien hochgiftig, die Zahl der Todesfälle sei allerdings verschwindend gering. Der Hund meiner Freundin habe großes Pech gehabt.

»Was Tipu angeht – danke der Nachfrage. Er ist immer noch in Bangalore, und es scheint ihm gut zu gehen. Er meldet sich regelmäßig bei Moyna, sie sagt, er ruft oft an und schickt Fotos von sich.«

Sie schrieb weiter: »Ich weiß nicht, ob Sie gehört haben, was mit dem Tempel passiert ist, den Sie besichtigt haben. Ein schwerer Sturm vor ein paar Monaten hat ihn weggeschwemmt. Ich wollte ihn mir noch ansehen, aber es sollte wohl nicht sein. Jetzt ist nichts mehr davon übrig.«

Die Mail endete mit einem Schwall von Emojis und den Worten: »Alles Gute – hoffentlich begegnen Ihnen keine Schlangen mehr!«

Die Gewehrinsel

Cinta hielt den Schlussvortrag des Kongresses, und kein Platz im Saal blieb leer.

Nicht nur ihren Büchern und ihrer Position als Professoressa Emerita der Universität Padua verdankte Cinta ihre Anziehungskraft – sie hatte sich mit den Jahren auch zu einer ausgesprochen fesselnden Rednerin entwickelt. Ihre tiefe klangvolle Stimme, ihr opernhafter Akzent und ihr theatralisches und zugleich impulsives Auftreten ergänzten sich perfekt mit ihrer Gelehrsamkeit, und das wusste sie äußerst vorteilhaft einzusetzen. Mit ihren feinen, von schneeweißen Haaren wie von einem Heiligenschein umrahmten Zügen hinterließ sie, auf einem Podium stehend, oft einen unvergesslichen Eindruck – so auch diesmal, als sie über den historischen Hintergrund von Shakespeares Venedig sprach.

Ein reales Pendant zu Shylock, so Cinta, hätte in Venedigs jüdischer Enklave gelebt, die im Jahr 1541 entstanden sei, als die Republik Venedig ein Gesetz erließ, wonach sich Juden nur dann in der Stadt ansiedeln durften, wenn sie besondere Kleidung trugen, nicht mit Christen verkehrten und auf einer eigenen Insel im Innern Venedigs lebten.

Auf einem Drop-down-Bildschirm erschien ein großer Stadtplan von Venedig. »Sie sehen hier« – Cinta zeigte mit einem Laserpointer darauf – »den *sestiere,* den Bezirk Cannaregio im Nordosten Venedigs. Und hier« – der rote Leuchtpunkt bewegte sich ein kleines Stück weiter – »liegt die besagte Insel. Da Venedig selbst eine Insel ist, oder besser eine Inselgruppe, liegt das Ghetto, wie Sie sehen, auf einer Insel innerhalb einer Insel.«

Ich horchte auf. Wo hatte ich dieses »Insel innerhalb einer Insel« schon einmal gehört?

Es dauerte ein paar Minuten, bis mir das merkwürdige Symbol einfiel, das ich am Schrein des Gewehrhändlers gesehen hatte: die beiden konzentrischen Kreise.

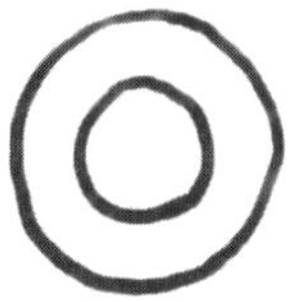

»*Dwiper bhetorey dwip*«, hatte Rafi gesagt, »eine Insel innerhalb einer Insel ...«

Ich beugte mich vor und hörte gespannt zu, als Cinta weitersprach. Auf der Insel, die man den Juden zuwies, habe es früher eine Gießerei gegeben, in der Waffen und Munition hergestellt wurden. Das Wort *getto* habe im alten venezianischen Dialekt eine Gießerei bezeichnet und sei dann zum Namen des jüdischen Wohngebiets geworden, das sich zu einem bedeutenden Zentrum jüdischer Gelehrsamkeit entwickelt habe. Bestimmte Wörter hätten hier ihren Ursprung; »Ghetto« sei nur eines davon.

Cinta stützte sich mit dem Ellenbogen auf das Rednerpult und beugte sich vor. »Die Kaufleute, die im Ghetto von Venedig lebten, trieben Handel mit der Levante, mit Ägypten und Nordafrika, viele von ihnen sprachen fließend Arabisch. *Secondo me* ist es ihnen zuzuschreiben, dass meine Stadt heute einen so seltsamen Platz im *vocabulario* des klassischen Arabisch einnimmt. In dieser Sprache ist Venedig mit drei scheinbar nicht miteinander zusammenhängenden Dingen verknüpft: mit Haselnüssen, Geschossen und Gewehren! Ich sage ›scheinbar‹, weil Haselnüsse ähnlich geformt sind wie Gewehrkugeln, die wiederum unentbehrlich für Gewehre sind. Jedenfalls werden im Arabischen alle drei mit einem Wort bezeichnet, das vom byzantinischen Namen Venedigs abgeleitet ist, nämlich ›Banadiq‹, dem Vorläufer des deutschen und schwedischen ›Venedig‹. Im Arabischen wurde ›Banadiq‹ zu ›al-Bunduqeyya‹, in dieser Sprache noch heute der Eigenname Venedigs. Aber *bunduqeyya* werden auch Gewehre, Haselnüsse und Gewehrkugeln genannt, und Letztere wurden, davon gehe ich aus, in der Gießerei des alten *getto* hergestellt!«

Sie hielt einen Moment inne und vollführte dann wie ein Magier, der im Begriff steht, ein Kaninchen aus seinem Hut zu zaubern, eine theatralische Geste.

»Und über das Arabische hat sich der Name Venedigs weit verbreitet, bis nach Persien und in Teile Indiens, wo ein Gewehr noch heute als *bundook* bezeichnet wird – was natürlich nichts anders heißt als ›Venedig‹ oder ›venezianisch‹!«

Manchmal geschieht es, dass die Schaltkreise des Gehirns eine Verbindung herstellen, die wie ein Elektroschock wirkt. Das passierte mir an diesem Punkt von Cintas Vortrag. Hatte ich den Namen »Bonduki Sadagar« womöglich völlig falsch verstanden? Konnte es sein, dass er gar nicht »Gewehrhändler« bedeutete, wie ich gedacht hatte, sondern »Der Kaufmann, der nach Venedig ging«?

Ich muss einen leisen Schrei ausgestoßen haben, denn plötzlich wandten sich mir viele Köpfe zu. Ich errötete beschämt, stand auf und stolperte aus dem Saal.

Mein überstürzter Abgang war Cinta nicht entgangen. Während der Abschlussveranstaltung nahm sie mich beiseite.

»Dino! Ich habe dich hinausgehen sehen«, sagte sie und legte mir die Hand auf den Arm. »Was war denn los, *caro?* Geht es dir nicht gut?«

»Doch, doch«, murmelte ich verlegen, »du hast nur etwas angesprochen, was mich erschreckt hat.«

»Was? *Dimmi!*«

Ich sah mich in dem überfüllten, lärmenden Raum um. »Können wir rausgehen? Hier versteht man ja kaum sein eigenes Wort.«

»*Certo*, lass uns in den Park gehen.«

Wir holten uns jeder ein Glas Wein und suchten uns draußen eine ruhige Bank.

»Und jetzt sag mir, was los ist«, forderte Cinta mich auf.

Ich trank hastig von meinem Wein und holte tief Luft. »Erinnerst du dich an diesen Schrein, von dem ich dir erzählt habe? In den Sundarbans?«

»*Si*. Sprich weiter.«

»Es gibt eine Legende dazu – die aber nie aufgeschrieben wurde, das hatte ich dir ja gesagt; sie ist nur noch in Bruchstücken erhalten. Aus dem wenigen, was ich davon wusste, schloss ich, dass es sich um eine Art Märchen mit fiktiven Schauplätzen und Personen handelte, ohne Bezug zur Realität. Aber nach dem, was ich auf dem Kongress gehört habe – vom Eröffnungsredner und heute von dir –, frage ich mich, ob nicht mehr an der Geschichte dran ist, als ich dachte.«

»Und warum?«

»Die Hauptfigur der Legende heißt Bonduki Sadagar, was ich als ›Gewehrhändler‹ verstanden hatte. So werde ich ihn wohl auch im Kopf behalten, aber dein Vortrag heute hat mir klargemacht, dass der Name auch etwas ganz anderes bedeuten könnte, nämlich ›Der Kaufmann, der Venedig besuchte‹.«

Cintas Augen weiteten sich, und sie starrte mich einen Moment lang an.

»Was weißt du sonst noch über die Legende?«

»Leider nicht viel.«

»Erzähl mir, was du weißt – alles.«

Ich erzählte ihr die Geschichte in groben Zügen, und sie hörte gespannt zu. Noch ehe ich geendet hatte, nickte sie. »Ich glaube, du hast recht. Der Name deines Gewehrhändlers ist wahrscheinlich wirklich ein Hinweis auf Venedig und nicht auf Gewehre.«

Sie runzelte die Stirn und tippte sich mit dem Zeigefinger ans Kinn. »Ich weiß aber immer noch nicht, worauf du hinauswillst. Meinst du, die Geschichte ist ein apokrypher Bericht über eine reale Reise nach Venedig?«

»Daran habe ich zwar gedacht«, antwortete ich, »aber es gibt einfach zu viele Argumente dagegen, die fiktiven Ortsnamen zum Beispiel. Was ist mit dem ›Palmzuckerkandisland‹ und dem ›Tücherland‹? Klingen die nicht wie aus einem Buch der Wunder?«

Cinta schloss die Augen. »*Forse, forse* … aber sag mir: Wie heißen diese Orte wirklich, auf Bengali? Weißt du das noch?«

»Ja. Was ich als ›Palmzuckerkandisland‹ übersetzt habe, hieß *Taal-misrir-desh*. *Desh* heißt ›Land‹ auf Bengali, und *taal* ist eine Palmenart, die einen süßen Saft absondert, aus dem allerlei Süßes hergestellt wird, unter anderem Kandissticks. Ich habe den Ausdruck mit ›Palmzuckerkandis‹ übersetzt, weil das Bengali-Wort für Kandiszucker *misri* ist.«

»O caro mio!« Cinta ließ ein tiefes, tönendes Lachen ver-

nehmen. »Das ist allerdings ein Wunder, wenn auch keines, wie du es dir vorgestellt hast.«

»Wie meinst du das?«

»Weißt du nicht, dass ›Misr‹ das arabische Wort für Ägypten ist? *Misri* oder *masri* heißt ›Ägypter‹ – vielleicht wird kristallisierter Zucker deshalb *misri* genannt, weil das Verfahren über Ägypten nach Bengalen kam?«

Ich sah sie verblüfft an.

»*Non è possibile?*«, fuhr sie fort. »Vielleicht ist mit deinem Palmzuckerkandisland Ägypten gemeint?«

»Oh ... ja«, stotterte ich, »das könnte sein – der Gewehrhändler und Nakhuda Ilyas mussten ja durch Ägypten, um ans Mittelmeer zu kommen ...«

Die Lösung des ersten Rätsels hatte Cinta Appetit gemacht. Sie unterbrach mich ungeduldig. »Und das andere Land, durch das sie gereist sind?«, fragte sie. »Wie wurde das genannt?«

»Das Tücher-Land. In der Legende heißt es *Rumaali-desh*. *Rumaal* ist das Taschentuch auf Bengali ...«

Cinta stieß einen triumphierenden Schrei aus. »Ha! Das ist doch sonnenklar! Natürlich! Damit ist ebenfalls ein realer Ort gemeint.«

»Was für ein Ort?«

»Kennst du nicht Rumelien? Oder die Festung Rumeli-Hisari?«

Ich schüttelte den Kopf. »Nein. Wo ist das?«

»In der Türkei.«

Mir stockte der Atem. »In der Türkei? Im Ernst?«

»Ja, *caro*, in der Türkei. Was schaust du so ... *sbigottito?* Du zitterst ja.«

Ich holte tief Luft. »Ach, unwichtig. Sprich weiter. Wo ist diese Festung?«

»Am Rand von Istanbul, dort haben die Türken ihre erste Festung in Europa errichtet. *Rumeli* kommt von ›Rum‹, also ›Rom‹, so hieß Konstantinopel – das byzantinische ›Rom‹ – auf Arabisch und Persisch. Das *Rumaali* in deiner Geschichte ist wahrscheinlich eine verballhornte Variante von ›Rum‹. Ist es nicht naheliegend, dass der Gewehrhändler und Kapitän Ilyas von Ägypten aus in die Türkei gereist sind? Und … Moment …«

Sie verstummte und rieb sich die Nasenspitze. »*Vero* … hast du nicht gesagt, sie wurden wegen eines Feuers aus dem Land vertrieben?«

Auf mein Nicken rief sie aus: »Na bitte! Jetzt hast du sogar ein Datum!«

»Wie das?«

»In Istanbul gab es 1660 ein großes Feuer – weißt du noch, was unser Eröffnungsredner gesagt hat? Eine extreme Dürre hatte Istanbul zu einem Pulverfass gemacht, und im Juli 1660 brach dort ein verheerendes Feuer aus, dem vierzigtausend Menschen und Hunderttausende von Häusern zum Opfer fielen. Zwei Drittel der Stadt wurden zerstört; besonders schwer betroffen waren die jüdischen Wohnviertel. Es war eine große *catastrofe*, denn hinterher gaben Fanatiker den Juden die Schuld. Viele wurden vertrieben, und etliche siedelten sich in Venedig an.«

Cinta trank von ihrem Wein. »*Che peccato* … wie schade, dass wir nicht mehr über diesen Kapitän Ilyas wissen. Es wäre interessant, ein paar Hinweise zu haben, wer er war und woher er kam.«

»Moment mal!« Mir fiel plötzlich etwas ein. »Einen kleinen Hinweis gibt es. An dem Schrein war Kapitän Ilyas oft zusammen mit einem kleinen Symbol abgebildet, auf das ich mir keinen Reim machen konnte.«

»*Davvero?* Zeichne es mir auf.«

Ich nahm einen Kugelschreiber und ein Papiertaschentuch aus meiner Jackentasche und versuchte, mir das Symbol vorzustellen.

»So ähnlich sah es aus«, sagte ich.

Ich gab ihr das Taschentuch und beleuchtete es mit meinem Handy.

Cinta setzte ihre Brille auf und besah sich die Zeichnung. »Hm«, sagte sie, »ich glaube ... *no, sono sicura!* – nein, ich bin mir sicher –, es ist ein Aleph, der erste Buchstabe des hebräischen Alphabets! Jetzt ist alles klar: Der Kapitän war ein Jude! Ilyas war damals ein häufiger Name unter den Juden im Osten – und im Hebräischen beginnt er mit einem Aleph!«

Voll kindlicher Freude klatschte Cinta in die Hände. »*Si!* So langsam passt alles zusammen. Hast du nicht gesagt, der Gewehrhändler wurde von portugiesischen Piraten an Kapitän Ilyas verkauft?«

»Doch, so erzählt es die Geschichte.«

»Ah!« Nachdenklich strich sie mit der Fingerspitze über den Rand ihres Weinglases. »Also, wenn ein portugiesischer Pirat des 17. Jahrhunderts im Golf von Bengalen ein paar Gefangene gemacht hat, wo hat er sie verkauft? Die Antwort liegt auf der Hand: in Goa, der Hauptstadt des portugiesischen Kolonialreichs in Asien, die auch ein Drehkreuz des Sklavenhandels im Gebiet des Indischen Ozeans war.«

Sie lachte erneut. »Du siehst, Dino, vielleicht ist das gar

kein Märchen. In ihren Grundzügen ist die Geschichte historisch durchaus plausibel. Der Protagonist ist ein Kaufmann, dessen ostindische Heimat infolge der Klimaveränderungen während der Kleinen Eiszeit von Dürre und Überschwemmungen heimgesucht wird. Er verliert alles, auch seine Familie, und beschließt, nach Übersee zu reisen, um dort sein Glück zu versuchen. Unterwegs wird sein Schiff von portugiesischen Piraten gekapert, sie nehmen ihn gefangen und bringen ihn nach Goa, um ihn als Sklaven feilzubieten. Ilyas, ein weit gereister Kaufmann und Kapitän, kauft ihn, erkennt seine Qualitäten und lässt ihn frei. Ilyas ist ein portugiesischer Jude, seine Familie ist nach Goa gekommen, um der Inquisition in Portugal zu entgehen. Aber mittlerweile ist die Inquisition auch in Goa, also zieht er weiter, und der Gewehrhändler beschließt, ihn zu begleiten. Sie stechen mit Ilyas' Schiff in See und gelangen als Erstes auf die Malediven, wo sie eine Ladung Kaurimuscheln erwerben. *Poi* reisen sie nach Ägypten, das aber, wie sie feststellen, ebenfalls von der ›allgemeinen Krise‹ des 17. Jahrhunderts erschüttert wird. Zwei verfeindete Gruppen machen sich dort die Macht streitig, und die Wirtschaft leidet darunter – für Kaufleute keine guten Zeiten. Ilyas und sein Schützling reisen weiter nach Istanbul, der Hauptstadt des Osmanenreichs, für Juden wie Ilyas lange Zeit ein sicherer Hafen. Doch auch dort braut sich Unheil zusammen. Eine furchtbare Dürre hat das Land im Griff, seltsame Erlösergestalten tauchen auf, in den Straßen Istanbuls herrscht Argwohn, und als ein großes Feuer ausbricht, gibt man der jüdischen Gemeinde die Schuld. Ilyas kommt zu dem Schluss, dass er und sein Schützling nicht mehr sicher sind und die Stadt wieder verlassen müssen, diesmal Richtung Venedig.«

Cinta vollführte eine ausgreifende Geste, wie ein Zauberkünstler, der etwas aus der Luft holt. »*Ecco!* Da hast du deine Legende!«

Doch ich war noch nicht überzeugt.

»Warum sollte Nakhuda Ilyas den Gewehrhändler mit nach Italien nehmen? Wäre ein dunkelhäutiger Bengale in Venedig nicht aufgefallen?«

Cintas Augen funkelten, so hell, dass sie die zunehmende Dunkelheit durchdrangen. »*Ah tesoro, non ti ricordi?* Erinnerst du dich nicht an Othello? Dein Kaufmann dürfte nicht der erste und auch nicht der letzte dunkelhäutige Mann in Venedig gewesen sein. Die Stadt war damals der kosmopolitischste Ort der Welt. Besucher aus anderen Teilen Europas haben immer wieder berichtet, wie viele Fremde sich in Venedig aufhielten, auch Menschen aus der Levante, aus Nordafrika und Mali. Deswegen hat Shakespeare für die beiden Stücke Venedig als Schauplatz gewählt, das war die plausibelste Kulisse für Figuren wie Shylock und Othello.«

Das musste ich zugeben, aber sofort kam mir ein anderer Einwand in den Sinn. »Aber was ist mit den Kaurimuscheln?«, fragte ich. »Was haben sie den beiden in Venedig genützt?«

»Sie brachten natürlich Geld! Kauris waren jahrhundertelang eine wichtige Handelsware in Venedig. Im malischen Reich dienten sie als Währung, und Venedig war damals der bedeutendste Umschlaghafen für diesen Teil Afrikas. Im 17. Jahrhundert stieg die Nachfrage nach Kauris, weil sie für den atlantischen Sklavenhandel benutzt wurden. Damals waren auf den Märkten Venedigs große Mengen Kauris im Umlauf. Unsere beiden Helden hätten keinen besseren Ort finden können, um ihre Muscheln loszuwerden.«

Ich kratzte mich am Kopf. »Ich verstehe immer noch nicht, Cinta. Wieso sollte sich ein umherschweifender Seekapitän wie Nakhuda Ilyas in einem Ghetto niederlassen?«

»*Caro*«, antwortete Cinta sanft, »vielleicht hast du das Wort missverstanden. Das *getto* von Venedig war anders als die Ghettos in Osteuropa. In Venedig lebten die Juden zwar abgesondert, aber sie waren sicherer und freier als überall sonst in der christlichen Welt. Das Ghetto von Venedig ist anders, als man es sich vorstellt – hast du es nicht gesehen?«

»Nein, nicht dass ich wüsste.«

»Dann musst du noch einmal nach Venedig kommen, nach Banadiq, das ist gar keine Frage. Hast du mich nicht mal dort besucht?«

»Doch, vor langer Zeit, da habe ich bei dir übernachtet.«

»Also, du musst wiederkommen. Du musst das zu Ende bringen, was immer es ist. Und sieh es nicht als etwas Schlimmes, das dich heimsucht. Sieh es als eine Prüfung, an deren Ende eine Belohnung auf dich warten könnte, vielleicht sogar eine, die dir deinen Seelenfrieden wiedergibt. Und du bist nicht allein damit. Ich bin bei dir – bis zum Schluss.«

Sie sagte das mit großem Nachdruck; offenbar wollte sie mich beruhigen. Doch ihre Worte bewirkten das Gegenteil: Ich fühlte mich erschöpft und völlig überfordert.

»Aber was kann ich tun, um das durchzuziehen, Cinta? Ich weiß es einfach nicht.«

»Das wirst du erst wissen, wenn du in Venedig bist.« Sie nahm meine Hand und drückte sie. »Versprichst du mir, dass du kommst? Du wohnst natürlich bei mir – ich wohne ganz nahe beim *getto*. Diesmal sorgen wir dafür, dass du es dir ansiehst.«

Ich konnte unmöglich Nein sagen. »Versprochen. Ich komme nach Bundook, sobald ich meine geschäftlichen Angelegenheiten geregelt habe.«

Es war kein leeres Versprechen. In dem Moment war es mir durchaus ernst damit. Doch als ich mich in New York wieder in meiner Wohnung eingerichtet hatte, erschien mir der Gedanke, nach Venedig zu reisen, immer unrealistischer. Was für einen Sinn hätte das? Was konnte ich dort schon finden? Ich musste Rechnungen bezahlen und arbeiten. Ich hatte lange Zeit keinen größeren Verkauf mehr abgeschlossen, und es kam kein Geld herein. Ich hatte bereits meine Reserven angreifen müssen und konnte es mir nicht leisten, sie noch weiter zu dezimieren. Venedig war mit Sicherheit enorm teuer; eine Reise dorthin überstieg die Mittel eines Menschen, der davon lebte, dass er Waren verkaufte, die anscheinend niemand mehr haben wollte.

Die Tage verstrichen, und ich machte mir zunehmend Sorgen um meine Finanzen. Bald dachte ich kaum noch an etwas anderes. Zwanghaft kontrollierte ich meine Anlagen und verbrachte Stunden am Telefon, um sie umzuschichten und mein Portefeuille abzurunden. Und bei jeder Veränderung erschien eine Nachricht auf meinem Bildschirm, des Inhalts, dass ich mit diesem neuen Fonds und jener neuen Strategie noch mehr einsparen könne.

Diese Nachrichten generierten wieder andere, in denen ich aufgefordert wurde, mir Gedanken darüber zu machen, wie lange meine Ersparnisse reichen würden, wenn ich noch zwanzig, dreißig oder vierzig Jahre lebte. Erschreckende versicherungsmathematische Statistiken rollten über den Monitor und gaben mir sehr diskret zu verstehen, dass ich auf Altersarmut und Obdachlosigkeit zusteuerte.

Einige Jahre zuvor hatte ich der Stadt im Mittleren Westen, in der ich studiert und gearbeitet hatte, einen nostalgischen Besuch abgestattet. Jetzt wurden quälende Erinnerungen an diese Reise wach. Meine Zeit dort lag lange zurück, und das

Ausmaß der Veränderungen traf mich unvorbereitet: Werksschließungen hatten die ganze Region zugrunde gerichtet; sie war jetzt Teil des Rostgürtels. Eine Bankenkrise kurz zuvor hatte die Lage noch verschlimmert. Ich fuhr an dem Haus vorbei, in dem ich damals gewohnt hatte (zu einer für mich viel zu hohen Miete, aber die Wohngegend hatte mich an die Archie-Comics erinnert, die ich als Kind in Kalkutta gelesen hatte). Jetzt prangten überall ZU-VERKAUFEN-Schilder in den Vorgärten der einst so schmucken, baumbestandenen Straße. Ich erfuhr, dass eine Welle von Zwangsräumungen durch eine geradezu mörderisch habgierige Bank vielen meiner früheren Nachbarn das Dach über dem Kopf geraubt hatte. Einige waren sogar auf der Straße gelandet, sie schliefen unter Kartonpappe an der Ecke Jefferson und Main Street und fristeten ihr Leben damit, dass sie betrunkene chinesische und arabische Studenten anbettelten, die aus der High Plains Bar gestolpert kamen.

Wenn ich mir jetzt meine schwindenden Ersparnisse ansah, fragte ich mich, ob nicht auch mich ein solches Schicksal erwartete.

Auf der Suche nach Antworten vertiefte ich mich in die Statistiken und Wahrscheinlichkeitsaussagen, mit denen mich anonyme Roboternachrichten unentwegt bombardierten: Wie lange würde ich noch leben? Wie viele Jahre würden meine Ersparnisse reichen, wenn ich in ein Pflegeheim musste?

Was, wenn ich fünfundneunzig wurde – war ich ausreichend versichert?

Ich gab die Frage ein und starrte alarmiert auf die Zahlen, die vor mir erschienen. Meine Chancen, dieses Alter zu erreichen, standen so gut, dass ich mich genötigt sah, zu meiner Kreditkarte zu greifen. Aber kaum hatte ich eine zusätzliche

Versicherung abgeschlossen, öffnete sich ein anderes Fenster und führte mir meine Chancen, hundertdrei zu werden, vor Augen – zu meiner Bestürzung waren sie nicht geringer als die, dass ein Eiszapfen von meinem Fenstersims fiel und einen Passanten traf. Und da ich gegen diese Möglichkeit bereits versichert war, fiel mir kein guter Grund ein, nicht erneut zur Kreditkarte zu greifen.

Aber selbst das brachte mir keine innere Ruhe. Es war, als stürzte ich in ein schwarzes Loch mathematischer Ungewissheit. Ich verfiel in eine Art Lähmung, einen Zustand fortwährender Panik.

In meinen wenigen lichten Momenten war mir klar, dass mir nur eines aus meinem Tief – oder meiner Depression oder wie immer man es nannte – heraushelfen konnte: ein Gespräch mit Cinta. Doch Monat um Monat verging ohne einen Anruf oder eine Nachricht von ihr, und meine Scham und die Schuldgefühle, weil ich sie nicht wie versprochen in Venedig besucht hatte, lasteten so schwer auf mir, dass ich es nicht über mich brachte, sie selbst anzurufen.

Manchmal, wenn mein Handy klingelte, hoffte ich, die Vorwahl für Italien auf dem Display zu sehen. Aber immer war es eine Mahnung, eine aufgezeichnete Nachricht von irgendeinem Politiker, der gewählt werden wollte, oder ein automatischer Werbeanruf auf Chinesisch.

Eines Tages erschien dann tatsächlich die +39 auf dem Display. Ich meldete mich sofort, doch es war nicht, wie erwartet, Cinta, sondern zu meiner großen Überraschung Gisa, ihre Nichte.

Nachdem wir ein paar Höflichkeiten ausgetauscht hatten, sagte sie mir, dass sie im Auftrag eines Konsortiums von Fernsehsendern an einer Dokumentation über die jüngsten Flüchtlingswellen arbeite, die über das Mittelmeer Italien erreichten.

»Sie haben ja sicher gehört, dass Tausende von *rifugiati* aus Libyen und Ägypten in Booten übers Meer kommen. Manche werden gerettet, aber viele sterben auch.«

Ich hatte in letzter Zeit kaum noch auf die Nachrichten geachtet und deshalb nur am Rande etwas davon mitbekommen. »Ich fürchte, ich weiß nicht viel darüber.«

»Hier in Italien – nein, in Europa – reden alle von den *rifugiati* und *immigrati*. Unsere neue Rechtsregierung ist an die Macht gekommen, weil sie versprochen hat, in der Frage der Migration Härte zu zeigen. Die Sache ist jetzt politisches Hauptthema in ganz Europa, und jeder will mehr darüber wissen. Warum nehmen die Migranten diesen gefährlichen Weg auf sich? Wovor fliehen sie? Was erhoffen sie sich? Deshalb ist eine Dokumentation notwendig.«

»Dass das ein wichtiges Projekt ist, leuchtet mir ein«, sagte ich. »Aber ich glaube nicht, dass ich dabei behilflich sein kann.«

»O doch, das können Sie«, sagte Gisa. »Ich brauche nämlich einen Übersetzer, und Cinta hat Sie vorgeschlagen. Von ihr habe ich Ihre Nummer, sie meinte, Sie könnten das machen.«

»Ich?«, fragte ich überrascht. »Ich glaube nicht, dass ich über die nötigen Sprachkenntnisse verfüge. Kommen die Flüchtlinge nicht hauptsächlich aus dem Nahen Osten und aus Afrika?«

»Ja, die meisten, aber viele kommen auch aus Pakistan und Bangladesch. *Infatti* waren die Bangladescher letzten Monat die zweitgrößte Gruppe in Italien.«

»Tatsächlich? Das wusste ich nicht.«

»Sie sprechen doch Bengali, *vero?*«

»Ja, sicher.«

»Das weiß ich von Cinta, und deswegen rufe ich auch an.

Ich habe bereits im ganzen Land Interviews geführt, aber jetzt gehe ich nach Venedig, und ich dachte, wir könnten uns dort treffen.«

Ich war perplex. »Ich kann nicht ganz folgen. Heißt das, ausgerechnet in Venedig brauchen Sie einen Bengali-Übersetzer?«

»Ja. In Venedig gibt es sehr viele Bengalen. *Tanti, tanti!*«

Ich traute meinen Ohren nicht. »Im Ernst? In Venedig gibt es viele Bengalen?«

»Ja, wirklich. Schon seit Langem siedeln sich Bengalen im Veneto an. Früher haben sie in den Werften von Mestre und Marghera gearbeitet, aber jetzt kommen immer mehr, und sie machen alles: Sie backen Pizza für die Touristen, sie putzen die Hotels, sie spielen sogar an Straßenecken Akkordeon.«

»Erstaunlich. Ich hatte keine Ahnung …«

»Also, kommen Sie? Das Ticket schicken wir Ihnen natürlich zu, und wir bezahlen Sie auch für Ihre Arbeit. Außerdem gibt es eine Tagespauschale für Hotel, Essen und so weiter. Aber Cinta meint, Sie könnten bei ihr wohnen, also bräuchten Sie das Geld gar nicht auszugeben. Alles in allem kommt das auf etwa …« Sie nannte einen Betrag, der mir geradezu fürstlich erschien. »Vielleicht könnten Sie auch früher kommen, dann hätten Sie in Venedig ein bisschen Zeit, sich umzusehen und sich vom Jetlag zu erholen.«

Ich war so bewegt, dass mir die Tränen kamen.

»Da kann ich ja unmöglich Nein sagen. Cinta ist hoffentlich auch da?«

»*Purtroppo, no!* Sie arbeitet leider die nächsten Wochen an der Uni. Aber Padua ist nicht weit, und sie kommt bestimmt mal herüber.«

»Wunderbar! Vielen Dank für Ihren Anruf, Gisa. Das war mein bestes Telefonat seit Jahren.«

Sie lachte. »*A presto!*«

Das Ticket kam per E-Mail am nächsten Morgen, und wenige Tage später bestieg ich ein Flugzeug. Ich hatte wie immer einen Fensterplatz reserviert, obwohl es ein Nachtflug war.

Die Sonne ging auf, als die Maschine zur Landung ansetzte, und bei einem Blick aus dem Fenster fühlte ich mich an die bengalische Landschaft erinnert, die ich auf meinem letzten Flug von Kalkutta nach New York vor etwas mehr als zwei Jahren einen Moment lang gesehen hatte: Unter mir lag ein Flussdelta mit Lagunen, Sümpfen und gewundenen Wasserläufen.

Aus dieser Höhe hätte man die Lagune von Venedig für die Sundarbans halten können.

Zweiter Teil

Venedig

Das Ghetto

Dass zwischen Venedig und Varanasi eine merkwürdige Verwandtschaft besteht, ist schon oft festgestellt worden: Beide Städte sind Zeitportale; man hat das Gefühl, durch sie in längst verlorene Lebensweisen hineingezogen zu werden. Und in beiden Städten wird man sich wie nirgendwo sonst seiner Sterblichkeit bewusst. Wohin man auch blickt, überall erschließt sich einem der Zauber des Verfalls, eine Art Schönheit, die sich nur durch ganz allmähliches Verbleichen über lange Zeit offenbart.

Nirgends wird diese Gemeinsamkeit der beiden Städte sichtbarer als im Ghetto von Venedig: die Mauern, die es umgeben, die schmalen Zugangswege und die schlanken, schiefen Häuser – all das erinnerte mich an einen Teil von Varanasi, den ich besonders liebe: die Gegend um den Bindu-Madhav-Tempel, unweit des Panchganga Ghat. Auch dort findet man heitere Seelenruhe inmitten lärmender Mengen, auch dort hat man das Gefühl, Teil einer Gemeinschaft zu sein, die unbemerkt von der Außenwelt uralte Bräuche pflegt.

Aber es gibt einen wichtigen Unterschied: Das Ghetto von Venedig ist eine Insel innerhalb einer Insel, auf allen Seiten von Wasser umgeben. Eine hölzerne Bogenbrücke führt zu einem tunnelartigen Eingang, und dieser wiederum öffnet sich auf eine große Piazza, die von hohen Häusern und einer

Mauer umschlossen ist. Dieser Platz ist relativ wenig belebt; von Zeit zu Zeit wehen Touristengruppen durch, wie Blätter in einem Sturm, doch im Übrigen hat man den Eindruck, dass hier viele Alteingesessene leben. Wäsche flattert auf Leinen, die sich von Fenster zu Fenster spannen, und überall sieht man Kinder jeden Alters auf Fahrrädern und Skateboards herumsausen.

Ich saß in einer Ecke auf einer Bank und versuchte mir auszumalen, wie der Platz vor dreieinhalb Jahrhunderten ausgesehen haben mochte, stellte mir vor, wie er sich einem Besucher aus Bengalen dargestellt hatte. Ich versuchte, an den Gewehrhändler zu denken, wie er über dieses Kopfsteinpflaster schritt, inmitten von Menschen mit Kopfbedeckungen in Rot und Gelb, den Farben, die das venezianische Gesetz den Ghettobewohnern vorschrieb, um sie als Nichtchristen kenntlich zu machen. In der warmen Sonne verfiel ich in eine Träumerei, und plötzlich trat mir der Gewehrhändler vor Augen, hochgewachsen, breitschultrig, mit einem gelben Turban. Ohne Eile ging er irgendwelchen Geschäften nach. Ich sah, warum er sich hier sicher fühlen konnte, außerhalb der Reichweite Manasa Devis und der Kreaturen und Kräfte, über die sie gebot. Dies war ein Ort, der mehr als jeder andere vor nicht-menschlichen Übergriffen sicher schien: Abgesehen von ein paar Bäumen und Zierpflanzen, war so gut wie nichts zu sehen, das nicht von Menschenhand geschaffen war. Hier war der Gewehrhändler dem Zugriff seiner Peinigerin entzogen – und doch hatte Manasa Devi ihn auch hier erreicht.

Wie das?

Welche wilde Kreatur konnte in einen solchen Ort eindringen?

Während ich mir diese Fragen stellte, geschah etwas Merkwürdiges; ich glitt, so schien es mir, durch eine Öffnung oder eine Membran, sodass ich die prekäre Lage des Kaufmanns nicht von seinem Standpunkt aus sah, sondern aus der Perspektive seiner Verfolgerin, der Göttin selbst. Und da war die Verfolgung nicht mehr eine Geschichte von schier unbegreiflicher Rachsucht, sondern etwas Subtileres, Zarteres, eine von Angst und Verzweiflung getriebene Suche.

Ich erinnerte mich an meine Lektüre der bengalischen Kaufmannslegenden – wie unpassend das Wort »Göttin« mir in Bezug auf die Darstellung von Manasa Devi in diesen Epen vorgekommen war. »Göttin« beschwört das Bild einer allmächtigen Gottheit herauf, deren Untertanen jeden ihrer Befehle befolgen. Doch die Manasa Devi der Legende war keine »Göttin« in diesem Sinn. Schlangen waren weniger ihre Untertanen als ihre Anhänger; damit sie ihrem Geheiß folgten, musste sie bitten, schmeicheln, überzeugen. Sie war in Wahrheit eine Unterhändlerin, eine Übersetzerin – oder besser noch, ein *portavoce*, wie die Italiener sagen, eine Vermittlerin zwischen zwei Spezies, die keine gemeinsame Sprache und keine beiderseits verständlichen Kommunikationsmittel hatten. Ohne ihre Vermittlung konnte es keine Beziehung zwischen Tier und Mensch jenseits von Hass und Aggression geben.

Aber eine Vermittlerin braucht das Vertrauen der beiden Seiten, für die sie tätig ist. Wie kann eine Übersetzerin ihre Arbeit tun, wenn eine Seite beschließt, sie zu ignorieren? Und wie hätten ihre Anhänger ihr gehorchen können, wenn sie gewusst hätten, dass diejenigen, an die sie sich um ihretwillen wandte – der Kaufmann und seine Mitmenschen – sich geweigert hatten, ihre Stimme anzuerkennen? Daher die Dringlichkeit ihrer Suche nach dem Kaufmann: Denn wenn er und andere seinesgleichen die Autorität ihrer Stimme leugneten, dann würden all diese unsichtbaren Grenzen verschwinden, und die Menschen – wie der Kaufmann getrieben von Profitstreben – würden keine Zurückhaltung gegenüber anderen Lebewesen walten lassen. Das war der Grund, warum der Kaufmann gefunden werden musste, der Grund, warum seine Versuche, sich zu verstecken, um jeden Preis durchkreuzt werden mussten …

Mein Tagtraum riss ab, als ein Ball auf die Bank zugerollt kam und gegen meine Schuhe stieß. Ich hob ihn auf und warf ihn dem kleinen Mädchen zu, das hinter ihm herrannte – und dann war es, als sei ein Bann gebrochen worden. Ich wusste nicht mehr, warum ich hier saß und imaginäre Szenarien heraufbeschwor, die auf nichts anderem beruhten als einer Fabel und ein paar zufälligen Ereignissen. Es war nachgerade absurd, dass ich mich in solch kindlichen Fantasien erging; hier war ich in einer der faszinierendsten Städte der Welt und vergeudete meine Zeit mit einem Tagtraum, statt auf einer Piazza zu sitzen, einen Veneziano zu trinken und Henry James' *Aspern Papers* zu lesen.

Eine Last schien von mir abzufallen. Ich stand auf und streckte meine Glieder, als erwachte ich nach einer langen Nacht aus dem Schlaf. Ich wollte den Moment im Gedächtnis behalten, holte mein Handy hervor und machte ein paar Fotos. Als das Handy mir vorschlug, die Bilder mit Datum und Ort bei einem Foto-Onlinedienst zu posten, drückte ich ohne zu zögern auf »Senden«.

Dann wehte ein wunderbarer Duft von Knoblauch und Olivenöl heran und weckte meinen Appetit. Ich sah, dass es Mittag war, und beschloss, irgendwo etwas zu essen.

Das Ghetto von Venedig hat zwei Teile: Der eine wird Neues Ghetto *(Ghetto Nuovo)* genannt, der andere ist das Alte Ghetto

(Ghetto Vecchio). Wie bei allem hier ist das Verhältnis zwischen beiden sehr kompliziert: Wie man sich denken kann, ist das Neue Ghetto das ältere von beiden.

Eine enge Gasse mit hohen Häusern auf beiden Seiten führt aus dem Neuen ins Alte Ghetto. Eines der Häuser in dieser Gasse wurde gerade instand gesetzt. Die Fassade war mit einem Gerüst eingekleidet, und Hammergeräusche hallten von den Mauern wider.

Das Baugerüst nahm die halbe Breite der Gasse ein, sodass sich nur jeweils ein Mensch daran vorbeizwängen konnte. Ich war schon fast durch, als von oben ein Warnruf ertönte: »*Shabdhaan!* Vorsicht!«

Das Wort löste bei mir einen Reflex aus, und ich blieb abrupt stehen. Im nächsten Moment krachte unmittelbar vor mir ein Brocken Mauerwerk herab. Wäre ich nicht wie vom Donner gerührt stehen geblieben, hätte mich der Klumpen mit Sicherheit am Kopf getroffen. Ich stand zitternd da, in dem Bewusstsein, dass ich, wäre ich auch nur einen Schritt weitergegangen, wahrscheinlich nicht mehr am Leben wäre.

Aber wie war das möglich, hier im Ghetto von Venedig?

Ich sah an dem Gerüst hoch und blickte in das dunkle Gesicht eines Arbeiters mit einem Schutzhelm, der auf einem Querträger zwei oder drei Stockwerke über mir balancierte.

»Haben Sie das fallen lassen?«, rief ich auf Bengalisch.

Er nickte; in seinen Augen spiegelte sich Panik, und er wirkte völlig entgeistert.

»Was wäre passiert«, fragte ich ihn, »wenn ich Ihre Warnung nicht verstanden hätte?«

»*Maaf korben* – verzeihen Sie, Herr«, antwortete er mit versagender Stimme.

Er war noch sehr jung. Ein Büschel strähniger schwarzer Haare schaute unter seinem roten Helm hervor.

»Sie hätten mich umbringen können!«, sagte ich.

»Es war ein Versehen – ich habe gerade erst mit der Arbeit hier angefangen …«

Unterdessen waren mehrere Arbeiter vom Gerüst herabgestiegen. Sie scharten sich um mich und redeten sofort auf mich ein, auf Bengali mit einem Bangladesch-Akzent, murmelten Entschuldigungen, versuchten mich zu besänftigen und schalten den Jungen, der den Brocken hatte fallen lassen.

»Sie melden ihn doch nicht bei der *questura,* oder?«, bat mich einer von ihnen.

Stille trat ein, und alle warteten auf meine Antwort. In ihren Augen sah ich eine Angst, die auf eine extrem schwierige Lage schließen ließ: Ich begriff, dass ein einziges falsches Wort gegenüber den Behörden fatale Folgen für sie haben konnte.

»Nein«, sagte ich, »ich werde mich nicht beschweren, aber …«

Sie wirkten ungeheuer erleichtert, und einer von ihnen fasste mich am Arm.

»Sie zittern ja immer noch – Sie sollten sich irgendwo hinsetzen und einen Tee oder Kaffee trinken.«

Jetzt drängte sich der Missetäter nach vorn. Mager und hochgewachsen stand er mit hängenden Schultern vor mir und zitterte vor Angst.

»Mach schon«, sagte einer der älteren Arbeiter und versetzte ihm einen Rippenstoß. »Geh mit dem Herrn zu Lubnakhala. Sie wird ihm Kaffee machen und alles in Ordnung bringen.«

Der junge Mann hob den Blick, und zum ersten Mal sahen wir uns direkt ins Gesicht. Seine Augen weiteten sich, dann zuckte er zusammen und schaute weg – und da sah ich seine nach unten gezogenen Mundwinkel und die lang bewimperten Augen.

Ich wollte schon seinen Namen sagen, da brachte er mich mit einem flehentlichen Blick zum Schweigen.

Erst als wir außer Hörweite der anderen waren, sprach ich den Namen aus. »Rafi?«

Er trug gewöhnliche Straßenkleidung – T-Shirt, Jeans, Windjacke und Sneaker –, und doch war noch etwas von seiner Wildheit zu spüren.

»Bist du's wirklich?«

Er lächelte betreten. »Ja, ich bin's«, sagte er. »Aber ich bin froh, dass Sie da drüben nichts gesagt haben.«

»Warum?«

»Weil ich dann hätte sagen müssen, dass wir uns schon aus Indien kennen. Und dann hätte ich noch viel mehr erklären müssen.«

»Warum?«

»Ja, weil die anderen nicht wissen, dass ich in Indien aufgewachsen bin. Alle hier denken, ich komme aus Bangladesch. Und das bleibt auch besser so.«

Wir überquerten eine hölzerne Bogenbrücke, und ich bekam plötzlich weiche Knie, wie von einem verzögerten Schock. Ich dachte wieder daran, wie dieser Brocken Mauerwerk direkt vor mir aufs Pflaster gekracht war. Es war wie eine Warnung oder Botschaft gewesen – aber von wem?

Plötzlich fiel mir mein Gespräch mit Tipu über die mysteriöse Sanskrit-Wurzel *bhu* ein, die »sein« und »werden«, »Natur« und »Vergangenheit« und auch noch vieles andere bedeutet. Da kam mir der Gedanke, dass nur ein aus dieser Wurzel abgeleitetes Wort unsere Anwesenheit im Ghetto erklären konnte: Rafi und ich waren beide *bhutas*, in dem Sinne, dass wir zugleich Konjunktionen und Disjunktionen im Kontinuum von Zeit, Raum und Dasein waren.

Ich atmete schwer, blieb stehen und lehnte mich an die Seite der Holzbrücke.

»Alles in Ordnung?«, fragte Rafi.

»Lass mir einen Moment Zeit«, sagte ich. »Ich muss nur kurz verschnaufen. Das ist zu viel für mich … dieser Vorfall … dich hier zu sehen … es ist alles so seltsam.«

Er runzelte die Stirn. »Warum sagen Sie das? Warum finden Sie es seltsam, mich hier zu sehen?«

»Findest du es nicht seltsam?«

»Dass ich hier bin? Nein. Ich bin schon ein paar Monate hier. Was soll daran seltsam sein?«

Seine Gleichgültigkeit verblüffte mich, und ich überlegte, ob ich dieser Begegnung zu viel Bedeutung beimaß. Ich ließ meinen Blick wandern, zur Wasserfläche des Kanals und zu den festungsähnlichen Mauern des Ghettos, und plötzlich fiel mir eine Wendung ein, die Rafi selbst benutzt hatte, um eines der wiederkehrenden Motive am Schrein des Gewehrhändlers zu beschreiben – zwei konzentrische Kreise.

»Rafi, weißt du noch, wie wir uns kennengelernt haben? Als du von einer ›Insel innerhalb einer Insel‹ gesprochen hast? Und wenn ich dir nun sage, dass das hier genau der Ort ist, an dem sich diese Insel befand, und dass der Bonduki Sadagar tatsächlich hier gewesen ist?«

Rafi zuckte nur gleichmütig mit den Schultern. »Das ist doch nur eine Geschichte«, sagte er. »Und überhaupt, was geht das mich an? Ich bin zum Arbeiten hier, und ich will meinen Job nicht verlieren.«

Ich sah, dass er ungeduldig wurde, aber ich fühlte mich noch nicht imstande weiterzugehen.

»Und was ist mit Tipu? Was gibt's Neues von ihm?«, fragte ich.

Rafis Augen blitzten kurz auf, dann verhärtete sich sein Gesicht.

»Warum fragen Sie mich nach Tipu?«, fragte er gereizt. »Woher soll ich wissen, wo er ist?«

Der Ausdruck seiner Augen sagte mir, dass ich besser nicht weiter in ihn drang.

»Und du, Rafi? Was hat dich hierher verschlagen? Wie bist du nach Venedig gekommen?«

Er zuckte mit den Schultern und lief mit raschen Schritten los. »Dafür ist jetzt keine Zeit. Das ist eine lange Geschichte.«

Wir verließen die Brücke und kamen in ein Gewirr enger Gassen. Ich hatte keine Ahnung, wo wir waren, aber Rafi kannte sich offenbar aus. Ich hatte Mühe, mit ihm Schritt zu halten, während er aus einer Gasse in die nächste abbog.

Ich keuchte hinter ihm her. »Wohin gehen wir?«, fragte ich.

»Die haben gesagt, ich soll dich zu Lubna-khala bringen. Also gehen wir in ihr Büro.«

»Und wer ist Lubna-khala?«

Rafi schaute über die Schulter zurück. »Eine Frau aus Bangladesch, sie ist seit zwanzig Jahren hier. Sie spricht Italienisch und alles.«

»Warum nennst du sie *›khala‹?* Ist sie deine Tante?«

»Nein. Wir nennen sie nur so – weil sie uns bei allem Möglichen hilft. Sie sagt uns, was wir für Rechte haben und so Sachen, deswegen gehen wir immer zu ihr, wenn es Probleme gibt.«

Er blieb vor einem kleinen Reisebüro stehen: An der Schaufensterscheibe klebte ein Hinweis in bengalischer Sprache auf Billigflüge nach Dhaka. Rafi öffnete die Tür, und wir betraten einen vollgestellten kleinen Raum mit einem Schreibtisch, einem Monitor und zwei Stühlen.

Die Frau, die an dem Schreibtisch saß, erhob sich. Sie trug eine dunkle Tunika und einen langen Rock, den Kopf umhüllte ein Tuch mit Blumenmuster. Sie war etwa Ende dreißig und hatte haselnussbraune Haut, ein rundliches Gesicht mit Grübchen und große braune Augen.

Ihr Blick schärfte sich, während sie erst Rafi, dann mich und wieder Rafi ansah. »*Ki hoyechhe?*«, fragte sie auf Bengali. »Was gibt's?«

Rafi schien erst jetzt wirklich zu begreifen, dass er gleich mir wie durch ein Wunder einer Katastrophe entgangen war, dass er, wenn der Mauerbrocken mich getroffen hätte, jetzt in größten Schwierigkeiten stecken würde. Seine Stimme stockte mehrmals, während er berichtete, was passiert war.

Lubna ließ ihn ausreden und hielt ihm dann eine Standpauke: »Geh jetzt wieder an die Arbeit – und keine Fehler mehr! Das nächste Mal kommst du nicht so billig davon. *Buzla*? Verstanden?«

Rafi nickte und ging mit gesenktem Kopf hinaus.

Ich wollte auch gehen, aber Lubna bat mich, noch ein paar Minuten zu bleiben. Ich nahm den Stuhl, auf den sie zeigte, und sie setzte sich mir gegenüber an den Schreibtisch.

»Die Sache tut mir unendlich leid«, sagte sie in ihrem melodischen Bengali.

Aus irgendeinem Grund weckte ihre Stimme ein Gefühl von Wärme und Vertrautheit, wie ich es noch nie in einer Begegnung mit einem fremden Menschen empfunden hatte. Es ließ die böse Vorahnung, die mich vor einer Weile erfasst hatte, allmählich verblassen. Als Lubna sich für das Vorkommnis entschuldigen wollte, beeilte ich mich, sie zu beruhigen.

»Aber Sie können doch nichts dafür, überhaupt nichts.«

»Ich weiß«, sagte sie, »aber ich fühle mich für die Jungs

verantwortlich. Sie haben sonst niemanden, an den sie sich wenden können, wissen Sie. Ein paar von ihnen sind gerade erst angekommen.«

»Aus Bangladesch?«

»Ja.«

»Und da kommen Sie auch her?«, fragte ich.

Sie nickte. »Und Sie?«

»Ich bin in Indien geboren«, sagte ich. »Aber meine Familie kam ursprünglich aus Bangladesch. Sie gehörte zu den Hindus, die bei der Teilung das Land verließen.«

»Und aus welchem Teil von Bangladesch stammten Ihre Eltern?«

»Die Familie meiner Mutter war aus Dhaka, die meines Vaters aus dem Distrikt Madaripur.«

»Madaripur!« Sie lachte erfreut auf. »Da komme ich auch her!«

Da war mir klar, warum ich ihre Sprechweise so anheimelnd fand.

»Wissen Sie«, sagte ich, »Sie hören sich ganz ähnlich an wie meine Großmutter. Sie hat ihr Leben lang den Dialekt von Madaripur gesprochen – als Kind habe ich oft versucht, sie nachzumachen ...«

Und noch während ich das sagte, schlich sich dieser Zungenschlag wieder in meine Sprache ein. Dass mir diese Klänge über so viele Jahre in Erinnerung geblieben waren, verblüffte mich dermaßen, dass ich über meine Schulter in die Gasse hinausschauen musste, um mich zu vergewissern, wo ich mich befand. Ich konnte kaum glauben, dass ich nach einem halben Jahrhundert hier in Venedig diese Sprache sprach, den Dialekt einer Gegend, die ich nie gesehen hatte, die Mundart, in der ich nur mit meinen Großeltern gesprochen hatte.

»Waren Sie mal in Madaripur?«, wollte Lubna wissen.

»Nein. Aber als ich klein war, hat meine Großmutter ständig von Madaripur erzählt. Sie war in einem Haus nahe am Arialkhan aufgewachsen.«

Lubna strahlte. »Nein! Wirklich?«

»Ja. Sie hat oft davon gesprochen.«

Sie griff nach unten und zog eine Schublade auf.

Nach einer Weile brachte sie einen großen gelben Umschlag zum Vorschein und nahm eine Fotografie heraus.

»*Dekhun* – sehen Sie!«, sagte sie. »Das ist mein Vaterhaus, in dem ich aufgewachsen bin. Unser Dorf lag direkt am Ufer des Arialkhan!«

Die Farben der Fotografie waren zu einem monochromen Violett verblichen. Die Aufnahme zeigte eine große Familiengruppe vor einem ebenerdigen Backsteinhaus mit einem Wellblechdach.

»Unseres war das erste *pukka*-Haus im Dorf«, sagte Lubna. »Wir waren gerade erst eingezogen, als dieses Foto vor zwanzig Jahren gemacht wurde. Mein Vater besaß neben einigen Grundstücken auch ein Geschäft, und er hat uns alle auf die Schule geschickt. Ich war die Älteste« – sie tippte mit dem Finger auf das Gesicht eines lächelnden Teenagers – »und als die Aufnahme entstand, war ich gerade verlobt worden.«

Sie tippte erneut auf das Foto. »Schauen Sie, das ist mein Mann Munir, der da – damals hat er in Dhaka gelebt. Er und seine Familie waren Nachbarn von uns in dem Dorf, Bauern, ganz einfache Leute, aber Munir war ein sehr guter Schüler und bekam ein Stipendium, um in Dhaka zu studieren.«

Ihr Finger wanderte zu einem anderen Gesicht: »Das ist Munirs Vater, und diese kleinen Jungen sind seine Brüder. Sie haben da drüben gewohnt.« Sie zeigte auf eine strohgedeckte Hütte im Hintergrund.

Bisher hatte sie in dem heiter nostalgischen Ton gesprochen, in dem sich Menschen normalerweise an die gute alte Zeit erinnern. Aber nun fiel ein Schatten über ihr Gesicht, und ein bitterer Ton mischte sich in ihre Stimme.

»*Shob gasé!*«, sagte sie. »Jetzt ist alles dahin; das Haus, die Menschen – das Wasser hat alles genommen.«

»Was ist geschehen?«

»Ein paar Monate nachdem diese Aufnahme gemacht wurde, kam ein Zyklon, ein richtig furchtbarer *tufaan*. Der Sturm war so stark, dass er das Dach von unserem Haus riss. Dann stieg das Wasser. Es stieg und stieg bis auf halbe Höhe der Wände. Uns blieb nichts anderes übrig, als uns auf einen Baum zu flüchten. Irgendwie gelang es meinen Brüdern, uns alle in das Astwerk zu schaffen. Aber dann merkten wir, dass der Baum voller Schlangen war; sie waren genau wie wir vor dem Wasser geflohen. Meine Brüder vertrieben einige von ihnen mit Stöcken, aber einer wurde gebissen. Er fiel in die Fluten, und wir haben ihn nie wiedergesehen. Auch eine meiner Nichten wurde gebissen – sie starb noch in derselben Nacht.«

Sie verzog das Gesicht. »Können Sie sich das vorstellen? Im tobenden Sturm auf einem Baum zu sitzen, über den rauschenden Fluten, und nicht zu wissen, ob einen der Orkan oder eine Schlange umbringt?«

Ich hielt das Foto noch immer in der Hand; die Szene wurde fast unerträglich real: Ich sah die Gesichter der Menschen, das Wasser unten und die Schlangen auf den Ästen.

»Munirs Vater hat uns gerettet«, fuhr Lubna fort. »Er kam mit einem Boot und hat uns weggebracht. Aber von da an wussten wir, dass wir nicht mehr in unserem Dorf leben konnten. Wir haben unser Land verkauft und sind nach Khulna gezogen. Munir und ich haben noch im selben Jahr geheiratet, und er hat beschlossen, nach Übersee zu gehen, statt drei Jahre in Dhaka zu studieren, um einen akademischen Grad zu erlangen. Damals war das noch einfacher – er ist zuerst nach Russland und dann über Bulgarien und Jugoslawien nach Italien. Als er seine Papiere hatte, hat er mich nachgeholt – das ist jetzt fast zwanzig Jahre her.«

»Und was macht Ihr Mann heute?«

Sie wandte sich ab und steckte das Foto wieder in den Umschlag. Dann sagte sie leise: »Er ist letztes Jahr gestorben.«

»Oh«, sagte ich. »Das tut mir leid. Was ist denn passiert, wenn ich fragen darf?«

»Er war in Sizilien ... es kam ganz plötzlich. Wir wissen immer noch nicht genau, was geschehen ist.«

Ich murmelte etwas Bedauerndes, aber sie ging darüber hinweg.

»Schon gut«, sagte sie und verzog den Mund. »Munirs jüngerer Bruder ist jetzt hier, deshalb fühle ich mich nicht mehr so allein. Er arbeitet in demselben Bautrupp wie Rafi. Wahrscheinlich haben Sie ihn dort gesehen.«

Sie sah mich wieder an und lächelte schmallippig. »Die sind noch sehr jung und haben schon viel durchgemacht, zu Hause und auch hier. Ich weiß, dass Sie heute auch ein schlimmes Erlebnis hatten, aber ich hoffe, Sie werden es ihnen nicht nachtragen.«

»Natürlich nicht«, erwiderte ich lächelnd. »Zum Glück ist ja nichts passiert. Im Gegenteil: Ich habe Sie kennengelernt, und etwas Besseres hätte mir gar nicht passieren können.«

Sie zog die Augenbrauen hoch: »Ach ja? Warum?«

»Ich sollte vielleicht erklären, dass ich in Venedig bin, um einer Freundin, einer Italienerin, zu helfen, die eine Dokumentation über Migranten macht. Vielleicht können Sie uns ja helfen, ein paar Leute für ein Interview zu finden?«

Ein Schleier fiel über Lubnas Gesicht. »Da muss ich erst nachdenken«, sagte sie zögernd. »Es ist nicht einfach, so etwas zu arrangieren, wissen Sie. Zum einen haben die Jungs kaum Zeit – die meisten haben mehrere Jobs und schuften den ganzen Tag. Sie kriegen kaum Schlaf. Außerdem haben manche ihren *incontro* noch nicht hinter sich – die Vorstellung vor dem Ausschuss, der über ihren Status entscheidet. Und leider haben einige schon Ärger bekommen, weil sie mit Journalisten gesprochen haben – alles, was sie den Medien sagen, kann gegen sie verwendet werden. Verstehen Sie? Und da sind auch noch andere Probleme. Manchmal regen sich rechtsextreme Unruhestifter über etwas auf, was im Fernsehen läuft – Sie wissen ja, wie das heute ist. Wir müssen alle sehr aufpassen. Früher habe ich Medienleuten immer geholfen. Aber jetzt bin ich vorsichtiger. Journalisten helfe ich nur, wenn ich sie wirklich gut kenne ...«

Sie verfiel in nachdenkliches Schweigen, legte die Fingerspitzen aneinander und blickte auf ihren Schreibtisch.

»Andererseits«, sagte sie, so als führte sie ein Streitgespräch mit sich selbst, »haben wir nichts zu verbergen, und es könnte nicht schaden, wenn die Öffentlichkeit mehr über unser Leben erfährt. Vielleicht sieht man uns dann mehr als normale Menschen, mit denselben Bedürfnissen und Wünschen wie jeder andere.«

Ihre Lippen verzogen sich zu einem Lächeln, als sie einen Entschluss fasste. »*Thik achhé*«, sagte sie. »Also gut, ich rede mit ein paar Leuten und sehe einmal, ob sie bereit wären, sich interviewen zu lassen. Vielleicht hören Sie sich unterdessen auch selbst noch um? Sie könnten ja vielleicht sogar mit Rafi anfangen? Immerhin steht er in Ihrer Schuld, weil Sie den Vorfall heute nicht an die große Glocke hängen.«

Sie schrieb eine Zahl auf einen Zettel und reichte ihn mir. »Rafi hat um vier Schluss. Danach können Sie ihn anrufen. Aber gehen Sie umsichtig vor.«

»Natürlich, keine Sorge. Ich will genauso wenig wie Sie, dass sie Schwierigkeiten bekommen.«

»Gut. Und lassen Sie es mich bitte wissen, falls ich noch etwas für Sie tun kann.«

»Mach ich«, sagte ich. Ich stand auf und fügte noch rasch hinzu: »Ich kann Ihnen gar nicht sagen, was für eine Freude es für mich war, mit Ihnen zu sprechen – ich habe den Dialekt von Madaripur nicht mehr gehört, seit ich ein kleiner Junge war.«

Sie lächelte. »Dann werden Sie es schön haben in Venedig – in der Stadt wimmelt es von Leuten, die aus Madaripur stammen.«

»Im Ernst?«

Sie tippte mir an den Ellbogen. »Kommen Sie, ich möchte Ihnen etwas zeigen.«

Wir gingen ans andere Ende der Gasse, wo sie in den Rio Terà San Leonardo mündete, eine belebte Marktstraße.

»Schauen Sie, da – und da – und da.« Sie zeigte zuerst auf einen Kellner in einem Café, dann auf einen Mann, der Maronen verkaufte, und einen anderen, der einen Eiswagen schob. »Sehen Sie«, sagte sie stolz, »das sind alles Bengalen, und viele von ihnen kommen aus Madaripur.«

Ich horchte genauer hin, und schon bald vernahm ich ringsum vertraute Wörter und Klänge. Ich schlenderte die Straße entlang und sprach fast wahllos Leute auf Bengali an: Dass das in Venedig möglich sein sollte, war für mich ebenso neu wie erstaunlich. Denn obwohl sehr viele Menschen Bengali sprechen – mehr als doppelt so viele wie zum Beispiel Deutsch oder Italienisch –, hatte ich meine Muttersprache nie für eine »Weltsprache« gehalten. Begegnungen mit Bengali sprechenden Menschen in fernen Weltgegenden waren für mich immer eine erfreuliche Überraschung gewesen, eben weil sie so selten vorkamen. Normalerweise ging man davon aus, dass Bengali eine intime Sprache war, die man nur bei Menschen benutzte, die man schon kannte, und ich konnte an den Gesichtern der Bengalen, mit denen ich sprach, ablesen, dass sie es genauso empfanden. Im ersten Moment schauten sie ungläubig drein, als könnten sie kaum glauben, dass jemand, der aussah wie ein Tourist, sie auf Bengali ansprach. Dann hellten sich ihre Gesichter allmählich auf, und schon bald wechselten wir die uralte Frage: »*Desh koi* – wo sind Sie zu Hause?«

Von all den Geschenken, die das Bengali mir gegeben hatte, war dies bei Weitem das überraschendste: Es würde mir helfen, einen Kontext für mich selbst in dieser unwahrscheinlichsten aller Städte zu finden – Banadiq, Bundook, Venedig.

Rafi

Cintas Wohnung war zehn Gehminuten vom Ghetto entfernt, und beide lagen im selben *sestiere,* in Cannaregio. Cinta liebte dieses Viertel: Sie war wie Generationen ihrer Ahnen hier aufgewachsen. Sie behauptete, die Vorfahren ihres Vaters seien schon im 15. Jahrhundert in Cannaregio ansässig geworden, nachdem sie als Sklaven aus den fernsten Regionen des venezianischen Reiches in die Stadt gebracht worden waren. Sie prahlte gern damit, dass es nur in Cannaregio möglich sei, sich Venedig noch als richtige Stadt vorzustellen, in der normale Menschen lebten; es sei das einzige Viertel, in dem es noch eine beträchtliche Anzahl Alteingesessener gebe und nicht nur Touristen und Durchreisende.

Cintas Mutter hatte die Wohnung ein paar Jahre vor Cintas Geburt von ihrem Geld aus Kentucky gekauft. Sie lag im zweiten Stock eines Palazzos, der in jeder Hinsicht bescheiden war – bis auf seine Lage: Er zeichnete sich dadurch aus, dass man von dort aus auf den Canal Grande sah. Der Eingang verfügte sogar über eine überbaute Anlegestelle mit Treppen und Vertäupfählen, so dass die Bewohner ihre Gondeln im Haus besteigen konnten.

Als ich zwölf Jahre zuvor zum letzten Mal in Cintas Wohnung logierte, hatte das reich verzierte Tor des Palazzos am Canal Grande noch als Haupteingang gedient. Das hatte sich inzwischen geändert: Der Marmorboden des Wassergeschosses war jetzt die meiste Zeit überspült. Wenn die Flut zu steigen begann, legte Marco, der *portinaio* des Gebäudes, einen Laufsteg aus Holzplanken – eine *passarella* –, sodass die Bewohner keine nassen Füße bekamen. Bei Hochwasser aber wurde manchmal sogar die *passarella* überspült. In letzter Zeit war das so häufig vorgekommen, dass die Bewohner es mehr oder weniger aufgegeben hatten, den Vordereingang zu benutzen. Sie gelangten jetzt durch einen ummauerten Garten auf der Rückseite ins Haus und ins Freie, wo es eine kleine Tür gab, die früher nur von Lieferanten benutzt worden war.

Cintas Wohnung ging nicht auf den Canal Grande hinaus, sondern auf den Hof des Palazzos, in dem Glyzinien und Kletterrosen wucherten. Dahinter erstreckte sich ein Gewirr winkliger Gassen und roter Ziegeldächer. An klaren Tagen sah man in der Ferne die schneebedeckten Dolomiten. Obwohl man den Canal Grande von der Wohnung aus nicht sehen konnte, hörte man durchs Küchenfenster die Vaporetti an der nahen Haltestelle San Marcuola.

An der Wohnung hatte sich seit meinem letzten Besuch nichts verändert. Sie hatte mich damals tief beeindruckt, und so war es auch diesmal wieder; als einziger aller mir bekannten Orte ist sie buchstäblich, ja fühlbar lebendig. Das lag zum Teil am Untergrund des Palazzos, bei dem es sich nicht um Erde oder Fels handelte, sondern um den weichen Schlamm der venezianischen Lagune, eine Substanz, die sich im Lauf der Zeit verlagerte und dadurch die Statik der auf ihr ruhenden Gebäude minimal veränderte. Die Terrazzoböden der Wohnung waren deshalb von Rillen durchzogen, und manche Türrahmen waren so aus dem Lot, dass man die Türen nicht schließen konnte. So lebendig war diese Wohnung, dass sie sogar über eine eigene Sprache verfügte: Zu jeder Tages- und Nachtzeit kamen aus ihren Ecken und Winkeln knarrende, ächzende und seufzende Geräusche, die von wechselnden Stimmungen zu zeugen schienen.

Diese Belebtheit der Wohnung stimmte vollkommen mit dem Leben überein, das Cinta ihr eingehaucht hatte, ein Geist, der gänzlich ihr eigener war. Von türkischen Kelims und gewirkten Teppichen bedeckte Chaiselongues waren so gestellt, dass man die frische Luft und die Aussicht durch die hohen Fenster genießen konnte, in Nischen und Ecken standen einladend Polstersessel, daneben kunstreich mit Intarsien verzierte Tischchen, die auf eine Tasse Tee oder ein Glas Wein zu warten schienen. Und wohin das Auge auch wanderte – allenthalben waren Unmengen von Büchern, in übervollen Regalen, auf Tischen und Rollpulten oder in Stapeln an den Wänden.

Auf einem Bord hatte ich ein Exemplar von James' *Aspern Papers* entdeckt und sofort danach greifen müssen. Ich hatte das Buch nach meiner Rückkehr aus dem Ghetto zu Ende lesen wollen, doch als ich es jetzt aufschlug, kam mir der Text seltsam fremd vor. Das lag nicht nur daran, dass die Novelle in einer anderen Zeit spielte; sie schilderte ein Venedig, in dem man sich unmöglich eine Evokation von Madaripur oder eine Wiederbegegnung mit jemandem aus den Sundarbans vorstellen konnte. Mir ging auf, dass das Venedig, auf das ich heute gestoßen war, in eine Zeit vor der von James' Buch zurückreichte – geistig stand es der Stadt näher, die der Gewehrhändler im 17. Jahrhundert gesehen hätte, ebenfalls einer Epoche, in der ungewohnte Kräfte die Erde aufwühlten. Nur trat das jetzt noch viel stärker in Erscheinung; es war, als hätte sich die Erdrotation beschleunigt und alle Lebewesen mit ungeheurer Geschwindigkeit mitgerissen, sodass ein Objekt sein äußeres Erscheinungsbild wahren konnte, während sein Kern in eine andere Zeit und an einen anderen Ort versetzt wurde.

Als ich die *Aspern Papers* weglegte, fiel mein Blick auf ein anderes Buch, das auf dem Tisch lag. Es sah aus wie ein altes Kinderbuch und spielte offenbar irgendwo in Indien: Das Titelbild zeigte einen Tiger, der einige Turban tragende Männer belauerte. Der Titel lautete *I misteri della giungla nera* – Die Geheimnisse des schwarzen Dschungels –, und im Klappentext las ich zu meiner Verwunderung, dass die Geschichte in den Sundarbans spielte.

Ich vermutete, dass es das Buch war, von dem Cinta gesprochen hatte; dieses Exemplar hatte wahrscheinlich ihrer Tochter gehört. Und tatsächlich: Auf der Titelseite stand in Tinte geschrieben der Name Lucia.

Ich klappte das Buch zu, ließ den Blick über die Regalwände gleiten und entdeckte bald, wo es hingehörte: Auf einem Bord war zwischen mehreren ähnlich gebundenen Büchern eine Lücke. Ich stand auf und wollte das Buch gerade zurückstellen, als mein Telefon läutete.

Es war Cinta. »Ciao *caro!* Fühlst du dich schon heimisch?«

»Ja, Cinta, danke. Alles bestens.«

»Gut. Was machst du gerade?«

»Tja«, sagte ich, »ich hab mir eben das Buch *Die Geheimnisse des schwarzen Dschungels* angesehen.«

»Ah, ja!«, rief Cinta aus. »Von Salgari. Lucia hat es geliebt – sie sagte immer, dass sie in ihren Träumen die Sundarbans sieht.«

»Apropos Sundarbans«, sagte ich. »Ich hatte heute eine höchst merkwürdige Begegnung mit jemandem von dort.«

»*È vero?* Was ist passiert?«

Ich erzählte ihr von dem Vorfall im Ghetto und dem Wiedersehen mit Rafi. Zu meiner Überraschung reagierte sie nicht besorgt, sondern mit Gelächter.

»Das war gar nicht lustig, Cinta!«, protestierte ich. »Ich hätte ernsthaft verletzt werden können.«

»Wurdest du aber nicht! Dein Gewehrhändler hat offenbar ein Auge auf dich.«

»Wie meinst du das?«

»Vergiss es, *caro*. Pass auf dich auf. Und bis bald.«

Das Gespräch war gerade zu Ende, als mein Telefon mir mit einem Piepen meldete, dass ich eine SMS bekommen hatte. Sie kam von Gisa: »Es hat sich was ergeben – ich ruf dich später an. Hoffe, in Venedig ist alles o.k. Sag Bescheid, wenn du ein paar Interviews für mich festmachst. Ciao!«

Als ich das Telefon einsteckte, stießen meine Finger gegen einen Zettel. Ich nahm ihn heraus, sah Rafis Telefonnummer und beschloss, ihn anzurufen.

Er meldete sich nach ein paar Ruftönen auf Italienisch: *»Pronto?«*

Ich antwortete auf Bengali: »*Ami bolchhi* – hier ist Dinanath Datta.«

Er knurrte: »Woher haben Sie meine Nummer?«

»Lubna hat sie mir gegeben.«

Er schnaubte irritiert. »*Ki chai?* Was wollen Sie? Warum rufen Sie mich an?«

»Ich wollte dich etwas fragen.«

Das gab ihm offenbar zu denken. Als er wieder etwas sagte, klang er ausweichend, fast ängstlich. »Und was wollen Sie fragen?«

Sein plötzlich veränderter Tonfall verwunderte mich. »Das sag ich dir, wenn wir uns sehen. Wann könntest du denn?«

Er überlegte eine Weile. »Es ginge jetzt gleich«, sagte er. »Eigentlich müsste ich arbeiten, hab aber keine Kunden. Wir könnten reden, wenn Sie herkommen.«

»Wo bist du?«

»In der Nähe von San Marcuola, Eis verkaufen. Kennen

Sie die Kirche gegenüber der Vaporetto-Haltestelle? Ich bin direkt gegenüber – Sie können mich sehen, wenn Sie dorthin kommen.«

»Ich bin auch ganz in der Nähe von San Marcuola. In ein paar Minuten bin ich da.«

Als ich auf den Hof hinaustrat, stellte ich zu meiner Überraschung fest, dass das Wetter umgeschlagen hatte: Es war kühler geworden, und vom Canal Grande her stieg feuchtkalter Nebel auf.

Beim Öffnen der Hintertür merkte ich, dass ich nicht einmal bis ans Ende der Gasse sehen konnte, obwohl es bis dorthin nur ein paar Meter waren. Die Kirche San Marcuola musste irgendwo rechts sein, also ging ich langsam in diese Richtung, wobei ich mich dicht an den Hauswänden hielt.

Als ich die Kirchenmauer erreicht hatte, blieb ich stehen und schaute mich um; von Rafi war nichts zu sehen, aber er musste ja in der Nähe sein. Dann hörte ich seine Stimme: »*Eijé* – ich bin hier.«

Er lehnte hinter mir an einer Mauer, vor sich einen Eiskarren. Seinen Synthetikanorak hatte er bis obenhin zugezogen, und ein unter dem Kinn zusammengeknotetes Tuch bedeckte seinen Kopf und seine Ohren wie ein bengalischer Schal. Die Ränder des Tuchs standen wie bei einer Haube etwas vor und beschatteten sein Gesicht.

Als ich zu dem Karren hinüberging, begriff ich, warum er hier stand: Die Stelle war eine Art Kreuzung, auf der mehrere Gassen zusammentrafen, einschließlich einer engen, gewundenen *calle*, die zum Rio Terà San Leonardo führte. Bei schönerem Wetter hätte es hier von Touristen gewimmelt, doch wegen des Nebels trieben nur ein paar vereinzelte Gestalten vorüber wie Wolken in der Dunkelheit.

»Wer kauft schon an so einem Abend ein Eis?«, meinte Rafi verdrießlich.

»Niemand«, antwortete ich. »Also kannst du doch Schluss machen für heute.«

Er warf mir einen mitleidigen Blick zu. »Dann hätte mein Chef nur eine Ausrede, mich nicht zu bezahlen.« Und nach einer kurzen Pause fügte er hinzu: »Wahrscheinlich wird er mich sowieso nicht bezahlen, aber ich will ihm keinen Vorwand liefern.«

Er sah mir stirnrunzelnd in die Augen. »Also, worüber wollen Sie mit mir sprechen?«, fragte er zögernd, als wolle er erst einmal die Lage sondieren.

»Nichts Besonderes«, sagte ich. »Ich will nur wissen, wie es dich nach Venedig verschlagen hat.«

»Wieso interessiert Sie das?«

Trotz seines fast unverschämt schroffen Tonfalls spürte ich, dass er in Wirklichkeit ziemlich erleichtert war, weil er mit einer anderen, komplizierteren Frage gerechnet hatte.

Ich fing an, ihm die Sache mit Gisas Dokumentation zu erklären, aber Rafi fiel mir nach den ersten beiden Sätzen ins Wort. »Nein, das möchte ich nicht machen. Fragen Sie jemand anderen.«

»Na gut«, sagte ich. »Du musst das nicht machen. Aber darf ich fragen, warum du nicht willst?«

Er machte eine wegwerfende Handbewegung. »Ich hab genug davon, dass andauernd Leute vorbeikommen und Fragen stellen: ›Wer war Ihr *dalal?* Wie hat er geheißen? Wer waren die Männer, die Ihnen über die Grenzen geholfen haben?‹ Oder: ›Wer geht in welche Moschee? Was wird dort gesagt?‹ Man weiß nie, ob es Polizeispitzel sind, die einen dazu bringen wollen, Dschihadisten zu denunzieren, oder ob es die andere Seite ist, die einem Scherereien mit der Polizei einbrocken will. Und wer weiß, womöglich sind die ja beides gleichzeitig …«

Rafi brach ab, stieß einen erschrockenen Schrei aus und wischte sich etwas von der Schulter. Dann packte er meinen Arm und schüttelte ihn kräftig.

»*Makorsha!*«, sagte er. »Das war eine Spinne – sie ist von mir auf Sie gesprungen. Schauen Sie, da ist sie.« Er zeigte auf den Boden, und ich sah gerade noch eine große, hochbeinige Spinne im Dunkeln verschwinden.

Rafi sah mich wieder an, und seine Augen weiteten sich langsam.

»Was ist denn los?«, fragte ich. »Warum starrst du mich so an?«

Er schüttelte den Kopf, als müsste er sich aus einer Trance lösen. »Ach, nichts, es ist bloß – die haben hier ein paar üble Spinnen. Sie sollten sich in Acht nehmen.«

Ich war verwirrt, weniger wegen seiner Worte, sondern wegen der Art, wie er sie sagte. »Was meinst du damit?«

»Nicht wichtig.«

»Sag's mir trotzdem.«

»Mir ist nur gerade was eingefallen«, sagte er widerstrebend, »aus dieser Geschichte – Sie wissen schon, die Geschichte von dem Gewehrhändler?«

»Was ist dir eingefallen? Sag's mir.«

Er musterte mich von Kopf bis Fuß und funkelte mich dann trotzig an. »Warum sollte ich? Ich beantworte Ihre Fragen seit dem Tag, an dem ich Sie kennengelernt habe, in dem *dhaam*, und was haben Sie für *mich* getan? Nichts! Wär's nicht an der Zeit, dass ich mal was von Ihnen bekomme? Sie benehmen sich wie ein reicher Tourist – bestimmt haben Sie jede Menge Geld.«

»Du willst also Geld?« Ich zog meine Brieftasche. »Wie viel?«

Er riss mir die Brieftasche aus der Hand und schaute hinein. Ich hatte tags zuvor dreihundert Euro abgehoben und fast nichts davon ausgegeben.

Rafi zog vier Fünfzigeuroscheine heraus und hielt sie hoch. »Wie wär's damit?«

»So viel?«

»Finden Sie nicht, dass Sie mir mindestens das schulden?«

»Na gut«, sagte ich. »Von mir aus. Aber dann erzählst du mir die Geschichte?«

»Ja.« Er steckte die Scheine ein und gab mir die Brieftasche zurück. »Erinnern Sie sich – damals im *dhaam*, da hab ich Ihnen doch eine Tafel gezeigt, auf der ein paar gekreuzte Linien waren?«

Er holte sein Handy hervor, öffnete irgendeine App mit Touchfunktion und zeichnete vier Linien, die sich in der Mitte schnitten, wie die Kreuze auf einem Union Jack. Ins Zentrum setzte er einen kleinen Punkt.

»Erinnern Sie sich, so etwas gesehen zu haben?«

»Ja«, sagte ich, »ich erinnere mich an diese Tafel. Aber was hat die mit Spinnen zu tun?«

»Wie viele Beine hat eine Spinne?«

»Acht?«

Er hielt mir das Display seines Telefons unter die Nase und zeigte auf das Diagramm, das er eben gezeichnet hatte.

»Und wie viele Linien kommen aus dem Punkt in der Mitte?«

Ich sah genauer hin. »Acht?«

»Also …«

»Aber was haben Spinnen mit dem Gewehrhändler zu tun?«

»Manche Spinnen sind doch giftig, nicht wahr, genau wie Schlangen.«

»Ah, ich verstehe, du meinst, sie könnten ebenfalls Manasa Devis Kreaturen sein?«

Er zuckte mit den Schultern und wandte sich ab.

»Komm schon, Rafi«, sagte ich. »Worauf willst du hinaus?«

Mit einem Stirnrunzeln warf er mir einen raschen Blick zu. »Mir ist nur gerade eine Episode aus der Geschichte eingefallen, so wie sie mein Großvater erzählt hat.«

»Ja, und?«

»Sie geht so: Als der Kaufmann die Gewehrinsel erreicht, glaubt er, endlich in Sicherheit zu sein, weil dort keine Schlange an ihn herankommen kann. Aber eines Tages sieht er Manasa Devis Gesicht in einem Buch und weiß sofort, dass das eine Warnung ist. Er bekommt es mit der Angst und sagt am nächsten Tag zu seinem Freund Nakhuda Ilyas, dass er die Nacht am sichersten Ort der Insel verbringen will, wo ihn keine Kreatur aufspüren kann. Der sicherste Ort auf der Insel ist ein Raum, in dem die Gewehre aufbewahrt werden, ein Raum mit Wänden aus Eisen. Nakhuda Ilyas bringt ihn also dorthin und schließt ihn mit all den Gewehren ein, in der Annahme, dass ihm so nichts passieren kann. Doch als er am Morgen nachsieht, stellt er fest, dass der Gewehrhändler schwer krank ist – er ist von einer giftigen Spinne gebissen worden! Da wird dem Kaufmann klar, dass er nicht mehr auf der Gewehrinsel bleiben kann.«

Mir fiel die Kinnlade herunter. »Diesen Teil der Geschichte hast du mir damals beim Schrein gar nicht erzählt.«

Rafi nickte. »Weil ich ihn nicht mehr im Kopf hatte. Er ist mir erst wieder eingefallen, als ich diese Spinne gesehen habe.«

»Was hast du sonst noch von der Geschichte behalten?«

»Nichts.«

»Bist du sicher?«

Aber Rafi hörte mir schon nicht mehr zu. Sein Blick war in die schmale, gewundene *calle* hinter mir abgeirrt. Er fuhr zusammen, und sein Kopf schnellte hoch, als hätte etwas seine Aufmerksamkeit erregt. Dann flüsterte er mir zu: »Sie müssen jetzt gehen.«

»Warum denn?«

»Egal, gehen Sie einfach.«

»Na gut.«

Im Weggehen warf ich einen Blick zurück. Der Nebel hatte sich gelichtet, und ich sah einen Mann durch die Gasse auf uns zukommen. Er trug eine grüne Baseballmütze, und ich konnte sein Gesicht nicht erkennen. Spontan drehte ich mich um und ging ihm entgegen.

Inzwischen waren ein paar Touristen aufgetaucht, und als ich an dem Mann mit der Mütze vorbeiging, waren zwei Personen zwischen mir und ihm. Aber ich spürte, dass er mein Gesicht musterte, und wir wechselten einen kurzen Blick. Er war ein hochgewachsener, dunkelhäutiger Europäer mit einem kantigen, von Bartstoppeln verschatteten Kinn.

Am Ende der Gasse schaute ich noch einmal verstohlen zurück.

Der Mann hatte sich über den Eiskarren gebeugt, sein Gesicht bedrohlich nah an Rafis. Als ich um die Ecke bog, sah ich, wie er ihm den ausgestreckten Zeigefinger in die Brust stieß.

Mein Handy klingelte, als ich gerade Cintas Wohnung betrat.

Es war Gina, aus Rom.

»Ach, Dino, es tut mir ja so unendlich leid«, sprudelte sie hervor, wie immer in atemloser Hektik.

»*Mi dispiace molto, molto, molto* ... aber ich kann die nächsten Tage noch nicht zu dir nach Venedig kommen. Ich musste meine Abfahrt verschieben ... es ist was passiert, und ich muss noch eine Zeit lang in Rom bleiben.«

Sie erklärte mir, dass sich eine potenziell sensationelle Geschichte anbahnte: Ein Flüchtlingsschiff war im östlichen Mittelmeer gesichtet worden. Man nahm an, dass es Sizilien ansteuerte. Die Nachricht hatte eine Krise ausgelöst; der Innenminister der neuen Regierung in Rom, ein rechtsgerichteter Hardliner, der sich im Wahlkampf als Migrationsgegner profiliert hatte, hatte erklärt, er werde mit allen Mitteln eine Landung des Schiffs in Italien verhindern, und behauptet, diese Maßnahme werde als Abschreckung dienen. Es war seit Langem das erste Flüchtlingsschiff, das Italien anlief, und der Minister war offenbar fest entschlossen, es aufzuhalten, hatte sogar gedroht, nötigenfalls die Marine einzusetzen.

»Woher kommen die Flüchtlinge?«

»Wahrscheinlich eine gemischte Gruppe: Eritreer, Ägypter, Äthiopier, Sudanesen und vielleicht auch ein paar Bengalen. Das ist meistens so bei Schiffen aus Ägypten.«

»Kommt denn das Schiff von dort?«

»*Sì*. Zu dieser Jahreszeit kann es von nirgendwo sonst kommen.«

Im Lauf des vergangenen Jahres, erklärte Gisa, sei es der EU gelungen, die meisten Migrationsrouten zu schließen – die durch Griechenland, die Türkei, Marokko und sogar Libyen. Aber die Schleuser seien sehr erfinderisch und fänden immer neue Ausgangsorte. Zurzeit sei Ägypten am beliebtesten, genauer gesagt die Halbinsel Sinai.

»Der Sinai!«, sagte Gisa sarkastisch. »Wo Moses die Zehn Gebote empfangen hat! Ich war da mal im Urlaub, vor vielen Jahren. Ich weiß noch, dass ich das Katharinenkloster besucht und dort einen *roveto* gesehen habe, der direkt vom Brennenden Busch der Bibel abstammte. Der Sinai war eine so wunderschöne, friedliche Gegend damals. Und jetzt ist er der gefährlichste Ort der Welt, zumindest für *gli immigranti*.«

»Gefährlich, warum?«

»Ich kann dir nur sagen, was ich in meinen Interviews von den *rifugiati* gehört habe. Alle sagen, der Sinai wäre ein wilder Ort, noch wilder als Libyen. Niemand hat dort das Heft in der Hand, und die dort lebenden Stämme befinden sich im Krieg mit der Regierung in Kairo. Sie finanzieren sich durch Schmuggel – früher haben sie wahrscheinlich Drogen, Waffen und dergleichen geschmuggelt. Aber heute ist der Menschenschmuggel viel lukrativer, weil sie Verbindungen zu den Saharastämmen haben, die ihnen Flüchtlinge aus Eritrea, Äthiopien, Somalia und dem Südsudan schicken. Auf dem Sinai werden die Flüchtlinge in große Lager gesperrt, sogenannte *Connection Houses*. Um von dort nach Europa weiterzukommen, müssen sie noch mehr zahlen. *Capisci?*«

»Ja, klar.«

»Nach dem, was die Flüchtlinge mir berichtet haben, sind die *Connection Houses* mit modernen Operationssälen ausgestattet, komplett mit den neuesten Geräten, einschließlich solarbetriebenen Kühlaggregaten. Wer die Schleuser nicht bezahlen kann, wird narkotisiert. Dann wird ihm in einem der Operationssäle ein Organ entnommen, normalerweise eine Niere.«

Ich schnappte nach Luft. »Das ist ja grauenhaft!«

Gisa seufzte. »Allerdings – kaum zu glauben, wie die schlimmsten Gräuel des Sklavenhandels.«

»Genau.«

»Das Ganze hat etwas Dämonisches, nicht wahr?«

»Ja.«

»Bloß dass es hier in Italien Leute gibt, die vor all dem die Augen verschließen. In ganz Europa ist die Migration heute das wichtigste politische Thema, und dieses Schiff – das Blaue Schiff, wie es genannt wird – könnte eine internationale Krise auslösen. Das könnte *molto molto importante* für meine Dokumentation werden. Ich muss also noch ein bisschen länger in Rom bleiben, um zu sehen, wie es weitergeht. Das verstehst du doch, oder?«

»Ja, natürlich.«

»Grazie, grazie, Dino. A presto!«

Strandungen

In dieser Nacht fiel es mir schwer, Schlaf zu finden. Ich hatte zu viele verstörende Bilder im Kopf – vor meinen Füßen herabstürzende Mauerbrocken, Menschen, die sich vor einer Sturmflut auf schlangenbefallene Bäume retten, Flüchtlinge auf dem Sinai, die von Dämonen ausgebeutet werden.

In den frühen Morgenstunden gab ich auf, nahm mein Handy und sah nach, ob ich neue E-Mails hatte. Es war nur eine da, überraschenderweise von Piya: Sie war in Indien und bat mich, sie so bald wie möglich zurückzurufen.

Ich sah auf die Uhr: In Italien war es vier Uhr, also in Indien halb acht. Über einen Internettelefoniedienst wählte ich Piyas indisches Handy an, und sie meldete sich fast sofort. Sie wirkte verwundert.

»Deen? Danke, dass du anrufst. Ich hatte gar nicht damit gerechnet, schon so bald von dir zu hören.«

»Ach ja? Warum?«

»Na ja, du bist doch in Venedig, oder? Dort muss es noch sehr früh sein.«

Woher wusste sie, wo ich war?

Ich war so überrascht, dass mir das Handy entglitt und unter der Bettdecke verschwand. Ich tastete danach und hörte dabei Piyas gedämpfte Stimme: »Deen? Deen? Bist du noch dran? Kannst du mich hören?«

Ich fischte das Handy heraus und hielt es mir ans Ohr. »Ja, ich bin da.«

»Gut. Ich dachte schon, die Verbindung wäre abgerissen.«

»Nein, ich bin noch dran. Aber sag mir: Woher weißt du, dass ich in Venedig bin?«

»Ich hab gestern in deinem sozialen Netzwerk eine Statusaktualisierung gesehen. Du hast gestern ein paar Fotos gepostet, stimmt's?«

»Ja, richtig«, sagte ich. »Aber eigentlich war's nicht ich, sondern mein Handy, deshalb hab ich nicht mehr dran gedacht.«

Nach einer Pause fragte sie: »Alles in Ordnung mit dir, Deen? Du klingst irgendwie komisch – wir können auch später reden, wenn du möchtest.«

»Nein, nein«, sagte ich rasch. »Mir geht's gut. Sag, warum sollte ich dich zurückrufen?«

»Ach, es gibt hier eine kleine Krise, und ich dachte, du könntest mir vielleicht helfen.«

»Aber klar, gerne!«

»Danke. Ich muss allerdings ein bisschen ausholen. Wie sieht's mit deiner Zeit aus?«

»Kein Problem«, sagte ich. »Egal wie lange es dauert.«

Zwei Wochen zuvor hatte Piya in Eugene, Oregon, eine E-Mail von einem unbekannten Absender bekommen. Sie war im Stil einer Zeitungsmeldung geschrieben und schilderte eine Massenstrandung von Irawadidelfinen auf der Insel Garjontola in den Sundarbans.

Die Nachricht hatte Piya erschreckt. Bis dahin hatte sie nichts von einer Strandung in den Sundarbans gehört. Hätte es eine gegeben, hätten ihre Assistenten sie bestimmt darüber informiert. Strandungen von Irawadidelfinen waren sehr selten, und eine solche Massenstrandung war noch nie vorgekommen. Die gesamte Population der Irawadidelfine in den indischen Sundarbans belief sich auf höchstens achtzig oder neunzig Tiere. Wären Dutzende von ihnen ums Leben gekommen, hätte das bedeutet, dass die Art in diesem Habitat nicht überleben würde.

Piya recherchierte daraufhin eine ganze Weile im Internet – aber Fehlanzeige. Weder in den einschlägigen Expertenforen noch in den Chatgruppen, denen sie angehörte, wurde eine Strandung erwähnt.

Das hätte Piya eigentlich beruhigen müssen, tat es jedoch nicht. Was ihr Sorgen bereitete, waren die Details in der Mitteilung – die genaue Zeitangabe »kurz nach Tagesanbruch« und vor allem der Ort. Garjontola war eine kleine, kaum bekannte Insel; ihre Erwähnung konnte kein Zufall sein.

Sie las die Nachricht noch einmal und sah, dass sie das Datum falsch gelesen hatte: Die Massenstrandung sollte sich erst in einer Woche ereignen. Damit war klar, dass der Bericht nicht von etwas handelte, was bereits geschehen war.

Es war eine Vorhersage.

Das ließ die Möglichkeit offen, dass die Nachricht von einem Spinner oder einem Troll stammte. Seit Piya sich gegen die Raffinerie einsetzte, quollen ihre Accounts in den sozialen Medien von Hassmails förmlich über: »Warum willst du verhindern, dass arme Leute Arbeit kriegen, Bitch? Wer bezahlt dich dafür, dass du die Entwicklung aufhältst? Geh zurück, wo du herkommst, ausländische Schlampe.«

Aber diese Nachricht sah nicht so aus, als hätte ein Troll sie abgeschickt. Zum einen war sie in Piyas Mailbox für private Korrespondenz eingegangen, nicht auf ihrer öffentlich zugänglichen Universitätsadresse oder einem ihrer Accounts in den sozialen Netzwerken. Piya konnte nicht ausschließen, dass sie von einem Whistleblower in der Raffinerie stammte, jemandem, der Kenntnisse bezüglich einer bevorstehenden Abwassereinleitung hatte. In diesem Fall hätte sie vielleicht ihren Verdacht bestätigen können, dass das Aussterben von Tieren in den Sundarbans auf die Einleitung toxischer Abwässer zurückzuführen war. Und das wiederum hätte ihr dabei helfen können, die Stilllegung der Raffinerie durchzusetzen.

Zufällig sollte Piya demnächst an einer Konferenz in Berlin teilnehmen. Sie konsultierte ihren Terminplan und stellte fest, dass sie es, wenn sie ein paar Flüge umbuchte und die Konferenz früher als vorgesehen verließ, rechtzeitig zu den vorhergesagten Strandungen in die Sundarbans schaffen konnte. Sie loggte sich in ein Reiseportal ein und konnte Flüge buchen, mit denen sie am Tag vor dem angegebenen Datum Lusibari erreichen würde.

Bei einem Zwischenaufenthalt in Frankfurt kam ihr eine Idee. Sie erinnerte sich an eine Journalistin, die sie gebeten hatte, sie einmal auf eine Exkursion in die Sundarbans mitzunehmen. Piya schickte ihr eine sorgfältig formulierte Einladung zu einer angeblichen Routineexkursion, ohne eine mögliche Strandung zu erwähnen. Die Journalistin ergriff die Gelegenheit beim Schopf und mailte zurück, dass sie eine Fotografin mitbringen werde.

Als Piya in Lusibari eintraf, war alles ihren Anweisungen gemäß vorbereitet worden. Die Journalistin und die Fotografin waren bereits da, und ihre Assistenten hatten ihre Ausrüstung auf eines von Horens Dampfbooten verladen. Sobald Piya an Bord war, legte es ab und erreichte bei Sonnenuntergang Garjontola. Sie gingen dicht vor der Küste vor Anker und sammelten Wasserproben, die für Untersuchungen nach dem neuesten Verfahren zur Verfolgung der Festphasenadsorption nach Hyderabad geschickt werden sollten.

Sonnenaufgang am nächsten Tag war um sechs Uhr.

Piya war rechtzeitig wach, weckte aber die anderen nicht. Mit ihrem Fernglas und einem GPS-Monitor ging sie an Deck, um Ausschau zu halten.

Eine halbe Stunde verstrich, dann noch eine, und kein Delfin zeigte sich. Bald standen auch ihre Assistenten auf und kamen an Deck; alle waren überrascht, dass Piya bereits wach und auf Beobachtungsposten war. Was war los? Wartete sie auf etwas Bestimmtes?

Lächelnd und achselzuckend wich sie den Fragen aus. Sie sei wegen des Jetlags so früh aufgewacht, und statt in ihrer Koje zu liegen, habe sie beschlossen, noch ein paar Wasserproben zu sammeln.

Als der Sonnenaufgang in den Morgen überging, fühlte sich Piya zunehmend hin- und hergerissen. Einerseits war es ungeheuer erleichternd, dass sich nichts Schreckliches ereignet hatte. Andererseits stand sie hier wartend mit dem Fernglas in der Hand, nachdem sie um die halbe Welt gereist war, mit Tickets, die sie aus eigener Tasche bezahlt hatte.

Das Frühstück wurde serviert und abgeräumt, und immer noch ließ sich kein Delfin blicken. Zum Glück hatte Piya ein Briefing für die Journalisten vorbereitet, über die langfristigen Auswirkungen der Raffinerie; sie brauchte fast eine Stunde, um all ihre Apps, Charts und Dias durchzuarbeiten. Anschließend beschrieben ihre Assistenten abwechselnd die Fälle von Massensterben, die sie in der letzten Zeit beobachtet hatten: ganze Schwärme toter Fische, den Rückgang der Krabbenpopulationen und so weiter.

Piya beendete ihren Vortrag um acht Uhr. Um noch ein bisschen mehr Zeit zu schinden – man wusste ja nie –, bat sie Horen, zu den Journalisten zu sprechen: Er war der Älteste der Anwesenden und ein guter Geschichtenerzähler, somit würde er ihnen wohl das Material liefern können, das sie brauchten (ihre Universität drängte die Dozentenschaft schon seit Langem, sich mehr auf »lebensnahe Geschichten« zu konzentrieren).

Horen sprach noch, als in der Ferne ein Delfin gesichtet wurde. Piya schnappte sich einen Protokollbogen und notierte die Zeit: acht Uhr fünfunddreißig. Das war gut anderthalb Stunden später als von dem Whistleblower vorhergesagt.

Schon bald tauchten noch mehr Delfine auf, zu Dutzenden. Sie schwammen nicht wie gewohnt in Schlangenlinien, sondern näherten sich Garjontola fast in direkter Linie.

Bis hierher hatte Piya am Telefon mit fester Stimme gesprochen, doch jetzt verlor sie die Fassung und begann zu schluchzen.

»Ich weiß nicht, was ich dir sagen soll, Deen. Es war das Fürchterlichste, was ich je gesehen habe. So viele Delfine, und alle warfen sich auf den Strand. Ich habe von anderen Waltieren gehört, die das getan haben, aber nie von *Orcaella.*«

Kurz nachdem die Strandungen begonnen hatten, landeten Piya und die anderen mit ihrem Dingi. Sie und ihre Assistenten schafften es, gut die Hälfte der Tiere ins Wasser zurückzubefördern, etwa zwanzig waren jedoch nicht mehr zu retten.

Auch die Journalistin und die Fotografin waren nicht müßig; sie machten sich Notizen und schossen Unmengen von Fotos. Da sie wussten, dass sie einen Knüller hatten, bestanden sie darauf, so schnell wie möglich nach Kolkata zurückzukehren. Ihre Zeitung brachte den Bericht am nächsten Tag auf der ersten Seite.

Der Artikel und vor allem die Bilder hatten bereits ungeheure Wirkung gezeigt.

»Ich habe gerade von einer Umweltanwältin gehört«,

sagte Piya. »Sie hat verschiedene Gruppen dafür gewonnen, gemeinsam Klage am Supreme Court in Delhi einzureichen. Sie glaubt, dass wir aufgrund dieser Story gute Chancen haben, eine gerichtliche Anordnung zur Stilllegung der Raffinerie zu erreichen. Sie hat vor, Videos von den toten Delfinen zu zeigen. Einige der Richter sind Vegetarier; sie geraten außer sich, wenn sie solche Sachen zu sehen bekommen – vielleicht sogar so sehr, dass sie ein Urteil gegen Konzerninteressen fällen.«

Sie unterdrückte ein Schluchzen.

»Sie – die Anwältin – hat immer wieder gesagt, was für ein *Glück* wir gehabt hätten, dass wir ausgerechnet zu dem Zeitpunkt vor Ort waren …«

»Hast du ihr von der anonymen E-Mail erzählt?«

»Nein! Das hab ich nur dir erzählt. Es soll sich nicht herumsprechen, dass es in der Raffinerie einen Whistleblower gibt.«

»Ja, natürlich.«

»Aber wie ist der Whistleblower an deine private E-Mail-Adresse gekommen? Hast du da irgendeine Idee?«

Einen Moment lang herrschte Stille, dann sagte sie: »Darauf wollte ich gerade kommen – deswegen muss ich mit dir reden.«

In der allgemeinen Hektik hatte Piya vergessen, Moyna mitzuteilen, dass sie nach Lusibari kam. Aber Moyna hatte es irgendwie erfahren und Piya im Gästehaus der Stiftung Vorwürfe gemacht.

»Warum hast du mir nicht gesagt, dass du kommst?«, beschwerte sie sich. Und dann brach sie sehr zu Piyas Überraschung in Tränen aus – was bei Moyna sehr selten vorkam.

»Weißt du denn nicht, wie einsam ich hier bin, ohne Tipu?«

Schuldbewusst setzte sich Piya zu ihr. Sie sprachen über Moynas Gesundheit, über das Krankenhaus und über Tipu.

Als Piya fragte, ob Tipu aus Bangalore noch regelmäßig von sich hören lasse, schüttelte Moyna den Kopf. Nein, sagte sie. Tipu hatte schon eine ganze Weile nicht mehr angerufen, das letzte Mal hatte sie vor zwei Wochen von ihm gehört, da hatte er ein Foto von sich mit seinen Kollegen in Bangalore geschickt.

Moyna holte ihr Handy hervor und reichte es Piya: »Schau, das hier hat er mir geschickt.«

Es war ein Gruppenfoto, aufgenommen vor einem Bürogebäude. Drei Reihen junger Männer und Frauen blickten ernst in die Kamera.

»Welcher ist Tipu?«, wollte Piya wissen.

Moyna zeigt auf ihn: Er stand in der hintersten Reihe, in Anzug und Krawatte wie die anderen Männer.

»Wirkt er nicht unheimlich erwachsen?«, fragte Moyna stolz.

Piya nickte – aber irgendetwas schien an dem Bild nicht zu stimmen. Sie schickte sich das Foto selbst und lud es in ihren Computer. Auf dem Bildschirm sah sie sofort, dass es manipuliert worden war. Tipus Gesicht war in die Aufnahme hineinkopiert worden.

Moyna war wie vom Donner gerührt, als Piya ihr es sagte; sie hatte keine Ahnung von Photoshop.

»Da ist nichts dabei, Moyna. Für jemanden mit Tipus Kenntnissen ist das ein Kinderspiel.«

Die beiden sichteten Moynas Protokolle im Handy und in den sozialen Medien, auf der Suche nach irgendwelchen Hinweisen auf Tipus Aufenthaltsort.

Piya sah, dass er größtenteils bewusst nur über soziale Netzwerke mit Moyna kommuniziert hatte. Aber hin und wieder hatte er auch von Nummern mit internationalen Vorwahlen angerufen und SMS geschickt.

Piya zeigte Moyna einige dieser Nummern: +880, +92, +98 und +90.

»Moyna, ist dir denn nicht aufgefallen, dass diese Anrufe und SMS aus dem Ausland kamen?«

»Doch, natürlich«, sagte Moyna. »Ich hab Tipu sogar danach gefragt. Er hat gesagt, er benutzt irgend so einen Wähldienst, bei dem Anrufe über ausländische Server umgeleitet werden. Auf die Art ist es billiger, hat er gesagt.«

»Und das hast du ihm geglaubt?«

»Wieso denn nicht?« Es klang ganz untypisch hilflos. »Tipu kennt sich mit diesen Sachen doch super aus. Und ich überhaupt nicht.«

»Hast du mal eine dieser Nummern anzurufen versucht?«

»Nein«, sagte Moyna. »Tipu möchte nicht, dass ich ihn in Bangalore anrufe. Er hat ungewöhnliche Arbeitszeiten, und in seinem Büro sind private Anrufe streng verboten. Wenn ich mit ihm sprechen will, schicke ich ihm eine E-Mail, und normalerweise ruft er dann nach ein, zwei Stunden zurück – allerdings nicht in den letzten zwei Wochen. Ich hab ihm eine Nachricht nach der anderen geschickt, aber bis jetzt nichts mehr von ihm gehört.«

Piya war nun ebenso ratlos wie beunruhigt. Sie bat Moyna, ihr auch die anderen Bilder zu zeigen, die Tipu ihr geschickt hatte. Es waren lauter Gruppenfotos, aufgenommen in Büroräumen oder in Parks oder einer Art Hostel. Piya sah sich einige davon genauer an und stellte fest, dass sie allesamt manipuliert waren. Tipu musste sie im Internet gefunden haben.

Es war jetzt klar, dass Tipu seine Mutter mit Vorbedacht getäuscht hatte. Statt einen Job in Bangalore anzunehmen, hatte er sich offenbar nach Bangladesch durchgeschlagen. Nach den von ihm benutzten Vorwahlnummern zu urteilen, war er von Bangladesch weiter nach Pakistan, Iran und in die

Türkei gereist. Aber zu welchem Zweck? Und woher hatte er das Geld für diese Reisen? Piya hielt es für ausgeschlossen, dass die Einnahmen aus seiner Arbeit im Internet dafür ausreichten.

Tipus letzte Nachricht an Moyna zeigte keine Ländervorwahl, aber Piya fiel auf, dass sie am selben Tag und fast zur selben Zeit abgeschickt worden war wie die anonyme Mitteilung über die Strandungen. Da kam ihr der Verdacht, dass Tipu etwas mit der anonymen E-Mail zu tun haben könnte.

Auf Piyas Drängen hin waren sie zu Moyna gefahren und in Tipus Zimmer gegangen. Piya sah sich um und entdeckte einen verschlossenen Schrank. »Hast du da mal reingeschaut?«, fragte sie Moyna.

»Nein, aber ich weiß, was drin ist. Tipu bewahrt alle seine elektronischen Geräte in dieser *almirah* auf, auch alle, die du ihm im Lauf der Jahre geschenkt hast.«

»Dann überzeugen wir uns doch mal, ob noch alles da ist«, sagte Piya. »Hast du einen Schlüssel?«

»Nein.«

Piya ließ sich einen Hammer geben und schlug das Schloss ab. Als die Türen aufgingen, sahen sie, dass der Schrank ausgeräumt worden war: Die Fächer waren bis auf etwas ausgemusterten Kleinkram leer. Piyas Geschenke – die alten Computer, Monitore, Tastaturen, Spielkonsolen und alles Übrige – waren weg. Piya vermutete, dass Tipu die Sachen verkauft hatte, um das Geld für seine Reise zusammenzubekommen.

Im untersten Fach lag eine mit Papier vollgestopfte Plastiktüte, die anscheinend hastig gefüllt und dann vergessen worden war. Piya sah ein paar Blätter durch und stellte fest, dass es verschiedene Ausdrucke aus dem Internet waren.

Sie stellte die Tüte beiseite und sagte zu Moyna: »Hat Tipu einen Pass?«

»Nein, soviel ich weiß nicht. Er hat sich nie die Mühe gemacht, den verlängern zu lassen, den du ihm besorgt hast, bevor er nach Amerika ging.«

Für Pia stand damit fest, dass Tipu mit gefälschten Papieren heimlich auf eine Reise aufgebrochen und irgendwie in der Türkei gelandet war. Sie hatte offensichtlich mehrere Monate gedauert, in denen er gewissenhaft mit Moyna Kontakt gehalten hatte. Zu keiner Zeit hatte er eine so lange Pause eintreten lassen wie in den letzten zwei Wochen. Piya fand dieses lange Schweigen reichlich ominös: Wahrscheinlich steckte er in irgendwelchen Schwierigkeiten.

Über einen Freund hatte Piya eine Hilfsorganisation kontaktiert, die sich um Flüchtlinge und Migranten kümmerte. Dort hatte man ihr gesagt, dass Tipus Geschichte gar nicht so ungewöhnlich sei; in den letzten beiden Jahren war die Zahl der Berichte über Jungen oder jüngere Männer, die von zu Hause weggegangen waren, ohne ihren Familien Bescheid zu sagen, massiv gestiegen. Sie hatte auch herausgefunden, dass der Landweg von Pakistan durch den Iran in die Türkei eine wichtige Migrantenroute war. Doch was die Suche nach Tipu anging, meinte die Frau, eine Hilfsorganisation könne da wenig tun; sie seien alle überlastet und unterbesetzt. Piya blieb nur die Hoffnung, Leute ausfindig zu machen, die sich in Migrantennetzwerke einklinken konnten, um festzustellen, ob etwas über informelle Kanäle herauszufinden war.

Die Vorstellung, Tipu könnte in der Türkei gestrandet sein, trieb Piya schier zur Verzweiflung: Es war, als würde sie Zeugin einer weiteren Strandung. In den folgenden Stunden rief sie noch alle möglichen Leute an, aber alles umsonst. Erst als sie mit ihrer Weisheit am Ende war, dachte sie daran, sich die Papiere in der Plastiktüte aus Tipus Schrank etwas genauer anzusehen.

Bei der Durchsicht machte sie eine verblüffende Entdeckung.

»Da waren keine x-beliebigen Ausdrucke drin, wie ich dachte«, sagte sie. »Du wirst es nicht glauben, Deen, aber bei vielen dieser Sachen geht es um Venedig! Ausgerechnet! Ich nehme an, Tipu hat ganz gezielt im Internet recherchiert und Ausdrucke von allem Möglichen gemacht – Geschichte, Geografie, sogar Fauna. Kannst du dir das vorstellen? Was für eine Fauna soll es denn in Venedig geben? Ich hätte nie gedacht, dass Tipu sich für solche Sachen interessiert. Es waren sogar detaillierte Karten von einzelnen Vierteln dabei, in die er mit Bleistift Sachen eingezeichnet hat. Es ist, als wäre er regelrecht besessen gewesen von Venedig. Und es war auch nichts Vorübergehendes. Ich habe die Daten überprüft – du weißt sicher, dass Ausdrucke aus dem Internet am oberen Rand meistens ein Datum tragen –, und ich hab festgestellt, dass er da schon seit zwei Jahren dran war.«

»Seit zwei Jahren?«, sagte ich. »Dann muss er mit dem Sammeln des Materials begonnen haben, kurz nachdem er von dieser Schlange gebissen wurde.«

»Ja, sieht so aus. Und er hat auch zu den Landrouten aus dem Iran in die Türkei und nach Europa recherchiert. Er hat sogar Formulare für Reisepässe ausgefüllt, nicht nur für sich selbst, sondern auch für Rafi. Als ich das gesehen habe, kam mir die Vermutung, dass sie vorhatten, gemeinsam auf Reisen zu gehen, deshalb habe ich Horen angerufen und ihn gefragt, ob er weiß, wo Rafi ist. Er hat mir gesagt, Rafi hätte Lusibari vor einem Jahr verlassen und wäre ins Ausland gegangen – er hätte alles verkauft, was er besaß, auch sein Boot, und wäre dann verschwunden. Bis vor Kurzem hätte man nichts von ihm gehört, sagte Horen, aber vor einem Monat hat Rafi einem Freund ein Foto von sich irgendwo in Europa geschickt. Ich habe Horen gefragt: ›Weißt du, von wo aus genau das Foto geschickt wurde?‹ Horen wusste es nicht, wollte den Typen aber bitten, ihm das Bild zu schicken. Ich sagte: ›Ja bitte, tu das‹, und innerhalb einer Stunde hatte ich das Bild auf meinem Handy – es zeigte Rafi auf einer Brücke über einen Kanal.«

Piya hielt inne, um Luft zu holen. »Ich bin mir ziemlich sicher, Deen, dass die Aufnahme in Venedig entstanden ist. Und da habe ich dir die SMS mit der Bitte um Rückruf geschickt: Ich hoffte, du könntest nach Rafi Ausschau halten, solange du dort bist. Ich weiß natürlich, dass es schon ein irrsinniger Zufall wäre, wenn ...«

Das Wort »Zufall« traf mich mit solcher Wucht, dass ich nicht mehr hörte, was Piya sagte. Ich schloss die Augen und klammerte mich insgeheim an dieses Wort, als wäre es meine letzte Verbindung mit der Wirklichkeit.

Ja, natürlich war das alles Zufall, diese unwahrscheinlichen Begegnungen, diese fast unglaublichen Überschneidungen von Vergangenheit und Gegenwart, dieser um ein Haar übel ausgegangene Vorfall, der mich im Ghetto mit Rafi zusammengeführt hatte: All das war natürlich reiner Zufall. Dies aus den Augen zu verlieren barg die Gefahr, den Kontakt zur Realität zu verlieren; der Zufall war das Fundament der Realität, der Normalität. Es gab nicht den geringsten Grund, sich vorzustellen – wie ich es getan hatte –, dass eine solche Begegnung, an einem solchen Ort, außerhalb des Bereichs des Wahrscheinlichen lag. Weil es etwas Derartiges nicht gab. Nichts lag außerhalb des Bereichs des Wahrscheinlichen. Hatte ich mich nicht deshalb für den Fall versichert, einhundertdrei Jahre alt zu werden? Weil auch das geschehen konnte, ganz gleich, wie minimal die Chancen dafür standen?

Doch noch während mir das durch den Kopf ging, beschlich mich ein zaghafter Zweifel. Woher wollte man das wissen? Gab es irgendwo eine Art Abakus, mit dem man ermitteln konnte, ob etwas ins Reich des Zufalls gehörte? Nein, natürlich nicht, weil unendlich viele unerklärliche Dinge geschehen konnten, die mitnichten die Möglichkeit widerlegten, dass sie durch Zufall miteinander verbunden waren. In dieser Hinsicht war der Zufall wie Gott – nichts, was geschah, kein Ereignis, keine Zufälligkeit konnte seine Immanenz beweisen oder widerlegen. Und zugleich spendete der Zufall wie Gott Beruhigung, Sicherheit, Sauberkeit, Reinheit. War das nicht der Grund, warum man den Zufall so oft als »rein« bezeichnete? Denn er strömte über die Welt hinweg wie ein frischer Gebirgsbach und reinigte alles, was er berührte. Nicht mehr an ihn zu glauben war wie ein Übertritt ins Reich von Schicksal und Verhängnis, von Teufeln und Dämonen, Wundern und Magie – oder, prosaischer ausgedrückt, ins Verschwörungsuniversum des Paranoikers, in dem verborgene Mächte alles bestimmen.

Ich konnte mir nicht gestatten, diesen Weg zu gehen. Ich musste Glauben haben – genau das hatte mir in meinem Leben in letzter Zeit gefehlt: Glaube. Ich musste mich an meinen Glauben an den Zufall klammern, um jeden Preis. Es war beinahe so, als würde ich durch Versuchungen auf die Probe gestellt, wie der Buddha durch die Dämonin Mara, wie der heilige Thomas in der Wüste, wie Yudhishthira in seiner letzten Prüfung.

All dies ging mir durch den Kopf, als ich Piyas Stimme wieder wahrnahm. Sie sagte, wahrscheinlich nicht zum ersten Mal: »Hallo? Bist du noch da, Deen? Hallo?«

»Ja, ich bin da, Piya.«

Ich holte tief Luft und versuchte mich zu sammeln.

»Du wirst es mir vielleicht nicht glauben, Piya«, sagte ich, »aber ich habe Rafi gestern gesehen.«

»Soll das ein Witz sein? Du hast ihn gesehen? Im Ernst?«

»Wenn ich's dir sage! Wie groß ist die Wahrscheinlichkeit?«

»Hm. Ich nehme an, Venedig ist von der Fläche her keine große Stadt, mit nur ein paar Hunderttausend Einwohnern, also ist es nicht ganz und gar unwahrscheinlich.«

»Ja, das stimmt wohl. Aber wie auch immer, ich habe mit Rafi gesprochen und ihn sogar nach Tipu gefragt. Er sagte, er hätte keine Ahnung, wo Tipu ist, und schien sogar ärgerlich, dass ich überhaupt gefragt hatte. Ich hatte den Eindruck, sie hätten sich getrennt, und habe das Thema gewechselt.«

»Könntest du bitte noch mal mit ihm reden?« In ihrer Stimme schwang hörbar Dankbarkeit mit. »Da wäre ich wirklich froh! Ich weiß, es ist nur eine ganz schwache Hoffnung, aber ...«

Da wurde mir klar, dass es keineswegs nur eine schwache Hoffnung war, sondern so gut wie feststand, dass Rafi sehr wohl ahnte, wo Tipu war; wahrscheinlich war genau das die Frage gewesen, die er von mir halb erwartet und halb befürchtet hatte.

»Natürlich rede ich wieder mit Rafi«, sagte ich. »Ich tue, was ich kann. Und mach dir bitte nicht zu viele Sorgen. Tipu ist ein ausgesprochen kluger Junge, und er weiß, was er tut.«

»Aber er ist noch so jung«, sagte Piya, »da muss ich mir doch Sorgen machen. Wahrscheinlich gebe ich mir die Schuld an allem, was bei ihm schiefgegangen ist. Immerhin hat sein Vater für mich gearbeitet, als er starb.«

»Aber das ist doch nicht deine Schuld, du solltest dir keine Vorwürfe machen.«

Sie seufzte. »Was Tipu angeht, habe ich nie etwas richtig gemacht. Aber gib mir auf alle Fälle Bescheid, wie es mit Rafi weitergeht. Ich bin morgen in Berlin, und wenn nötig, komme ich gern nach Venedig – es ist ein kurzer Flug.«

»Ja, gut«, sagte ich. »Aber lass uns erst mal sehen, was Rafi zu sagen hat. Ich hab seine Telefonnummer, kann ihn also sofort anrufen. Ich melde mich wieder bei dir, so bald ich kann. Wenn möglich heute noch.«

»Gut. Wir bleiben in Kontakt.«

Freunde

Die Furcht, die ich während des Gesprächs mit Piya noch unterdrücken konnte, packte mich mit voller Wucht, nachdem wir aufgelegt hatten. Wie gelähmt saß ich im Bett und starrte die Wand an. Was geschah mit mir? Mit uns? Es schien ein Muster in meinen Begegnungen mit Tipu und Rafi zu geben. Doch es war kein Muster, das wir selbst entworfen hatten; es war, als hätte etwas oder jemand sich unser bemächtigt, aus Gründen, die über unsere Begriffe gingen.

Doch dann erinnerte ich mich an den Entschluss, den ich während des Telefonats mit Piya gefasst hatte: mir selbst treu zu bleiben. Ich rief mir in Erinnerung, dass alles eine Folge jener Beliebigkeit sein konnte, die der Welt stets innewohnt – mit anderen Worten reiner Zufall. Hieß es nicht, dass ein Affe, der auf eine Schreibmaschine eindrischt, irgendwann ein Stück von Shakespeare schreiben wird? Und war das nicht noch viel unwahrscheinlicher als das, was mir geschah? Auf jeden Fall musste ich das glauben, wenn ich bei Verstand bleiben wollte.

Ich zwang mich, laut zu sagen: »Das sind alles bloße Zufälle und sonst gar nichts« – und die Worte wirkten wie ein Gebet und brachen den Bann, der über mich gekommen war. Als ich wieder klar denken konnte, wurde nach und nach offensichtlich, dass Rafi der Schlüssel war; mit ihm musste ich als Erstes sprechen.

Ich sah auf die Uhr. Es war sieben Uhr früh, ich konnte ihn noch erwischen, bevor er zur Arbeit auf die Baustelle ging. Ich wählte seine Nummer, aber er hatte sein Telefon bereits ausgestellt. Ich schickte ihm eine SMS mit der Bitte, mich in seiner Pause zurückzurufen.

In den folgenden Stunden rief ich ihn noch mehrmals an und schickte ihm weitere SMS, aber alles umsonst. Auch die Mittagszeit ging vorüber, ohne dass er sich gemeldet hätte. In meiner zunehmenden Verzweiflung beschloss ich, zu Lubna zu gehen, um zu fragen, ob sie wusste, wann Rafi Feierabend hatte.

Die Tür ihres Büros stand offen, Lubna saß drinnen und schaute gebannt auf ihren Computerbildschirm. Zur Begrüßung hob sie nur kurz den Blick.

»*Dekhechhen?*« Sie zeigte auf den Bildschirm. »Haben Sie die Nachrichten verfolgt?«

Sie drehte den Monitor ein wenig, sodass ich ihn sehen konnte. Ein kleines blaues Boot tuckerte langsam über ein azurblaues Meer. Auf dem Oberdeck drängten sich dunkelhäutige Menschen in zerlumpten Kleidern. Viele schauten zur Kamera hinauf und winkten verzweifelt.

In einigem Abstand folgte dem Boot eine Reihe von Küstenwachschiffen, die verschiedene Flaggen führten.

Das Video wurde ausgeblendet und wich anderswo entstandenen Aufnahmen, auf denen man jetzt ein Geschwader schnittiger grauer Kriegsschiffe sah. Auf dem Vordeck des größten Schiffs salutierte ein Zug Seeleute in Habachtstellung vor der italienischen Flagge.

»Sie haben es sicher gehört«, sagte Lubna. »Die Marine hat den Befehl bekommen, dieses Flüchtlingsboot daran zu hindern, sich Italien zu nähern. Und alle anderen Mittelmeerländer haben Küstenwachschiffe geschickt, die dafür sorgen sollen, dass sie auch nirgendwo sonst an Land gehen können.«

»Also hat der Minister seine Drohung wahr gemacht?«

»Ja, hat er.«

Sie wies mit dem Kinn auf den Bildschirm, auf dem jetzt die Liveübertragung einer Pressekonferenz lief.

Ein jüngerer, energisch wirkender Mann mit dicker Brille und gegeltem Haar schlug mit den Händen auf ein Pult und schrie ins Mikrofon: *»Queste persone non metteranno mai piede in Italia!«*

»Bujhte parchhen?«, fragte Lubna. »Verstehen Sie, was er sagt?«

»Nicht alles.«

»Er hat gesagt: ›Diese Menschen werden nie einen Fuß auf italienischen Boden setzen.‹«

»Salvo che succeda un vero miracolo.«

»Es sei denn, es geschieht ein Wunder.«

Lubna schauderte. »Das ist ja nicht auszuhalten.« Sie schaltete die Übertragung ab und sah mich mit hochgezogenen Brauen an. »Und? Haben Sie das von Rafi gehört? Was letzte Nacht passiert ist?«

»Ist ihm etwas zugestoßen? Ich versuche dauernd ihn zu erreichen, aber sein Telefon ist anscheinend ausgestellt.«

»Rafi ist zusammengeschlagen worden«, sagte Lubna grimmig. »Ich nehme an, er hat sein Handy verloren. Er liegt im Krankenhaus.«

Ich sah sie entgeistert an.

»Ja, für mich war es auch ein Schock«, sagte Lubna. »Ich habe spät in der Nacht einen Anruf bekommen. Der Mann, der es mir erzählt hat, meint, es war eine Gang wie die, von denen man aus Rom und Neapel hört, wo rechtsextreme Schläger gezielt Migranten angreifen. Das war beängstigend, denn hier in der Gegend ist bis jetzt nichts dergleichen vorgekommen. Es wäre das erste Mal.«

»Also war es etwas anderes?«

»Ganz offensichtlich. Heute Morgen kam einer von Rafis Hausgenossen vorbei. Er hat mir eine andere Geschichte erzählt.«

»Aha.« Ich wusste nicht, ob ich weiter nachhaken sollte oder nicht. »Können Sie darüber sprechen?«

Lubna schaute auf ihre Uhr. »Ich würde schon, aber leider habe ich im Moment keine Zeit. Ich muss zu einer Versammlung. Sie unterhalten sich besser direkt mit Rafis Hausgenossen – er heißt Bilal, und ich habe mit ihm schon über Ihre Dokumentation gesprochen. Er ist bereit, sich mit Ihnen zu treffen. Kommen Sie, ich stelle Sie ihm gleich vor – er arbeitet ganz hier in der Nähe.«

Nicht weit von Lubnas Büro befand sich ein kleiner Markt mit einer Reihe Verkaufsstände in der Straßenmitte. Sie waren mit farbenfrohen Früchten, Gemüse, Kräutern und anderen Produkten bestückt. Besonders auffällig präsentiert wurden kleine weiße, in Wasserbassins schwimmende *fondi di carciofi* – Artischockenböden.

Sie und viele andere Gemüse- und Obstsorten waren kunstvoll arrangiert, um den Eindruck ortstypischer und pittoresker Authentizität zu erzeugen. Doch die Männer hinter den Verkaufstischen waren fast durchweg Bengalen.

Bilal saß am Straßenrand. Er war älter als Rafi, vielleicht Anfang zwanzig, hochgewachsen, breitschultrig und gut aussehend, mit leuchtenden Augen, einer scharfen Nase und einem dunklen, glänzenden Teint. In hellblauen Jeans und einem Inter-Mailand-Shirt saß er auf einem Plastikstuhl, der zu klein für ihn wirkte. Auf einer Seite seines Stuhls stand ein mit kleinen Artischocken gefüllter Eimer, auf der anderen ein Abfallbehälter. Zwischen seinen Füßen stand eine Schüssel

Wasser, und in der Hand hielt er ein Messer, mit dem er gekonnt die Artischocken präparierte, bis nur der elfenbeinfarbene Boden übrig blieb.

Lubna stellte mich kurz vor und eilte dann zu ihrer Zusammenkunft. Bilal zeigte auf einen Stuhl, den ich mir heranziehen sollte. Während er mit mir sprach, arbeitete er mit fliegenden Händen weiter und füllte die Schüssel zu seinen Füßen mit *fondi di carciofi*.

Am Abend zuvor, erzählte Bilal, hatte Rafi einen Anruf bekommen – er sollte in einem Restaurant als Tellerwäscher für jemanden einspringen. Er sagte zu, und als er fertig war, war es schon ziemlich spät. Wäre er um diese Zeit noch in seine Unterkunft in Mestre gefahren, hätte er kaum Schlaf bekommen, weil er schon früh am Morgen wieder in Venedig auf der Baustelle sein musste. Deshalb hatte er beschlossen, die Nacht in einem leer stehenden Lagerhaus am Rande von Cannaregio zu verbringen, das Bilal im letzten Jahr entdeckt und Rafi sowie einigen anderen Freunden gezeigt hatte.

Dieser Teil von Cannaregio war oft menschenleer, vor allem bei Nacht. In einer dunklen Gasse waren dann plötzlich zwei Männer aufgetaucht und über ihn hergefallen.

Ein Passant hatte Rafi später bewusstlos auf der *fondamenta* gefunden und das Ospedale Civile angerufen; eine Wasser-Ambulanz hatte ihn in das Krankenhaus gebracht. Dort lag er immer noch, und bisher hatte keiner seiner Freunde mit ihm sprechen können.

»War es ein Raubüberfall?«, fragte ich.

Bilal nickte. »Ja, die haben ihm sein ganzes Geld abgenommen. Er hatte ziemlich viel dabei.«

Bilal sah sich rasch um und sagte dann leise: »Wissen Sie, Rafi hatte vor Kurzem ein großes Darlehen aufgenommen und war mit ein paar Zinszahlungen im Rückstand. Ich glaube nicht, dass die vorhatten, ihn dermaßen zuzurichten. Wahrscheinlich hat er sich gewehrt, und die Sache ist außer Kontrolle geraten.«

»Warum hatte er dieses Darlehen aufgenommen?«, fragte ich. »Und bei wem?«

Bilal senkte seine Stimme zu einem Flüstern. »Es kam von einem *scafista* – einem Schleuser. Rafi hatte es für einen Freund aufgenommen. Sie hatten Bangladesch zusammen verlassen und waren an der türkischen Grenze getrennt worden – das passiert da oft, weil man wie verrückt rennen muss, über steile Hänge. Die Soldaten auf der türkischen Seite schießen sofort, wenn sie jemanden sehen, der über die Grenze will. Rafi hatte Glück und kam rüber, aber sein Freund wurde angeschossen und musste in den Iran zurück. Er hat es dann später doch noch geschafft, saß aber lange Zeit in der Türkei fest. Vor ein paar Wochen hat er jedenfalls Rafi angerufen und ihm gesagt, ein *dalal* hätte ihm versprochen, ihn auf irgendwelchen Umwegen außer Landes zu bringen. Er könnte auf ein Boot kommen, wenn Rafi in Italien eine Zahlung machen könne. Rafi hörte sich um, und jemand brachte ihn mit einem italienischen *scafista* zusammen, der bereit war, Ratenzahlung zu akzeptieren. Die erste Rate konnte Rafi zahlen, aber die zweite und dritte blieb er schuldig. Und so …«

»Hat Rafi einmal erwähnt, wie der Freund heißt?«

»Nein.« Bilal warf mir einen Blick zu und zuckte die Achseln. »Einige von uns hatten ihn davor gewarnt, sich mit den *scafisti* einzulassen; die sind gefährlich. Aber was sollte er tun? Er war verzweifelt. Und ich werfe ihm nichts vor. Wenn man sich mit einem Freund auf eine solche Reise macht und einer von beiden schafft es und der andere nicht, fühlt man sich schrecklich. Es ist bitter, mit so einem Gefühl leben zu müssen. Man tut dann alles, was man kann, um zu helfen.«

Die Tiefe seines Mitgefühls erstaunte mich. *»Tomaro hoyechhilo naki?«*, fragte ich. »Ist Ihnen das auch passiert?«

Er nickte, die Augen gesenkt, den Blick auf sein Messer gerichtet. »Ja. Ich habe Bangladesch zusammen mit einem Freund verlassen. Er hieß Kabir und stammte aus demselben Dorf im Distrikt Faridpur. Wir kannten uns schon als kleine Kinder. Wir haben zusammen gespielt, sind zusammen zur Schule gegangen und immer füreinander eingestanden.

Vor ein paar Jahren gab es in meiner Familie Streit, über Grundbesitz. Einer meiner Onkel hat die Finger in der Politik, und seine Söhne sind die örtlichen Schläger für die herrschende Partei. Seit Langem hatten sie ihren politischen Einfluss dazu benutzt, sich Grundstücke anzueignen, die von Rechts wegen meinem Vater gehörten. Jedes Mal, wenn es eine Überschwemmung gab – was immer öfter passierte –, versuchten sie die Grenzsteine zu verrücken. Wenn wir protestierten, drohten sie uns.

Eines Tages kam es zu einer tätlichen Auseinandersetzung. Mein Onkel und meine Cousins griffen meinen Vater und mich an, und Kabir kam uns zu Hilfe und schlug meinen Onkel nieder. Von da an war es ein einziges Hauen und Stechen. Kabir und ich konnten uns zwar retten, hatten von da an aber keine ruhige Minute mehr. Mein Onkel und seine Söhne lauerten uns auf, wo auch immer wir hingingen. Durch ihre Partei hatten sie überall Helfershelfer. Sie brachten sogar die Polizei dazu, uns wegen einer erfundenen Sache anzuklagen.

Nachdem wir uns ein Jahr lang versteckt hatten, wurde uns klar, dass wir nicht überleben würden, wenn wir in Bangladesch blieben. Ein Verwandter stellte die Verbindung zu einem *dalal* her, der versprach, uns für 350 000 Taka in die Emirate auszufliegen. Das war eine Menge Geld, aber irgendwie brachten wir es zusammen, und der *dalal* gab jedem von uns ein Dokument, das ein ›Airport-Visum‹ sein sollte. Er schickte uns nach Chittagong, wo wir in ein Flugzeug nach Schardscha stiegen. Dort erklärte man uns, dass wir den Flughafen nicht verlassen dürften.«

Bilal lachte selbstironisch. »Was wussten wir schon? Wir waren gerade mal achtzehn, einfache Dorfjungs, die noch nie in einem Flugzeug gesessen hatten.

Wie auch immer, wir mussten auf diesem Flughafen bleiben, Tag für Tag, und wurden immer verzweifelter. Wir hatten nur ganz wenig Geld und haben zehn Dollar für eine Prepaid-Karte mit dreißig Minuten Sprechzeit gezahlt. Wir riefen unseren *dalal* an, und der meinte, wir hätten nur zwei Möglichkeiten. Die eine war die Rückkehr nach Bangladesch. Die andere, uns über den Sudan nach Libyen durchzuschlagen. Er sagte, in Libyen sei zwar Krieg, der wäre aber nicht so schlimm – schon viele Bengalen hätten sich entschieden, dorthin zu gehen.

Was sollten wir tun? Jetzt wieder zurückzukehren kam nicht infrage. Also wählten wir die zweite Möglichkeit. Wir sagten uns: ›Wie schlimm kann es denn noch kommen? Zu Hause war es ja auch schlimm.‹

Am nächsten Tag stiegen wir in ein Flugzeug, das uns nach Khartum brachte. Auf dem Flughafen waren viele andere Bengalen, die alle nach Libyen wollten. Am Tag darauf flogen wir weiter nach Tripolis. Der Flughafen dort war ziemlich mitgenommen – zerbrochene Fensterscheiben und Bombenlöcher in den Dächern. Bewaffnete Männer gingen ein und aus, wie es ihnen gerade gefiel. Einige von denen umringten uns und drängten uns nach draußen zu einem Minivan mit abgedunkelten Fenstern. Erst da ging uns auf, dass man uns entführt hatte.

Die nächsten anderthalb Jahre wurden wir geschlagen, gefoltert und von einer Gang an eine andere verkauft. Die ließen uns von früh bis in die Nacht arbeiten, zahlten uns so gut wie nichts und gaben uns nur Brot zu essen. Wir waren wie Sklaven; was wir durchgemacht haben, das sollte keinem Menschen passieren.

Aber trotz allem gelang es Kabir und mir irgendwie zusammenzubleiben, und wir sparten sogar ein bisschen Geld. Im Lauf der Monate fanden wir heraus, dass es in Tripolis bengalische *dalals* gab, die einen auf Boote nach Europa bringen konnten. Durch sorgfältige Planung konnten wir eines Tages der Gang entkommen, die uns festhielt. Wir schlugen uns nach Tripolis durch und bezahlten einen *dalal*, der uns in eine Stadt namens Zuwara schickte, wo wir in ein sogenanntes *Connection House* kamen. Das war nur ein Betonlagerhaus mit einem Blechdach; an die zweihundert Menschen waren schon dort – Nigerianer, Sudanesen, Eritreer, Iraker, Afghanen und auch ein paar andere Bengalen.

Zwei Monate vergingen, dann wurden wir eines Nachts um zwei geweckt: Es sei Zeit für unsere »Connection«, und wir müssten so schnell wie möglich ans Meer. Wie eine Herde Vieh wurden wir an den Strand getrieben, und man nahm uns alles ab außer den Kleidern, die wir am Leib trugen.

Es war ungefähr vier, als das Boot auftauchte – ein kleines, ramponiertes Fischerboot. Um an Bord zu kommen, mussten wir durch brusthohes Wasser waten. Nachdem sie uns reingehievt hatten, sagten uns die *scafisti*, wo wir uns hinsetzen sollten. Diejenigen, die extra gezahlt hatten, durften auf dem Oberdeck bleiben, die anderen wurden in den Rumpf runtergeschickt. Da Kabir und ich uns diese Extrazahlung nicht leisten konnten, mussten wir unter Deck, wo wir dicht beim Motor saßen, der schwarze Rauchwolken ausstieß.

Als sich das Boot in Bewegung setzte, begann Wasser in den Rumpf zu sickern. Wir versuchten verzweifelt, es rauszuschöpfen, aber es wurde immer schlimmer. Bis Mittag war der hintere Teil des Bootes schon fast vollgelaufen, und wir machten kaum noch Fahrt. Wir dachten, wir müssten sterben, aber dann tauchte wie durch ein Wunder ein Hubschrauber über uns auf – wir konnten ihn sogar unter Deck hören. Oben gerieten die Leute in helle Aufregung, fingen an rumzuhüpfen und riefen und kreischten. Und da begann das Boot zu sinken.

In panischer Drängelei versuchten wir alle, uns irgendwie aus dem Bootsrumpf rauszukämpfen. Kabir und ich schafften es im letzten Moment, bevor das Boot unterging. Wir waren schon als Kinder in Flüssen und Seen geschwommen und hatten keine Angst vor dem Wasser. Wir rissen uns unsere Jeans und Shirts vom Leib, schwammen drauflos und versuchten möglichst beieinanderzubleiben. Wir glaubten fest daran, dass ein Rettungsschiff kommen würde und wir bald in Sicherheit wären. Doch es verging eine lange Zeit, ohne dass ein Schiff oder ein Helikopter aufgetaucht wäre. Das Meer war nicht rau an dem Tag, aber es herrschte eine gleichmäßige Dünung. Der Kampf gegen die Wellen wurde immer mühsamer, und es fiel uns zunehmend schwer zusammenzubleiben. Ganz allmählich trieben wir auseinander und verloren uns aus den Augen.

Als das Rettungsschiff endlich kam, war ich so erschöpft, dass ich mich kaum noch über Wasser halten konnte. Ich erwischte einen der Rettungsringe, die ausgeworfen wurden, und klammerte mich daran, während das Schnellboot andere rettete. Vergebens hielt ich Ausschau nach Kabir, aber ich machte mir keine Sorgen. Ich dachte, er sei wahrscheinlich schon gerettet worden. Als das Schnellboot endlich auch zu mir kam, kletterte ich hinein und sah mich nach Kabir um, aber er war nicht da.

Ich war einer der Letzten, die an Bord des Rettungsschiffs gingen. Ich war mir sicher, dass ich unter all den Menschen an Deck Kabir entdecken würde. Sie verteilten diese silber glänzenden Decken, ich wickelte mich in eine ein und lief auf der Suche nach Kabir wie ein Wahnsinniger auf dem Schiff herum. Immer wenn ich von Weitem einen Bengalen sah, schöpfte ich neue Hoffnung – und dann war es doch wieder nicht Kabir. Am Schluss brach ich aus schierer Entkräftung zusammen, aber als ich wieder zu mir kam, setzte ich meine Suche fort. So ging es weiter, bis wir in den Hafen einliefen, und auch noch danach, als wir in das Lager gebracht wurden. Ich wollte einfach nicht glauben, dass Kabir es nicht geschafft hatte. Bis zum heutigen Tage denke ich, er wird irgendwann irgendwo auftauchen.«

Die rhythmische Bewegung von Bilals Händen brach ab; er hielt das Messer schräg, hob das Handgelenk und zog es sich über die Augen. Dann nahm er eine Handvoll weiße Artischockenböden aus dem Wasser und hielt sie mir hin.

»Sehen Sie die?«, fragte er. »Von jedem Euro, den ich mit dieser Arbeit verdiene, behalte ich vierzig Cent für meinen eigenen Bedarf. Vom Rest schicke ich dreißig Cent an meine eigene Familie und dreißig an die von Kabir. Er war ein Einzelkind, und seine Eltern haben niemanden, der sie unterstützt. Solange sie leben, werde ich ihnen Geld schicken. Das muss ich doch, oder? Nur weil Kabir mein Freund war, ist er heute nicht hier. Und wissen Sie, das Seltsame ist, dass er mir bei allem, was wir erlitten haben, kein einziges Mal die Schuld gab.«

Erneut wischte sich Bilal mit der Hand, die das Messer hielt, über die Augen.

»Wenn ich so einen Anruf von meinem Freund bekommen hätte wie Rafi, meinen Sie nicht, dass ich dann alles tun würde, um die nötige Summe aufzutreiben? Ich hätte es genauso gemacht wie Rafi, auch wenn ich gewusst hätte, dass ich sie nicht zurückzahlen kann und dafür zusammengeschlagen werde.«

Er sah mir in die Augen und zeigte auf den linken Ärmel seines T-Shirts. »Wenn ich mir dafür einen Arm abschneiden müsste, würde ich es mit Freuden tun.«

Als ich Bilal verließ, spürte ich mit diesem unerklärlichen Instinkt, mit dem wir manchmal den Blick anderer spüren, dass ich beobachtet wurde. Ich schaute nach links, und da war er, der bleiche Mann mit dem kantigen Kinn, der tags zuvor Rafi den Zeigefinger in die Brust gestoßen hatte. Er lehnte lässig an einer Wand und stocherte in seinen Zähnen. Unter dem Schild seiner grünen Basecap glühten seine Augen geradezu dämonisch.

Unsere Blicke trafen sich nur kurz, aber ich wusste mit absoluter Gewissheit, dass er der *scafista* war, mit dem sich Rafi eingelassen hatte.

Ich hatte fast schon die Abzweigung zu Cintas Palazzo erreicht, ging aber geradeaus weiter Richtung Rialto-Brücke. In diesem Augenblick schien es mir dringend geboten, nicht zu offenbaren, wo ich wohnte.

Eine Stunde lang wanderte ich umher, ließ mich ziellos im Strom der Touristen treiben. Auf dem Rückweg nahm ich ein Vaporetto, und obwohl ich inzwischen viel ruhiger war, wurde ich das Kribbeln im Nacken nicht los. Unwillkürlich sah ich mich immer wieder um und musterte die Gesichter um mich herum.

Die Sonne ging unter, als das Vaporetto in San Marcuola anlegte. Ich mischte mich unter eine Gruppe Touristen und huschte rasch durch das Gartentor von Cintas Palazzo. Ein Gefühl der Erleichterung überkam mich, als ich das Tor zumachte, doch als ich Cintas Wohnung betrat und in den Spiegel gegenüber der Tür schaute, war ich mehr oder weniger darauf gefasst, diese Augen hinter mir zu sehen.

Beim Gang durch die Wohnung nahm ich einen zarten Glyzinienduft wahr. Er schien aus dem Zimmer am Ende eines langen Flurs zu kommen: Dort hatte ich meinen Computer aufgestellt.

Das Zimmer war klein – wahrscheinlich war es früher ein Dienstmädchenzimmer gewesen –, es gab jedoch einen Tisch, einen Stuhl und ein Fenster, das auf einen Hof voller Blumen an der Rückseite des Palazzo hinausging. Der Fensterrahmen war von Glyzinien umrankt.

Beim Eintreten sah ich, dass das Fenster offen stand. Hatte ich es so zurückgelassen? Ich wusste es nicht mehr. Und ich wollte auch nicht darüber nachdenken, denn mir bot sich eine spektakuläre Aussicht: die schneebedeckten Gipfel der Dolomiten, von der untergehenden Sonne rosig angehaucht.

Ich griff nach meinem Handy, um ein Foto zu machen, als mein Blick auf meinen Laptop fiel. Ich erschrak: Auf dem Deckel saß eine Spinne. Sie hatte ungefähr fünf Zentimeter Durchmesser und abgewinkelte Beine, die ihren Rumpf weit überragten.

Ein Bild von vielen gekreuzten Linien erschien vor meinem inneren Auge, und ich erinnerte mich an Rafis Worte: »Manche Spinnen sind giftig, nicht wahr, genau wie Schlangen.«

Ich trat ein paar Schritte zurück und stand an der Wand. Die Spinne hatte sich nicht von der Stelle gerührt, die Augen offenbar auf mich fixiert. Da ich das Handy in der Hand hatte, hob ich es automatisch und fotografierte sie. Der Blitz erschreckte das Tier, es krabbelte aus dem Fenster und verschwand.

Rasch lief ich hinüber und schloss es. Aber mein Herz raste jetzt, und ich musste mich an den Fensterrahmen lehnen, um mich zu sammeln. Ich wusste, dass ich eine Art Panikattacke hatte, und zwang mich, mehrere Male tief durchzuatmen.

Das hatte die gewünschte Wirkung, und meine Panik ließ langsam nach. Als mein Herzschlag sich normalisierte, ärgerte ich mich über mich selbst. Was war mit mir los, dass mich solche Kleinigkeiten derart aus der Fassung brachten? Spinnen gab es schließlich überall, sie waren so allgegenwärtig wie Fliegen und Ameisen. Wenn ich mich dazu hinreißen ließ, diesem Vorfall eine Bedeutung beizumessen, würde ich über kurz oder lang durchdrehen.

Ich setzte mich an den Schreibtisch, öffnete den Laptop und schrieb Piya, dass Rafi im Krankenhaus sei, ich aber mit einem Freund von ihm gesprochen hätte, der mir im Wesentlichen bestätigt hatte, was ich bereits vermutet hatte: Tipu und Rafi hatten Bangladesch gemeinsam verlassen, waren auf dem Landweg durch Indien, Pakistan und Iran an die türkische Grenze gefahren und dort getrennt worden. Alles Übrige würde ich ihr am Telefon erzählen, sobald sie in Berlin war; sie solle mich so bald wie möglich anrufen.

Ich wollte gerade auf »Senden« drücken, als mein Handy sich mit der Frage meldete, ob ich das Foto, das ich gerade von der Spinne gemacht hatte, teilen wolle. Ich überspielte das Foto auf meinen Laptop, hängte es an meine Nachricht an und fügte ein PS hinzu: »Meine jüngste Begegnung mit dem Tierreich.«

Dann fand ich, dass das doch ein bisschen hochtrabend klang, und hängte noch eine Reihe Emojis an.

Träume

Am nächsten Morgen um zehn ging ich wieder zu Lubnas Büro. Ich hatte halb damit gerechnet, dass es geschlossen sein würde, aber die Tür stand offen. Ich trat ein und sah einen jungen Mann auf Lubnas Sessel sitzen – ein zierlicher Bengale mit rabenschwarzem Haar und einer großen Brille.

Er erhob sich und musterte mich leicht verwirrt von Kopf bis Fuß. »Möchten Sie zu Mrs. Lubna Alam?«, fragte er auf Englisch. Er mochte Mitte zwanzig sein und trug ein sauber gebügeltes Hemd, Hose und Jackett. Unter seinem Revers schauten zwei Stifte aus der Brusttasche seines Hemdes hervor.

Ich antwortete auf Bengali: »*Hã, uni achhen?* Ist sie da?«

Seine Augen leuchteten plötzlich auf, als hätte er ein Rätsel gelöst. »Ich weiß, wer Sie sind«, rief er. »Sie sind dieser Bengale aus Kolkata! Der, dem Rafi beinahe den Schädel zertrümmert hätte!«

»Stimmt«, sagte ich. »Ich bin Dinanath Datta.«

»Und ich heiße Fozlul Hoque Chowdhuriy«, sagte er und schüttelte mir kräftig die Hand. »Aber alle nennen mich Palash. Bitte nehmen Sie Platz.«

Mir fiel auf, dass sein Bengali-Akzent sich von dem der anderer Bengalen, mit denen ich schon gesprochen hatte, unterschied. Er klang wie ein gewiefter, in der Großstadt aufgewachsener Student.

»Ich kümmere mich heute um das Büro«, sagte er. »Lubna-khala musste zu einem Treffen mit einer Gruppe Aktivisten. Sie versuchen gerade, Geld aufzutreiben, um ein Boot zu mieten.«

»Ein Boot?«, fragte ich. »Wozu müssen die ein Boot mieten?«

»Ach, haben Sie es noch nicht gehört?«

Menschenrechtsaktivisten in Italien, erklärte er mir, hätten beschlossen, sich der Sache mit dem Flüchtlingsboot anzunehmen, das in der letzten Zeit solche Schlagzeilen mache. Sie wollten eigene Boote ausschicken, um sich den rechtsgerichteten Aktivisten entgegenzustellen, die geschworen hatten, die Flüchtlinge abzuweisen.

»Wenn eine Flotte ziviler Boote auftaucht, um die Flüchtlinge zu unterstützen«, sagte Palash, »wird das vielleicht das Gewissen der Welt wecken. In der ganzen Welt richten sich im Moment aller Augen auf das Blaue Boot: Es ist zum Symbol für alles geworden, was weltweit Probleme macht – Ungleichheit, Klimawandel, Kapitalismus, Korruption, der Waffenhandel, die Ölindustrie. Viele hegen die Hoffnung, dass dies ein historischer Augenblick ist. Vielleicht werden die Menschen jetzt, wo es für einen Wandel noch nicht zu spät ist, aufwachen und sehen, was da abläuft.«

»Das muss aufregend für Sie sein.«

»Ja, ist es«, sagte Palash. »Ich kann es gar nicht erwarten, da rauszufahren. Dieses Boot könnte ein Wendepunkt werden.«

Er grinste. »Vielleicht sollten Sie auch mitkommen.«

»Ich?« Ich war so perplex, dass ich eine Weile brauchte, etwas zu erwidern. »Aber ich bin kein Aktivist.«

»Lubna-khala sagt, Sie arbeiten an einer Dokumentation. Wäre das nicht großartiges Filmmaterial für Sie?«

Da hatte er vielleicht nicht ganz unrecht. »Das ist ein interessanter Vorschlag«, sagte ich. »Ich gebe ihn an meine Freundin, die Regisseurin, weiter.«

»Gut. Es wäre eine große Hilfe für uns, wenn Sie sich an den Kosten beteiligen könnten. Ich sage Lubna-khala Bescheid, wenn sie wieder da ist.«

»Wissen Sie, wann das sein wird?«

»Wohl nicht so bald.«

Offenbar stand mir meine Enttäuschung ins Gesicht geschrieben, denn er fügte eilig hinzu: »Aber vielleicht kann ich Ihnen ja helfen? Was brauchen Sie denn von ihr?«

»Tja, eigentlich wollte ich sie wegen Rafi fragen«, sagte ich. »Ich wollte wissen, ob es möglich wäre, heute mit ihm zu sprechen.«

Palash schüttelte den Kopf. »Ich glaube, es wäre keine gute Idee, ihn heute in dem Krankenhaus aufzusuchen. Es heißt, die Polizei will ihn noch einmal befragen.«

»Worüber denn?«

»Den Überfall. Wahrscheinlich sind die dahintergekommen, dass die Geschichte komplizierter ist als gedacht.«

»Inwiefern?«

»Vor allem, weil Rafi viel Geld bei sich hatte – jedenfalls für einen Jungen wie ihn. Über vierhundert Euro, die er durch Betteln und Borgen zusammengebracht hat, weil er einem *scafista* etwas zurückzahlen musste, der ihn bedroht hatte. Anscheinend hatte Rafi ihm das Geld für heute versprochen.«

Mir fiel plötzlich der Mann mit der grünen Basecap ein, wie er Rafi den Zeigefinger in die Brust gestoßen hatte.

»Wer ist dieser *scafista?* Kennen Sie ihn?«

Palash nickte. »Er ist groß, ein Schlägertyp, trägt oft eine Kappe.«

»Ich glaube, ich habe ihn gestern mit Rafi sprechen sehen.«

»Durchaus möglich«, sagte Palash. »Er hängt oft in Cannaregio herum. Er ist eine Art Arbeiteranwerber, nur dass er wahrscheinlich Verbindungen zur Mafia hat. Diese Leute überreden Migranten, in den Süden zu gehen, um dort in der Landwirtschaft zu arbeiten, wo sie praktisch wie Sklaven gehalten werden.«

»Aber Sie sagten doch, er sei ein *scafista?*«

»Da ist kein großer Unterschied«, sagte Palash. »Das hängt alles miteinander zusammen. Die Mafia arbeitet eng mit Verbrechersyndikaten in Nigeria, Libyen und Ägypten zusammen. Sie schmuggeln oft Menschen nach Italien und lassen sie auf ihren Höfen und Baustellen arbeiten. Diese *scafisti* sind ständig auf der Suche nach jungen Männern wie Rafi. Wer denen einmal in die Fänge gerät, kommt da so leicht nicht wieder raus.«

»Aber wollte Rafi diesem *scafista* das Geld nicht zurückzahlen?«

»Doch«, sagte Palash. »Und der *scafista* hat den Schlägern wahrscheinlich einen Tipp gegeben, und die haben ihn dann überfallen und ihm das Geld abgenommen.«

»Also war es eine Falle?«

»Richtig. Diese *scafisti* wollen eigentlich gar keine Rückzahlungen. Es ist von Vorteil für sie, wenn die Leute ihnen etwas schulden. So können sie sie zu allem zwingen, was sie wollen – es ist genau wie die Schuldknechtschaft bei ihnen zu Hause. Die *scafisti* schrecken vor nichts zurück, nicht einmal …«

Er schaute mir in die Augen. »Kennen Sie die Geschichte von Lubna-khalas Mann?«

»Nein, sie hat mir nur gesagt, dass er voriges Jahr gestorben ist, in Sizilien.«

Palash nickte. »Es war sehr traurig. Munir-bhai war ein

unglaublicher Mann, ein Aktivist, der sich unermüdlich für die Migranten und ihre Belange eingesetzt hat. Er saß sogar in einem Stadtrat – als erster Bengale in so einer Position. Sein Tod war für alle eine Tragödie – besonders, weil er noch so jung war – erst zweiundvierzig.«

»Was ist passiert?«

»Er ist der Mafia in die Quere gekommen. Für die sind Migranten und Flüchtlinge – ganz zu schweigen vom gesamten italienischen ›Aufnahmesystem‹ – ein lukratives Geschäft, eine wahre Goldgrube. Munir-bhai war ein Stachel in ihrem Fleisch: Er hat an die große Glocke gehängt, dass sie Gelder von den für die Flüchtlinge vorgesehenen Fonds für sich abgezweigt haben. Dann ist ihm zu Ohren gekommen, dass eine Gruppe Bengalen auf einem Bauernhof in Sizilien gefangen gehalten wurde, und er ist hingefahren, um der Sache auf den Grund zu gehen. Wir haben alle versucht, ihn davon abzuhalten, aber er hat nicht auf uns gehört. Er blieb bei seinem Entschluss, und nach ein paar Tagen haben wir erfahren, dass er ums Leben gekommen war, bei einem Autounfall.«

Ich lehnte mich zurück, fassungslos. »Das ist ja furchtbar!«, sagte ich. »*Bibhotsho!* Und furchtbar ist auch, dass Rafi sich mit solchen Leuten eingelassen hat.«

Palash nickte. »Ja, wir haben ihn gewarnt, aber er war wohl völlig verzweifelt. Er wollte seinem Freund helfen, um jeden Preis.«

Ich wollte Palash noch etwas fragen, aber mein Handy klingelte. Es war Piya.

»Da muss ich rangehen«, sagte ich zu Palash. »Ich hoffe, wir können später weiterreden.«

»Sicher, jederzeit.«

Ich trat vor die Tür und hielt mir das Handy ans Ohr. »Hallo? Piya?«

»Hi, Deen. Ich bin in meinem Hotel in Berlin. Ich habe eben deine Nachricht gesehen. Sieht so aus, als hätte ich recht gehabt, oder? Rafi und Tipu sind in die Türkei gefahren?«

»Ja«, sagte ich. »Sieht so aus. Anscheinend wurden sie an der Grenze getrennt. Rafi hat es nach Europa geschafft, Tipu ist in der Türkei hängen geblieben.«

»Aber ich glaube nicht, dass er noch dort ist«, sagte Piya. »Ich glaube, er ist in Ägypten.«

»Warum?«

»Das kann ich dir sagen. Du erinnerst dich an diese Nachricht – du weißt schon, die über die Strandungen? Ich hatte sie einem Freund von mir geschickt, der ein Ass in digitaler Spurensuche ist. Er hat sie zurückverfolgen können.«

»Und …?«

»Anscheinend wurde sie aus einem Internetcafé in Alexandria abgeschickt. Da muss Tipu also zu dem Zeitpunkt gewesen sein.«

»In Äypten?« Einen Moment lang spielte ich mit dem Gedanken, Piya zu sagen, was ich über den Menschenhandel in diesem Land erfahren hatte. Aber dann dachte ich, dass es keinen Sinn hatte, ihre Ängste noch zu vergrößern.

»Ist es nicht ein bisschen seltsam«, gab ich zu bedenken, »dass er in Ägypten ausgerechnet an Delfinstrandungen gedacht haben soll?«

»Ich vermute, dass der Whistleblower ihn dort über ein soziales Netzwerk oder so erreicht hat.«

»Du bist also nach wie vor überzeugt, dass der Tipp von einem Whistleblower stammt?«

»Wie sollte es sonst gewesen sein, Deen?«, erwiderte sie ungeduldig. »Ich hoffe, du sagst mir jetzt nicht, er hätte eine

Vision gehabt oder die Delfine hätten im Schlaf zu ihm gesprochen oder irgend so was. Das wäre nicht besonders hilfreich.«

Dann änderte sich plötzlich ihr Tonfall: »Obwohl, irgendwas ist da schon komisch.«

»Und was?«

»Weißt du noch, ich hab dir doch gesagt, dass die Strandungen nicht bei Sonnenaufgang angefangen haben, wie vorhergesagt, sondern zweieinhalb Stunden später, so gegen halb neun?«

»Ja, ich erinnere mich.«

»Ich habe darüber nachgedacht und bin darauf gekommen, dass halb neun indischer Zeit für Tipu etwa der Sonnenaufgang gewesen wäre – das heißt, falls er eine Woche nach dem Absenden der Nachricht noch in Ägypten war.«

»Das ist interessant …«

Piya fiel mir ins Wort. »Wenn du sagen möchtest, dass Tipu es im Traum gesehen hat oder so was, lass es bitte. Im Moment ist entscheidend, rauszukriegen, warum Tipu überhaupt in Ägypten war.«

»Ich könnte mir denken, dass er auf ein Boot wollte, um übers Mittelmeer zu setzen. Das ist nur eine Vermutung, aber ich glaube, Rafi würde es wissen.«

»Ja, deshalb wünsche ich mir ja, du könntest mit ihm reden.«

»Hör zu, Piya«, sagte ich. »Ich tu mein Bestes, aber ich weiß nicht, wann es geht, wo er doch jetzt im Krankenhaus ist und so.«

»Haben die keine Besuchszeiten?«

»Weiß ich nicht. Ich werde mich erkundigen.«

»Wie auch immer, halte mich auf dem Laufenden, Deen. Ich könnte sofort rüberkommen.«

»Na ja, *ich* würde mich jedenfalls freuen, dich zu sehen«, sagte ich.

Ich merkte, dass ich sie erschreckt hatte, und sagte: »Aber unternimm erst mal noch nichts. Ich versuche noch mal, mit Rafi zu reden, und melde mich dann bei dir.«

»Okay, dann warte ich, bis ich von dir höre.«

Ich wollte mich gerade verabschieden, als sie plötzlich aufgeregt sagte: »Hey, Deen! Bleibst du mal noch kurz dran? Hier ist gerade was auf meinem Monitor aufgetaucht.«

»Ja, sicher.«

Ich hörte sie auf dem Computer herumtippen, und nach einer Weile schnappte sie hörbar nach Luft. »Deen, weißt du noch, das Foto, das du mir geschickt hast? Von der Spinne?«

»Ja, was ist damit?«

»Ich hab's Larry weitergeschickt, einem Freund, der über Spinnen forscht.«

»Warum das denn?«, fragte ich, schlagartig beunruhigt. »Das war doch … nur ein Scherz.«

»Ich weiß nicht, warum«, entgegnete Piya. »Ich hab's einfach gemacht. Und gerade eben habe ich eine E-Mail von Larry gekriegt. Er war ganz aufgeregt – anscheinend war die Auflösung so hoch, dass er das Bild vergrößern und die Spinne bestimmen konnte. Er sagt, ich soll dich so schnell wie möglich warnen.«

»Mich warnen? Wovor?«

»Die Spinne auf dem Foto ist eine Braune Einsiedlerspinne, *Loxosceles reclusa.* Ihr Biss kann sehr schmerzhaft sein, und ihr Gift ist stärker als das der Klapperschlange, es dringt durch die Haut und frisst sich ins Fleisch. Larry möchte wissen, ob das die einzige Spinne dieser Art ist, die du gesehen hast, oder ob da auch noch andere waren.«

»Ich habe tatsächlich noch eine gesehen«, sagte ich.

»Oder besser gesagt, Rafi hat sie gesehen. Sie ist auf seiner Schulter gelandet und dann auf mich gesprungen. Aber ich weiß nicht, ob es wirklich die gleiche Art war. Sind die denn hier verbreitet?«

»Larry meint, es sei das erste Mal, dass er von einer hört, die so weit im Norden aufgetaucht ist. Aber er ist auch nicht überrascht. Er sagt, die Braune Einsiedlerspinne habe in letzter Zeit ihr Verbreitungsgebiet stark ausgedehnt, weil es in Europa so viel wärmer geworden ist. Und es gibt eine verwandte Art, die Mittelmeer-Einsiedlerspinne, die in Italien bereits weit verbreitet ist. Auch die ist ziemlich gefährlich. Vor zwei Jahren ist in Süditalien eine Frau nach dem Biss einer Mittelmeer-Einsiedlerspinne gestorben. Sie hat den Biss erst nicht beachtet, weil sie ihn nicht für gefährlich hielt, und ein paar Tage später war sie schon so krank, dass sie nicht mehr zu retten war. Das Gegengift musste aus Brasilien eingeflogen werden. Sie ist gestorben, bevor es da war.«

»Du machst Witze.«

»Überhaupt nicht. Ich schicke dir einen Link zu dem Bericht, ich suche ihn gerade heraus. Offenbar war das Nachbarhaus mit dieser Spinnenart verseucht, und einige Exemplare sind in den Keller der Frau gelangt. Ich kann nur hoffen, dass bei dir nicht auch so was passiert.«

»Eine Giftspinneninvasion?« Der bloße Gedanke ließ mich schaudern. »In Venedig? Das kann doch nicht sein.«

»Na gut, aber sei vorsichtig, okay?«

Ich spürte, wie eine neue Panikattacke in mir hochkroch, und um sie abzuschütteln, setzte ich mich in Bewegung. Das Richtige wäre natürlich gewesen, Cintas Wohnung auf der Stelle nach Spinnen abzusuchen. Aber dazu war ich im Moment nicht in der Lage und ging deshalb in die entgegengesetzte Richtung.

Ich war noch nicht weit gekommen, als ich merkte, dass jemand neben mir in Gleichschritt verfallen war, jemand, der viel größer war als ich. Ich schaute zur Seite und sah eine grüne Basecap und ein bleiches, von Bartstoppeln bedecktes Kinn.

Ich sah sofort wieder weg, blickte stur geradeaus und ging weiter.

»Hello Mister. How are you?«

Er sprach fließend Englisch, wenn auch mit starkem Akzent. Mir fiel auf, dass er auf dem Unterarm ein Tattoo eines zusammengerollten Pythons hatte.

»Mir geht's gut«, sagte ich mit gewollt fester Stimme.

»Gefällt Ihnen Venedig?«

»Ja.«

»Aber Sie sind kein Tourist, denke ich.«

»Warum sagen Sie das?«

»Ich sehe Sie die ganze Zeit mit bengalischen *ragazzi* sprechen. Suchen Sie etwas Bestimmtes?«

»Nein«, sagte ich. »Ich bin selbst Bengale. Ich finde ihre Geschichten interessant. Das ist alles.«

»Sie mögen Geschichten, hm?«

»Ja, tu ich.«

»Seien Sie vorsichtig. Manchmal können Geschichten gefährlich sein.«

Ich brachte es immer noch nicht über mich, ihn anzusehen. »Was wollen Sie damit sagen?«

»Vielleicht haben Sie davon gehört, Mister? Es gibt eine Geschichte, die heißt *Morte a Venezia*.«

Er machte ein Geräusch irgendwo zwischen einem Lachen und einem Knurren. »Viel Spaß in Venedig, Mister. Lassen Sie sich's gut gehen, aber denken Sie an Ihre Sicherheit.«

Seine Stimme entfernte sich langsam, und ich ging weiter, ohne mich umzublicken.

Seltsamerweise war ich jetzt nicht mehr in Panik; stattdessen hatte eine Art Benommenheit eingesetzt, das Gefühl, nicht mehr zu wissen, was ich tat und wo ich mich befand. Ich war nicht einmal mehr sicher, ob ich wirklich mit dem Mann gesprochen oder es mir nur eingebildet hatte.

Irgendwann schaute ich auf und sah, dass ich im Ghetto war, vor einem kleinen Buchladen. Ich war schon fast vorbei, als mir etwas auffiel. Ich blieb stehen.

Am Schaufenster hing ein Werbeplakat für eine Ausstellung. Mein Puls beschleunigte sich, während ich es betrachtete; mir war unbegreiflich, dass ich nichts von dieser Ausstellung erfahren hatte.

Es ging um eines der seltensten und wertvollsten Bücher der Welt, die Aldus-Presse-Ausgabe der *Hypnerotomachia Poliphili*, eines allegorischen Texts aus dem 15. Jahrhundert. Diese Ausgabe gilt weithin als das schönste Buch, das je gedruckt wurde. Es entstand 1499 in Venedig (und zählt damit noch zu den Inkunabeln). Der Drucker war kein anderer als der große Aldus Manutius, der einen großen Teil seines Lebens in der Stadt verbrachte und dort 1515 starb.

Der bloße Anblick des Namens ließ mein Herz höherschlagen. Aldus Manutius, oft als »Michelangelo des Drucks« apostrophiert, war nach Gutenberg wahrscheinlich der einflussreichste Buchhersteller aller Zeiten, ein Mann, dessen Vermächtnis unser Leben bis zum heutigen Tag beeinflusst. Er entwarf die Prototypen einiger der gebräuchlichsten Schriftschnitte unserer Zeit, darunter die Bembo und die Garamond (mein persönlicher Favorit). Manutius erfand die Kursivschrift, führte das Semikolon ein und gab dem Komma seine hakenförmige Gestalt. Damit nicht genug: Er schuf auch den Vorläufer des modernen Taschenbuchs, weshalb man ihm nachsagt, dass er unsere Beziehung zum geschriebenen Wort für immer verändert hat: Erst nach Aldus Manutius begannen die Menschen, nicht zur Belehrung, zur Bildung oder aus Frömmigkeit zu lesen, sondern rein zu ihrem Vergnügen.

Auf dem Plakat stand, dass die Ausstellung in der Bibliothek der Fondazione Querini Stampalia stattfand. Auch dieser Name weckte bei mir viele Assoziationen. Als ich zum letzten Mal in Venedig war, hatte ich an einer Konferenz in ebendieser Bibliothek teilgenommen.

Das gab den Ausschlag, und ich brach sofort auf.

Beim Gang durch die engen, gewundenen Gassen fielen mir noch andere Einzelheiten von meinem früheren Aufenthalt in Venedig ein, vor allem Cintas Vortrag in der Querini Stampalia. Sie hatte Venedig als »Hauptstadt des Verlagswesens der frühen Aufklärung« bezeichnet; in den ersten zwei Jahrhunderten nach der Erfindung der Druckerpresse, hatte sie gesagt, seien nicht weniger als die Hälfte aller gedruckten Bücher hier erschienen. Venedig war das Zentrum des weltweiten Buchhandels gewesen, hier war der erste gedruckte Koran, in arabischer Schrift, erschienen, und hier entstanden auch die ersten Bücher in armenischer, griechischer und etlichen slawischen Sprachen und Schriften, darunter auch das Glagolitische (wie hatte ich bewundert, mit welcher Leichtigkeit ihr das Wort über die Lippen kam!).

Faszinierend waren auch die Streifzüge mit ihr gewesen – sie hatte mir Orte gezeigt, an denen früher Buchhandlungen gelegen hatten, und mir erklärt, dass »Bücher« in damaligen Zeiten lediglich Rohbogen waren; die Käufer erwarben die unbeschnittenen Druckbogen und ließen sie dann selbst binden.

Als ich mich jetzt der Bibliothek näherte, kam mir der Gedanke, dass viele dieser alten Werkstätten und Druckerpressen noch in Betrieb gewesen sein mussten, als der Gewehrhändler in Venedig war. Wenn er durch diese Straßen ging, hätte er ringsum ein Universum aus Büchern gesehen.

Und während mir diese Eindrücke durch den Kopf gingen, hatte ich das merkwürdige Gefühl, dass sie keine Gedanken mehr waren, sondern Erinnerungen, und zwar so lebhafte, dass sie Träume hätten sein können.

Die Bibliothek der Fondazione Querini Stampalia war, wie ich es auch in Erinnerung hatte, ein Labyrinth aus vergoldeten Lesesälen, gepflegten Innenhöfen und Korridoren, die mit jeder Wegbiegung Zerstreuung und Abwechslung boten.

Die *Hypnerotomachia*-Ausstellung befand sich im Erdgeschoss, und beim Eintreten stellte ich erstaunt fest, dass ich allein in der Galerie war. Offenbar interessierten sich die meisten Touristen nicht für seltene alte Bücher.

Die Inkunabel befand sich in einer großen Vitrine in der Mitte der Galerie. An den Wänden aufgereiht standen zahlreiche weitere Vitrinen und mehrere Bildschirme. Auf einigen der Bildschirme waren Übersetzungen des Textes in verschiedene Sprachen zu sehen, andere boten Informationen über die historischen Hintergründe des Werks und die Kontroverse über die Urheberschaft (die jedoch allgemein einem Franziskanermönch namens Francesco Colonna zugeschrieben wird).

Ich blieb vor einem Bildschirm stehen, der eine englische Übersetzung zeigte, die 1592 unter dem Titel *The Strife of Love in a Dreame* erschienen ist. Während ich durch die Seiten scrollte, fielen mir nach und nach Teile der Geschichte ein: Erzähler ist ein Mann, der sich auf die Suche nach einer stets abwesenden Geliebten begibt und sich in einem Wald verirrt, wo er von wilden Tieren umgeben ist – Wölfen, Bären und zischenden Schlangen. Er wandert immer weiter, bis er erschöpft in Schlaf fällt und einen Traum hat, in dem er einen Traum träumt, der zugleich furchterregend und erotisch ist, bevölkert von fantastischen Kreaturen, Skulpturen und Denkmälern, von denen einige eingravierte geheimnisvolle Botschaften in Latein, Griechisch, Hebräisch und Arabisch tragen. In diesem Traum im Traum haben Wesen aller Art eine Stimme und senden Botschaften aus – Tiere, Bäume, Blumen, Geister …

Während mir dies langsam wieder ins Gedächtnis trat, hatte ich das unheimliche Gefühl, mich selbst in einen Traum verirrt zu haben; freilich träumte ich nicht selbst, sondern ich wurde von Wesen geträumt, deren bloße Existenz fantastisch für mich war – Spinnen, Kobras, Seeschlangen –, und doch waren sie und ich irgendwie Teil der Träume des jeweils anderen geworden.

Wie in einem Traum ging ich schließlich zu der Inkunabel, die aufgeschlagen auf einer mit Samt bezogenen Bücherwiege lag. Rings um das Buch waren schöne Faksimile-Reproduktionen einiger der Illustrationen ausgestellt, mit denen die Seiten verziert waren – der Ruhm des Werks beruht zum großen Teil auf diesen prachtvollen Holzschnitten, die manche Mantegna zuschreiben.

Während ich um die Vitrine herumging und die geheimnisvollen Illustrationen betrachtete, beschlich mich das Gefühl, dass ich einige davon kannte, dass ich vor Kurzem irgendwo ganz ähnliche gesehen hatte. Plötzlich fielen mir die Bilder an den Wänden des Schreins ein, und mit einem Mal begann in mir die Überzeugung zu reifen, dass der Kaufmann genau diese Seiten, diese Illustrationen gesehen hatte, dass dies das Buch war, in dem er das Gesicht von Manasa Devi gesehen hatte. Als Nächstes kam ich zu einem Bild von sich windenden Schlangen, und alle Zweifel schwanden. Ich war mir sicher, dass ich wie der Gewehrhändler in die Traumzeit des Buches eingetreten war, dass er irgendwo nahe bei mir war.

So sehr war ich in diesem Traum gefangen, dass ich etwas tat, was ich nie getan hätte, wäre ich bei Verstand gewesen. Ich machte mich an der Vitrine zu schaffen und versuchte die Abdeckung zu öffnen.

Von mir unbemerkt musste irgendwo ein Alarm losgegangen sein. Als ich wieder aufschaute, sah ich mich von Bibliothekaren und uniformierten Wächtern umringt, die mich genauso intensiv beäugten, wie ich das Buch angestarrt hatte.

Im nächsten Moment wurde ich ziemlich unsanft weggeführt, möglicherweise auf eine Polizeiwache oder sogar in ein Gefängnis. Der Schock brachte mich wieder zur Besinnung. Ich sah rasch noch einmal zurück und erblickte eine Frau mit Brille. Es schien eine Bibliothekarin zu sein – mit der Zeit lernt man, woran man sie erkennt –, und ich rief laut: »Warten Sie! Ich kann das erklären ... ich bin ein Freund von Frau Professor Giacinta Schiavon ... ich wohne bei ihr.«

Es war mein Glück, dass die Angestellten der Querini Stampalia Cinta gut kannten. Ihr Name wirkte wie ein magisches Mantra: Die Bibliothekarin besprach sich kurz mit einem Polizisten, der aus dem Nichts aufgetaucht war, und dann wurde ein Anruf getätigt. Eine angeregte Unterredung entspann sich, und schließlich gab man mir den Telefonhörer. Cinta war am Apparat, und ich versuchte ihr, so gut ich konnte, zu erklären, dass alles auf einem Irrtum beruhte; ich hätte das nicht beabsichtigt, würde für eventuelle Schäden an der Vitrine aufkommen und so weiter.

»*Calmati*, Dino«, sagte Cinta. »Es ist alles in Ordnung. Ich habe denen von dir erzählt. Du brauchst dir keine Sorgen zu machen. Wahrscheinlich bist du nur desorientiert von der Reise. Du solltest jetzt in die Wohnung gehen und dich ausruhen.«

»Ich danke dir, Cinta«, sagte ich.

Ich wollte den Hörer schon zurückgeben, als mir Piyas Anruf einfiel.

»Cinta, da ist noch etwas, das du wissen solltest. Es kann sein, dass du Ungeziefer in deiner Wohnung hast.«

»Was denn für Ungeziefer?«, fragte sie verwirrt.

»Spinnen. Ich habe welche gesehen, und eine Freundin hat mir gesagt, die könnten giftig sein.«

Am anderen Ende der Leitung wurde hörbar Luft geholt. »*Orribile!* Ich werde Marco bitten, sich sofort darum zu kümmern. Und mach dir keine Sorgen – ich komme morgen nach Hause.«

»Da bin ich aber froh, Cinta.«

»*A presto, caro. Ciao ciao ciao!*«

Marco, der *portinaio*, tauchte vor mir auf, als ich gerade die Treppe hinaufgehen wollte. Er war ein untersetzter Mann mit buschigem Schnurrbart und dickem Bauch. Ich hatte am Tag meiner Ankunft seine Bekanntschaft gemacht – er hatte die Formalitäten für mich erledigt und mir den Schlüssel zu Cintas Wohnung ausgehändigt. Seither war ich ihm mehrere Male begegnet, und bei manchen dieser Gelegenheiten hatte ich versucht, Italienisch mit ihm zu sprechen. Aber davon wollte er nichts wissen – in seinen Augen war ich ein Tourist, und mit einem solchen sprach er nur Englisch.

Jetzt sah ich ihm an, dass er auf mich gewartet hatte und über meine späte Rückkehr nicht gerade erbaut war.

»Ah, Mister«, sagte er und hob die Hand. »Warten, einen Moment!«

»Ja, was gibt's?«

»Es stimmt, oder? Sie sehen etwas in *appartamento* von Professoressa Schiavon? Insekt? Spinne?«

»Ja, ich habe dort gestern eine Spinne gesehen. Eine Freundin sagte mir, dass sie womöglich giftig sein könnte.«

»Ich schau überall – da war nichts, *niente, nulla*. Ich komme mit Ihnen jetzt. Sie mir zeigen, wo Sie sehen Spinne.«

Wir stiegen zusammen zu der Wohnung hinauf, und er wählte einen Schlüssel aus einem Bund, den er am Gürtel trug. Er schloss auf und ließ mich vorgehen: *»Prego.«*

Ich trat ein, er folgte mir und schloss lautstark die Tür. Im nächsten Moment hörten wir im Wohnzimmer etwas fallen. Ich ging zur Tür und schaute hinein: Ein Buch lag aufgeschlagen auf dem Fußboden.

»Diese alten *palazzi veneziani*«, seufzte Marco. »Jedes Mal, wenn man macht Tür zu, springt etwas aus Regal.«

»Das ist aber weit gesprungen«, sagte ich.

Das Buch lag mitten im Raum neben einem Sessel. Ich hob es auf und sah, dass der Umschlag einen farbenprächtigen Tiger zeigte. Es war Salgaris Buch über die Sundarbans. Ich war mir ziemlich sicher, dass ich es wieder zurückgestellt hatte.

Oder vielleicht doch nicht?

Marco wurde ungeduldig. *»Forza!«*, sagte er. »Zeigen mir, wo Sie sehen Spinne.«

Ich stellte das Buch ins Regal und wandte mich Marco zu: »Kommen Sie, ich zeig's Ihnen.«

Ich führte ihn in das Mädchenzimmer und machte das Licht an. In dem Moment, als ich vortrat, um Marco die Stelle zu zeigen, wo ich die Spinne gesehen hatte, prallte etwas mit einem dumpfen Schlag gegen die Fensterscheibe.

Ich sprang erschrocken zurück, aber Marco fing an zu lachen.

»Nichts zu beunruhigen, nur ein Vogel.«

Ich sah zum Fenster: Ein kleiner brauner Vogel saß auf dem Sims. Er schaute mich kurz an und flog dann weg.

»Das manchmal passiert«, sagte Marco. »Sie fliegen nach Norden und werden müde. Wenn sie sehen ein Licht, sie fliegen hin. Es ist ihre Zeit von … wie heißt das?«

»Migration?«

»*Sì. Migrazione.*«

»Wie auch immer«, sagte ich und zeigte auf den Tisch. »Hier habe ich die Spinne gesehen. Sie saß auf meinem Laptop.«

»*Sarà!*« Marco verdrehte aufgebracht die Augen. »Ich schon in diese Zimmer gesehen. Nichts. *Nulla!* Ich hier lebe zwanzig Jahre, nie sehen eine Spinne. Sie hier zwei, drei Tage und sehen. *Ma come?*«

»Ich weiß es nicht, aber sie war da. Hier, sehen Sie.« Ich zeigte ihm das Foto in meinem Handy.

Er blieb unbeeindruckt. »Viele Spinne in Ihrem Land, oder? Vielleicht Sie dort gesehen.«

»Nein. Es war genau hier.«

Er warf die Arme hoch und wandte sich zum Gehen. »Wenn wieder sehen, Sie mich rufen, okay?«

»Okay.«

Im Hinausgehen gab mir Marco einen Klaps auf den Rücken, und ich kam mir albern vor und hatte ein schlechtes Gewissen, weil ich Cinta unnötigerweise beunruhigt hatte. Nachdem ich die Tür geschlossen hatte, holte ich mein Handy hervor und schickte ihr eine SMS: »Marco hat die Wohnung überprüft. Hier ist nichts. Keine Sorge. Alles bestens.«

Sie antwortete Minuten später: »*Grazie, caro!* Schlaf gut. Bis morgen.«

Ich ging in die Küche und wollte mir gerade ein Glas Wasser eingießen, als etwas an die Fensterscheibe klopfte. Ich fuhr herum und sah noch einen braunen Vogel auf dem Sims sitzen: Er pickte an die Scheibe. Als ich auf das Fenster zuging, flog er flatternd davon. Ich stellte mich ans Fenster und schaute hinaus in den Hof voller Blumen und auf die schwach beleuchtete Gasse jenseits der Mauer. Ich sah nichts Bemerkenswertes, aber plötzlich hatte ich ein seltsames Gefühl im Nacken. Ich drehte mich um, aber da war nichts – doch irgendwo in der Wohnung knarrte und ächzte etwas, Laute jahrhundertealten Holzes, das langsam im weichen Schlamm der Lagune versinkt.

Nirgends war irgendetwas Unerwünschtes oder Ungewöhnliches zu sehen, aber alles um mich herum schien lebendig, sogar der Windhauch, der mein Gesicht streifte, als wehe ein Luftzug durchs Zimmer. Dabei waren alle Fenster geschlossen.

Um mich zu beruhigen, rief ich Gisa an und erzählte ihr von dem Boot, das Lubna chartern wollte.

»Eventuell wäre es ja interessant für dich, mit auf dieses Boot zu gehen, Gisa? Was meinst du?«

Sie überlegte eine Weile. »Vielleicht hast du recht, Dino. Es könnte *molto interessante* sein. Ich bespreche das mit meinem Team und ruf dich zurück.«

Als ich das Handy weglegte, merkte ich, dass ich sehr müde war. Ich ging zu Bett, lag aber lange Zeit wach und lauschte der Litanei der Wohnung, dem Knarren und Ächzen, das mir lauter und beharrlicher vorkam als sonst.

Irgendwann nickte ich ein, wachte nach ein paar Stunden jedoch wieder auf. Mein Herz pochte, und mich überkam ein Gefühl von Dringlichkeit, als stünde irgendetwas bevor. Sogar die Luft schien schwerer, wie in den Stunden, ehe ein Gewitter losbricht.

Ich ging in die Küche, um Wasser zu trinken, und auf dem Weg zurück ins Schlafzimmer, als ich die Tür hinter mir schloss, hörte ich etwas im Wohnzimmer – ein Geräusch, wie wenn jemand vor Schreck etwas fallen lässt.

Ich kümmerte mich nicht darum und legte mich wieder ins Bett.

Warnungen

Früh am nächsten Morgen saß ich mit einer Tasse Tee am Küchentisch, als ich hörte, wie ein Schlüssel in der Wohnungstür umgedreht wurde. Dann erklang Cintas Stimme: »Dino? Bist du da?«

»Ja. Ich bin in der Küche.«

»*Aspetta!*«

Sie bog ins Wohnzimmer ab, um die Vorhänge aufzuziehen. Als sie wieder herauskam, hielt sie ein Buch in der Hand. Sie wedelte damit und lachte.

»Wie ich sehe, liest du Salgari …?«

Dann sah sie mich am Küchentisch sitzen und blieb wie angewurzelt stehen. »*Caro mio!* Was ist passiert? Du siehst ja schrecklich aus.«

Sie kam herein und legte mir eine Hand auf die Schulter. »Dieser Ausdruck auf deinem Gesicht – als wolltest du einen Geist verscheuchen!«

»Du hast mich überrascht«, sagte ich. »Ich habe dich nicht so früh erwartet.«

»Ich bin los, sobald es ging«, sagte sie. »Ich habe gestern deiner Stimme angehört, dass irgendetwas nicht stimmte, dass du nicht du selbst warst. Und jetzt sehe ich, dass ich recht hatte: Du zitterst ja.«

»Ach ja?«

»Ja. Was ist los, Dino?«

»Ich weiß es nicht, Cinta. Aber du hast tatsächlich recht. Ich stehe irgendwie neben mir.«

Sie setzte sich mir gegenüber an den Tisch. »Jetzt sag doch, Dino, was ist los? *Dimmi!*«

»Ich weiß nicht, wie ich es dir erklären soll, Cinta. Es ist nur so viel passiert, was ich mir nicht zusammenreimen kann. Das ist ein komisches Gefühl, als hätte ich keine Kontrolle mehr über das, was ich tue. Es ist, als würde ich immer weniger, als würde ich meinen Willen verlieren, meine Freiheit.«

»Woher kommt dieses Gefühl? Sag.«

»Es sind lauter Kleinigkeiten, Cinta, die in rascher Folge passieren. Ich komme mir albern vor, aber die Geschichte mit der Spinne hat mich regelrecht verstört – wie sie vor mir aufgetaucht ist und dann da saß, als würde sie mich anschauen, so als ob es irgendeine Verbindung zwischen uns gäbe ... und dass ich dann erfahren habe, dass sie sehr giftig ist. Aber bestimmt mache ich viel zu viel Aufhebens davon. Das alles hat nichts mit mir zu tun, ich weiß, es gibt mit Sicherheit eine völlig natürliche, wissenschaftliche Erklärung dafür.«

»Ach ja?«, fragte Cinta stirnrunzelnd. »Und was wäre diese natürliche, wissenschaftliche Erklärung?«

»Na, die kennst du genauso gut wie ich, Cinta«, sagte ich ungeduldig. »Du weißt schon – aufgrund der globalen Erwärmung steigen überall auf der Welt die Temperaturen. Das bedeutet, dass sich auch die Verbreitungsgebiete verschiedener Tierarten verändern. Die Braune Einsiedlerspinne weitet ihr Habitat auf Gegenden aus, wo sie früher nicht vorkam – wie zum Beispiel auf diesen Teil von Italien.«

»Ja, das verstehe ich«, sagte Cinta. »Aber warum erwärmt sich die Welt? Ist das auch natürlich?«

»In gewissem Sinn schon«, sagte ich. »Es passiert, weil immer mehr Kohlendioxid in der Luft ist und auch andere Treibhausgase.«

»Und woher kommen diese Gase?«, fragte Cinta. »Kommen sie nicht aus Autos und Flugzeugen und Fabriken, in denen« – sie sah sich in der Küche um und zeigte auf einige Gegenstände – »Wasserkocher und Toaster und Espressomaschinen hergestellt werden? Ist das alles auch natürlich – dass wir diese Dinge brauchen, die vor hundert Jahren kein Mensch gebraucht hat?«

»Ach, komm schon, Cinta«, entgegnete ich. »Du weißt doch so gut wie ich, dass hinter alldem eine lange Geschichte steht.«

Das griff sie mit Begeisterung auf. »*Eccolo!* Siehst du! Du kannst also nicht sagen, dass die Anwesenheit dieser Spinne hier ›natürlich‹ oder ›wissenschaftlich‹ ist. Sie ist hier wegen *unserer* Geschichte, wegen Dingen, die wir Menschen getan haben. Sie ist bereits mit dir verbunden – du hast eine seit Langem bestehende Verbindung mit dieser Spinne, ob dir das nun gefällt oder nicht.«

»Was soll das denn heißen?«, giftete ich zurück. »Dass die Spinne durch irgendwelche Magie oder Hexerei hierhergebracht wurde? Dass sie Trägerin einer Botschaft ist? Oder von mir Besitz zu ergreifen versucht?«

Cinta strich ihr langes weißes Haar glatt.

»Hast du nicht eben selbst gesagt, Dino, dass du das Gefühl hast, immer weniger zu werden, deinen Willen zu verlieren?«

»Ja, schon.«

»Weißt du, wovon das ein Symptom ist?«

»Vielleicht von einer Depression?«

»So kannst du es meinetwegen nennen. Aber es gibt auch

andere Betrachtungsweisen. Als ich mein Buch über die Inquisition in Venedig schrieb, habe ich Hunderte von Fallgeschichten gelesen, in denen diese Symptome beschrieben wurden. Die Urteile wurden von Inquisitoren gefällt, und in vielen davon ging es um Zauberei und Besessenheit. Das könnte einen auf den Gedanken bringen, dass es in diesen Fällen um Geistererscheinungen oder am Himmel fliegende Objekte ging – aber so war es mitnichten. Vielmehr ging es in fast allen dieser Fälle um den Verlust des ›Willens‹ oder der ›Freiheit‹ – *volontà e libertà*. Ein Opfer, zum Beispiel eine Frau, denkt, dass sie gedrängt wird, Dinge zu tun, die sie normalerweise nicht tun würde. Oder jemand hat das Gefühl, dass er verhext wurde oder man ihm einen Trank verabreicht hat, der ihn in Liebe zu jemandem entbrennen ließ, den er sonst gar nicht beachtet hätte. Eine Frau glaubte vielleicht, jemand habe ihren Mann verhext, um ihn ihr wegzunehmen. Ein Sohn stellte sich vor, jemand habe seinen Vater verhext, sodass dieser seinen Besitz verschleuderte. Ein Mädchen war überzeugt, man habe ihr ihren Willen geraubt, sodass sie nicht mehr aus dem Bett aufstehen oder auch nur ihre Gliedmaßen bewegen konnte. Sie alle waren von dem Gefühl beherrscht, unerklärliche Mächte wirkten in einer Weise auf sie ein, dass sie nicht mehr kontrollieren konnten, was mit ihnen geschah. Die meisten Fälle von Besessenheit sahen exakt so aus.«

Sie schaute mir in die Augen und lächelte. »Und sind das nicht auch deine Symptome?«

Ungläubig starrte ich sie an. »Cinta, willst du mir allen Ernstes erzählen, dass ich besessen bin? Dass mir meine Seele geraubt wurde?«

Sie lächelte. »Nein, Dino, nein. Das will ich ganz und gar nicht sagen. Du und ich, wir leben in einer Welt, in der es nicht mehr möglich ist, im alten Sinn besessen zu sein. Diese

Dinge widerfuhren unseren Altvorderen, weil ihr Wille und ihr Gefühl für ihr Dasein in der Welt überlebenswichtig für sie waren. Um über die Runden zu kommen, brauchten sie den Boden, das Wetter, Tiere, Nachbarn, Familie und so weiter, und nichts davon lieferte ihnen das, was sie benötigten, einfach so, wie zum Beispiel ein Geldautomat oder ein Fahrkartenverkäufer im Bahnhof. Alles, worauf sie für ihren Lebensunterhalt angewiesen waren, konnte sich sträuben und zurückschlagen, egal ob es ein Ehepartner oder ein Pferd war, ganz zu schweigen von Wind und Wetter. Nur um zu überleben, mussten sie ihre Anwesenheit bekräftigen, sonst wären sie überwältigt worden, wären zu Schatten ihrer selbst geworden. Deshalb war die Besessenheit – der Verlust der Anwesenheit – für sie so mit Angst besetzt. Du und ich, wir stehen nicht vor solch einer Bedrohung. Wir leben in einer Welt unpersönlicher Systeme. Wir müssen einen Geldautomaten nicht von unserem Vorhandensein überzeugen, um unser Geld zu bekommen; wir müssen unseren Mobiltelefonen nicht unseren Willen aufzwingen, damit sie funktionieren. In unseren Lebensumständen muss niemand sein Vorhandensein bekräftigen, um im Alltag zurechtzukommen. Und da es nicht nötig ist, schwindet dieses Gefühl des Vorhandenseins allmählich, es geht verloren oder gerät in Vergessenheit – es ist einfacher, das System übernehmen zu lassen.«

Ich brauchte eine Weile, um die Tragweite ihrer Aussage zu erfassen. »Aber wenn das stimmt, Cinta«, sagte ich, »dann läuft es doch darauf hinaus, dass die heutigen Menschen – Leute wie wir – schon besessen sind.«

Sie zeigte ihr rätselhaftes Lächeln. »Ich kann nur sagen, Dino, dass ich, wenn ich diese Welt – unsere Welt – mit dem diagnostischen Werkzeug eines Inquisitors betrachte, an einer simplen Schlussfolgerung nicht vorbeikomme.«

»Die da wäre?«

»Dass die heutige Welt alle Symptome einer dämonischen Besessenheit aufweist.«

Ich rang nach Atem. »Was? Das kann doch nicht dein Ernst sein, Cinta! In welchem Sinn weist sie die Symptome einer dämonischen Besessenheit auf?«

»Sieh dich doch nur mal um, *caro.*« Ihre Stimme klang jetzt müde. »Jeder weiß, was getan werden muss, wenn die Welt weiterhin ein bewohnbarer Ort bleiben soll, wenn unsere Häuser nicht dem Meer oder Kreaturen wie dieser Spinne zum Opfer fallen sollen. Jeder weiß es ... und doch sind wir machtlos, selbst die Mächtigsten unter uns. Wir gehen gewohnheitsmäßig unseren alltäglichen Geschäften nach, als befänden wir uns im Griff von Kräften, die unseren Willen bezwungen haben; wir sehen überall um uns herum entsetzliche, monströse Dinge geschehen, und wir wenden den Blick ab; wir unterwerfen uns aus freiem Willen dem, was uns in seiner Gewalt hat, was immer das sein mag.«

Sie lächelte erneut und tätschelte mir die Hand. »Deshalb ist das, was dir gerade geschieht, keine ›Besessenheit‹. Ich würde es eher einen *risveglio* nennen, eine Art Erwachen. Es kann natürlich gefährlich sein, aber nur deshalb, weil du für Dinge wach wirst, die du dir noch nie vorgestellt, die du noch nie wahrgenommen hast. Du bist ein Glückspilz, Dino – irgendeine unbekannte Kraft hat dich mit einer großen Gabe gesegnet.«

Sie stand auf und trat ans Fenster, um hinauszuschauen. »Ich beneide dich, *caro*, aber ich bin dir auch dankbar – du hast den Gewehrhändler in mein Leben gebracht. Ich glaube, das erlegt uns eine Verpflichtung auf, meinst du nicht auch?«

»Was denn für eine Verpflichtung?«

»Seine Schritte nachzuvollziehen; zu versuchen, Venedig so zu sehen, wie es war, als er hier war.«

»Und wie sollen wir das anstellen?«

»Ich denke, wir sollten einen langen Spaziergang machen, um uns ein paar von den Dingen anzusehen, die der Gewehrhändler wahrscheinlich gesehen hat, als er hier war. Was hältst du davon?«

Ich sprang begeistert auf. »Das ist eine wunderbare Idee! Wann gehen wir los?«

Sie lächelte. »In einer Weile, *caro*. Ich muss erst mal richtig ankommen. Vielleicht nach dem Mittagessen?«

Wie schon so oft, ging Cinta auch an diesem Nachmittag in einem Outfit aus dem Haus, das gleichermaßen exzentrisch und auf mysteriöse Art elegant war: Sie hatte ein fließendes, schwarzes Kleid und eine fuchsienrote indische *dupatta* mit blauen Sneakern und einem braunen Filzhut kombiniert, in dessen Band eine Feder steckte.

Es war ein klarer Tag, und in der Stadt wimmelte es von Besuchern. Das Stimmengewirr in den Straßen wäre früher für mich nur irgendwelcher Lärm gewesen, doch jetzt vernahm ich darin ein beständiges Murmeln in bengalischer Sprache. Es war, als wäre ich in einem Wald, und das Plätschern eines Bachs oder das Wispern eines Baumes griffen nach mir, nicht um mich in den Geist des Ortes hineinzuziehen, sondern direkt in sein lebendes Fleisch.

Cinta dagegen flüsterte der Wald von Abwesenheiten: »Hier hat meine Tante gewohnt …«, sagte sie zum Beispiel und zeigte mit dem Finger auf ein Haus, »und da drüben war der beste Hutmacher der Stadt.« Oder, als wir an einem Andenkenladen vorbeikamen: »Hier sind meine Freunde und ich nach der Schule immer reingegangen und haben uns eine *sfogliatina* gekauft.«

Hin und wieder entdeckte sie eine Bekannte oder einen

Bekannten, und dann begrüßten sich die beiden mit der melancholischen Inbrunst der letzten Angehörigen eines aussterbenden Stammes. »Es sind nur noch so wenige von uns Venezianern übrig, dass wir uns alle kennen. Ich kann dir kaum beschreiben, welche Freude es mir macht, unseren Dialekt zu sprechen.«

»Ich weiß genau, was du meinst, Cinta.«

An einer Ecke blieb sie stehen, um mir eine Gasse zu zeigen. »Dort drüben ist das Haus, in dem angeblich Marco Polo geboren wurde. Das hat bestimmt jemand dem Gewehrhändler gezeigt – schließlich waren die Polos die berühmtesten Handelsreisenden, auch damals schon.«

Nach einer Weile erreichten wir die Rialto-Brücke. Cinta deutete auf einen prächtigen Palast, dessen karminrote Fassade durch Reihen hoher Spitzbogenfenster gegliedert war.

»Das ist der Palazzo Bembo«, sagte sie. »Er hat der Familie des großen Dichters Pietro Bembo gehört.«

»Nach dem Manutius die Bembo-Schrift benannt hat?«

»Genau! Lange nach Pietro Bembos Tod wurde ein großer Reisender in die Familie geboren, Ambrosio Bembo. Er war jünger als der Gewehrhändler, aber trotzdem sein Zeitgenosse. Im Jahr 1671, da war er neunzehn, ging der junge Ambrosio auf eine lange Reise – bis nach Indien und zurück.«

Sie legte den Kopf schräg und kratzte sich an der Wange.

»Man kann sich durchaus vorstellen, dass Ambrosio Bembo dem Gewehrhändler begegnet ist. Immerhin weiß man, dass er sich bei Leuten, die sich auskannten, nach der Route erkundigt hat. Irgendjemand hat ihm sicher von Kapitän Ilyas erzählt, der wiederum erwähnt haben könnte, dass sich gerade ein gebürtiger Inder hier in Venedig aufhielt. *È abbastanza plausibile, no?*«

Unterdessen war ein junger Bengale vor uns aufgetaucht,

der einen Eimer mit Wasserflaschen in Eiswasser trug. Auf sein Bitten hin kaufte Cinta ihm zwei Flaschen ab, eine für mich und eine für sich. Dann flüsterte sie mir zu: »Frag den *ragazzo*, woher er stammt und wie er hierhergekommen ist. Auf Bangla.«

»*Desh koi?*«, sagte ich zu dem Jungen.

Wie erwartet, reagierte er höchst erstaunt darüber, dass ein Kunde ihn auf Bangla ansprach.

Sein Gesichtsausdruck amüsierte Cinta. »Was sagt er? *Dimmi! Dimmi!*«

Der *ragazzo* hörte zu, wie ich seine Worte übersetzte. »Er ist aus Madaripur, in Bangladesch, meinem Heimatdistrikt. Er ist mit achtzehn von zu Hause fort und nach Libyen, um dort zu arbeiten. Nach zwei Jahren hat er in einem Schlauchboot das Mittelmeer überquert und ist in Sizilien gelandet.«

»In einem *gommone?*«, fragte Cinta entsetzt. »Aber hat er nicht um sein Leben gefürchtet? Frag ihn, ob er nicht Angst hatte, ein solches Risiko einzugehen!«

Ich stellte ihm die Frage und übersetzte dann seine Antwort. »Er sagt, so habe er es nie gesehen. Er war in einer Gruppe. Sie sind zusammen losgefahren und haben sich gegenseitig Mut gemacht.«

Hier schaltete sich der junge Mann grinsend ein und forderte mich heraus: »Und Sie, wie sind Sie hierhergekommen?«

»Mit dem Flugzeug.«

»Und da ist kein Risiko dabei?« Er grinste weiter. »Haben Sie die Risiken abgewogen, bevor Sie in die Maschine gestiegen sind?«

»Nein.«

»Genau wie ich«, sagte er. »Manchmal kommen einem Sachen ganz normal vor, weil andere sie ja auch machen. Und überhaupt, wenn man jung ist, denkt man nicht so viel über Gefahren nach.«

Er nahm seinen Eimer und lief einem anderen Kunden nach.

Ich erklärte Cinta, was er gesagt hatte, und sie nickte, so als hätte ich etwas bestätigt, was ihr schon lange im Kopf herumging.

»Manchmal frage ich mich«, sagte sie, »was passieren würde, wenn diese großen venezianischen Reisenden – die Polos, Niccolò di Conti, Ambrosio Bembo – ins heutige Venedig kämen. Mit wem hätten sie mehr gemeinsam? Mit uns Italienern des 21. Jahrhunderts, die ihre Drecksarbeit von Immigranten machen lassen? Mit den Touristen, die auf Kreuzfahrtschiffen und in Flugzeugen kommen? Oder mit diesen *ragazzi migranti*, die ihr Leben aufs Spiel setzen, um die Meere zu überqueren, genau wie all diese großen venezianischen Reisenden der Vergangenheit?«

Wir gingen über die Rialto-Brücke, dann bog Cinta nach rechts zu einer Piazza mit Arkaden ab. Im Schatten der Bögen lag eine Reihe alter Läden, die meisten mit Brettern vernagelt.

»Das«, sagte Cinta, »war der Markt, auf dem dein Kaufmann seine Kauris angeboten haben wird. Hier dürfte er mit den Großhändlern verhandelt haben, die Kaurigeld für die Schiffe brauchten, die den Atlantik überqueren wollten. In Westafrika war die Kauriwährung unerlässlich für den am schnellsten wachsenden Wirtschaftszweig jener Zeit – den Handel mit afrikanischen Sklaven für die Neue Welt. Er wurde damals zu einer ökonomischen Säule der Kolonialmächte Europas.«

Sie ging weiter und führte mich über eine sehr belebte Straße in eine enge, ruhige Gasse. »Du darfst nicht vergessen,

Dino«, sagte sie, »dass zu der Zeit, als dein Kaufmann hierherkam, in den 1660er-Jahren, Venedig eine geschrumpfte, heimgesuchte Stadt war. Ihre besten Tage als Wirtschaftsmacht lagen hinter ihr – sie hatten mit der Entdeckung neuer Schifffahrtsrouten nach Nord- und Südamerika sowie in den Indischen Ozean geendet. Außerdem herrschte damals die unheilvolle Kleine Eiszeit, in der alles in Unordnung war, im Himmel und auf der Erde. Im Jahr 1630 erreichte die Krise für Venedig ihren Höhepunkt. Nördlich der Alpen tobte der furchtbare Dreißigjährige Krieg – genau wie jetzt ein neuer dreißigjähriger Krieg über dem Mittelmeer tobt. Zu allem Übel wandte sich auch noch das Wetter gegen die Menschheit. Der Himmel öffnete seine Schleusen, und die Ebenen Norditaliens wurden überschwemmt – noch nie hatte man solchen Regen erlebt, Regen, der die Felder unter Wasser setzte und die Ernten vernichtete. Die Preise für Lebensmittel schossen in die Höhe, und der Hunger regierte im Land – und wo Hunger herrscht, breiten sich unweigerlich Krankheiten aus.

Im Jahr 1629 schleppten deutsche Soldaten die Pest nach Mailand ein, und binnen Wochen gab es Tausende von Toten. Die Seuche sprang von einer Stadt zur nächsten über – von Mantua nach Padua und dann nach Venedig, wo sie angeblich von einem Diplomaten eingeschleppt wurde.

Die Krankheit war nicht neu für Venedig, es hatte schon früher Pestausbrüche gegeben, und man hatte viel aus ihnen gelernt. So waren zahlreiche Traktate über den Umgang mit *la peste* erschienen, und schon im 15. Jahrhundert hatte man Gesundheitsbehörden eingerichtet. Man könnte sogar sagen, dass die modernen Hygienevorschriften für den Umgang mit Epidemien in Venedig erfunden wurden. Als 1630 die große Seuche ausbrach, handelten die Stadtväter deshalb unverzüglich.«

Sie stieß mir den Zeigefinger in den Arm, wie um mich vor einer voreiligen Schlussfolgerung zu bewahren.

»Denk aber nicht, Dino, dass diese Stadtväter leichtgläubig waren. Die meisten hatten an der Universität Padua studiert, die eine Hochburg des Rationalismus war – Galileo hatte dort einst Vorlesungen gehalten, und seine Lehre von der Ordnung und Regelmäßigkeit der Natur war für die Männer, die für Venedig verantwortlich waren, wie die Heilige Schrift. Sie waren wie unsere heutigen EU-Bürokraten – kompetente, hochgebildete Verwaltungsbeamte, die nichts für irgendwelche Fantastereien übrighatten. Ihr Glaube an die Macht des menschlichen Verstandes war grenzenlos.

Sie gingen rasch ans Werk und setzten eine Maßnahme nach der anderen um. Quarantänen und Ausgangssperren wurden angeordnet, alle verdachtsweise Infizierten wurden auf eine unter Quarantäne stehende Insel gebracht, und die wenigen, die wieder gesund wurden, kamen auf eine andere Insel. Sämtliche öffentlichen Einrichtungen und Örtlichkeiten wurden geschlossen, und den Bürgern wurde verboten, ihre Häuser zu verlassen, lediglich Soldaten durften sich frei bewegen. Die Straßen waren so unbelebt, dass in den Fugen zwischen den Pflastersteinen Pflanzen sprossen. Eigens ernannte Pestwächter, die eine Maske mit einem langen Schnabel vor dem Gesicht trugen, gingen von Haus zu Haus, räucherten es aus und hielten Ausschau nach Anzeichen der Krankheit.

Doch die Seuche war gnadenlos. Die Menschen starben zu Tausenden – Arbeiter und Fischweiber, adelige Damen und Priester, und nicht einmal die hochmögendsten *probiviri* blieben verschont. Innerhalb weniger Monate ging ein Viertel der Einwohnerschaft der Stadt zugrunde. Die Barken, mit denen die Toten weggebracht wurden, vermochten die großen Zahlen nicht zu bewältigen. Die Kanäle waren mit Leichen verstopft, im Arsenal, wo heute Kunstausstellungen stattfinden, lagen die Leichen zu Haufen gestapelt, und man fand keine Männer, die sie mit Lauge hätten übergießen können.

Doch inmitten dieses Horrors gab es einen kleinen Winkel der Stadt, eine Gasse namens Corte Nova, der fast gänzlich verschont blieb. Ein junges Mädchen, das dort wohnte, hatte ein Bild von der Heiligen Jungfrau gemalt, es am Eingang des *corte* aufgehängt und gesagt, die Pest würde nicht an der Madonna vorbeikommen – und wunderbarerweise blieb den Menschen, die in dieser Gasse wohnten, die Heimsuchung erspart.

Die Heilige Jungfrau war von den Venezianern schon immer sehr verehrt worden, und nun gab sich die ganze Stadt ihrer Barmherzigkeit anheim. Selbst die Senatoren, diese fähigen, verstandesbetonten Männer, mussten sich ihre Hilflosigkeit eingestehen und versprachen, eine der Madonna geweihte große Kirche zu errichten. Als bald darauf die Seuche allmählich abflaute, hieß es, Santa Maria della Salute – die Heilige Maria der Gesundheit – habe ein Wunder gewirkt.«

Cinta hielt an und zeigte auf eine große Kuppel, die plötzlich vor uns über dem Canal Grande in Sicht gekommen war. »Und da ist sie: Santa Maria della Salute. Heute ist die Kirche eines der bedeutendsten Wahrzeichen der Stadt.«

»Ja, ich erinnere mich an die Gemälde von Turner.«

»Es gibt noch viele andere – La Salute ist unendlich oft gemalt und fotografiert worden, wahrscheinlich häufiger als jeder andere Ort auf der Welt. Man könnte allerdings auch sagen, dass sie ein Denkmal für eine Katastrophe ist, für die furchtbaren Heimsuchungen der Kleinen Eiszeit.«

Wir blieben stehen, um die hoch aufragende, achteckige Kirche zu bewundern, auf deren weißer Fassade die gekräuselte Wasserfläche des Canal Grande Reflexe spielen ließ.

»Dein Kaufmann hätte La Salute nicht in dieser Form gesehen«, sagte Cinta. »Der Bau dauerte fast ein halbes Jahrhundert. Schon allein für das Legen der Fundamente im Schlamm benötigte man viele Jahre. In den 1660er-Jahren, wenn dein Kaufmann wirklich um diese Zeit hier war, hätte er nur die achteckige Rotunde gesehen, auf der die Kuppel aufliegt. Ihm wäre aber nicht entgangen, dass da eine große Kirche entstand, und er hätte gewusst, warum sie errichtet wurde. Wie auch nicht? Im damaligen Venedig war die Erinnerung an die Epidemie von 1630 noch sehr lebendig.«

Ein Vaporetto brauste auf dem Canal Grande vorbei, und die Reflexe an der Kirchenwand gerieten in schimmernden Aufruhr. In dem Moment sah ich, dass die Kirche nicht einfach nur schön war, sie war auch durchtränkt von Angst und Vorahnung, sie war ein einziger Warnschrei aus einer Verzweiflung heraus, die so extrem war, dass sie sich in Stein verwandelt hatte.

Ich stieg hinter Cinta die monumentale Treppe hinauf ins Innere der Kirche, und wir gingen durch das kreisförmige Schiff zum Hochaltar, in dessen Mitte eine leuchtend vergoldete Ikone einer dunkelhäutigen Madonna mit Kind hing.

»Das ist die Schwarze Madonna von La Salute«, sagte Cinta. »Die Panagia Mesopantitissa, die Vermittlerin des Friedens: Sie steht zwischen uns und der Erde mit all ihren Segnungen und Heimsuchungen.«

Sie drehte sich um und lächelte mir zu. »Wie du siehst, ist es eine Ikone im byzantinischen Stil. *Infatti* wurde sie aus Heraklion auf Kreta hierhergebracht – einer Stadt, die bekanntlich mit A-sa-sa-ra-me in Verbindung steht.«

Sie sah mich mit hochgezogenen Brauen an: »Weißt du, wer das ist?«

»Nein.«

»Die minoische Schlangengöttin.«

Sie wandte sich ab und kniete nieder, um ein Gebet zu sprechen und eine Kerze anzuzünden. Ich ging unterdessen allein weiter und schaute in die große Kuppel hinauf. In diesem Moment begannen die Glocken der Kirche zu läuten. Früher hatte ich diesen Klang als Ausdruck von Freude und Festlichkeit gedeutet; jetzt wurde mir bewusst, dass Glocken immer auch zur Warnung geläutet werden, wenn große Gefahr droht. Es war, als riefe eine Stimme aus der Vergangenheit, um die Welt daran zu gemahnen, dass die Grenzen menschlichen Verstandes und Vermögens nicht im langen, langsamen Vergehen der alltäglichen Zeit offenbar werden, sondern im rasanten, grausamen Zuschlagen flüchtiger Augenblicke der Katastrophe.

Ich spürte, dass Cinta mich am Ellbogen berührte.

»Wir haben Riesenglück heute«, sagte sie leise und führte mich ins kreisförmige Schiff. »Der Mittelteil der Kirche ist normalerweise mit Seilen abgesperrt, außer am 21. November, wenn sich Tausende versammeln, um die *festa* der Madonna della Salute zu feiern. Nur dann ist es uns erlaubt, uns dem Nabel der Kirche zu nähern, der für mich auch der Nabel meiner Welt ist.«

Sie zeigte auf den Fußboden, wo sich ein kreisförmiges Mosaik befand, in dem sich Blumen um einen lateinischen Spruch wanden. Sie flüsterte mir ins Ohr: »Denk an diese Worte, *caro*, wann immer du an der Zukunft verzweifelst: *Unde origo inde salus* – ›Aus dem Ursprung kommt das Heil‹.«

Aqua Alta

Beim Verlassen von La Salute meinte Cinta: »Wo wir jetzt schon in diesem Stadtteil sind, würde ich dir gern noch etwas anderes zeigen, etwas aus unserer Zeit. Das darfst du nicht verpassen.«

Wir wandten uns nach rechts, überquerten einen kleinen Platz und kamen auf einen schmalen Weg am Rand eines niedrigen, frisch gestrichenen Gebäudes.

»Das ist das alte Zollhaus«, sagte Cinta. »Es wurde ungefähr zur selben Zeit gebaut wie La Salute. In meiner Kindheit war es ein baufälliges altes Gemäuer, aber vor ein paar Jahren wurde es von einem japanischen Architekten restauriert, und jetzt ist es wie so viele Gebäude in der Stadt eine Kunstgalerie. Du solltest es dir mal ansehen. Ich habe gehört, es läuft zurzeit eine interessante Ausstellung – moderne Kunst.«

Der Weg endete plötzlich auf einer dreieckigen Landspitze.

»Das ist die Punta della Dogana«, sagte Cinta. »Wie du siehst, kommen hier die beiden großen Wasserwege Venedigs zusammen, der Canal Grande und der Canale della Giudecca.«

Vor uns hatten wir den spektakulären Ausblick auf den Markusplatz und die Lagune dahinter.

»Komm, gehen wir rein«, sagte Cinta. »Die Ausstellung schließt bald.«

Wir traten ein und standen im nächsten Augenblick mitten in einem effektvoll ausgeleuchteten Ausstellungsraum. Zu sehen waren einige eher langweilige Installationen, die von den meisten Besuchern ignoriert wurden, zugunsten eines Werkes am anderen Ende der Galerie.

Wir mussten eine Weile warten, bevor wir uns einen Weg durch die Menge bahnen konnten, die sich um das Ausstellungsstück angesammelt hatte. Als wir schließlich hinkamen, blickten wir in einen langen, hell erleuchteten Wassertank. Er war wie ein großes Aquarium, in dem mehrere lange, umeinandergeschlungene, tentakelähnliche Gebilde schwammen. Sie waren mit winzigen Metallschuppen in papageienbunten Farben bedeckt. Die Betrachter wurden aufgefordert, mit dem Exponat zu interagieren, indem sie es berührten und das Wasser bewegten. Bei jeder Berührung wellten sich die Tentakel, entwirrten sich und veränderten ihre Form – und die Beleuchtung war so ausgeklügelt, dass die sich windenden Formen fast lebendig wirkten.

Cinta und ich waren beide ziemlich beeindruckt. Sie sah im Katalog nach und lachte auf. »Ach«, sagte sie, »ein alter Freund!«

»Der Künstler?«

»Nein. Die Kreatur – *il mostro.*« Sie zeigte mir den Titel. »*Il mostro di Punta della Dogana* – Das Monster der Punta della Dogana.«

Im Katalog stand, das Werk gehe auf eine alte venezianische Legende von einem Ungeheuer zurück, das in einer Höhle unter dem Ufer der Punta della Dogana gehaust habe.

»Waren wir da nicht gerade?«

»Ja.« Cinta lachte und zog mich am Ärmel. »Komm – wir gehen wieder raus und schauen nach, ob wir die Kreatur sehen.«

Wir verließen die Galerie, und sie ging voraus zu dem Punkt, an dem die beiden breiten Kanäle zusammenflossen. Die Flut setzte gerade ein, und die Wasseroberfläche lag nur noch eine Handbreit unter unseren Schuhen.

»Im Lauf der Jahrhunderte«, sagte Cinta, »gab es immer wieder Berichte vom Auftauchen des Monsters in verschiedenen Teilen der Lagune. Manche sagen, ein Riesenkrake – vielleicht eine ganze *famiglia* – sei in diese Gewässer vorgedrungen. Die letzte Sichtung erfolgte in den 1930er-Jahren; die beiden Fischer, die davon berichteten, wollten die Kreatur in der Nähe der Punta della Dogana gesehen haben. So entstand mit der Zeit die Geschichte, dass *il mostro* hier lebt.«

Sie tauchte die Schuhspitze in das Wasser, das ans Ufer schwappte.

»Aber sag mir, Dino«, sagte sie mit ihrem neckischen Lächeln, »sieht das hier aus wie ein Ort, an dem ein *mostro* haust? Die belebteste Stelle im Netz der venezianischen Kanäle? Bei dem Verkehr hier?«

Sie zeigte auf die Vaporetti, die an uns vorbeibrausten.

»Nein! Das kann man nur Touristen weismachen. Hier kann es nicht gelebt haben.«

Ich sah sie an. Ihre Augen funkelten spitzbübisch.

»Nein, Dino«, sagte sie und lehnte sich an mich. »Als ich klein war, wusste ich genau, dass *il mostro* auf der anderen Seite der Stadt wohnt. Mein Onkel hat es nämlich mal gesehen, weißt du.«

Sie tippte mir auf den Arm und ging entschlossen los. »Komm, Dino«, sagte sie. »Ich erzähl dir unterwegs die ganze Geschichte.« Sie zwinkerte mir zu. »Und wenn wir dort sind, zeige ich dir auch ein paar echte Ungeheuer.«

Ihre fiebrig glänzenden Augen sagten mir, dass ich, wenn sie in dieser Stimmung war, keine andere Wahl hatte, als mitzukommen.

Cintas Großvater väterlicherseits war Fischer gewesen. Seine beiden Söhne hatten zwar nicht denselben Beruf gewählt, waren aber beide gern fischen gegangen, vor allem Cintas Onkel Ruggiero, der oft an den Fondamente Nove sein Glück versuchte.

Die Fondamente Nove sind das ein Kilometer lange Ufer am Nordostrand der Stadt. Von den Hauptstraßen und -plätzen ein gutes Stück entfernt, sind sie bis heute einer der ruhigsten Teile Venedigs. In den 1920er-Jahren waren sie eine dunkle, einsame Gegend mit baufälligen Piers, wo man besonders gut Kraken und Tintenfische fangen konnte. Man hängte dafür eine Laterne übers Wasser, woraufhin die Tiere zum Licht emporstiegen, sodass man sie nur noch mit dem Kescher einzusammeln brauchte.

Eines Nachts ging Cintas Onkel Ruggiero, damals noch ein Teenager, mit einer teuren Gaslaterne, die seine Familie gerade erst erworben hatte, auf einen Steg. Ohne Erlaubnis seines Vaters schmuggelte er die Laterne aus dem Haus und glaubte, dass ihm das helle Licht einen guten Fang bescheren würde.

Und tatsächlich: Nachdem er die Lampe aufgehängt hatte, tauchten wahre Schwärme von Tintenfischen auf, und er hatte seinen Eimer in Rekordzeit voll. Doch als er sich zum letzten Mal hinabbeugte, wurde ihm der Kescher jäh aus der Hand gerissen. Der Junge wartete darauf, dass er wieder an die Oberfläche kam – er hatte einen Holzgriff –, was jedoch nicht eintrat. Es war, als hätte ihn irgendein großes, starkes Tier geschnappt und fortgetragen.

Doch wie war das möglich?

Ruggiero hängte die Laterne an einen Haken, legte sich bäuchlings auf den Steg und schaute angestrengt ins Wasser, weil er dachte, der Kescher sei hängen geblieben – doch stattdessen sah er zwei kleine leuchtende Scheiben tief im Wasser, die wie die Augen einer Katze das Licht zu reflektieren schienen. Allmählich wurden die Scheiben immer größer, als würden sie an die Oberfläche steigen.

Da suchte Ruggiero sein Heil in der Flucht. Er ließ die Laterne hängen und rannte über den Steg Richtung Ufer. Er war noch nicht weit gekommen, als er ein Platschen und ein Zischen hörte. Er warf einen Blick über die Schulter und sah, dass die Laterne von dem Haken geholt und ins Wasser gezogen worden war. Kurz glomm sie noch, dann ging sie unter.

»Mir hat man die Geschichte natürlich erst viel später erzählt«, sagte Cinta. »Da war ich noch ein Kind, und sie stachelte meine Fantasie an. Lange Zeit wollte ich das Ungeheuer unbedingt selbst sehen. Meine Freundinnen und ich gingen manchmal mit Fackeln und Lampen genau an die Stelle.«

»Und …?«

»Wir haben nie was gesehen. Aber damals gab es schon überall elektrisches Licht. Die Leute sagten, die vielen Lampen hätten die Kreatur verscheucht.«

Cinta erzählte die Geschichte mit vielen Unterbrechungen, weil die Straßen, durch die wir gingen, so eng und überfüllt waren, dass wir fast nie nebeneinander gehen konnten. Und natürlich traf sie immer wieder Bekannte und musste ein Schwätzchen halten, mich vorstellen und so weiter, was uns noch mehr aufhielt.

Wir kamen so langsam voran, dass die Sonne schon untergegangen war, als die Fondamente Nove in der Ferne auftauchten. Wir befanden uns in einem Viertel mit tunnelartigen Gassen und windschiefen kleinen Häusern, von denen viele offenbar unbewohnt und verlassen waren. Man sah auf den ersten Blick, dass es sich um ein ehemaliges Arbeiterviertel handelte.

Ganz plötzlich schwenkte Cinta nach rechts und blieb vor einem kleinen zweistöckigen Haus stehen, das sich bedenklich zur Seite neigte. »Hier hat die Familie meines Vaters gewohnt«, sagte sie. Sie zeigte mit dem Finger auf ein gekipptes Fenster. »Da hat meine *nonna* abends immer gesessen und den Leuten draußen zugesehen. Mein *zio* Ruggiero hat sein ganzes Leben lang hier gewohnt. Sein Sohn, mein Cousin Altiero, ist hier aufgewachsen, aber nach seiner Heirat weggezogen – Gisa ist seine Tochter.«

Sie schaute zum dunkelnden Himmel auf. »Um diese Tageszeit ist Ruggiero immer fischen gegangen.«

Sie wandte sich um, führte mich aus der Gasse und die Straße entlang zu den Fondamente Nove. Es war jetzt fast völlig dunkel, und auf den Inseln blinkten Lichter; im Zwielicht zeichneten sich die Silhouetten zahlloser Türme und Türmchen vor dem Himmel ab.

Doch das Ufer und die Gebäude, die es säumten, lagen allesamt im Dunkeln. »Wohnt hier überhaupt noch jemand?«, fragte ich.

»Das bezweifle ich«, antwortete Cinta. »Ich nehme an, die meisten Häuser sind verlassen …«

In der Ferne ertönte eine Sirene.

»Ah!« Cinta legte den Kopf schräg. »Das ist eine Warnung, vor Hochwasser, *aqua alta*. Es wird heute Nacht eine Überschwemmung geben.«

Das Wasser stand jetzt nur noch ein paar Zentimeter unterhalb des Pflasters. Ich schaute das Ufer hinauf und hinunter. Kein Mensch war zu sehen, aber sicher konnte man in dem schwachen Licht nicht sein.

»Sollten wir nicht langsam umkehren, Cinta?«, fragte ich.

Sie lachte. »*Beh!* Jetzt sind wir schon hier, und es ist noch Zeit.« Sie ging rasch das Ufer entlang. »Komm schon. Wer weiß? Vielleicht steigt mit der Flut auch das *mostro* hoch.«

Sie betrat einen schmalen Steg, der sich etwa zehn Meter ins Wasser erstreckte. Auf beiden Seiten ragten hoch über die Planken des Stegs Holzpfähle auf, jeweils zwei mit einem Seil zusammengebunden.

Cinta ging ans Ende des Stegs und hielt sich am Geländer fest. Dann drehte sie sich um und winkte mich heran. »Komm, *caro*, komm, keine Angst, wir sind da. Hier hat mein *zio* Ruggiero das *mostro* gesehen.« Sie klopfte auf einen der Pfähle. »Hier hat er die Laterne aufgehängt.«

Sie holte ihr Handy hervor, schaltete die Taschenlampe an und leuchtete ins Wasser. »Komm her, Dino«, sagte sie. »Nimm dein Handy. Mach auch Licht.«

Ich trat neben sie und leuchtete mit meinem Handy ebenfalls ins Wasserdunkel, das jetzt unmittelbar unter dem Steg stand. In dem Licht bildeten sich gekräuselte Kreise auf dem trüben grünlich-braunen Wasser.

»So ein Pech, das *mostro* der Lagune lässt sich nicht blicken«, kicherte Cinta. »Dann zeig ich dir eben eine andere Art von Ungeheuer, eine viel gefährlichere.«

Sie drehte sich zur Seite und richtete den Strahl auf die Pfähle neben ihr. »Da, schau!«

An einer Stelle des Pfahls war eine saubere Kerbe in das Holz geschnitten worden.

»Schau genau hin«, sagte Cinta, »dann siehst du die Ungeheuer.«

Ich beleuchtete den Pfahl und sah, dass die Oberfläche der Kerbe durchlöchert war, wie ein Buch, über das Termiten hergefallen sind. Dann fiel mir plötzlich auf, dass sich im Innern des Pfahls etwas rührte, nicht nur ein Wesen, sondern viele – es wimmelte regelrecht von ihnen.

Cinta zog eine Haarnadel heraus und stocherte damit in dem verfaulten Holz. Plötzlich flutschte eines der Tiere heraus und fiel dicht vor uns auf den Steg. Rasch richtete ich den Lichtkegel meines Handys darauf. Es war etwa fünf Zentimeter lang und von gräulicher Farbe wie erstarrtes Kokosöl. Sein konischer Körper weitete sich zu einem trichterförmigen Maul, das ringsum mit feinen Härchen besetzt war.

Es war so widerwärtig, dass man es kaum für etwas Reales halten konnte.

Im nächsten Moment schlängelte es sich weg und fiel ins Wasser.

»Was ist das?«, fragte ich Cinta.

»Ein Schiffsbohrwurm. Ein Freund von mir, der im *municipio* arbeitet, hat mich vor einem Monat hierhergeführt, um mir diese Tiere zu zeigen – und den Schaden, den sie anrichten. Er hat auch die Kerbe ins Holz geschnitten. Mit der Erwärmung des Wassers in der Lagune vermehren sich diese Tiere in Venedig immer stärker. Massenweise fressen sie das Holz von innen her auf. Das hat sich zu einem großen Problem entwickelt, weil Venedig ja auf Holzpfählen erbaut ist. Die Schiffsbohrwürmer vertilgen also buchstäblich die Fundamente der Stadt.«

Wir richteten unsere Handys wieder auf die wimmelnden Würmer. Cinta klopfte auf einen der Pfähle. »Von außen wirkt er *saldo*, nicht wahr, richtig solide. Aber innen drin ist er wahrscheinlich hohl.«

Sie redete noch, als das Geländer, an dem wir beide lehnten, völlig überraschend nachgab. Wir griffen danach, und dabei fielen uns die Telefone aus der Hand und verschwanden im Wasser.

Ich hörte ein Knarren und rief Cinta zu: »Schnell, auf die andere Seite!«

Kaum hatten wir uns in Bewegung gesetzt, als ein Teil des Geländers umkippte, ins Wasser fiel und dabei Holzstücke aus den Pfählen riss, wodurch deren hohles Inneres zum Vorschein kam. Entsetzt sahen wir zu, wie sich Unmengen sich windender Würmer aus den zerstörten Pfählen ergossen. Sie fielen auf den Steg und kamen auf uns zu gewimmelt.

Ich packte Cinta am Arm: »Lauf! Lauf!«

Aber die Würmer waren jetzt überall auf dem Steg. Schon nach wenigen Schritten rutschte Cinta auf ihnen aus. Ich griff nach ihr, während sie nach vorn taumelte, konnte ihren Sturz aber nicht aufhalten. Sie stieß einen Schrei aus, und wir landeten alle beide unsanft auf den Planken.

Und dann kamen die Würmer über uns – über unsere Beine, Arme, Gesichter, Köpfe. Es war, als hätte die Erde selbst Tentakel ausgestreckt, um uns zu berühren, um die Struktur unserer Haut zu ertasten und festzustellen, ob wir real waren.

Wir schlugen um uns und nach den Würmern, doch dann kam eine Welle und spülte die meisten der Tiere fort. Als das Wasser sich zurückzog, hörte ich Cinta leise stöhnen.

»Was ist, Cinta?«

»Mein Bein und mein Knöchel, sie tun weh, *molto, molto*.«

»Meinst du, du kannst aufstehen?«

Sie versuchte sich hochzustemmen, brach aber mit einem Schmerzenslaut wieder zusammen. »Nein. *Non posso*.«

Ich legte einen Arm um sie und schaute aufs Wasser. Es stieg jetzt rasch. Ich wusste, dass wir nicht mehr viel Zeit hatten – demnächst wären wir abgeschnitten und würden hier festsitzen.

»Warte, Cinta, nur einen kleinen Moment.«

Ich rappelte mich auf und schaute zum Ufer, ob es möglich

war, Cinta ans Ende des Stegs und auf die Fondamente Nove zu bringen. Aber das Ufer stand bereits ebenfalls unter Wasser, und ein Teil des Stegs neigte sich bedenklich zur Seite. Auch wenn ich es selbst schaffen konnte, würde ich keine Möglichkeit haben, Cinta mitzunehmen oder nachzuholen. Schon beim bloßen Versuch liefe sie Gefahr, ins Wasser zu fallen, und in ihrem gegenwärtigen Zustand war sie hilflos.

Die Lichter der Stadt glommen in der Ferne, und alles schien trotz des Hochwassers seinen normalen Gang zu gehen. Irgendwo weit weg hörte ich sogar eine Kapelle spielen. Unsere unmittelbare Umgebung lag jedoch in völliger Dunkelheit, in der Nähe war kein einziges Licht zu sehen.

Ich konnte es kaum fassen, als ich da so knöcheltief im Wasser stand und zu den angestrahlten Kirchtürmen hinübersah. Wie war es möglich, dass wir in dieser kultiviertesten aller Städte so hoffnungslos allein und hilflos waren, auf Gedeih und Verderb den Launen der Natur ausgeliefert?

Cinta murmelte jetzt vor sich hin; ich hörte »Madonna« heraus und wusste, dass sie betete.

Ich hatte schon so lange nicht mehr gebetet, dass ich nicht mehr wusste, zu wem ich beten sollte. Als ich mich neben sie kniete und die Augen schloss, erschien vor mir das Bild einer offenen Hand unter der Haube einer Kobra.

»Schau!«

Cinta zupfte mich am Ärmel. »*Guarda!* Da drüben – *laggiù*. Schau!«

Ich folgte ihrem Blick und erspähte ein schwaches Glimmen, wie das einer Kerze. Es kam offenbar aus einem der verlassenen Häuser an den Fondamente Nove.

»Ich glaube, da ist jemand«, sagte Cinta. »Vielleicht ein *senzatetto* oder ein Hausbesetzer. Der könnte uns helfen. Ruf doch einfach mal.«

Ich hielt mir die Hände an den Mund: »*Aiuto, per favore, aiuto!*«

Einen Moment lang blieb es still, dann erscholl eine Stimme: »*Dove sei? Che succede?*«

Es war Italienisch, aber die Stimme klang nicht so; sie kam mir irgendwie bekannt vor.

»*Bilal naki?*«, rief ich auf Bangla. »Sind Sie das, Bilal?«

»*Hā!* Ja.« Er klang überrascht.

»Ich bin's, Dinanath Datta. Wir haben uns neulich unterhalten. Ich sitze hier auf einem Steg fest, und meine Freundin ist ernsthaft verletzt. Könnten Sie eine Ambulanz rufen oder so was?«

»Ja, natürlich.«

Das Wasser reichte Cinta jetzt schon bis zur Taille.

»*Taratari* – bitte machen Sie schnell, Bilal.«

Nach einer Weile hörte ich erneut Bilals Stimme. »Die Ambulanz ist in ein paar Minuten da. Soll ich rüberkommen und euch helfen?«

»Nein«, rief ich zurück. »Hier können Sie nichts mehr tun. Aber was für ein Glück, dass Sie da waren. *Grazie! Grazie mille.*«

»*Prego.* Ich bin froh, dass ich helfen konnte. Eine Bitte nur: Sagen Sie niemandem, dass ich hier war. Es ist unser geheimer Ort.«

»Ich schweige wie ein Grab«, sagte ich. »Keine Sorge!« Ich setzte mich neben Cinta und wärmte ihre Hände zwischen meinen. Das Wasser stand uns schon bis zur Brust, als der Klang einer Sirene näher kam. Sie wurde immer lauter, und plötzlich tauchte neben uns eine weiß-orange Barkasse auf.

Überquerungen

Die Ambulanz war so schnell da, weil das Krankenhaus – das Ospedale Civile – ganz in der Nähe am anderen Ende der Fondamente Nove lag. Die Fahrt dauerte nur wenige Minuten.

Das Krankenhaus war gut für das Hochwasser gerüstet: Die Ambulanz hielt an einer überdachten Anlegestelle, wo Pfleger und eine Notfallschwester bereits mit einer Fahrtrage warteten. Ich folgte ihnen durch einen Plastiktunnel in ein makellos sauberes modernes Gebäude. Cinta wurde schnell durch eine Tür mit der Bezeichnung *Pronto Soccorso Traumatico* geschoben, während ich in meinen klatschnassen Sachen am Empfang wartete. Nach einer Weile nahm sich eine freundliche Schwester meiner an und brachte mir einen grünen Overall und Überziehschuhe. Als ich mich umgezogen hatte, gab sie mir eine Plastiktüte für meine nassen Kleider und führte mich durch ein Labyrinth aus Korridoren, Kreuzgängen und Treppen in ein Gebäude, das mir wie ein altes Kloster vorkam. Ich musste in einer riesigen, leeren Loggia Platz nehmen und auf Neuigkeiten von Cinta warten.

Ich trat an ein hohes, steingerahmtes Fenster und schaute auf das merkwürdige Schauspiel der überfluteten Stadt hinab. Überall waren hölzerne *passerelle* aufgestellt, bewacht von Migranten in Gummistiefeln. Und scheinbar an jeder Ecke standen ein paar Bengalen, die Stiefel, Überschuhe und Plastiküberzüge für Schuhe feilboten.

Ich war so fasziniert, dass ich nicht merkte, als hinter mir jemand auftauchte. Ich fuhr zusammen, als er mich auf Bangla ansprach: »*Bané bhalo rojgar hoi.* An solchen Tagen verdienen wir gut. Für uns ist das wie zu Hause – wir sind Überschwemmungen gewöhnt.«

»Rafi!«

Er trug einen blauen Krankenhauskittel und Pantoffeln. Sein Arm war eingegipst, und er hatte ein blaues Auge und Verletzungen im Gesicht.

»Ich habe Sie an meiner Station vorbeikommen sehen«, sagte er. »Warum sind Sie hier?«

Ich setzte ihn kurz ins Bild, und er fragte: »Also war Bilal in dem alten Lagerhaus an den Fondamente Nove?«

»Ja. Glück für uns, dass er gerade dort war.«

Rafi nickte. »Da kenn ich mich gut aus. An Tagen mit Hochwasser übernachten wir manchmal dort. Ich bin auch schon öfter auf diesen Stegen gewesen. Ich habe sie gehört.«

»Wen?«

»Die Würmer. Ist genau wie in den Sundarbans. Wenn man dort das Ohr an die Uferbefestigungen hält, kann man die Krebse im Innern rumwühlen hören. Mein Großvater hat mir beigebracht, auf sie zu horchen. Wenn man genau hinhört, kann man manchmal vorhersagen, ob eine Uferbefestigung zusammenbrechen wird. Genauso ist es hier.«

Als Rafi die Sundarbans erwähnte, erinnerte ich mich an meine erste Begegnung mit ihm, als ich in dem Schrein war und er mich mit aufgerissenen Augen vom Eingang her ansah. Ich erinnerte mich, wie er zurückgewichen war, als ich auf ihn zuging, und mich schauderte bei dem Gedanken, dass mir die Kobra die ganze Zeit gefolgt war, mit aufgestellter Haube.

Außerdem dachte ich daran, wie liebevoll er sich auf der Rückfahrt ins Krankenhaus von Lusibari um Tipu gekümmert hatte.

»Ich muss dich was fragen, Rafi«, sagte ich und sah ihm in die Augen. »Und diesmal musst du mir die Wahrheit sagen. Ich muss es wissen. Habt ihr, du und Tipu, Lusibari gemeinsam verlassen?«

Er schluckte. »Ja.«

»Und stimmt es, dass Tipu noch viele weitere Anfälle hatte?«

»Ja, aber nicht so wie an dem Tag auf dem Dampfboot. Als die Anfälle wieder anfingen, waren sie anders. Manchmal war er ganz ruhig, manchmal hat er gezittert, manchmal ist er scheinbar geschlafwandelt, manchmal hat er mit geschlossenen Augen geredet und gestritten.«

»Warst du immer bei ihm, wenn es passiert ist?«

»Nein. Die ersten paar Male ist es bei ihm zu Hause passiert. Seine Mutter hat sich große Sorgen gemacht und wollte, dass er zum Arzt geht und Medikamente nimmt, aber Tipu hat sich geweigert. Deshalb hat er dann immer mich angerufen, wenn er gespürt hat, dass ein Anfall kam, und wir sind mit meinem Boot irgendwohin gefahren. Er war gern auf dem Wasser. Er hat gemeint, das erinnert ihn an die Bootsfahrten mit seinem Vater, als er klein war.«

»Hat er darüber geredet, was er während dieser Anfälle gesehen hat?«

»Ein bisschen«, sagte Rafi, »nicht viel. Meistens hat er gesagt, dass er selber nicht versteht, was da los ist. Er hat Stimmen gehört oder das Gefühl gehabt, dass jemand bei ihm war, oder er hat einen bestimmten Ort gesehen – sogar Orte, an denen er nie gewesen war. Manchmal hat er die Stimme seines Vaters gehört, dann hat er sich immer gefreut. Es hat auch

Zeiten gegeben, wo er Angst hatte – aber er konnte nie sagen, wovor. Er meinte, er kann sehen, wie eine Art Dunkelheit sich um ihn schließt. Und je öfter das passierte, desto rastloser wurde er. Er sagte immer, er müsse aus Lusibari weg. Ich hatte auch schon daran gedacht, woandershin zu gehen, also haben wir beschlossen, es gemeinsam zu tun. Wäre ich allein gewesen, wäre ich wahrscheinlich in irgendeine Stadt in Indien gefahren – aber Tipu wollte nicht nach Kolkata oder Delhi. Er hat mich überredet, zu zweit nach Europa zu gehen, er meinte, dort wäre es leichter für uns, zusammenzubleiben. Er fing an, Vorbereitungen zu treffen, und wir haben uns Geld besorgt. Er bestand darauf, dass wir es geheim halten; er war sicher, dass seine Mutter und seine Tante Piya versuchen würden, ihn zurückzuhalten, wenn sie dahinterkämen, dass er vorhatte, das Land zu verlassen. Womöglich würden sie ihn sogar in eine psychiatrische Klinik einweisen lassen, meinte er. Deswegen hat er die Geschichte mit dem Job in Bangalore erfunden.«

»Aber ihr seid nach Bangladesch gefahren?«

»Ja. Tipu kannte schon ein paar *dalals* in Bangladesch und hat telefonische Abmachungen mit ihnen getroffen. Eines Nachts sind wir über den Raimangal nach Dhaka rübergefahren. Das Geld, das wir zusammengekratzt hatten – das meiste kam von Tipu –, hat gerade mal für die billigste Reiseform gereicht, nämlich den Landweg, und es blieb kaum noch was übrig für unterwegs. Wir blieben zwei Wochen in Dhaka, und dann hat uns der *dalal* zusammen mit anderen Männern in einen Minibus gesetzt. Ich hatte nur einen Rucksack dabei, genau wie Tipu. Wir hatten ein paar Sachen zum Anziehen, ein bisschen Essbares und ungefähr zweihundertfünfzig US-Dollar pro Nase, sonst nichts.

In dem Bus waren ungefähr vierundzwanzig Männer, aber

nicht alle waren zahlende Passagiere wie wir. Einige haben für den *dalal* gearbeitet, die sollten uns über die Grenze bringen. Das waren taffe, beinharte Kerle, die nicht mit sich reden ließen; man musste immer genau tun, was sie einem sagten. Allerdings waren nicht alle mies, ein paar waren ganz freundlich und hilfsbereit. Aber Tipu konnte sie nicht leiden, er hat sie immer ›Schakale‹ genannt. Er sagte, so würden solche Männer in Amerika genannt, nur dass er ein anderes Wort benutzt hat.«

»Kojoten?«

»Ja, genau. Von da an hatten wir bis zur türkischen Grenze immer ein paar Schakale bei uns. Sie wurden zwar nach jeder Etappe ausgewechselt, aber sie waren immer da, hatten uns immer im Auge. Die meiste Zeit haben wir nicht mal gewusst, wie sie heißen.

Dieser erste Minibus hat uns von Dhaka an die indische Grenze gebracht, nach Benapol in Westbengalen. Unser *dalal* hatte schon die nötigen Schmiergelder bezahlt, sodass wir nur noch durch die Grenzkontrolle gehen mussten. Auf der anderen Seite stand ein anderer Minibus für uns bereit, mit einer neuen Garnitur Schakale.

Wir sind in den Bus gestiegen, und ein paar Stunden später waren wir in Kolkata, wo wir in ein *Connection House* gebracht und eingesperrt wurden. Da blieben wir drei Tage, zwanzig Mann in zwei Räumen mit einer einzigen Toilette für alle. Ins Freie konnte man nicht, nicht mal, um Luft zu schnappen. Wenn man sich beschwerte oder zu viele Fragen stellte, wurde man geohrfeigt oder verprügelt; manchmal haben die Schakale einen mit Pistolengriffen geschlagen.

Am dritten Tag wurden wir spät in der Nacht plötzlich geweckt und mussten in einer Viertelstunde abmarschbereit sein. Vor dem Haus stand ein alter Laster mit bunt bemalten

Seitenwänden. Der Laderaum war mit gestapelten Holzplatten zugestellt, sodass niemand reinschauen konnte. Einer nach dem anderen wurden wir durch eine Lücke in den noch freien Raum gesteckt, wie Kühe oder Ziegen – es war gerade mal so viel Platz, dass man sich hinsetzen konnte.

Der Laster war langsam und hatte kaputte Stoßdämpfer. Jedes Mal, wenn der Fahrer schaltete, wehten Abgaswolken zu uns rein, sodass wir schier erstickten. Tagsüber war es da drin wie in einem Backofen. Fenster gab es keine, wir konnten also nicht rausschauen, sondern mussten immer nur dasitzen und stießen ständig aneinander, während der Laster weitergerattert ist. Von Zeit zu Zeit, nach vielen Stunden, hat er angehalten, und wir durften uns erleichtern. Manche wurden reisekrank und haben sich übergeben. Der Gestank war so furchtbar, dass andere ebenfalls kotzen mussten.

Die meiste Zeit hatten wir nicht die geringste Ahnung, wo wir gerade waren. Wenn wir fragten, sagte man uns ›bei Agra‹ oder ›bei Indore‹, aber meistens kriegten wir überhaupt keine Antwort. Eines Nachts hat der Laster dann vor einem *Connection House* in einer Gegend gehalten, die aussah wie eine Wüste. Man sagte uns, wir wären schon dicht an der pakistanischen Grenze, aber wenn wir weiterfahren wollten, müssten wir jeder noch mal fünfzig Dollar extra zahlen.

Das war ein irrer Schock für uns, weil wir dachten, wir hätten schon für alles bezahlt. Wir wussten nicht, was wir tun sollten. Wir hatten nicht damit gerechnet, unsere Dollar so früh ausgeben zu müssen, wir dachten, wir würden das Geld später noch brauchen.

Tipu bekam einen Wutanfall und fing einen Streit mit den Schakalen an. Ich wollte ihn beruhigen, aber es ging einfach nicht, er war außer sich und schrie und fluchte. Einer der Schakale hat ihn geohrfeigt, und als das nichts half, haben ihn zwei von den Kerlen in einen anderen Raum gezerrt. Wir hörten mehrere harte Schläge und danach Tipus Schreie. Dann veränderte sich seine Stimme plötzlich und klang auf einmal ganz seltsam, wie das Heulen eines Tiers. Ich hatte das schon öfter bei ihm erlebt und wusste, dass er einen seiner Anfälle hatte. Das ging ein, zwei Minuten so, dann kamen die beiden Schakale völlig aufgelöst herausgelaufen. Sie sagten, ich solle reingehen und Tipu holen.

Er lag auf einer Pritsche, mit heruntergezogenen Hosen. Auf dem Boden war ein Stock – später sagte er mir, den hätten sie in ihn hineinstecken wollen, aber sein Anfall hätte sie davon abgehalten. Tipu kann einem manchmal richtig Angst machen, wenn er einen seiner Anfälle bekommt, und das hat ihn an dem Tag wohl gerettet. Jedenfalls haben wir ohne noch mal aufzumucken bezahlt, und die Schakale haben uns mit den anderen weiterfahren lassen.

Als wir das nächste Mal ausstiegen, war es stockdunkel. Man sagte uns, wir sollten zu Fuß weitergehen, obwohl wir nicht das Geringste sehen konnten. Irgendwann haben wir die pakistanische Grenze überschritten, ohne es zu merken, und nach einer Weile gab uns jemand mit einer Taschenlampe Signale. Dann wurden wir wieder einer neuen Gruppe Schakale übergeben. Die sind mit uns weitergegangen, bis wir an eine Straße kamen, an der ein Lastwagen stand.

Anschließend ging's weiter wie gehabt: stundenlanges Fahren auf der Straße, ab und zu ein Halt bei sicheren Häusern an Orten, deren Namen wir nicht erfuhren. Und genau wie davor hielt der Laster eines Nachts an, und man sagte uns, dass wir jetzt an der iranischen Grenze wären und noch weitere Zahlungen leisten müssten.

Diesmal waren wir nicht mehr überrascht, und keiner begehrte auf, nicht mal Tipu. Nach dem Zwischenfall kurz vor der pakistanischen Grenze war er ruhiger geworden. Auf unserer Fahrt durch den Iran sagte er eines Tages zu mir, er würde spüren, dass wir Ärger kriegen. Er wandte sich mir zu und sagte: »›Rafi, wenn mir was passiert und wir getrennt werden, musst du unbedingt weitergehen.‹«

Bisher war Rafis Stimme ruhig gewesen, doch nun begann sie zu zittern, und er wischte sich eine Träne aus dem Auge.

»To ami oké bollam«, fuhr er fort. »Ich sagte zu Tipu: ›Ich würde dich nie zurücklassen.‹ Und er sagte: ›Doch, du musst. Wenn wir getrennt werden, musst du allein weitergehen und darauf vertrauen, dass wir uns wiederfinden.‹ Es war fast, als hätte er gewusst, was passieren würde.

Im Iran waren unsere Schakale Afghanen und Kurden. Sie hatten schon mit so vielen Bengalen zu tun gehabt, dass sie sogar ein bisschen Bengalisch sprachen. Nach tagelanger Fahrt kamen wir an einen Gebirgszug im westlichen Iran. Hier war es sehr kalt, und wir konnten Schneefelder sehen. Die meisten von uns hatten keine warmen Sachen oder auch nur ordentliche Schuhe – Tipu und ich zum Beispiel waren in Bangladesch mit Gummischlappen aufgebrochen. Es blieb uns nichts anderes übrig, wir mussten den Schakalen für viel Geld Anoraks und Turnschuhe abkaufen.

Wir kamen in ein kleines kurdisches Dorf in den Bergen, und die Schakale brachten uns zu einem Haus, in dem sich schon Dutzende andere Männer befanden, hauptsächlich Hazara aus Afghanistan, Pakistan und dem Iran. Dort sollten wir auf einen Führer warten, der uns den Weg über die türkische Grenze zeigen würde.

Nach ein paar Tagen kamen ein paar Kurden und luden uns auf einen Laster, der mit einer Plane abgedeckt war. Sobald er anhielt, sagten sie uns, müssten wir so schnell wir konnten losrennen. Sie warnten uns: Falls die türkischen Grenzsoldaten uns entdeckten, würden sie auf uns schießen. In dem Fall müssten wir einfach weiterrennen und darauf hoffen, dass uns die Soldaten in der Dunkelheit nicht mehr sehen. Wenn wir es über die Grenze schafften, würden wir auf der anderen Seite von weiteren Führern in Empfang genommen.

Unser Laster hielt an einem steilen Abhang. Als die Klappe geöffnet wurde, sprangen wir runter und rannten los. Auf dem lockeren Gestein rutschten wir immer wieder aus und stürzten. Tipu und ich hatten Angst, getrennt zu werden, und versuchten, möglichst dicht beieinander zu bleiben.

Plötzlich hörten wir Schüsse. Hinter uns flammten Scheinwerfer und rote Blitze auf. Es ging jetzt bergab, wir rannten um unser Leben, immer schneller, stolperten und fielen immer wieder hin. Die Schüsse trafen einige der Männer vor uns, sie lagen auf dem Pfad und schrien vor Schmerzen, aber wir konnten nichts tun. Wir liefen weiter und sprangen über die Leichen, als wären es tote Tiere. Wir waren vielleicht dreißig oder vierzig und rannten blindlings drauflos. Die reinste Massenpanik.

Ich weiß nicht, wie, aber schließlich fand ich zusammen mit einem Dutzend Hazara Unterschlupf in einem sicheren Versteck. Ich hatte gedacht, Tipu wäre dicht hinter mir, aber ich sah ihn nirgends. Als ich nach ihm rief, protestierten die anderen sofort und meinten, ich könnte uns verraten.

Ich sagte mir, dass Tipu wahrscheinlich irgendwo lag und ich ihn am Morgen finden würde. Aber am nächsten Tag war er nicht unter denen, die sich irgendwo draußen versteckt hatten und jetzt zu uns stießen. Von ihm war nirgends die geringste Spur zu sehen.

Sie können sich vorstellen, wie ich mich da gefühlt habe. Ich hatte keine Ahnung, wo Tipu geblieben war, und wusste auch nicht, was ich als Nächstes tun sollte. Tipu hatte sich die

Routen eingeprägt und wusste, wohin wir mussten. So konnte ich jetzt nur den anderen folgen.

Wir stiegen den Berg hinunter und wurden von ein paar Kurden in Empfang genommen, die uns in eine kleine Stadt führten und uns zeigten, wo der Bus nach Istanbul abfuhr. Nach ein paar Stunden Fahrt klingelte mein Telefon. Es war Tipu, der über eine Social-Media-App anrief. Er war bei der wilden Jagd bergab gestürzt und hatte sich schwer am Fuß verletzt. In der Nacht war er langsam den Weg zurückgehumpelt, den wir gekommen waren, und hatte mit Müh und Not die iranische Grenze erreicht. Am nächsten Tag war er dann mithilfe mehrerer Bengalen in das kurdische Dorf zurückgekehrt, in dem wir haltgemacht hatten. Die Leute dort hatten ihn wiedererkannt und dafür gesorgt, dass sein Fuß behandelt wurde. Er sagte, er wolle dortbleiben, bis sein Fuß geheilt war, und dann noch mal versuchen, über die Grenze zu kommen.

In der Zwischenzeit war er aber online gegangen, um alles für mich zu arrangieren. Er sagte, ich solle in einer kleinen Stadt bei Istanbul aussteigen und mich einer Gruppe Flüchtlinge anschließen, die zu Fuß nach Europa wollten. Ich folgte seinem Rat und fand die Flüchtlinge – unter ihnen waren auch ein paar Bengalen, aber die anderen stammten aus dem Irak, aus Syrien, Afghanistan, Somalia, Pakistan und noch ein paar anderen Ländern. Ich ging mit ihnen über die Grenze nach Bulgarien und dann weiter über Serbien nach Ungarn und schließlich Österreich.

Die ganze Zeit über hielt Tipu mit mir Kontakt, und er sagte, ich solle versuchen, mich nach Venedig durchzuschlagen. Er hatte oft über diese Stadt gesprochen, also willigte ich ein – wo hätte ich auch sonst hinsollen? Ich wusste damals rein gar nichts über Italien und Europa.

Mit dem Zug fuhr ich von Österreich nach Italien und begab mich in ein *Centro di accoglienza* bei Triest. Nach ein paar Tagen wurde ich in ein Lager außerhalb der Stadt verlegt – und während meines Aufenthalts dort versuchte Tipu zum zweiten Mal, in die Türkei zu kommen. Diesmal glückte es ihm, und ich dachte, er würde versuchen, möglichst bald zu mir zu stoßen. Aber unterwegs hat ihn etwas dazu gebracht, es sich anders zu überlegen. In einem Traum war ihm eine Frau erschienen, eine Äthiopierin. Die sei wie ein *forishta* gewesen, sagte er, wie ein Engel. Von da an konnte er von nichts anderem mehr reden und hatte nur noch den einen Gedanken, sie zu finden. Ich wollte ihm klarmachen, dass es verrückt ist, zu glauben, er könnte einen *forishta* aus einem Traum ausfindig machen. Aber dann, ungefähr drei Wochen später, rief er mich an und sagte, es wäre ihm gelungen, Kontakt mit dieser Frau aufzunehmen, und sie hätte ihn gebeten, in eine Stadt irgendwo in Ägypten zu kommen. Da hatte er schon mit einem *dalal* in der Türkei gesprochen, und der hatte sich bereit erklärt, alles für ihn zu organisieren. Jetzt musste er nur noch das Geld dafür auftreiben.

Ich hatte inzwischen das Lager verlassen, war nach Venedig gefahren und verdiente hier schon ein bisschen was. Ich habe Tipu oft angeboten, ihm Geld zu schicken, aber er hat immer abgelehnt und gesagt, er würde mich darum bitten, wenn er es wirklich brauchte. Da war mir klar, dass er in einer verzweifelten Lage war und ich ihn nicht im Stich lassen konnte. Ich hatte nicht genug – es war eine ziemlich hohe Summe –, deshalb nahm ich Kontakt zu einem *scafista* auf, der mit Ratenzahlungen einverstanden war. Der überwies den Betrag an Tipus *dalal*.

Sobald die Zahlung eintraf, flog Tipu sofort nach Ägypten – das war vor ungefähr sechzehn Tagen. Er rief mich einmal an, aus einem Internetcafé irgendwo in Ägypten. Er sagte, er hätte kein Handy mehr und es würde ihm ohnehin nichts nützen, weil man es ihm in dem *Connection House* abnehmen würde, in das man ihn bringen würde. Er meinte, ich solle mir keine Sorgen machen, er hätte sich mit den Leuten getroffen, die er gesucht hätte, und wir würden uns schon bald wiedersehen.

Seitdem hab ich nichts mehr von ihm gehört.«

Es dauerte eine Weile, bis ich wirklich begriffen hatte, was er mir da erzählt hatte. »Eins versteh ich nicht, Rafi«, sagte ich. »Warum hast du nicht Tipus Mutter kontaktiert oder Piya? Die hätten ihm doch Geld schicken können.«

Rafi schüttelte den Kopf. »Tipu wollte das nicht. Da war er eisern – er sagte, ich dürfe auf keinen Fall seine Mutter oder Piya um Hilfe bitten. Und ich musste ihm versprechen, ihnen nichts zu sagen – und Ihnen auch nicht.«

»Warum erzählst du es mir dann jetzt?«

»Ich zeig's Ihnen.«

Er griff in seinen Kittel und holte ein mehrfach gefaltetes Stück Papier hervor.

»Das war das Einzige, was sie mir nicht abgenommen haben, als sie mich verprügelt haben«, sagte er und faltete es auseinander.

Es war ein Bild, das er aus einer Zeitung ausgerissen hatte, ein Foto von einem blauen Fischerboot voller Flüchtlinge.

Er tippte mit der Fingerspitze darauf und sagte: »Sehen Sie das Gesicht da? Das ist Tipu. Vielleicht erkennen Sie ihn nicht, weil das Bild ein bisschen ausgebleicht ist. Aber er ist es, ich bin mir ganz sicher. Tipu ist auf diesem Blauen Boot.«

Wir redeten noch, als mir plötzlich bewusst wurde, dass ich schon seit zwei Stunden nichts mehr von Cinta gehört hatte.

Rafi zeigte mir den Weg zurück zum Empfang, wo ich erfuhr, dass Cintas Verletzungen – ein verstauchter Knöchel und eine Schienbeinfraktur – versorgt worden waren und sie Beruhigungsmittel erhalten hatte und jetzt friedlich in einem Einzelzimmer schlief (das sie dem *direttore* des Krankenhauses verdankte, mit dem sie befreundet war).

Es sei nicht nötig, dass ich noch länger im Krankenhaus bleibe, meinte die Schwester. Ich dürfe ohnehin nicht zu Cinta und solle am besten am nächsten Tag wiederkommen.

Nachdem das geklärt war, musste ich jetzt vor allem ein Telefon finden.

»Kann ich irgendwo Lubna anrufen?«, fragte ich Rafi.

Er nickte. »Ja, im Wartebereich ist ein öffentliches Telefon. Dort können wir es probieren.«

»Brauchen wir dafür nicht eine Telefonkarte?«

»Ich hab eine«, sagte Rafi. »Eine Schwester hat sie mir geliehen.«

Er ging mit mir zu dem Telefon und wählte eine Nummer. »Hier.« Er reichte mir den Hörer. »Es klingelt.«

Lubna meldete sich nach dem zweiten Läuten, und ich kam sofort zur Sache. »Lubna? *Shunun* – hör zu, habt ihr, du und deine Kollegen, immer noch vor, zu diesem Flüchtlingsboot zu fahren?«

»Ja. Wir haben ein Rettungsschiff gechartert – es liegt in Marghera, nicht weit von hier. Palash und ich treffen uns morgen dort mit den anderen. Warum fragst du?«

»Weil ich mitkommen möchte.«

»Im Ernst?« Sie schien mehr als überrascht. »*Keno bolun to?* Darf ich fragen, warum?«

»Das ist eine lange Geschichte. Nur so viel: Es könnte sein, dass sich jemand auf dem Boot befindet, den ich kenne. Er ist Bengale – Rafis Freund, um genau zu sein.«

»Ach ja? Will Rafi auch mitkommen?«

Ich sah Rafi an, der dicht neben mir stand und gespannt zuhörte.

»Rafi ist nicht reisefähig«, sagte ich. »Aber ich habe ein paar Freunde, die vielleicht mitkommen möchten. Ginge das?«

»*Shomoshya nai*«, sagte Lubna. »Kein Problem, vorausgesetzt, ihr beteiligt euch an den Kosten. Das Schiff ist ziemlich groß, wir haben jede Menge Platz. Zu wievielt werdet ihr sein?«

»Das weiß ich noch nicht«, antwortete ich. »Ich muss erst mit ihnen reden. Ich rufe dich in zwei Stunden zurück.«

»Einverstanden. Sag Bescheid.«

Ich hängte ein, und Rafi sah mich böse an.

»Warum darf ich nicht mitkommen?«

»Weil du verletzt bist und im Krankenhaus, Rafi – schau dich doch an! Du bist nicht fit für so eine Fahrt.«

Er wollte mir widersprechen, aber ich fiel ihm ins Wort. »Rafi! *Bas!* Es reicht! Du kannst nicht mit und damit basta.«

In Anbetracht der Umstände beschloss ich, mir den Luxus eines Wassertaxis zu gönnen. Eine halbe Stunde später saß ich schon wieder in Cintas Wohnung an meinem Laptop. Kaum war ich online, lief alles wie geschmiert: Gisa wollte sich der Expedition unbedingt anschließen, und Piya war natürlich nicht mehr zu halten, nachdem sie Rafis Geschichte gehört und erfahren hatte, dass Tipu auf dem Blauen Boot war.

Gisas Teilnahme erwies sich schon bald als großer Vorteil. Sie kümmerte sich um die praktischen Details, besorgte Schlafsäcke und Proviant und mietete einen Minibus, mit dem wir vom Flughafen nach Marghera fahren würden, um dort an Bord des Bootes zu gehen, das ihre Aktivistenkollegen gechartert hatten, die *Lucania*. Sie konnte sogar einen Flug buchen, mit dem sie und ihre Crew am nächsten Tag ungefähr zur gleichen Zeit in Venedig ankommen würden wie Piya. Wir verabredeten, dass Lubna, Palash und ich sie mittags am Flughafen abholen und wir alle zusammen nach Marghera weiterfahren würden.

Stürme

Als ich am nächsten Morgen erwachte, hatte das Wetter sich seltsam geändert. Das Hochwasser war zurückgegangen, dafür hatte der Himmel sich verdüstert. Wolkenbänke in vielen Farbschattierungen, von silbrig bis annähernd schwarz, jagten und wirbelten über den Himmel, getrieben von starken, ständig umspringenden Windstößen. Immer wieder einmal klapperten die Fenster der Wohnung, und Zugluft pfiff durch, nur um Minuten später unter einem Chor entrüsteten Knarzens und Ächzens aus dem altersschwachen Gebälk wieder zu verebben.

Ich frühstückte rasch, packte eine Tasche und machte mich sofort auf den Weg zum Ospedale Civile. Ich wollte noch einmal bei Cinta vorbeischauen, bevor ich zum Flughafen fuhr.

Gegen neun Uhr verließ ich das Haus. Auf den umliegenden Straßen waren Migranten im Einsatz; sie bauten die *passerelle* ab, die sie für die *aqua alta* aufgestellt hatten, und fegten den Sand und den Schlick zusammen, den das Hochwasser hinterlassen hatte.

Wegen der heftigen Böen musste ich aufpassen, um auf den nassen Pflastersteinen nicht auszurutschen. Alle paar Minuten musste ich mich an eine Ladenfront drücken und warten, bis die Windstöße nachließen. Bei einem dieser ungewollten Halte hörte ich einen Mann auf Bangla rufen – »*Kono din dekhi naai* – so etwas hab ich ja überhaupt noch nie erlebt …« – und im nächsten Moment kam von einem Balkon ein Blumentopf heruntergekracht und zerschellte auf den Steinplatten, keinen Meter von dem Punkt entfernt, wo wir standen.

Normalerweise hätte ich fünfzehn bis zwanzig Minuten für den Weg von Cintas Wohnung zum Ospedale Civile gebraucht, doch jetzt hatte ich nach einer halben Stunde gerade einmal zwei Drittel der Strecke zurückgelegt. Ich überquerte gerade einen kleinen Platz, als ich um mich herum ein Trommelgeräusch hörte. Gleich darauf traf mich etwas Kaltes am Rücken, dann auf der Schulter und am Kopf. Ich griff mir in den Nacken und hatte ein Hagelkorn in der Hand.

Ich lief an den Rand des Platzes und suchte Schutz unter der Markise eines Cafés. Dort standen bereits ein paar andere, und wir sahen fassungslos zu, wie der Hagel herunterprasselte, Fensterscheiben zerschlug und in Schaufenster knallte. Dann rief jemand *»Guarda! Attenti!«*, und ich sah, dass die Markise sich mit Hagelkörnern gefüllt hatte und bedenklich durchsackte. Ich trat gerade noch rechtzeitig zur Seite, bevor sie riss und eine Hagellawine herabstürzte.

Und dann verzog sich der Hagelsturm genauso plötzlich, wie er eingesetzt hatte, und die Sonne schien wieder. Schon bald stieg Dampf von den schmelzenden Hagelkörnern auf, und durch diesen schimmernden Nebel setzte ich schließlich meinen Weg in Richtung Krankenhaus fort.

Eine Schwester brachte mich zu Cintas Zimmer, und ich fand sie mit eingegipstem linkem Bein in einem Rollstuhl sitzend.

Ich hatte angenommen, sie wäre allein, aber wir hatten kaum *baci* ausgetauscht, als sie hinter mich zeigte. »Schau, Dino, dein Freund ist auch da.«

Ich drehte mich um und sah Rafi, der betreten lächelnd auf einem Stuhl saß.

»Heute Morgen«, sagte Cinta, »hat die Schwester mir gesagt, ein *ragazzo bengalese* hätte nach mir gefragt. Ich habe sie gebeten, ihn herzuschicken, und seitdem haben wir uns unterhalten. Rafis Italienisch ist besser, als man denken würde.«

Sie hielt inne und fuhr sich mit beiden Händen durch ihr fließendes weißes Haar.

»Du warst inzwischen anscheinend sehr beschäftigt, Dino. Rafi sagt, du willst einen kleinen Schiffsausflug machen.«

»So würde ich es nicht gerade nennen.«

»Ich bin enttäuscht, Dino – warum hast du Rafi nicht gefragt, ob er mitwill? Oder mich?«

»Das liegt doch auf der Hand«, rief ich. »Du liegst mit einem Gipsbein im Krankenhaus. Wie könntest du da mitfahren? Und warum solltest du das überhaupt wollen?«

Cinta drohte mir mit dem Finger. »Du weißt genau, warum Rafi mitmöchte, Dino. Immerhin ist sein *benamato* auf dem Flüchtlingsschiff. Und was mich angeht – ich habe meinen eigenen Grund.«

»Aha? Und der wäre?«

»Ich habe ein Zeichen bekommen.«

»Was für ein Zeichen? Woher?«

Cinta machte eine ihrer dramatischen Gesten. »Es stammt aus der Geschichte vom Gewehrhändler – es wird dich zweifellos interessieren, dass Rafi und ich das letzte Rätsel in dieser Legende gelöst haben.«

»Welches Rätsel?«

»Das kurz vor dem Schluss, als der Kaufmann Venedig verlässt und von Piraten gefangen genommen wird. Du weißt doch, dass er auf einer Insel als Sklave verkauft werden sollte. Aber auf dem Weg dorthin geschieht ein *miracolo*, und er wird von den Geschöpfen des Himmels und des Meers befreit.«

»Ja, ich erinnere mich.«

»Und weißt du auch noch, wie die Insel hieß, zu der die Sklavenhändler ihn brachten?«

»Natürlich«, sagte ich. »Es war die Ketteninsel.«

»Und auf Bengali?«

»*Shikol-dwip.*«

»Na bitte! Das ist die Lösung – *shikol.*«

Ich war verwirrt. »Was meinst du damit? Wieso ist das die Lösung?«

»Weil der arabische Name von Sizilien ›Siqillia‹ ist – die Ähnlichkeit mit *shikol* ist meiner Meinung nach nicht zufällig. Das Wort hat sich gewandelt, während die Legende von Mund zu Mund weitererzählt wurde. Wie auch immer, ich bin sicher, dass der Kaufmann nach Sizilien unterwegs war, als das *miracolo* geschah. Und wie du weißt, steuert das Flüchtlingsboot ebenfalls Sizilien an.«

Ich sah sie skeptisch an. »Also, Moment mal«, sagte ich. »Du willst mit uns mitkommen, weil du glaubst, eine Szene aus dieser Geschichte wird sich wiederholen?«

Cinta lachte.

»Na ja, vielleicht wird etwas passieren, vielleicht auch nicht. Aber was es auch sein wird, ich will es nicht verpassen, da kannst du Gift drauf nehmen. Vor allem jetzt, wo ich weiß, dass du mitfährst.«

»Aber Cinta«, protestierte ich. »Ich habe das Boot nicht gechartert. Ich kann nichts für dich tun.«

»Das ist mir klar, *caro*. Mit Rafis Hilfe hab ich schon mit einer Signora Lubna Alam gesprochen. Sie hat gesagt, sie würde sich freuen, wenn wir uns eurer Expedition anschließen.«

Sie warf mir einen ihrer boshaften Blicke zu. »Natürlich

könnte dabei auch eine Rolle spielen, dass ich einen namhaften Betrag gestiftet habe.«

Ich gab auf. »Na schön. Offenbar hast du wirklich an alles gedacht, Cinta.«

Sie nickte. »Allerdings, *caro*. Es ist alles arrangiert. Rafi und ich sind beide mit von der Partie.«

Ich warf Rafi einen wütenden Blick zu. »Ist das alles auf deinem Mist gewachsen?«

»Eigentlich nicht.« Er schüttelte den Kopf, ich sah ihm jedoch an, dass er ganz zufrieden mit sich war – und ich muss zugeben, dass ich durchaus beeindruckt war, wie raffiniert er mich ausmanövriert hatte. Trotzdem unternahm ich noch einen letzten halbherzigen Versuch, Cinta von ihrem Vorhaben abzubringen.

»Schau mal aus dem Fenster, Cinta – hast du gesehen, was für ein Wetter wir heute haben? Ich bin auf dem Weg hierher in einen Hagelsturm geraten. Das ist kein Tag, um mit einem Rollstuhl durch die Gegend zu fahren. Und wie sollen wir dich überhaupt zum Flughafen bringen?«

Cinta tätschelte mir die Hand. »*Non ti preoccupi, caro*«, sagte sie. »Du machst dir zu viele Gedanken. Musst du nicht, es ist alles bereits geregelt. Mein Freund, der *direttore* vom Krankenhaus, hat ein rollstuhlgerechtes Wassertaxi reserviert, das mich zum Flughafen bringt. Und der *pulmino*, den Gisa für unsere Fahrt nach Marghera gemietet hat, ist auch entsprechend ausgerüstet. *Sta' tranquillo* – wir werden höchst komfortabel reisen, wir alle, aber besonders ich.«

Aufgrund des seltsamen Wetters und der peitschenden Winde über der Lagune dauerte die Fahrt vom Krankenhaus zum Flughafen erheblich länger als gedacht. Der Fahrer unseres Wassertaxis sagte uns, er habe Anweisung, besonders vorsichtig zu sein; am Vormittag hätten sich schon etliche Unfälle ereignet, auf dem Wasser wie auf den Straßen.

Zum Glück waren keine Flüge storniert worden, und als wir am Flughafen ankamen, hatten es sich einige der anderen – Lubna, Palash und Piya – bereits in dem Minibus bequem gemacht. Gisa und ihre vier Crewmitglieder dagegen waren noch damit beschäftigt, ihre Ausrüstung in den Kofferraum zu laden, zusammen mit Schlafsäcken, Kartons mit Wasserflaschen und allem möglichen Proviant.

Man sah auf den ersten Blick, dass Gisa das Kommando übernommen hatte. Mir wurde jetzt klar, dass sie auf ihre Art eine eindrucksvolle Frau war, mit ihrem gesträhnten blonden Haar, ihren dicken rosa Brillengläsern und ihrer flinken Zunge. Zügig und kompetent sorgte sie dafür, dass Cintas Rollstuhl vorschriftsmäßig festgeschnallt wurde und Rafi als Lagerung für seinen eingegipsten Arm ein paar Schlafsäcke auf dem Nebensitz hatte.

Ich merkte, dass ich nervös wurde, während ich darauf wartete, einsteigen zu können. Ich hatte Piya sehr lange nicht gesehen und wusste nicht, wie wir miteinander auskommen würden, doch beim Einsteigen stellte ich fest, dass sie den Platz neben ihrem für mich frei gehalten hatte. Mein Herz machte einen Sprung, meine Hoffnungen wurden jedoch gleich wieder gedämpft, als sie mich mit einem beiläufigen »Hi« begrüßte.

»Hi.«

Mir fiel auf, dass sie den gleichen ängstlichen Gesichtsausdruck hatte, den ich im Krankenhaus in Lusibari an ihr gesehen hatte. »Wartet ihr schon lange?«

»Fast eine halbe Stunde«, sagte sie. »Hoffentlich verpassen wir das Boot nicht. Was meinst du?«

»Auf keinen Fall«, sagte ich. »Es ist erst eins, und das

Schiff legt nicht vor drei Uhr ab. Die Fahrt von hier nach Marghera dürfte nur ungefähr zwanzig Minuten dauern, auf der Autobahn.«

Doch wie aufs Stichwort verkündete der Fahrer, dass der Sturm heute Morgen einen Unfall auf der Autobahn verursacht hatte und wir eine andere Strecke fahren würden. Aber keine Sorge, meinte er, wir würden immer noch früh genug in Marghera ankommen, die Fahrt werde nicht länger als eine Stunde dauern.

Innerhalb von Minuten, nachdem wir am Flughafen losgefahren waren, gerieten wir in heftige Sturmböen. Mitunter goss es in solchen Strömen, dass wir nur noch im Schritttempo vorankamen. Aus den Fenstern konnten wir kaum den Straßenrand erkennen. Und selbst als der Regen nachließ, wirkte der Himmel seltsam bedrohlich, tintenschwarze Wirbel hoben sich von tiefgrauen Wolkenfeldern ab.

Dann hörte der Regen plötzlich ganz auf, gleichzeitig verdichtete sich die Wolkendecke.

Wir fuhren jetzt auf einer kurvenreichen Landstraße mit üppig grünen Feldern auf beiden Seiten. Piya saß am Fenster und schaute hinaus. Auf einmal packte sie mich am Arm und rief. »Schau! Schau, der Himmel da drüben!«

Ich blickte auf und sah einen dunklen Wolkenklumpen, der zusehends anschwoll, fast so, als wollte er etwas gebären. Dann plötzlich riss er auf wie ein berstendes Ei, und ein dünner grüner Finger tauchte daraus auf, senkte sich Richtung Erde und verdrehte sich dabei.

»Um Himmels willen!«, schrie Piya. »Ein Tornado!«

Die Furcht in ihrer Stimme erschreckte mich, denn ich hatte sie immer für jemanden gehalten, dem nichts so schnell Angst macht. Doch dann tat sie etwas, das mich noch mehr überraschte: Sie packte mich am Revers und vergrub ihr

Gesicht an meiner Brust. Fast unbewusst legte ich den Arm um sie und drückte sie an mich.

Alle im Bus schauten jetzt nach links aus dem Fenster, wo der gewundene rotierende Rüssel über einem grünen Maisfeld tanzte. Einen Moment lang hing seine Spitze über der Erde, berührte sie fast, um sich dann doch wieder zurückzuziehen. Das passierte drei- oder viermal, und dann fraß er sich plötzlich in die Erde.

Blitzartig schoss eine Fontäne aus festem Material jeder Art über dem Feld in die Höhe, begleitet von donnerndem Getöse wie von einem Schnellzug in voller Fahrt: Äste, Zaunlatten, Pflanzenstängel, Gras, Staub und Erde schraubten sich in den Himmel empor, während der Tornado auf uns zuraste.

Ich nahm undeutlich wahr, dass der Minibus zum Stillstand gekommen war und um mich herum lautes Geschrei herrschte; ich spürte auch, dass Piyas Fingernägel sich in meinen Rücken bohrten und sie den Stoff meines Sakkos zwischen den Zähnen hatte. Auch ich war jetzt in Panik; ich brachte es nicht mehr fertig hinauszusehen und barg mein Gesicht an Piyas Hals. Mein einziger Gedanke war: »Wenn ich sterben muss, dann bitte rasch.«

Draußen herrschte jetzt ein ohrenbetäubender Lärm, der Bus begann zu zittern und zu wackeln, und die Fenster klapperten. Dann gab es plötzlich einen gewaltigen Knall, und im nächsten Moment bebte die Erde wie unter dem Aufprall eines ungeheuren Gewichts.

Ich schaute auf und sah, dass der Tornado uns knapp verfehlt hatte – er überquerte zwanzig Meter vor uns die Straße und riss dabei einen Baum um.

Dann wurde das Getöse zunehmend schwächer und von einer unheimlichen, brodelnden Stille abgelöst. Wir spürten, dass der Tornado den Kontakt mit der Erde verloren hatte und sich in Sekundenschnelle in die Wolken zurückzog. Aber die Luft war jetzt so voller Staub und Blätter und Erde, dass es war, als wäre die Nacht hereingebrochen. Erst als der Fahrer die Scheinwerfer einschaltete, stellten wir fest, dass die Straße vor uns von dem umgestürzten Baum blockiert war. Seine Äste und Zweige wanden und schüttelten sich wie im Todeskampf.

Und dann sah ich, dass sich hinter dem Baumstamm etwas bewegte: Eine nur undeutlich sichtbare Gestalt nahm aus der Staubwolke heraus Form an wie eine überirdische Erscheinung. Im nächsten Moment sprang sie über den Stamm und kam auf uns zu.

Jetzt sahen wir, dass es ein Mann in einem fließenden gelben Gewand war; auf dem Kopf trug er etwas, das wie ein ockerfarbener Turban aussah, und sein Gesicht war braun mit einem gestutzten grauen Bart.

Er näherte sich ohne Zögern dem Fahrerfenster und klopfte dagegen; er schien genau zu wissen, was er tat. Der Fahrer erschrak und kurbelte mit zitternder Hand die Scheibe herunter.

Der Mann stellte keine Fragen, sondern zeigte nur einfach hinter uns. »*C'è un'altra strada*«, sagte er. »Es gibt eine andere Straße – sie geht nach zwei Kilometern rechts ab. Wenn Sie der folgen, kommen Sie nach Marghera.«

Ohne ein weiteres Wort machte der Fremde auf dem Absatz kehrt und entfernte sich.

»*Grazie*«, rief ihm der Fahrer nach. »*Grazie mille!*« Er bekam keine Antwort.

Auf dem Sitz neben mir hörte ich Rafi leise murmeln: »Er ist es – Bonduki Sadagar. Er ist es.«

Ich war mit den Nerven so fertig, dass ich fast schrie: »Unsinn, Rafi! Das war nur ein Migrant in einer Dschellaba, ein Nordafrikaner.«

Wir funkelten uns wütend an, und dann meldete sich der Fahrer: »*Ci sono tanti marocchini qui* – es gibt in der Gegend hier viele Marokkaner; die arbeiten bei den Bauern.«

Eine Welle der Erleichterung erfasste mich.

»Na also«, sagte ich zu Rafi. »Hab ich's dir nicht gesagt?«

Aber im nächsten Moment streckte Cinta, die uns schweigend beobachtet hatte, in ihrem Rollstuhl den Arm aus und tätschelte Rafi die Hand. »*Ti credo, Rafi*«, sagte sie. »Ich glaube dir. Ich denke, jemand beschützt uns.«

Die *Lucania*

Mit ihrem leuchtend grünen Rumpf und den weißen Aufbauten war die *Lucania* ein robustes Arbeitspferd. In den 1970er-Jahren in Deutschland erbaut, hatte sie dreißig Jahre lang als Küstenwachschiff gedient und war dann an eine Charterfirma in Gibraltar verkauft worden; in den letzten Jahren war sie zweimal als Rettungsschiff für Flüchtlinge gechartert worden.

In Marghera wirkte die *Lucania* in der Nachbarschaft riesiger Kreuzfahrtschiffe geradezu winzig. Doch das täuschte, denn das in die Jahre gekommene Schiff war alles andere als klein: Es hatte eine Länge von fünfundsiebzig Metern und bot Raum für mehrere Hundert Passagiere. Da wir viel weniger waren, hatten wir jede Menge Platz an Bord.

Dank Gisas Überredungskünsten bekam Cinta eine komfortable Kabine auf dem Hauptdeck. Wir übrigen wurden unter Deck in großen, hallenden, neonbeleuchteten Räumen untergebracht, in denen es keinerlei Mobiliar gab.

Wir verstauten noch unser Gepäck, als uns eine ohrenbetäubende Hupe an Deck rief, wo wir gerade noch die Kräne und Lagerhallen von Marghera entschwinden sahen. Schon bald hatten wir den Hafen hinter uns, und vor uns breitete sich unter dem tief hängenden Himmel eine flache Küstenebene aus.

Plötzlich rief jemand »*Guardate! Guardate!*«, und wir schauten alle nach Norden, wo man kilometerweit entfernt ein langes schlangenförmiges Gebilde vom Himmel herabkommen sah. Es schien mehrmals kurz die Erde zu berühren und zog sich dann in die Wolken zurück, wie ein Kreisel, der an einer Schnur hochgehoben wird.

Es war kaum verschwunden, als schon wieder ein Ruf ertönte. Diesmal schauten wir nach Osten, wo ein zweiter Tornado aufgetaucht war. Er stieß auf die venezianische Lagune hinunter, und die angesaugte Wassermasse stand wie eine rotierende Kristallsäule über der Oberfläche. Auch er war nach ein paar Sekunden wieder verschwunden, doch diesmal schlug der Kapitän Alarm und ordnete an, die Decks zu räumen.

Unsere Gruppe drängte sich in Cintas Kabine, die mit Fenstern an drei Seiten einen Panoramablick bot. Cinta blieb mit ihrem Rollstuhl am Backbordfenster und winkte mich und Rafi zu sich.

»Seht ihr die Insel da?«, fragte sie und zeigte auf ein winziges Stück Land, das an uns vorbeizog. »Das ist San Giorgio in Alga, dort steht seit tausend Jahren ein Kloster. Der Gewehrhändler ist wahrscheinlich genauso daran vorbeigefahren wie wir jetzt. Und die Insel dort drüben, das ist San Clemente. Die sah zur Zeit des Kaufmanns fast genauso aus wie jetzt. Und da drüben ist Lazzaretto Vecchio, wo die Pestkranken hingebracht wurden. Dort hat man in Massengräbern Tausende von Skeletten gefunden. Die Insel hat sich im Lauf der Jahrhunderte kaum verändert – was ihr seht, hat wohl auch der Gewehrhändler gesehen …«

Der finstere Wolkenhimmel war nach wie vor in heftiger, krampfhafter Bewegung und entließ ab und zu einen Tornadorüssel, der manchmal die Erde berührte und manchmal nicht. So etwas hatte ich noch nie gesehen. Es war ein Anblick, der nicht zur Sphäre menschlicher Erfahrung zu gehören schien, sondern auf die Buchseiten einer realitätsfernen Fantasie wie der *Hypnerotomachia Poliphili*.

Schon bald erfuhren wir, dass das seltsame Wetter keine lokale Erscheinung war: Auf die eine oder andere Weise war ganz Italien betroffen. Einige Städte im Norden waren mit Regen und Hagel überschwemmt worden, viele Teile des Landes waren von Orkanen heimgesucht worden, in den Südtiroler Bergen waren ganze Wälder niedergemäht worden, in anderen Gegenden hatten umstürzende Bäume Häuser beschädigt und Straßen blockiert.

Ein Mitglied von Gisas Team hatte in Cintas Kabine einen Bildschirm angeschlossen, auf dem wir Liveberichte verfolgen konnten – verwüstete Wälder, Menschen, die sich vor Hagelstürmen in Sicherheit brachten, und Autos, die durch Straßen schwammen. Aufnahmen aus Rom, wo riesige Pinien entwurzelt und umgerissen worden waren.

Auf einmal stöhnte Gisa: »Das ist Trastevere – da wohne ich!« Sie holte ihr Handy hervor und lief hinaus.

Sie blieb so lange weg, dass Cinta unruhig wurde und sich an mich wandte. »Kannst du mal nachsehen, wo Gisa bleibt? Hoffentlich ist ihrer Familie nichts passiert.«

Die *Lucania* befand sich jetzt in offenen Gewässern, und seltsamerweise – angesichts dessen, was andernorts los war – hatten wir schönes Wetter. Die Wolken waren aufgerissen, und der Himmel färbte sich in der Abendsonne rot.

Angesichts der Wetterbesserung waren viele unserer Mitpassagiere wieder aufs Hauptdeck gekommen, deshalb musste ich auf der Suche nach Gisa Dutzende von Gesichtern checken. Als ich sie schließlich entdeckte, war sie halb hinter einem Rettungsboot verborgen. Sie sah aus, als stünde sie unter Schock, und starrte mit glasigem Blick auf ihr Handy.

»Gisa?«, sagte ich. »Was ist?«

Sie sah mich benommen an und blinzelte hinter ihren dicken Brillengläsern. »Ach, nichts, *niente* ... Ich bin nur erleichtert, weiter nichts.«

Sie erklärte, dass sie nur mit großer Mühe ihre Partnerin Imma erreicht hatte – sie hatte erst nach fünfzehn bis zwanzig Minuten abgenommen. Unterdessen hatte Gisa allerdings von einem Nachbarn eine Etage unter ihnen erfahren, dass ein Baum in ihrer Straße vom Sturm umgerissen worden und auf ihr Haus gestürzt war. Daraufhin war sie vollends in Panik geraten, doch dann hatte Imma endlich zurückgerufen. Sie berichtete Gisa, der Baum sei tatsächlich in ihre Wohnung gekracht und viele Fensterscheiben seien zu Bruch gegangen. Ihre Adoptivtochter hatte sich in ihrem Zimmer aufgehalten, als ihr Fenster eingeschlagen wurde und die Glassplitter überall herumgeflogen waren. Sie war jedoch nicht verletzt worden, Imma selbst auch nicht, allerdings stünden beide unter Schock. Sie hatten die Wohnung verlassen und wollten bei Freunden übernachten.

Gisa strich sich über die Augen und brachte ein Lächeln zustande.

»Ist das zu glauben? In Rom – ausgerechnet! – sind meine Angehörigen zu Flüchtlingen geworden.«

Später am Abend brachte einer der Kameramänner Wein, während Lubna und Palash Panini servierten. Da fiel mir auf, dass Piya nicht bei uns in Cintas Kabine war.

Das wunderte mich nicht besonders, weil Piya seltsam still gewesen war, seit wir an Bord gekommen waren; ich hatte den Eindruck, dass ihr ihre Reaktion auf den Tornado peinlich war.

Ich drehte eine Runde über das Deck und fand sie am Bug des Schiffs, wo sie aufs mondbeschienene Meer hinausschaute. Als sie mich kommen sah, erschrak sie, und ich blieb stehen.

»Tut mir leid, störe ich dich?«

»Nein, nein!«

Sie legte mir die Hand auf den Arm. »Im Gegenteil, ich freue mich, dass du hier bist. Ich wollte mich für meinen Ausraster vorhin in dem Minibus entschuldigen. Du musst mich ja für komplett verrückt gehalten haben.«

»Überhaupt nicht«, sagte ich. »Ich hatte auch eine Heidenangst.«

Ich sah, dass sie mit sich kämpfte, und sie konnte sich nur mit Mühe aufraffen, noch etwas zu sagen.

»Eigentlich kriege ich nicht so schnell Angst«, sagte sie. »Aber ich hatte mal ein schreckliches Erlebnis bei einem Sturm. Es war ein Zyklon, kein Tornado … Ich dachte, ich wäre drüber weg, bin ich aber anscheinend nicht. Vielleicht schaffe ich das nie.«

»War das der Sturm, in dem Tipus Vater umgekommen ist?«

Sie nickte. »Ja. Ohne ihn wäre ich an dem Tag auch gestorben. Fokir – so hieß er – hat mich beschützt, er hat sein Leben für mich gegeben. Und ich bin sicher, Tipu weiß das, auch deshalb haben wir so eine komplizierte Beziehung. Tipu hat seinem Vater sehr, sehr nahegestanden, und ich nehme an, im Grunde seines Herzens macht er mich dafür verantwortlich, dass er ihn verloren hat.«

»Aber Piya«, sagte ich, »du hast so viel für Tipu und Moyna getan, alles, was in deinen Kräften stand.«

»Ich hab's versucht«, sagte Piya, »aber ich glaube, in mancher Hinsicht habe ich für sie immer nur alles schlimmer gemacht. Nichts, was ich tue, scheint zu helfen. Zum Beispiel, dass ich Tipu in die Staaten mitgenommen habe – ich hätte wissen müssen, dass das nicht gut ausgehen würde, ich bin einfach nicht der mütterliche Typ. Aber er hat es sich so sehr gewünscht, ich konnte es ihm einfach nicht abschlagen.«

Es war betrüblich, die stets so beherrschte Piya verwirrt und hilflos zu sehen. Und mir fiel auch nichts Aufmunterndes ein: Sie war ein zu ehrlicher Mensch, als dass man sie mit bloßen Worten hätte trösten können. Schließlich sagte ich: »Moyna versteht es, weißt du. Sie ist dir dankbar für alles, was du getan hast. Das hat sie mir gesagt.«

Piya nickte. »Sie hat mir irgendwie verziehen, glaube ich. Aber die Wahrheit ist, wenn Tipu etwas zustoßen sollte, hätte sie gar nichts mehr. Und es würde alles auf mir lasten, die ganze Schuld.«

»Jetzt sieh doch nicht so schwarz, Piya«, sagte ich. »Wir sind doch hier, um Tipu zurückzuholen, oder nicht? Denk nicht gleich ans Schlimmste.«

»Du hast recht.« Sie lächelte mir beklommen zu. »Danke.«

»Du brauchst mir nicht zu danken, Piya.«

Ihre Hand legte sich wieder auf meinen Arm. »Nein, wirklich, ich meine es ernst«, sagte sie. »Ich danke dir. Ich weiß nicht, was ich die letzten Wochen ohne dich getan hätte. Ich dachte, ich werde verrückt, als wir dahintergekommen sind, warum Tipu verschwunden ist. Du warst der Einzige, auf den ich mich verlassen konnte.«

Das kam so unerwartet, dass es mir buchstäblich die Sprache verschlug.

Wie man uns erklärt hatte, als wir an Bord gingen, war es auf Rettungsschiffen üblich, dass Männer und Frauen getrennte Schlafquartiere bekamen, Familien ausgenommen. Das wurde auch auf der *Lucania* so gehalten – die Räume auf der Steuerbordseite waren für Frauen reserviert, die auf der Backbordseite für Männer.

Als es Zeit wurde, schlafen zu gehen, lief ich noch ein bisschen herum und hielt Ausschau nach einem ruhigen Plätzchen, an dem ich meinen Schlafsack ausbreiten konnte. Es dauerte nicht lange, da hatte ich eine Kammer gefunden, in der Ausrüstungsgegenstände von früheren Rettungsaktionen aufbewahrt wurden: ein unordentliches Gewirr aus Kleiderspenden und Decken sowie ein paar verloren wirkenden Spielsachen.

Ich schob die Kleider und das Spielzeug zu einem Haufen zusammen, schuf mir auf diese Weise eine kleine Schlafnische und schlüpfte rasch in den Schlafsack. Der Metallboden war nicht eben bequem, und ein grelles Nachtlicht störte mich. Trotzdem schlief ich bald ein und verlor mich in einem Traum, in dem ich durch das Auge eines Tornados auf die Erde hinabschaute, während alles um mich herum in Bewegung war. In dem wirbelnden Dunst erschien der Mann mit dem langen Gewand und dem Turban, der nach dem Tornado vor uns aufgetaucht war.

Sein Blick war so durchdringend, dass ich aus dem Schlaf aufschreckte, nur um festzustellen, dass ich in drei Augenpaare schaute: Zwei Plüschtiere und eine große Puppe sahen von einem Haufen Kleider auf mich herab.

Ich setzte mich ruckartig auf und überlegte, ob ich die Spielsachen so dort abgelegt hatte. Oder war jemand hereingekommen, während ich schlief, und hatte in den Sachen gekramt? Aber Schritte auf dem Metallboden hätten mich sicher aufgeweckt.

Ich war jetzt zu verunsichert, um die Augen wieder zu schließen. Deshalb zog ich meine Jacke an und stieg die Treppe zum Hauptdeck hinauf.

Die Nachtluft war kühl und erfrischend. Ich atmete ein paarmal tief ein und ging Richtung Bug, wo ich zu meiner Überraschung vor dem mondhellen Himmel die Silhouette von Cintas Kopf und ihren Schultern erblickte. Sie saß in ihrem Rollstuhl und unterhielt sich mit Gisa.

Die beiden waren so ins Gespräch vertieft, dass ich sie nicht stören wollte. Aber gerade, als ich kehrtmachen wollte, bemerkte mich Gisa und winkte mich heran.

»Na, du kannst wohl auch nicht schlafen?«, fragte Cinta.

»Stimmt.«

Das silbrige Mondlicht lag auf Cinta, und ich sah, dass sie versonnen in die Ferne blickte.

»Gisa hat mir gerade etwas erzählt, was heute passiert ist«, sagte sie, »als sie versucht hat, Imma in Rom zu erreichen ...«

Irgendwann während der zwanzig angsterfüllten Minuten, in denen ihre Partnerin sich nicht meldete, hatte sie eine Stimme gehört, eine Mädchenstimme, die sagte: »*Sta' tranquilla, Ella* – reg dich nicht auf; deinen Kindern geht es gut. Es ist ihnen nichts geschehen ...«

»Das Seltsame ist«, sagte Gisa, »es hat nur einen einzigen Menschen gegeben, der mich Ella genannt hat. Das war Cintas Tochter Lucia. Ella war ihr *nomignolo* für mich.«

Cinta lächelte und warf ihr Haar zurück, ließ es frei im Wind flattern.

»Lucia ist hier«, sagte sie mit ruhiger Gewissheit. »Ich spüre es.«

Sichtungen

Zur allgemeinen Überraschung herrschte am nächsten Tag ungewöhnlich schönes Wetter.

Ich war bereits an Deck, als ich Piya mit einem großen Leinenhut auf dem Kopf heraufkommen sah. Mit dem um den Hals gehängten Fernglas und einem Rucksack über der Schulter wirkte sie ausgesprochen professionell.

»Das glaub ich jetzt nicht«, sagte ich skeptisch. »Hast du wirklich vor, nach Delfinen Ausschau zu halten?«

»Warum nicht?«, sagte sie schulterzuckend. »Sonst drehe ich vor lauter Sorge um Tipu noch durch.«

»Aber meinst du wirklich, dass du welche sehen wirst?«

»Wieso denn nicht? Waltiere sind im Mittelmeer ziemlich verbreitet, und viele von ihnen sind um diese Jahreszeit auf ihren Wanderungen.«

Sie ging zum Bug, stellte ihren Rucksack ab und suchte mit dem Fernglas den Horizont ab.

Doch die erste Sichtung glückte dann nicht ihr, sondern Rafi. »*Oije*«, rief er aufgeregt, »schau mal da rüber, Piyadidi. Ich glaube, ich seh' was.«

Piya runzelte die Stirn und richtete das Fernglas auf die Stelle, auf die er gedeutet hatte. Nach ein paar Minuten sagte sie fast unwirsch: »Wow, Rafi! *Tomar chokh khub bhalo to!* Du hast wirklich gute Augen!«

»Was siehst du denn?«, fragte ich sie.

»Da vorn ist definitiv eine Walschule. Ich bin mir allerdings nicht sicher, um welche Art es sich handelt – dafür sind sie zu weit weg. Kaum zu glauben, dass Rafi sie mit bloßem Auge entdeckt hat.«

Sie reichte mir das Fernglas. »Willst du mal sehen?«

Ich schob meine Brille auf die Stirn und spähte durch das Glas, aber vergeblich: Alles war völlig unscharf.

»Du wirst sie schon noch sehen«, sagte Piya. »Sie bewegen sich anscheinend in dieselbe Richtung wie wir. Demnächst werden wir auf gleicher Höhe mit ihnen sein.«

Sie richtete ihr Fernglas auf die Wasserfläche vor uns, und nach einer Weile konnte sogar ich weiße Gischtstreifen sehen, aus denen dunkle Buckel an die Oberfläche traten.

»Ich glaube, es sind Langflossen-Grindwale«, sagte Piya begeistert. »Vielleicht fünf oder sechs Exemplare. Die sehen wir manchmal in der Nähe der Sundarbans, vor allem entlang der Küste. Sie schwimmen nur noch selten die Flüsse rauf, aber im 19. Jahrhundert wurden sie sogar oft so weit landeinwärts wie in Kalkutta gesichtet.«

Sie wandte sich an Rafi. »Hast du schon jemals solche Wale gesehen? Mit dieser großen ballonartigen Schwellung vorne am Kopf?«

Er nickte. »Ein- oder zweimal.«

Piya griff in ihren Rucksack, nahm ein zweites Fernglas heraus und gab es Rafi. »Meinst du, du kannst das mit einer Hand benutzen?«

»Ja.«

»Würdest du gern mit mir Ausschau halten?«

Rafi nickte und setzte das Glas an die Augen. Innerhalb weniger Minuten machte er eine weitere Entdeckung. »Da! Da!«

Piya schaute in die angegebene Richtung und stellte ihr

Fernglas scharf. »Hey!«, rief sie nach einer Weile. »Ich glaube fast, wir haben da eine Herde Risso-Delfine!«

Sie klopfte Rafi auf den Rücken. »Gut gemacht!«

Nach einer Weile gesellte sich Cinta zu uns. Sie sah eine Zeit lang Piya zu, zupfte mich dann am Ärmel und bedeutete mir, dass sie mir etwas ins Ohr sagen wollte.

»È in gamba questa ragazza«, flüsterte sie. »Das Mädchen hat was los.«

»Und ob«, sagte ich.

Cinta sah mich prüfend an. »Du magst sie, stimmt's?«

Ich nickte.

»Und, machst du was draus?«

Ich lachte nervös. »Ach, ich weiß nicht, ob sie sich überhaupt für mich interessiert.«

»Sei kein *babbeo, caro*«, sagte Cinta. »Diese *ragazza* ist keine, die einem gleich ihr Herz offenbart. Aber ich spüre, dass sie dir eine Tür öffnen wird, wenn auch vielleicht nur einen Spaltbreit. Wenn es so weit ist, musst du durchgehen. *Capisci?*«

»Ach, Cinta, ich weiß wirklich nicht, ob es dazu kommen wird.«

»Aber du hoffst darauf?«, sagte Cinta. »Hab ich recht?«

»Ich glaube ...«

»Na siehst du!«, lächelte Cinta. »Dein Kaufmann hat dein Leben bereits schöner gemacht, oder?«

»Wie denn das?«

»Durch ihn hast du sie kennengelernt – *non è vero?*«

Bei dem schönen Wetter suchten die Leute jetzt allmählich Gesellschaft: Lubna und Palash machten die Runde bei ihren Aktivistenfreunden, und Gisa unterhielt sich mit den anderen Journalisten an Bord.

Als wir uns zur Mittagszeit wieder in Cintas Kabine versammelten, kam Gisa mit Neuigkeiten über das Blaue Boot hereingelaufen. Sie hatte sie von einem Freund, einem Auslandskorrespondenten, der sie aus Ägypten angerufen hatte.

Durch die Auswertung von Satellitenfotos hatte man ermittelt, dass das Blaue Boot irgendwo in der Nähe der Stadt El-Arish auf dem Sinai in See gegangen war. Das Gebiet war wegen seiner Gesetzlosigkeit berüchtigt, aber zwei unerschrockene Korrespondenten hatten sich dorthin durchgeschlagen. Einheimische hatten sie zu einem zerstörten Gebäude etwa dreißig Kilometer vor der Stadt geführt: Dies, sagten sie, sei einmal der Standort eines verrufenen *Connection House* gewesen, in dem sehr viele Flüchtlinge von Schleusern gefangen gehalten wurden. Das Haus war als Umschlagplatz für den Handel mit menschlichen Organen bekannt.

Es war raffiniert angelegt: Die kerkerähnlichen Zellen der Flüchtlinge befanden sich unter der Erde und waren schwer zu entdecken. Oberirdisch sah man nur ein ganz gewöhnliches Haus; darin wohnten die Schleuser. Niemand wäre auf den Gedanken gekommen, dass es sich um ein *Connection House* handelte.

Vor etwa drei Wochen, erzählten die Einheimischen, war eine neue Gruppe Migranten in einem abgedunkelten Minivan dort hingebracht worden, eine ungewöhnlich bunte Mischung – Äthiopier, Eritreer, Somalier, Araber und Bengalen. Unter ihnen war auch eine Frau, eine hochgewachsene Äthiopierin.

In der zweiten Nacht nach ihrer Ankunft war ein Junge, der in dem *Connection House* arbeitete, in ein Nachbardorf gerannt und hatte eine seltsame Geschichte erzählt. Das *Connection House* war kurz nach Einbruch der Dunkelheit plötzlich von einem Sturm erfasst worden, berichtete er. Der Tornado hatte das Haus mit solcher Wucht getroffen, dass es eingestürzt war.

Einige der Schleuser starben, die übrigen waren schwer verletzt und hilflos. Auch ein Teil des Fußbodens war weggerissen worden, sodass die Flüchtlinge aus ihren Zellen im Untergeschoss herausklettern und die Schleuser überwältigen konnten.

Nachdem sie die Handys der Schleuser an sich genommen und die Festplatte aus ihrem Laptop ausgebaut hatten, hatten die Flüchtlinge ihre einstigen Bewacher gezwungen, sie zu einem ihrer Boote zu führen – und das war das sogenannte Blaue Boot. Das alles, sagte der Junge weiter, sei auf Anweisung der Äthiopierin geschehen. Sie hatte die Flüchtlinge zu dem Boot geführt, und als alle an Bord waren – es waren über hundert –, war das Boot in die Nacht hinausgefahren.

Die Journalisten hatten recherchiert und anhand meteorologischer Unterlagen bestätigt, dass zum angegebenen Zeitpunkt tatsächlich ein Tornado diesen Küstenstreifen getroffen hatte. Außerdem hatten sie erfahren, dass solche Monsterstürme in diesem Gebiet immer häufiger auftraten; man hielt dies für eine Folge des Klimawandels.

»Wer weiß, was wirklich passiert ist«, sagte Gisa. »Aber wie auch immer, offenbar verfügen diese *rifugiati* jetzt über ungeheure Mengen an Daten über den Menschenhandel. Jeder weiß, dass die Schleuser überall Beziehungen haben – nicht nur in der Unterwelt, sondern auch an höchster Stelle, bei der Polizei und sogar europäischen Regierungen. Alle diese Netzwerke könnten aufgedeckt werden. Angeblich ist das der eigentliche Grund, warum so viele Regierungen das Blaue Boot nicht aufnehmen wollen.«

Auch Lubna hatte Neuigkeiten.

»Alle möglichen Gerüchte machen die Runde«, sagte sie. »Es heißt, die *Lucania* könnte geentert oder mit Drohnen angegriffen werden.«

»Im Ernst?«

Sie nickte grimmig. »Ja. Und es scheint, dass wir den Rechtsgerichteten zahlenmäßig hoffnungslos unterlegen sind: Die haben anscheinend eine ganze Flotte gechartert. Was nicht weiter verwunderlich ist, weil die rechten Parteien heute so viel Geld haben. Die könnten uns sogar an der Weiterfahrt hindern oder rammen.«

»Meinst du wirklich, die würden das versuchen?«

»Wer weiß? Die sind zu allem fähig. Es hängt davon ab, wie die Marine die Sache angeht. Wir wollen hoffen, dass Admiral Vigonovo bei Vernunft bleibt.«

Bei dem Namen horchte Cinta auf. »Was war das?«, fragte sie. »Wer ist der Admiral, sagst du?«

»Er heißt Allesandro di Vigonovo«, sagte Lubna. »Sagt Ihnen das was?«

»Certo!« Cinta schlug vor Begeisterung auf die Armlehnen ihres Rollstuhls. »Natürlich kenne ich den! Ich habe Sandro schon als kleinen Jungen gekannt. Die Vigonovos sind ein alte venezianische Familie. Sandros Onkel war der *parroco* der Kirche Santa Maria dei Miracoli in Cannaregio, und Sandro war dort viele Jahre lang Ministrant. Alle dachten, er würde ebenfalls in den geistlichen Stand treten, doch dann hat er ein Mädchen kennengelernt und sich in sie verliebt, deshalb ist er stattdessen zur Marine gegangen. Er ist ein guter Mensch, ein aufrichtiger Mensch …«

Sie wurde durch einen Schrei Piyas unterbrochen, die aus dem Fenster schaute. »Ich glaub's nicht! Finnwale, direkt vor uns!«

Alles lief an die Reling, gerade als sich ein riesiger Wal langsam aus dem Wasser erhob und wieder herabkrachte. Er verdrängte so viel Wasser, dass die *Lucania* noch zwei Minuten später schaukelte.

»*Uau!*«, rief Gisa. »Und die bewegen sich anscheinend alle in dieselbe Richtung wie wir! Ist das nicht seltsam?«

»Eigentlich nicht«, sagte Piya. »Es ist plausibel, dass sie Richtung Sizilien unterwegs sind, genau wie wir. Sie müssen durch die Straße von Sizilien, um ins westliche Mittelmeer zu gelangen. Manchmal ist das einer der belebtesten Meeressäugerkorridore der Welt.«

Eine Stunde später rief Piya: »Pottwale auf drei Uhr!«

Wir liefen hinaus und sahen eine Fontäne in die Höhe schießen.

»Das ist ja fantastisch«, sagte ich. »Wie viele Arten hast du heute schon gesehen?«

»Vier«, antwortete Piya. »Und es gibt nur acht Walarten im Mittelmeer.«

»Ist das normal«, fragte ich, »dass man so viele von ihnen gleichzeitig sieht?«

»Kommt drauf an, was du unter normal verstehst. Das ändert sich mit der Jahreszeit.«

Lubna und Palash waren bei den Medienleuten auf der *Lucania*, die sie ausführlich über die Flüchtlingsproblematik interviewten, sehr gefragt. Anders als Lubna wollte Palash jedoch seine Identität nicht preisgeben. Er bestand darauf, anonym zu bleiben, und als ein Fernsehjournalist ihn bat, vor der Kamera zu sprechen, weigerte er sich rundweg und schob Lubna nach vorn.

Einmal fragte ihn ein Journalist: »Warum sind Sie so geheimnistuerisch?«

Palash fertigte ihn mit der Antwort ab: »Ich stehe einfach nicht gern im Rampenlicht.«

Später kam er jedoch zu mir herüber und gab mir eine Erklärung. »Sie halten mich wahrscheinlich für eine zwielichtige Gestalt oder so was.«

»Nein«, erwiderte ich. »Überhaupt nicht.«

Ein unbehagliches Schweigen trat ein, und dann ging er mit mir an die Reling, wo wir uns in den Wind lehnten.

»Es ist nur so«, sagte Palash. »Meine Familie weiß nichts von meinem Leben hier.«

»Ach nein? Wieso denn das?«

»Tja, ich bin als Student nach Italien gekommen, und das unterscheidet mich von den meisten bengalischen Migranten. Zu Hause in Bangladesch habe ich in ganz anderen Verhältnissen gelebt als sie. Die meisten stammen aus Dörfern und Kleinstädten, aber mein Vater ist Banker in Dhaka. Mein älterer Bruder ist Beamter, in ziemlich gehobener Position. Ich habe an der Universität Dhaka studiert und einen Abschluss in Betriebswirtschaft gemacht. Einige Jahre habe ich als Manager in einem multinationalen Konzern gearbeitet. Ich bin jeden Tag mit dem Auto zur Arbeit gefahren, in Anzug und Krawatte.«

Er zeigte auf seine Kleidung. »Wahrscheinlich habe ich mich damals daran gewöhnt, Sakko und Hose zu tragen. Aber irgendwie war mir das alles nicht genug. Ich wollte schon in jungen Jahren Bangladesch verlassen. Ich hatte mehrere enge Freunde, und als wir noch ziemlich jung waren, sind wir darauf gekommen, nach Finnland auszuwandern.«

»Finnland? Warum Finnland?«

Palash lächelte selbstironisch.

»Ich weiß, es klingt seltsam – wer will schon nach Finnland –, aber in Dhaka träumen viele junge Leute davon. Meine Freunde und ich dachten, Finnland wäre alles, was Dhaka nicht war: ruhig, sauber, kühl, nicht überlaufen, und natürlich waren unsere ersten Handys Nokias, *made in Finland*, also hatten wir immer eine Vorliebe für dieses Land. Aber egal aus welchem Grund, wir wollten jedenfalls alle nach Finnland, das war unser Traum. Einer aus unserer Gruppe bekam tatsächlich ein Stipendium für ein Studium an einer finnischen Universität. Das hat unsere Entschlossenheit noch gesteigert, vor allem, als unser Freund uns Bilder davon geschickt hat, wo er lebte – etwas Schöneres konnten wir uns nicht vorstellen! Ich bewarb mich zweimal um dasselbe Stipendium, bekam es aber nicht. Deshalb beschloss ich, auf eigene Kosten an einer Universität irgendwo in Europa zu studieren und später nach Finnland zu gehen.

Zu der Zeit habe ich schon gearbeitet und gut verdient, also habe ich angefangen zu sparen. Von meinen Eltern konnte ich keine Hilfe erwarten, die waren strikt dagegen, dass ich ins Ausland gehe, ich sollte in Bangladesch bleiben. Deshalb habe ich mich heimlich an europäischen Universitäten beworben. Die Universität von Padua hat mich angenommen, also ging ich dorthin. Mit meinen Ersparnissen und Darlehen von Freunden habe ich ein Studentenvisum und ein Flugticket gekauft.

Aber es lief nicht so, wie ich gehofft hatte. Ich lernte Italienisch und konnte es bald ziemlich gut sprechen, aber fürs Studieren reichte es trotzdem noch nicht. Nach einem Jahr hängte ich das Studium an den Nagel und beantragte eine Arbeitserlaubnis, aber ohne Erfolg. Seitdem stelle ich den Antrag immer wieder aufs Neue. So sind inzwischen vier Jahre vergangen, und ich hänge immer noch in der Luft, nicht nur, was meinen Status in Italien angeht, sondern auch im Hinblick auf die anderen Bengalen, die hier sind.«

»Warum?«

»Weil bei mir alles anders ist«, sagte Palash. »Mein Bangla-Akzent, meine Umgangsformen, mein Hintergrund. Die anderen merken das, wenn sie mich sprechen hören. Dann finden sie heraus, dass ich nicht auf dieselbe Art hierhergekommen bin wie sie, dass ich nicht mit demselben Leid und denselben Entbehrungen kämpfen musste. Sie gehen davon aus, dass ich nicht fähig bin, ihre Arten von Arbeit zu leisten, deshalb ziehen sie mich nicht ins Vertrauen – sagen mir beispielsweise nicht, dass ein Ladenbesitzer einen Ausfahrer sucht oder dass ein Hotel jemanden für die Reinigung der Toiletten braucht. Ich würde hier jederzeit solche Arbeiten übernehmen, obwohl ich es zu Hause sogar für unter meiner Würde gehalten hätte, als einfacher Büroangestellter zu arbeiten. Hier würde ich liebend gerne Pizzas ausliefern oder Teller waschen. Ich kann es kaum fassen, dass ich einmal geschniegelt und gebügelt als Manager tätig war.«

»Warum gehen Sie dann nicht nach Hause zurück«, fragte ich, »und suchen sich eine andere Arbeit? Ihre Eltern wären Ihnen doch sicher behilflich.«

Er lächelte betrübt, aber seine Augen wurden feucht.

»Ich kann jetzt nicht mehr zurück. Meine Eltern wissen immer noch nicht, dass ich nicht mehr studiere und mich nur mühsam über Wasser halte. Sie würden es nicht verstehen, dass ihr Sohn so niedrige Arbeiten verrichtet. Sie denken, dass ich immer noch an der Universität Vorlesungen besuche und Prüfungen ablege. Wenn ich ihnen jetzt die Wahrheit sagte, müsste ich zugeben, dass ich sie die ganze Zeit belogen habe; dass sie recht damit hatten, mir zu sagen, ich solle nicht ins Ausland gehen; dass ich einen schrecklichen Fehler begangen habe und besser auf ihren Rat hätte hören sollen. Ich müsste einräumen, dass ich mit der Verfolgung eines Traums mein Leben zerstört habe.«

»War Ihr Traum demnach eine Art Fluch?«, fragte ich.

»Ja, wahrscheinlich«, sagte Palash müde. »Aber jeder hat doch einen Traum, oder, und was ist ein Traum anderes als eine Fantasie? Denken Sie an all die Menschen, die nach

Venedig kommen: Was die hierherbringt, ist doch nichts anderes als eine Fantasie. Sie denken, sie kommen ins Herz Italiens, an einen Ort, an dem sie italienische Geschichte erleben und echte italienische Küche genießen. Ob die wissen, dass das alles nur durch Menschen wie mich möglich wird? Dass wir ihnen ihr Essen kochen, ihr Geschirr waschen und ihre Betten machen? Wissen sie, dass kein Italiener mehr solche Arbeiten macht? Dass wir es sind, die ihre Fantasie nähren, während sie uns aufzehrt? Warum auch nicht? Jeder Mensch hat doch ein Recht auf Fantasie, nicht wahr? Das ist eins der wichtigsten Menschenrechte – es unterscheidet uns von den Tieren. Stellen Sie nicht immer wieder fest, dass Ihnen immer, wenn Sie auf Ihr Handy oder einen Fernsehschirm schauen, ein Werbespot erklärt, Sie sollten tun, was immer Sie wollen, Ihren Traum leben, dass ›nichts unmöglich ist‹ – ›*Just do it!*‹ Was ist damit anderes gemeint, als dass Sie versuchen sollten, Ihren Traum zu verwirklichen? Fragen Sie irgendeinen Italiener, und er wird Ihnen sagen, dass er einen Traum hat, vielleicht, dass er nach Südamerika fahren und die Anden sehen will oder nach Indien, um sich die Paläste und Dschungel anzuschauen. Und wenn Sie Weißer sind, ist das einfach: Sie können fahren, wohin Sie wollen, und tun, was Sie wollen – wir dagegen können das nicht. Wenn ich heute zurückdenke und mich frage, warum ich so entschlossen war, nach Finnland zu gehen, komme ich immer wieder zu ein und derselben Antwort: Ich wollte dorthin, weil die Welt mir sagte, ich könnte es nicht. Weil es mir verweigert wurde. Wenn man einem Menschen etwas verweigert, wird es umso begehrenswerter.«

Während ich ihm zuhörte, dämmerte mir eine Erkenntnis, ein seltsames Wiedererkennen. Es war, als sähe ich mich selbst in Palash. Ich erinnerte mich an die Rastlosigkeit meiner eigenen Jugend, die von einem anderen, ungemein starken

Traummedium genährt wurde: von Romanen, die ich geradezu verschlang, besonders diejenigen, die an fernen Orten spielten. Ich dachte an meine Teenagerjahre und daran, wie viel Zeit ich damit zugebracht hatte, in den Gassen von Kalkutta nach billigen Taschenbüchern zu fahnden (Aldus Manutius hatte vielleicht mich im Sinn, als er sich für die Veröffentlichung billiger Bücher einsetzte. Ich habe mich genauso nach ihnen gesehnt wie Menschen aus Palashs Generation nach ihren Smartphones).

Seinerzeit gab es in Kalkutta nur ganz wenige Buchhandlungen, und die Preise, die sie verlangten, überstiegen bei Weitem meine Möglichkeiten. Deshalb frequentierte ich vor allem Bibliotheken und moderne Antiquariate. Das Lesen, so dachte ich, war meine Art, der Enge meiner Welt zu entfliehen. Aber war es möglich, dass mir meine Welt genau deshalb so eng vorgekommen war, weil ich so ein unersättlicher Leser war? Wie soll denn jemals irgendeine Wirklichkeit es mit den Welten aufnehmen können, die es nur in Büchern gibt? So oder so, Tatsache war, dass Romane bei mir genau das bewirkt hatten, was Kritiker vorhersahen, als im 18. Jahrhundert »Liebesromane« zum ersten Mal große Leserkreise erreichten: Sie hatten Träume und Wünsche erzeugt, die in genau demselben Sinne verunsicherten, wie sie zu Instrumenten meiner Entwurzelung wurden.

Wenn bloße Worte schon diesen Effekt haben konnten, welchen dann erst die Bilder und Videos, die ständig auf Laptops und Smartphones vor unseren Augen ablaufen? Wenn es stimmt, dass ein Bild mehr sagt als tausend Worte, welche Macht üben dann die Milliarden von Bildern aus, die heutzutage bis in die letzten Ecken der Erde vordringen? Was bewirken die Träume und Wünsche, die sie wecken? Und welche Folgen hat die Rastlosigkeit, die sie auslösen?

Kurz vor Sonnenuntergang tauchten plötzlich zwanzig Delfine auf und begannen in der Bugwelle der *Lucania* herumzutollen, direkt vor unserer Nase. Piya identifizierte sie als eine weitere neue Spezies, Streifendelfine, und jetzt war sogar sie beeindruckt. »Das muss eine Art Rekord sein«, sagte sie. »Wir haben an einem einzigen Tag mehr als die Hälfte der im Mittelmeer vorkommenden Walarten beobachtet. Das ist unglaublich.«

»Oder vielleicht ein Wunder?«, fragte Cinta listig.

Piya runzelte die Stirn. »Das nun auch wieder nicht. Es ist nur ein wenig ungewöhnlich. Aber ich war schon in Gegenden, wo man innerhalb einer Stunde ein Dutzend verschiedene Walarten sehen konnte.«

Die herumtollenden Delfine sorgten für Aufregung auf dem Schiff, die Leute jubelten und klatschten. Die Stimmung schien sich auf die Tiere zu übertragen – sie reagierten mit akrobatischen Vorführungen, sprangen hoch aus dem Wasser, vollführten Saltos und schauten uns dabei sogar in die Augen.

»Richtige Clowns sind das, die Streifendelfine«, meinte Piya mit missbilligendem Unterton. »Sie wissen genau, wie man sich vor Publikum produziert.«

»Wirklich?«, sagte ich. »Das würde ja bedeuten, dass sie menschliche Gefühle verstehen.«

»Es bedeutet nichts dergleichen«, antwortete Piya scharf. »Die machen das einfach.«

Auf jeden Fall hatte die Vorführung zur Folge, dass sich die Atmosphäre an Bord der *Lucania* plötzlich lockerte: Die bange Trübsal schlug um in Feierstimmung und Kameradschaft. Wein und Grappa wurden herumgereicht, und in der Kombüse tauchten riesige Töpfe dampfender Pasta auf – offenbar hatte eine katholische Wohlfahrtseinrichtung große Mengen Lebensmittel an Bord gebracht. Nach einer Weile hörte man Gitarren- und Akkordeonklänge, und hin und wieder sang auch jemand dazu.

Es war eine klare, mondhelle Nacht. Auch nach Einbruch der Dunkelheit schwammen die Delfine neben der *Lucania* her und vollführten ab und zu hohe Sprünge, wie um uns im Auge zu behalten.

Irgendwann brachte mir Piya eine große Portion Pasta und etwas Wein. Wir stießen schweigend mit unseren (biologisch abbaubaren) Bechern an und legten uns Rettungsdecken über die Knie. Unsere Schultern berührten sich leicht, während wir unsere Pasta vertilgten.

Als sie fertig gegessen hatte, legte Piya ihre Gabel weg und wandte sich mir zu. »Sag mal, Deen«, sagte sie, »glaubst du, du könntest irgendwann auch woanders leben als in New York?«

Ich wollte schon Nein sagen, als mir einfiel, was Cinta über die nur einen Spaltbreit geöffnete Tür gesagt hatte ...

»Warum fragst du?«, entgegnete ich vorsichtig.

»Weil ich mir gedacht habe, es könnte dir in Eugene, Oregon, auch gefallen. Wir haben da wunderbares Wetter und eine gute Bibliothek. Das solltest du dir mal ansehen.«

»Ich weiß nicht so recht. Wo sollte ich denn da wohnen?«

»Also, wenn du mich so fragst – bei mir. Ich habe ein Gästezimmer.« Es klang vorsichtig und zögernd.

Mein Herz pochte jetzt so wild, dass ich Angst hatte, sie könnte es hören. Ich wusste, wenn ich zu viel sagte, könnte sie das für immer abschrecken, deshalb zwang ich mich zu einem möglichst beiläufigen Ton. »Ja, klar, das würde ich gern.«

»Und weißt du was? Falls dir Eugene gefällt und du Lust hättest, ein bisschen länger bei mir zu bleiben, könnten wir auch was Komfortableres finden. Die Wohnung neben meiner steht gerade leer.«

Ich musste mich anstrengen, um mir meine Freude nicht anmerken zu lassen. Betont ruhig sagte ich: »Darüber könnte man nachdenken. Ich könnte wahrscheinlich meine Wohnung in Brooklyn vermieten – von dem Geld könnte ich leben.«

»Dann erkunde das mal.«

»Mach ich.«

Ich wurde still, überwältigt von einem Gefühl der Dankbarkeit – gegenüber dem Gewehrhändler, seiner Geschichte, Manasa Devi und sogar dieser Königskobra: Es war, als hätten sie einen Hexereibann gebrochen und mich befreit.

Mein Blick wanderte zu dem mondüberglänzten Meer, und ich dachte an einen Ausdruck, der oft in den bengalischen Kaufmannslegenden vorkommt: *sasagara basumati* – »die meerumschlossene Erde«. In dem Moment spürte ich, dass ich von allem umgeben war, was auf unserer Welt am besten ist – dem offenen Meer, dem Horizont, dem hellen Mondschein, springenden Delfinen und auch der Welle von Hoffnung, Güte, Liebe, Mitgefühl und Großzügigkeit, die um mich herum aufstieg.

Der Sturm

Die Kameradschaft und der Optimismus jener Stunden verflogen rasch am folgenden Tag, als vor uns eine bunt zusammengewürfelte Flottille auftauchte. Es waren lauter gecharterte Boote, angemietet von Aktivisten unterschiedlichster Couleur. Ihre jeweiligen Ansichten taten sie mit Flaggen und Transparenten auf den Schiffen kund.

Zurück an Absender!

Kein Platz hier, fahrt nach Hause

Kein Mensch ist illegal

Wir sind die Einheimischen, die Besitzer dieses Kontinents

Klima-Migration = Invasion

Flüchtlinge sind nicht unsere Feinde

Auch Immigranten sind Kinder Gottes

Genug ist GENUG

Abschieben mit Geburtenbeschränkung

Während wir zu den Booten vor uns aufschlossen, zeigte sich, dass rechtsgerichtete, flüchtlingsfeindliche Gruppen mit viel mehr Booten und Anhängern vertreten waren als wir. Wie an den Flaggen abzulesen, die über ihren Decks flatterten, hatten einige der Aktivisten einen weiten Weg zurückgelegt, um ihr Anliegen zu vertreten – sie waren bis aus Deutschland, Ungarn, Russland, Singapur und Australien angereist.

Während die Schiffe näher kamen, wurde die Stimmung auf der *Lucania* immer düsterer. Als sich herumsprach, dass auf dem Hinterdeck eine Zusammenkunft stattfinden sollte, bestand Cinta darauf, in ihrem Rollstuhl daran teilzunehmen. Ich schob sie ans Heck und blieb hinter ihr stehen, die anderen Passagiere setzten sich um uns herum im Schneidersitz aufs Deck.

Meine Erfahrungen mit solchen Zusammenkünften gingen auf meine Studentenzeit in Kalkutta zurück, wo »Anführer« an Mikrofonen auf ihre Zuhörerschaften einbrüllten. Doch hier gab es keine Anführer und auch keine Mikrofone. Diejenigen, die etwas zu sagen hatten, hoben die Hand und bekamen der Reihe nach das Wort. Die Standardsprache war Englisch, obwohl nur ganz wenige der Anwesenden Muttersprachler waren.

Die Erste, die das Wort ergriff, war eine Frau in einem weiten, schäbig wirkenden Kaftan. In stockendem Englisch brachte sie vor, am dringendsten müssten wir unsere Taktik für den Fall besprechen, dass uns ein anderes Schiff am Weiterfahren hindern oder sogar rammen würde. Dieser Vorschlag wurde durch Handzeichen angenommen, anschließend äußerte einer nach dem anderen seine Ansicht dazu. Die meisten meinten, wir müssten geduldig sein und auf Gewalt verzichten. Einige der hitzigeren jungen Aktivisten meinten, wir sollten einen Angriff mit Geschossen mit gleicher Münze beantworten, was aber mehrheitlich abgelehnt wurde. Stattdessen beschlossen wir, dass wir uns, falls ein anderes Schiff sich uns bedrohlich näherte, an den Händen fassen und uns ihm entschlossen entgegenstellen sollten, ohne jedoch zu irgendeiner Form von Gewalt zu greifen.

Die Versammlung war noch nicht zu Ende, als sich ein Schiff von achtern näherte. Wir eilten an die Reling, und auch diesmal bestand Cinta trotz meines Protests darauf, sich uns anzuschließen.

Wütendes Geheul erhob sich auf dem anderen Schiff, als es auf einer Höhe mit uns war. Die Leute an Deck waren so nahe, dass wir ihre Gesichter deutlich erkennen konnten. Es waren überwiegend junge Männer, und viele hatten sich die Gesichter in den Farben ihrer Fußballklubs bemalt. Etliche waren offenbar betrunken.

Als sie anfingen, Slogans zu brüllen – *»Grenzen sofort dicht machen! L'Italia agli Italiani!«* –, fassten wir uns an den Händen und riefen zurück: *»Keine Ausländerfeindlichkeit! Kein Fremdenhass!«* Diese simplen Parolen schienen allerdings völlig ungeeignet angesichts des Phänomens, das wir vor uns hatten. Es wirkte nachgerade apokalyptisch, nicht zuletzt deshalb, weil die gezeigte Wut so eindeutig von Angst getrieben war.

Ich warf Rafi einen Blick zu, weil ich dachte, diese Zornausbrüche könnten ihn aus der Fassung gebracht haben. Doch sein Gesicht glühte, und seine Augen leuchteten.

»Wissen Sie noch, was passiert ist, als der Kaufmann aus Venedig entkommen wollte?«

»Du meinst, als sein Schiff von Piraten überfallen wurde?«

»Genau. Das könnte hier doch auch passieren, oder?«

Piya ließ sich als Einzige von der lautstarken Konfrontation nicht aus der Ruhe bringen. Sie hielt den Blick fest aufs Wasser gerichtet, die Hände wie immer ruhig um ihr Fernglas geschlossen.

»Siehst du die Delfine und Wale immer noch?«, fragte ich sie.

Sie nickte. »Sie sind weit weg, sie sind abgedreht, als wir diese anderen Schiffe eingeholt haben. Aber viele sind immer noch in Sichtweite.«

»Sind es genauso viele wie gestern?«

»Ja, klar! Ich würde sogar sagen, es sind mehr. Das ist eindeutig eine größere Wanderung.«

»Wirklich? Da haben wir ja Glück.«

»Im Gegensatz zu ihnen. Ich frage mich, was sie tun werden, wenn sie auf die Kriegsschiffe da vor uns stoßen.«

Lange bevor die italienischen Kriegsschiffe in Sicht kamen, wussten wir, dass sich in den Gewässern um sie herum etwas höchst Ungewöhnliches abspielte. Einige Fernsehleute hatten das Gebiet bereits erreicht und sendeten live.

An diesem Morgen war am Heck der *Lucania* eine große Leinwand aufgehängt worden, sodass wir die Berichte verfolgen konnten. Wir sahen eine Wasserfläche, die auf eine erstaunliche, beinahe unfassbare Weise zum Leben erwacht war: Das Meer war ruhig und glitzerte in der Sonne, und im gesamten Bildfeld stiegen Gischtfontänen auf, weil Schulen von auf- und abtauchenden Walen und Delfinen zum Atmen an die Oberfläche kamen. Gelegentlich sprang ein Delfin aus dem Wasser und vollführte einen Salto. Es mussten Hunderte gewesen sein, konzentriert auf einen Bereich von zwei bis drei Quadratkilometern.

»Hast du so was schon mal gesehen?«, fragte ich Piya.

Sie schüttelte den Kopf. »Ich habe schon öfter große Cetacea-Ansammlungen gesehen, aber noch nie so viele verschiedene Arten. Noch seltsamer ist, dass sie anscheinend auf der Stelle im Kreis schwimmen.«

»Irgendwelche Theorien?«

»Ich vermute«, sagte sie zögernd, »dass ihnen die Kriegsschiffe ihre Wanderungsroute versperren.«

»Aber sie könnten doch um die Schiffe herumschwimmen?«

»Ja, wahrscheinlich.«

»Warum tun sie's dann nicht?«

Ihr Unterkiefer zuckte. »Das kann ich dir nicht beantworten«, sagte sie fast ärgerlich. »Es gibt so viel, was wir über Waltiere und ihr Verhalten noch nicht wissen.«

Am Spätnachmittag sichteten wir die Kriegsschiffe. Es waren vier, zu einem Riegel aufgereiht und nach Osten ausgerichtet, als warteten sie darauf, dass ihnen eine feindliche Armada in die Falle ging.

Die Aktivisten auf der *Lucania* hatten angenommen, direkt in die Geschicke des Blauen Bootes eingreifen zu können, wenn es schließlich auftauchte. Doch ohne ihr Wissen hatte die Marine diese Pläne bereits durchkreuzt.

Die Kriegsschiffe waren noch weit weg, als uns eine Flottille grauer Schnellboote entgegenkam. Durch Megafone wurden Befehle erteilt, und die Boote bildeten einen Kordon, um sicherzustellen, dass die gecharterten Boote in sicherer Entfernung zueinander und zu den Kriegsschiffen blieben.

Auf der *Lucania* machte sich Enttäuschung breit, als sich abzeichnete, dass wir lediglich Zuschauer sein würden. Doch zumindest in einer Hinsicht hatten wir Glück: Dank der Position der *Lucania* hatten wir wenigstens gute Sicht auf die Gewässer vor den Kriegsschiffen.

Vom Blauen Boot war noch nichts zu sehen – mit dessen Eintreffen rechnete man erst in ein paar Stunden. Was sich auf dem Wasser vor uns abspielte, war allerdings spannend genug: Dort hatte sich ein regelrechter Wald gebildet – aus Rückenflossen und Gischtfontänen.

Piya war außer sich vor Aufregung: »Pottwale … Grindwale … Finnwale … Entenwale – sie sind alle da! Die einzige mediterrane Art, die ich noch nicht gesehen habe, ist der Cuvier-Schnabelwal!«

Kurz vor Sonnenuntergang wurde über dem Horizont eine dünne Rauchfahne gesichtet. Es dauerte gefühlt eine Ewigkeit, bis das lang erwartete Boot angetuckert kam. Im Abstand von etwa einem Kilometer folgte dem Blauen Boot ein Schwarm von Küstenwachschiffen, alle unter verschiedenen Flaggen. Im Vergleich zu ihnen kam einem das kleine Fischerboot mit seiner Klinkerbeplankung und dem abblätternden Anstrich geradezu zwergenhaft winzig vor.

Die Flüchtlinge auf dem Deck des Blauen Bootes winkten uns zu. Unsere jubelnden Willkommensrufe wurden jedoch alsbald von dem wütenden Geschrei übertönt, das von den Schiffen um uns herum aufstieg.

»Fahrt zurück, wo ihr herkommt! Hier braucht euch niemand! Europa den Europäern!«

Das Fischerboot wurde langsamer, während es sich den Kriegsschiffen näherte. Dann ging sein Motor aus, und es trieb inmitten der Wale und Delfine mit ihren Sprühwassersäulen führerlos dahin.

»Hoffentlich wird das Boot nicht von einem auftauchenden Wal getroffen«, sagte Piya. »Ein Pottwal oder auch schon ein Finnwal könnte es ohne Weiteres zum Kentern bringen.«

Sie hob das Fernglas an die Augen und suchte das Deck des Blauen Bootes ab.

»Kannst du ihre Gesichter erkennen, Piya?«

»Ja, halbwegs.«

»Hast du Tipu entdeckt?«

»Nein, noch nicht.«

Doch ein paar Minuten später rief Rafi: »Da ist er! Ich sehe ihn! Da, neben dem Schornstein.«

Er sprang wie wild auf und ab und schrie. Piya zog ihn an sich, und die beiden lagen sich lachend und weinend in den Armen.

Ein deutscher Fernsehjournalist stand zufällig in der Nähe. Er war auf den Freudenausbruch aufmerksam geworden und fragte Gisa: »Kennen die beiden tatsächlich jemanden auf dem Boot?«

»Allerdings«, antwortete Gisa. »Die Frau ist die Pflegemutter eines Jungen, der auf dem Boot ist. Und der junge Mann mit dem eingegipsten Arm ist der Partner von eben diesem Jungen. Die beiden sind zusammen auf die Reise gegangen, in Bangladesch. Eine unglaubliche Geschichte.«

»Wow! Meinen Sie, die beiden wären bereit zu einem Interview?«

»Ich wüsste nicht, warum nicht«, sagte Gisa. »Fragen Sie sie doch einfach.«

Nach ein paar Minuten kam Piya zu mir. »Meinst du, Rafi und ich sollten dieses Interview geben?«

»Unbedingt, Piya!«, antwortete ich, und Gisa ergänzte: »Ihr solltet denen alles erzählen – über dich und Tipu und auch über seine Beziehung mit Rafi. Ihr müsst alles tun, um diesen Flüchtlingen ein Gesicht zu geben. Damit würdet ihr ihnen einen großen Dienst erweisen.«

Piya war noch nicht überzeugt, deshalb fügte ich hinzu: »Das ist eine fantastische, menschlich interessante Story.«

»Menschlich interessant, hm?«, sagte Piya. »Da wären die PR-Leute an meiner Uni begeistert.«

Lächelnd reichte sie mir ihr Fernglas. »Passt du bitte drauf auf?«

Es wollte mir nicht so recht gelingen, das Fernglas auf die Flüchtlinge scharf zu stellen. Die Gesichter an Bord waren in einen Nebel aus Sprühwasser gehüllt, sodass ich sie kaum auseinanderhalten konnte. Aber im roten Licht der untergehenden Sonne nahmen die Umrisse des Bootes und das strudelnde Wasser ein unwirkliches und seltsam malerisches Aussehen an. Ich fühlte mich vage an Bilder erinnert, die ich irgendwo gesehen hatte.

Auch Cinta, die neben mir im Rollstuhl saß, erinnerte sich an ein Bild. »Dino«, sagte sie, »hast du irgendwann mal das Turner-Gemälde von einem Sklavenschiff in einem aufziehenden Taifun gesehen?«

»Ja, na klar!«, sagte ich. »Daran musste ich gerade denken. Und auch an Bilder von Kuli-Booten, die ich mal gesehen habe.«

Mir wurde klar, dass die Ähnlichkeiten nicht zufällig waren: In mancher Hinsicht glich die Notlage dieser Flüchtlinge tatsächlich der Situation der Kontraktarbeiter, die aus dem Indischen Subkontinent in ferne Weltgegenden transportiert wurden, um auf Plantagen zu arbeiten. Auch diese Tagelöhner waren überwiegend jung und fast ausschließlich männlich gewesen. Auch damals waren *dalals* und andere Mittelsmänner (*duffadars* und *mahajans* – Anwerber und Schleuser) unentbehrliche Rädchen im Getriebe ihrer Beförderung, und auch damals waren Schulden und Geldverleih entscheidende Schmiermittel dieser Maschinerie. Damals wie heute war der Menschenhandel ungeheuer lukrativ.

Ähnlich waren auch die Umstände, unter denen die Menschen verfrachtet wurden. Wie die Flüchtlinge waren auch die Kulis von »Kojoten« und Aufsehern unter Kontrolle gehalten und ausgebeutet worden. Auch sie waren auf engem Raum zusammengepfercht und auf magere Rationen gesetzt worden. Schläge und Auspeitschungen erdulden, zusehen müssen, wie Menschen ihresgleichen starben – das alles war für die Passagiere auf einem Kuli-Schiff Alltag.

Und doch gab es einen entscheidenden Unterschied: Das System der Kontraktarbeit war wie zuvor die Besitzsklaverei von europäischen Kolonialmächten verwaltet und kontrolliert worden. Die Kulis hatten oft keine Ahnung, wohin sie transportiert wurden oder was sie dort erwartete; und sie wussten auch nicht viel über die Gesetze und Vorschriften, die über ihr Schicksal entschieden.

Die Kolonialherren dagegen wussten alles über die Kulis. Pedantisch genau verzeichneten sie, wo die Kulis herkamen und welchen Kasten und Stämmen sie angehörten. Sogar ihre Körper wurden aufs Sorgfältigste studiert, wobei vor allem auf Narben und andere Körpermerkmale geachtet wurde. Der Kolonialstaat entschied darüber, wann sie wohin gebracht wurden; nach ihrer Ankunft war es wiederum der Staat, der sie den Plantagenbesitzern zuteilte.

Aber alles das war jetzt komplett ins Gegenteil verkehrt.

Rafi, Tipu und ihre Mitmigranten hatten aus eigenem Antrieb ihr Land verlassen, genau wie ich lange Zeit vor ihnen. Wie bei mir waren ihre Reisen durch ihre eigenen Netzwerke ermöglicht worden, und auch sie waren absolut vertraut mit den Gesetzen und Vorschriften der Länder, in die sie wollten. Heute waren es die westlichen Länder, wo man wenig über die Menschen wusste, die scharenweise einreisen wollten.

Und weder ich noch irgendeiner der jungen Migranten war

über Meere und Kontinente hinweg verfrachtet worden, um zu einem kleinen Rädchen in einer gigantischen Plantagenmaschinerie zu werden und damit den Wünschen anderer zu dienen. Sklaven und Kulis hatten geschuftet, um Güter wie Zuckerrohr, Tabak, Kaffee, Baumwolle, Tee und Kautschuk zu erzeugen, die allesamt für die Heimatländer der Kolonialherren bestimmt waren. Die Wünsche und Begehrlichkeiten der Metropolen hatten Menschen auf fremde Kontinente gebracht, damit sie dort verkäufliche Waren in immer größeren Mengen herstellten. In diesem System waren Sklaven und Kulis die Produzenten, nicht die Konsumenten; nie hätten sie sich die gleichen Wünsche anmaßen können wie ihre Herren.

Jetzt hingegen wollten junge Männer wie Rafi, Tipu und Bilal genau das – in Gestalt von Smartphones, Computern, Autos. Und wie auch nicht? Begehrenswert waren seit ihrer Kindheit nicht die Flüsse und Felder ihrer Umgebung, sondern die Dinge, die auf den Displays ihrer Telefone aufblitzten.

Jetzt wurde mir klar, warum die zornigen jungen Männer auf den Booten um uns herum solche Angst vor diesem armseligen Flüchtlingsboot hatten. Dieses winzige Schiffchen war Symbol für das Ende eines jahrhundertealten Projekts, das für die Gestaltung Europas entscheidend war. Seit den Anfängen der Besitzsklaverei hatten die europäischen Großmächte das größte und grausamste Experiment zur Umgestaltung des Planeten betrieben, das die Geschichte je gekannt hat: Im Interesse des Handels hatten sie in schier unvorstellbarem Ausmaß Menschen auf andere Kontinente verpflanzt und so das demografische Profil des gesamten Planeten verändert. Doch während sie andere Kontinente neu bevölkerten, waren sie immer darauf bedacht gewesen, ihre eigenen städtischen Territorien in Europa weiß zu halten.

Dieses ganze Projekt war nun auf den Kopf gestellt worden. Die Systeme und Technologien, die diese massiven demografischen Eingriffe möglich gemacht hatten – von der Rüstung bis zur Informationskontrolle –, hatten jetzt Fluchtgeschwindigkeit erreicht. Niemand konnte sie mehr kontrollieren.

Deshalb hatten diese zornigen jungen Männer solche Angst vor diesem kleinen blauen Fischerboot: Durch das Prisma dieses Bootes konnten sie beobachten, wie ein jahrhundertealtes Projekt, das ihnen immense Privilegien im Vergleich zum Rest der Welt beschert hatte, zunichtegemacht wurde. Im tiefsten Herzen wussten sie, dass die Menschen und Institutionen, auf die sie sich früher verlassen hatten, ihnen ihre Privilegien nicht mehr garantieren konnten.

Die Welt hatte sich zu stark und zu schnell verändert; die Systeme, die jetzt wirkten, gehorchten keinem menschlichen Meister mehr; sie folgten ihren eigenen Imperativen, die so rätselhaft waren wie Dämonen.

Plötzlich kam Lubna herübergelaufen, mit hochrotem Gesicht, die Augen leuchtend vor freudiger Erregung.

»*Apni janten?*«, fragte sie mich. »Hast du das alles gewusst? Von Rafi und seinem Freund und so?«

»Ja, schon. Warum?«

»Ihre Geschichte hat anscheinend weltweit einen Nerv getroffen!«, rief sie. »Das Interview ist noch gar nicht vorbei, und wir kriegen schon pausenlos Anrufe. Spenden und Hilfsangebote regnen nur so auf uns herab. Gruppen, die sich nie für unsere Anliegen interessiert haben, schicken uns Botschaften. Es ist unglaublich – so etwas haben wir noch nie erlebt ...«

Etwas in größerer Entfernung lenkte sie ab, und ihr Blick ging an mir vorbei zum Horizont. Ihr Gesichtsausdruck änderte sich schlagartig. Sie trat an die Reling und hielt sich die Hand über die Augen.

»Was ist denn das da drüben?«

Ich fuhr herum und sah einen dunkler werdenden Fleck über dem südlichen Horizont aufsteigen.

»Vielleicht eine Wolke«, sagte ich.

»Nein, das kann nicht sein«, sagte Cinta. »Das Ding bewegt sich ganz anders – es scheint auf uns zuzukommen.«

Der Fleck wurde zusehends größer und breitete sich rasch in unsere Richtung aus. Ich konnte nur verständnislos mit aufgerissenem Mund dastehen.

»Was um Himmels willen kann das sein?«

Plötzlich stand Piya neben mir. Sie nahm mir das Fernglas aus der Hand und richtete es auf den Horizont.

»Vögel«, sagte sie. »Es sind Vögel – Hunderttausende. Nein. Millionen. Die müssen nordwärts ziehen – sie werden direkt über uns hinwegfliegen.«

Rafi war neben uns aufgetaucht. Er schaute zum Himmel und sagte: »Es ist wie in dieser Geschichte – die Geschöpfe des Himmels und der See erhoben sich …«

Fassungslose Stille senkte sich über uns, während die dunkle Masse pfeilschnell über den Himmel schoss: Es war, als wäre ein Teil der Erde aufgestiegen, um jetzt nach uns zu greifen. Alles schien zum Stillstand zu kommen, sogar die Luft; ich spürte, dass ich aufgehört hatte zu atmen.

»Die Zeit selbst ist in Ekstase«, sagte Cinta leise. »Ich hätte nie gedacht, dass ich jemals so etwas Schönes mit eigenen Augen sehen würde.«

Und dann waren sie da, Millionen von Vögeln, die über uns kreisten, während unten, im Wasser um das Blaue Boot herum, Schulen von Delfinen Saltos vollführten und Wale mit ihren Schwanzflossen aufs Wasser schlugen.

»*Uno stormo*«, sagte Cinta mit einem Blick nach oben. *Stormo*, das italienische Wort für einen Vogelschwarm im Flug – ich fand, dass es genau das richtige, das einzige Wort für die Erscheinung war, deren Zeugen wir wurden: ein Sturm aus Lebewesen, *bhutas*.

Rafi hatte sein Fernglas jetzt auf das Blaue Boot gerichtet und rief: »Schaut! Schaut mal da rüber!«

Er zeigte auf das Fischerboot, in dessen Bug aufrecht eine Gestalt in einem fließenden Gewand stand.

»Das ist eine Frau!«, rief Piya.

»Das muss die Äthiopierin sein«, meinte Rafi, »die Tipu nach Ägypten gerufen hat.«

Die Frau hob die Arme mit den Handflächen nach oben, bis sie auf Schulterhöhe waren. Fast im selben Moment sandte der über uns rotierende Schwarm eine trichterförmige Ausstülpung aus, die sich nach unten verlängerte und einen wirbelnden Heiligenschein über dem Kopf der Frau bildete.

Sie stand einen Moment vollkommen still, während über ihrem Kopf die Vögel kreisten und unten im Wasser ein Chakra aus Delfinen und Walen um das Boot wirbelte. Und dann geschah etwas noch Seltsameres: Um das Flüchtlingsboot herum verfärbte sich das Wasser. In Sekundenschnelle begann es in einer unirdisch grünen Farbe zu leuchten, so hell, dass wir die Umrisse der durch die Wellen tanzenden Delfine und Wale sahen.

»Biolumineszenz!«, rief Piya. »Nicht zu fassen!«

Eine Weile betrachteten wir wie gebannt dieses wundersame Schauspiel: den über uns kreisenden riesigen Vogelschwarm und die eleganten Schatten der Leviathane im grün leuchtenden Wasser. Dann ging auf dem Flaggschiff des Admirals auf einmal eine Sirene los, und nach ein paar Sekunden stieg vom Vorderdeck ein Hubschrauber auf.

Und jetzt war es, als zöge ein Unwetter ab: Die Vögel flogen weiter, das Leuchten im Wasser erlosch, und die Fontänen versiegten. Als der Helikopter das Blaue Boot erreichte, war das Wasser wieder ruhig und der Himmel klar.

Der Hubschrauber blieb über dem Boot in der Luft stehen, und aus einem starken Megafon kam eine Ansage auf Englisch: »Wir sind von der italienischen Marine und sind gekommen, um Ihre Rettung zu organisieren. Sie werden in Kürze auf ein Schiff der Marine gebracht. Unsere erste Sorge gilt Ihrer Sicherheit. Bitte bewahren Sie Ruhe und befolgen Sie unsere Anweisungen. Sie haben nichts zu befürchten. Sie sind jetzt in Sicherheit.«

Die Ansage war noch nicht zu Ende, als in der Ferne zwei Beiboote der Marine auftauchten, die auf das Flüchtlingsboot zuhielten.

Auf der *Lucania* herrschte fassungsloses Schweigen. Dann erscholl ein Chor von Jubelrufen aus unseren Kehlen. Doch im nächsten Moment ging er in wütendem Gebrüll von einigen der anderen Charterboote unter: *»Verrat …! Schickt sie nach Hause …! Der Admiral ist ein Verräter …! Er muss vor Gericht …!«*

Ich spürte, wie mir jemand die Hand drückte, und sah, dass Cinta zu mir herauflächelte. »Was hab ich dir gesagt, Dino? Sandro di Vigonovo ist ein guter Mensch, ein Ehrenmann, ein echter Venezianer. Bestimmt hat er die Rettung angeordnet.«

Neben uns tanzten Rafi und Piya in enger Umarmung, und Tränen der Erleichterung rannen ihnen übers Gesicht. Dann machte sich Piya los und warf die Arme um mich. »Ich fasse es nicht«, sagte sie und drückte mir einen Kuss auf die Wange. »Tipu ist endlich in Sicherheit.«

Als die Beiboote das Blaue Boot erreichten, war es bereits dunkel, und die Evakuierung fand in gleißendem Scheinwerferlicht statt. Als alle Flüchtlinge übernommen waren, stiegen Abwrackspezialisten in das kleine blaue Fischerboot. Etwas später gab es mehrere kleine Explosionen, und das Blaue Boot begann ganz langsam zu kentern. Auf den Beibooten standen die Flüchtlinge aufgereiht und sahen zu, wie ihre Nussschale unterging; viele von ihnen hoben zum Abschied die Hand.

Gisas Stimme schallte über das Deck der *Lucania*: »*Venite! Venite qui!* Der Admiral gibt eine Pressekonferenz. Das müssen wir uns ansehen.«

Wir liefen zu der Projektionswand auf der Steuerbordseite und sahen einen ernst dreinblickenden Mann in Uniform in einem Raum voller Journalisten. Am unteren Bildrand wurde die Übersetzung eingeblendet.

»Herr Admiral, haben Sie die Rettung dieser Migranten auf eigene Faust angeordnet?«

»Ja«, antwortete Admiral Vigonovo. »Die Verantwortung liegt allein bei mir.«

Tumult brach los. Mehrere Minuten vergingen, ehe die nächste Frage gestellt werden konnte.

»Aber, Herr Admiral, Sie hatten doch ausdrücklichen Befehl zu verhindern, dass diese Flüchtlinge in Italien an Land gehen oder auch nur ein italienisches Schiff besteigen.«

»Ich kann nicht bestätigen, dass ich meinen Befehlen zuwidergehandelt hätte.«

»Aber Ihnen ist doch sicher bewusst, dass der Minister angeordnet hat, die Flüchtlinge um jeden Preis daran zu hindern, italienischen Boden zu betreten?«

»Entschuldigen Sie«, sagte der Admiral, »aber ich würde das gern berichtigen. Der Minister hat öffentlich gesagt, dass man diese Flüchtlinge nur in Italien aufnehmen werde, wenn ein Wunder geschähe.«

Eine Pause trat ein.

»Und meiner Meinung nach sind wir heute in der Tat Zeugen eines Wunders geworden.«

In dem darauf folgenden Tohuwabohu sagte mir Piya ins Ohr: »Da irrt er sich – es gibt für alles, was hier geschehen ist, eine wissenschaftliche Erklärung. Es handelte sich nur um eine zufällige Überschneidung verschiedener Migrationsmuster.«

»Und das gilt auch für die Biolumineszenz?«

»Sicher. Diese Art Biolumineszenz wird von Dinoflagellaten verursacht, von denen manche Arten bekanntermaßen Wanderungen unternehmen.«

»Weißt du, ob es so etwas früher schon mal gegeben hat?«

»Nein«, flüsterte Piya. »Aber Tierwanderungen werden sehr stark durch den Klimawandel beeinflusst, deshalb ist dergleichen heute nichts Besonderes mehr. Wir werden es in Zukunft bestimmt öfter mit solchen Überschneidungen zu tun bekommen.«

»Aber findest du es nicht merkwürdig, dass sich das alles gleichzeitig abgespielt hat?«

»Ich weiß es nicht«, sagte Piya kopfschüttelnd. »Ich weiß es wirklich nicht. Ich kann nur eins sagen: Ich bin dankbar, dass es so gekommen ist.«

Unterdessen hatte sich auch Palash neben mich gesetzt, zu meiner Linken, und ich merkte, dass er still in seine Hände weinte.

»*Ki hoyechhe Palash?*«, fragte ich. »Was ist, warum weinen Sie?«

»Es ist ein *miracolo*«, sagte er. »Wirklich! Alles, was wir uns erhofft hatten, ist eingetreten. Es gibt ein Erwachen überall auf der Welt – das könnte der Moment sein, in dem alles anders wird …«

Auf der Leinwand war inzwischen ein wütender Journalist zu sehen. »Der Minister«, schrie er, »hat soeben verlauten lassen, dass Sie gesetzeswidrig gehandelt haben und vor Gericht gestellt werden. Was sagen Sie dazu?«

»Ich habe vom Gesetz nichts zu befürchten«, sagte der Admiral, ohne mit der Wimper zu zucken. »Ich habe gemäß dem Gesetz der See, dem Gesetz der Menschlichkeit und dem Gesetz Gottes gehandelt. Wenn man mich vor Gericht stellt, werde ich mich vor diesen Gesetzen verantworten.«

Von da an herrschte endgültig heilloses Durcheinander, und die Journalisten bombardierten den Admiral mit allen möglichen Fragen.

»Herr Admiral, was gibt Ihnen das Recht, Ihre religiöse Überzeugung über Ihre Befehle zu stellen?«

»Herr Admiral, trifft es zu, dass in Ihrer Kabine eine Ikone der Schwarzen Madonna von La Salute hängt …?«

Bei diesen Worten musste ich an Cinta denken. Ich schaute mich um: Sie war nicht mehr bei uns. Mir fiel ein, dass ich sie schon seit zwei Stunden nicht mehr gesehen hatte.

Ich suchte sie überall auf dem Deck, fand aber keine Spur von ihr. Ein leichtes Unbehagen beschlich mich, und ich ging rasch zu ihrer Kabine. Auf mein Klopfen antwortete niemand, deshalb drückte ich die Klinke, und zu meiner Überraschung ging die Tür auf. In der Kabine war es dunkel, aber in einer Ecke glomm ein Nachtlicht. Cinta lag auf ihrer Koje, die Augen geschlossen, den Kopf von einem Kranz weißer Haare umgeben.

Ich dachte, sie sei eingeschlafen, und wollte schon wieder hinausgehen, als sie die Augen aufschlug und lächelte. »Komm her, Dino.«

Ich ging zu ihr, und sie ergriff meine Hand. »Wie geht es dir, *caro?*«

»Alles okay, Cinta«, sagte ich. »Aber was ist mit dir? Warum bist du hier, ganz allein? Warum feierst du nicht mit uns?«

»Aber ich feiere ja«, sagte sie und lächelte friedlich. »Ich feiere mit Lucia, meiner Tochter. Sie ist hier bei mir.«

»Wie ...?«

Sie drückte sanft meine Hand. »Gib dir keine Mühe, Dino – du kannst sie nicht sehen. Aber sie ist hier, glaub mir.«

»Das ist doch verrückt, Cinta. Wie könnte sie hier sein?«

»Sie ist gekommen, um mich mitzunehmen. Es ist endlich Zeit.«

»Was zum Teufel soll denn das, Cinta?« Panik schwang in meiner Stimme mit. »Du gehst nirgendwohin, Cinta. Du brauchst einen Arzt, sonst nichts! Es geht dir nicht gut.«

»Nein, Dino«, sagte sie ruhig. »Du irrst dich. Mir geht es sehr gut. Es ging mir noch nie besser. Und dafür möchte ich dir danken. Du hast mir ein großes Geschenk gemacht – ich habe das schon immer vorausgesehen.«

»Was denn für ein Geschenk? Was meinst du damit?«

»Wie du weißt, Dino, habe ich manchmal diese ... intuitiven Eingebungen. Und so eine hatte ich auch, als wir das erste Mal miteinander geredet haben, vor dieser Bibliothek im verschneiten Mittleren Westen. Ich wusste, du würdest mir eines Tages ein großes Geschenk machen – und dafür möchte ich dir einfach danken.«

Ich war inzwischen völlig außer mir und hielt es nicht mehr aus, ihr zuzuhören. »Cinta, du brauchst einen Arzt. Ich geh einen suchen.«

Ich stolperte aus der Kabine, rannte auf dem Deck herum und rief nach einem Arzt. Aber wegen all der Geschehnisse waren alle so abgelenkt, dass es eine gute Viertelstunde dauerte, bis ich einen gefunden hatte, und das auch nur mit Gisas Hilfe.

An der Tür zu Cintas Kabine überfiel mich namenlose Angst, deshalb blieb ich zurück, während der Arzt und Gisa hineingingen. Ich brachte es nicht fertig, ihnen zu folgen. So schloss ich die Tür und blieb mit geschlossenen Augen davor stehen, und plötzlich tauchten in rascher Folge Erinnerungen aus all den Jahren auf, die ich in Cintas Dunstkreis gewesen war, von jenem bitterkalten Tag im Mittleren Westen, als wir uns in der künstlichen Grotte vor der Bibliothek unterhielten, bis hin zu dem, was sie vor ein paar Minuten in der Kabine zu mir gesagt hatte: »Ich wusste, du würdest mir eines Tages ein großes Geschenk machen.«

Nun endlich hatte ich eine leise Ahnung, warum sie mir ihre Freundschaft geschenkt hatte: Es war, als hätte sie intuitiv gespürt, dass wir einander eines Tages *hierher* bringen würden, an diesen entscheidenden Punkt in Raum und Zeit, und dass sie erst dann Erlösung von ihrem Gram über den Verlust ihrer Tochter finden würde. In diesem Augenblick der Klarsichtigkeit hatte ich wieder diese vertraute Stimme im Ohr, wie sie die Worte aus La Salute zitierte – *Unde origo inde salus* – »Aus dem Ursprung kommt das Heil«, und ich begriff, was sie mir an dem Tag hatte sagen wollen: dass die Möglichkeit unserer Errettung nicht in der Zukunft liegt, sondern in der Vergangenheit, in einem Mysterium jenseits aller Erinnerung.

Dann spürte ich etwas wie eine Hand, die ganz leicht meine Wange berührte. Ich riss die Augen auf und wollte »Cinta?« sagen, doch dann merkte ich, dass es nur ein Luftzug war, hervorgerufen durch das Öffnen der Kabinentür.

Gisa hatte sie aufgemacht, sie stand jetzt vor mir und wischte sich die Augen.

»Wir sind zu spät gekommen«, sagte sie. »Cinta ist von uns gegangen.«

Danksagung

Mein Dank geht an Shaul Bassi, Haznahena Dalia, Elisabeth Crouzet-Pavan, Roberto Beneduce, Shail Jha, Aaron Lobo, Kanishk Tharoor, Antonio Fraschilla, Sara Scarafia, Norman Gobetti und die Civitella Ranieri Foundation.